钱锺书的创作与翻译研究

On Qian Zhongshu's
Literature Creation and Translation

聂友军 著

图书在版编目(CIP)数据

钱锺书的创作与翻译研究 / 聂友军著 . —北京：北京大学出版社，2021.10
ISBN 978-7-301-32168-3

Ⅰ.①钱… Ⅱ.①聂… Ⅲ.①钱钟书（1910—1998）—文学创作—研究 ②钱钟书（1910—1998）—翻译理论—研究 Ⅳ.① I206.7 ② H059

中国版本图书馆 CIP 数据核字(2021) 第 074617 号

书　　　名	钱锺书的创作与翻译研究 QIANZHONGSHU DE CHUANGZUO YU FANYI YANJIU
著作责任者	聂友军　著
责 任 编 辑	兰　婷
标 准 书 号	ISBN 978-7-301-32168-3
出 版 发 行	北京大学出版社
地　　　址	北京市海淀区成府路 205 号　100871
网　　　址	http://www.pup.cn　新浪微博：@北京大学出版社
电子信箱	lanting371@163.com
电　　　话	邮购部 010-62752015　发行部 010-62750672　编辑部 010-62759634
印 刷 者	北京鑫海金澳胶印有限公司
经 销 者	新华书店
	720 毫米 × 1020 毫米　16 开本　16.75 印张　350 千字 2021 年 10 月第 1 版　2021 年 10 月第 1 次印刷
定　　　价	68.00 元

未经许可，不得以任何方式复制或抄袭本书之部分或全部内容。
版权所有，侵权必究
举报电话：010-62752024　电子信箱：fd@pup.pku.edu.cn
图书如有印装质量问题，请与出版部联系，电话：010-62756370

《国家社科基金后期资助项目》
出版说明

后期资助项目是国家社科基金设立的一类重要项目,旨在鼓励广大社科研究者潜心治学,支持基础研究多出优秀成果。它是经过严格评审,从接近完成的科研成果中遴选立项的。为扩大后期资助项目的影响,更好地推动学术发展,促进成果转化,全国哲学社会科学工作办公室按照"统一设计、统一标识、统一版式、形成系列"的总体要求,组织出版国家社科基金后期资助项目成果。

全国哲学社会科学工作办公室

目 录

导 言 1
  一、选题缘起 1
  二、先行研究 4
  三、思路方法 9

创 作 论

第一章　近取诸身入诗文 17
第一节　书生何曾忘忧国 17
  一、哀望江南赋不成 17
  二、武都惜命文贪财 21
  三、模糊铜镜照现实 23
  四、史必征实诗凿空 25
第二节　笔涉两性皆意趣 30
  一、挑诱・受气・善妒 30
  二、失望超出希望外 33
  三、常把火焰比恋爱 37
第三节　文人群像工笔绘 39
  一、未窥门户充内行 40
  二、卖声买誉无真见 42
  三、传人自传多无稽 45
第四节　纸上得来不觉浅 47
  一、致敬经典余韵长 48
  二、读书得间识见广 53

第二章　巧运匠心营佳构 56
第一节　诗情文意陌生化 56
  一、情理之中，意料之外 57

二、状难写之景如在目前 …… 59
　　三、弦外遗音，言表余味 …… 62
第二节　新奇的意象并置 …… 65
　　一、邈远亲接 …… 65
　　二、抑高举下 …… 68
第三节　富于包孕的片刻 …… 70
　　一、事迹未毕露 …… 71
　　二、事变即发生 …… 73
第四节　分镜头式的结尾 …… 75
　　一、同时异地事 …… 76
　　二、篇终接混茫 …… 78

第三章　修辞不是等闲事 …… 81
第一节　以比喻解释世界 …… 81
　　一、割截的类比推理 …… 82
　　二、烘与托交相为用 …… 85
　　三、一个方面/几种状态 …… 87
第二节　通感与思维推移 …… 91
　　一、感觉的挪移 …… 92
　　二、思维的推移 …… 96
第三节　借讽刺行解构事 …… 98
　　一、触处所见皆荒诞 …… 99
　　二、反思教育怪现状 …… 102
　　三、直面人类生存境遇 …… 104
第四节　人化文评与知言 …… 108
　　一、形神一贯，文质相宜 …… 108
　　二、还原语境，纵横类比 …… 109
　　三、尝一滴水知大海味 …… 112

第四章　道是寻常却隽永 …… 115
第一节　家常话题多感悟 …… 115
　　一、衣食住行耐寻味 …… 115
　　二、见微知著启人智 …… 118
第二节　日常言说寓哲思 …… 120

	一、欢娱嫌夜短	120
	二、援俗入雅能解颐	122
	三、漂白无改功利色	124
第三节	行布调度巧安排	127
	一、工于炼字	127
	二、布置熔裁	130
	三、善用代换	131
第四节	翻新出奇多创辟	134
	一、力破陈言翻旧案	134
	二、反弹琵琶扬新声	136

翻 译 论

第五章	信包达雅	141
第一节	达以尽信，雅非饰达	142
	一、信达雅的辩证	142
	二、信与美的统一	143
第二节	言不尽意，心手相违	144
	一、"言"常受限制	144
	二、心手物多难协谐	148
第三节	阐释之维，翻译同调	151
	一、理解即翻译	152
	二、有意误读	153
	三、创造性叛逆	155
第四节	翻译常规，一体两面	156
	一、内容与形式	156
	二、音译与意译	158
	三、意译与直译	160
	四、归化与异化	162
第五节	一贯万殊，和而不同	164
	一、和而不同	165
	二、双向互动	166

第六章　翻译化境 ········· 168

第一节　依义旨传,如风格出 ········· 168
一、义旨能不隔 ········· 168
二、风格不失本 ········· 170

第二节　整体观念,以意逆志 ········· 171
一、观物以全 ········· 171
二、以意逆志 ········· 174

第三节　既济吾乏,何必土产 ········· 175
一、体用二分不足恃 ········· 175
二、明体达用互参照 ········· 177

第四节　东采西撷,竟成化境 ········· 179
一、"化"与"境" ········· 179
二、中西兼融的化合 ········· 180

第五节　讹难避免,诱有双效 ········· 182
一、"讹"难尽除 ········· 182
二、"诱"之效用 ········· 185

第七章　译者主体 ········· 188

第一节　邻壁之光,堪借照焉 ········· 188
一、"打通"的方法 ········· 188
二、取精用弘的策略 ········· 191

第二节　非作调人,稍通骑驿 ········· 193
一、频遭误解的译者 ········· 193
二、以"通"为职志 ········· 195

第三节　心物两端,执用厥中 ········· 196
一、诗无达诂 ········· 196
二、允执厥中 ········· 198

第四节　笔补造化,超迈无妨 ········· 199
一、艺术再造 ········· 199
二、不妨超越 ········· 201

第五节　从心所欲,而不逾矩 ········· 203
一、不背规矩 ········· 203
二、写实造境 ········· 204

第八章　障碍逾越 …… 206
第一节　东海西海，心理攸同 …… 206
一、重视"普遍性" …… 206
二、"不隔"的理念 …… 209
第二节　因难见巧的障碍克服 …… 211
一、摆脱形式结构障碍 …… 212
二、突破表达法障碍 …… 214
三、打通文化深层障碍 …… 215
第三节　典雅文言的翻译风格 …… 217
一、文言以行文 …… 217
二、译笔之典雅 …… 220
第四节　信美兼具的翻译效果 …… 222
一、信而能美 …… 222
二、等类原则 …… 224
三、以诗译诗 …… 226
第五节　典范的莎剧台词译例 …… 229
一、写景状物言事 …… 229
二、反映矛盾冲突 …… 230
三、状写外貌性格 …… 232

结　语 …… 234
一、钱锺书创作与翻译的关联性 …… 234
二、钱锺书创作的接受与再发现 …… 243
三、钱锺书翻译价值的当下省思 …… 247

参考文献 …… 254
后　记 …… 259

导　言

钱锺书(1910—1998)既是杰出学者,又是著名作家和诗人,还是在理论与实践方面都卓有建树的翻译家。长期以来,国内外学界多围绕钱锺书多重身份的一个侧面开展研究,致使对其形象的呈现不够立体和全面。相比较而言,作为学者的钱锺书被探讨得最多;作为翻译家的钱锺书被研究得最不充分;而作为文学创作者的钱锺书,研究的数量虽多,但体系性嫌弱。

论及钱锺书创作或翻译的赏析性文章为数不少,从文本细读与严格实证出发的出色研究却并不多,且没有将其创作与翻译冶为一体进行贯通考察。即便单论其创作的,也没能很好地兼顾他在小说、散文与古体诗等不同文体创作方面的关联、分野、张力与互文性。单论其翻译的,将他的翻译理论与翻译实践结合起来的考察还有待深入,对其翻译思想与现代西学的关联探究得不够周全,对其翻译与创作以及学术研究之间的互动多未及发掘。从中国现当代文学、比较文学与跨文化传播的角度考量钱锺书的文学史地位与学术史价值的整全性研究尚付阙如。

本书拟详细分析钱锺书的文学创作实绩、有关文学创作的论述、翻译理论阐发与翻译实践操作,研讨其创作与翻译的存在和表现、特色及成就,为重新审视钱锺书的文学史意义与学术史贡献做一些整全性研究的尝试,并冀望对推动中国现代文学与比较文学的联动研究有所助益。

一、选题缘起

系统研究钱锺书的创作与翻译既有重要的学术价值,又有很强的现实意义。钱锺书的创作早已进入文学史,但既有的研究多针对其小说、散文、古体诗中的某一种文体立论,将其不同文体的创作进行贯通一体的全面考察较少。钱锺书在翻译方面的创见与实绩深刻影响了继起的翻译理论发展与翻译实践开展,学界对其翻译观念称引虽多,成体系的分析却少,其中还不乏误解与偏见。现有的研究对钱锺书的创作、翻译与学术多分而论之,缺乏通观圆览的综合视野,在方法论层面"以钱释钱"——即援用钱锺书学术研究中的相关论断,剖析解读其创作与翻译的开展情况——尚存在很大有待提升的空间。

(一)研究的学术价值

钱锺书的文学创作不仅认真严肃,而且是全方位的。他仅凭唯一一部长篇小说《围城》①已然在中国现代文学图谱中拥有重要地位,并且足以在世界文学版图占据一席之地。美籍华裔学者夏志清1961年出版的《中国现代小说史》②辟专章论述钱锺书,推崇他为吴敬梓之后最有力的讽刺小说家,称誉《围城》为20世纪中国最伟大的一部小说。自1979年以来,《围城》已先后出现英、俄、法、德、日、西、韩等多语种译本;短篇小说《灵感》有捷克语、英语译本,《纪念》有英语、俄语译本。③ 重读钱锺书不同文体的创作、广泛见于其文学批评与学术研究的创作论,深入理解他的相关作品,审视他在思想观念层面的发展变迁,是研讨钱锺书创作既有趣又有益的进阶路径。

钱锺书批判地继承中国传统文论与翻译理论,又出于高度的文化自觉,从西方现代思想与学术的发展中得到启迪,广泛吸收其中的优秀成果,结合自身丰富的翻译实践,借助深刻的理论思考,整合创新并形成卓然自成一家的翻译思想。他对翻译研究中的常规问题和热点问题,从翻译的基本理论、方法、规则到翻译的性质、翻译对文化深层问题的处理、翻译的社会功用等,都有广泛而深入的论述,虽零散却深具见地。

借助翻译,钱锺书突破了时间、地域、学科、语言等层面的界限,在"具体的文艺鉴赏和评判"④中探索中西文学共同的"诗心"和"文心"⑤,进而为文学的影响研究、阐发研究、科际整合等在中国的发展开辟了道路。不少论者认为钱锺书的翻译理论特别是"化境"说抽象、玄妙、可操作性不强,研究者对其论述和阐发不够深入;都承认钱锺书的学术研究具备打通中西的特点,在论及他的翻译思想时与中国传统联系较多,与西学的渊源和关联却论述得不深亦不透。援用中国传统文论与相关的现代西学理论,从不同层面梳理钱锺书的翻译思想,选取他具有代表性的翻译实例加以佐证,审视翻译在文化交流

---

① 钱锺书:《围城》,上海:上海晨光出版公司,1947年5月初版;单行本出版前曾连载于《文艺复兴》月刊第一卷第二期(1946年2月)至第二卷第六期(1947年1月),其中第二卷第五期(1946年12月)因钱锺书生病暂停连载。
② C.T. Hsia, A History of Modern Chinese Fiction, New Haven: Yale University Press, 1961.
③ 据三联书店版《人·兽·鬼》"序"与正文间的简短说明。(钱锺书:《人·兽·鬼》,北京:生活·读书·新知三联书店,2002年,第1页。)
④ 钱锺书:《中国诗与中国画》,《七缀集》,上海:上海古籍出版社,1985年;北京:生活·读书·新知三联书店,2002年(以下引述《七缀集》均据三联书店2002年版),第7页。
⑤ 所谓"诗心""文心",简单地说即作诗为文的用心,《文心雕龙·序志》谓:"夫文心者,言为文之用心也。"钱锺书论诗衡艺经常标举诗心、文心,如他从《左传》中读出"史蕴诗心",谓其于文学中策勋树绩,"尤足为史有诗心、文心之证"。(钱锺书:《管锥编(第一册)》,北京:中华书局,1986年,第164页。)

中的功用,当是深化钱锺书翻译研究的题中应有之义。

(二) 研究的现实考量

钱锺书的文学创作与他生活的时代、中国近现代历史乃至当下的社会现实都有密切的联系。他的创作包蕴丰富,为中国现代文学的表达开启了诸多崭新的路径,而且常读常新,能够持续激发读者的阅读兴趣。钱锺书的翻译理论与翻译实践为当今全球化语境下的跨文化传通和中国传统文化转型提供了颇具借鉴价值的思路。他清醒地认识到中西文化的异质性,同时又勉力发掘异质文化之间相互借鉴、互为补充的可能性,强调跨文化沟通的必要性和迫切性。他也深切关注民族文化与文明的传承和赓续,以开放的胸襟和主体能动的姿态直面翻译与文化交流,在跨文化交往中倡扬"和而不同"的立场。

钱锺书在研究、著述和翻译中常常运用典雅的汉语文言表达西方后现代理论家所极力标举的"新锐创见",不仅跻身于中西对话的前沿,而且深入其内核,从而在实践层面瓦解了西方中心主义笼罩下的话语权力。他注重从实践层面对西方后现代学派解构一切的做法进行反拨。他吸收、借鉴解构主义的批判性,打破了传统中国文学研究在结构上的封闭和自足;同时坚持有破有立,有效地避免了解构主义建构性缺失的弊病。

借助分析钱锺书的创作和翻译,引入东西方文化碰撞、对话和融合的视角,可以理清中国传统与西方文学、文化因素在他那里如何得到有效的整合。在东西方文化互动的历史脉络中探讨钱锺书对中国传统文学的继承和坚守,以及他对西方文学历时性发展成果从内容到形式的接受和改造,阐释西方近现代多个学科的思想在其创作、翻译与研究中的体现,有助于打通此前相对隔绝的中国现代文学研究与比较文学研究、文学研究与翻译研究等不同学术领域,消除不必要的(有些甚至是人为的)隔阂。

引入欧美文学与文化作为参照系,借助必要的"他者"维度,可以更加全面准确地理解中国现代文学。从文学接受的角度考察钱锺书的文学创作在20世纪90年代的"再发现"与"再接受",分析在20世纪50—70年代文学中长期被冷落、且一直处于边缘地位的个人化写作如何被带到90年代的"转型期文学"面前。而且90年代以来的文学创作中涌现出一批向钱锺书致敬的作品,也有效地展示了中国现代文学与当代文学的接续与贯通。此外,研究过程中亦注重给予钱锺书的创作与翻译以整体的人文观照,将历史探寻与美学思考相结合,将开阔的眼界与精微的考证相结合,避免研究陷入生硬刻板的境地。

二、先行研究

20世纪80年代初,郑朝宗首倡系统的钱锺书研究,并带领一届研究生从不同侧面研究其多个领域的成果。此后学界的钱锺书研究未曾须臾止步,90年代甚至一度成为"显学"。既有的研究中不乏对钱锺书文学创作的品评鉴赏,也有对其学术论著的深研力索,一批关注钱锺书与中国传统文化、古代文论以及现代西学之关联的论文、专著纷纷面世,其中不少研究富有卓识洞见。

(一)对钱锺书创作的研究

国内外已有的钱锺书研究概括起来有"三多三少"的特征:

一是对钱锺书的学术研究开掘得多,对其文学创作的关注相对较少。郑朝宗虽然早在1948年即以林海为笔名发表过关于《围城》的评论[①],但影响远不及他后来专论钱锺书学术方法的《研究古代文艺批评方法论上的一种范例——读〈管锥编〉与〈旧文四篇〉》[②]与《再论文艺批评的一种方法——读〈谈艺录〉(补订本)》[③],以及他主编的《〈管锥编〉研究论文集》[④]。但后面几种论著无一涉及钱锺书的创作方面。

周振甫《〈谈艺录〉补订本的文艺论》[⑤]分析了《谈艺录》所体现的文艺论的十个方面;张泉《跨文化交流中的钱锺书现象》[⑥]从中西文化交流的角度梳理并评价了欧美的钱锺书研究概况;张隆溪《论钱钟书[⑦]语言艺术的特点》[⑧]以"读书笔记"的形式,多角度、多层面地归纳了钱锺书的语言艺术特色;季进

[①] 参见林海:《〈围城〉与"Tom Jones"》,原载《观察》周刊第五卷第十四期,1948年11月;后以《〈围城〉与〈汤姆·琼斯传〉》为题收入林海著《小说新论》一书(上海:中华书局,1949年);《读书》1984年第9期重刊该文,题为《〈围城〉与〈弃儿汤姆·琼斯的历史〉》。

[②] 郑朝宗:《研究古代文艺批评方法论上的一种范例——读〈管锥编〉与〈旧文四篇〉》,《文学评论》1980年第6期。

[③] 郑朝宗:《再论文艺批评的一种方法——读〈谈艺录〉(补订本)》,《文学评论》1986年第3期。

[④] 郑朝宗编:《〈管锥编〉研究论文集》,福州:福建人民出版社,1984年。

[⑤] 周振甫:《〈谈艺录〉补订本的文艺论》,《文学遗产》1986年第2期。

[⑥] 张泉:《跨文化交流中的钱锺书现象》,《钱锺书研究(第三辑)》,北京:文化艺术出版社,1992年。

[⑦] 因学界与出版界"钱锺书"与"钱钟书"通用,本书参照主要征引文献——三联书店版《钱锺书集》,行文中统一用"钱锺书"这一写法,但征引文献时尊重原文,一仍其旧。

[⑧] 〔美〕张隆溪:《论钱钟书语言艺术的特点》,陆文虎编:《钱钟书研究采辑(2)》,北京:生活·读书·新知三联书店,1996年。

《钱锺书与现代西学》①以钱锺书在中国古代文化研究方面的建树为经,以代表性的西方现代学术思想为纬,揭示钱锺书学贯中西的内涵;龚刚《钱锺书与文艺的西潮》②侧重分析钱锺书的文学研究实绩与贡献。或因论题所限,上述出色的论著基本都未言及钱锺书的文学创作实绩与有关创作的论述。

胡晓明《陈寅恪与钱钟书:一个隐含的诗学范式之争》指出,钱锺书代表20世纪最重要的两大诗学范式之一,"以语言学、心理学、哲学和艺术学配合以说诗",代表了"修词、评点、谭艺的传统与西方新学的融合"③,论断可谓精辟,惜乎其比较仅限于诗学领域,未及其他。党圣元《钱钟书的文化通变观与学术方法论》④从人文价值和学术理路两方面体认钱锺书创立的学术范式。刘梦溪《钱锺书与陈寅恪的异同》⑤对比了二者的学问结构、对"华夷之辨"的看法以及文体论方面的异同。同样受文题所囿,上述深具见地的研究均未论及钱锺书的创作实绩与创作论述。

二是针对钱锺书的文学创作感性赏析多,理性思考与系统考察少。一般研究钱锺书创作的主要围绕《围城》展开,对其短篇小说与散文虽也有所兼及,但所占比重较低。关于钱锺书文学创作的研究,影响最为深广者至今仍首推夏志清的《中国现代小说史》。该书中译繁体字本于1979年和1991年分别在中国香港和中国台湾出版,传至内地(大陆),为20世纪90年代的"钱锺书热"助力不少。但夏著未涉及钱锺书的散文与古体诗创作。陈子谦的《论钱钟书》⑥有部分内容涉及钱锺书的创作,包含文学情境赏析、批评方法探析、人文精神解析等内容,但整体而言探讨的着力点是钱锺书的文艺思想。

专题研讨钱锺书文学创作的代表性成果有杨绛《记钱钟书与〈围城〉》⑦、陆文虎《"围城"内外——钱钟书的文学世界》⑧、张明亮《钱锺书修改〈围城〉》⑨、周锦《〈围城〉面面观》⑩、雷勤风《钱锺书的早期创作》⑪、刘玉凯《鲁迅

---

① 季进:《钱锺书与现代西学》,上海:上海三联书店,2002年;《钱锺书与现代西学(增订本)》,上海:复旦大学出版社,2011年。
② 龚刚:《钱锺书与文艺的西潮》,天津:南开大学出版社,2014年。
③ 胡晓明:《陈寅恪与钱钟书:一个隐含的诗学范式之争》,《华东师范大学学报(哲学社会科学版)》1998年第1期,第67页。
④ 党圣元:《钱钟书的文化通变观与学术方法论》,《中国社会科学》1999年第4期。
⑤ 刘梦溪:《钱锺书与陈寅恪的异同》,《北京观察》2015年第7期。
⑥ 陈子谦:《论钱钟书》,桂林:广西师范大学出版社,2005年。
⑦ 杨绛:《记钱钟书与〈围城〉》,长沙:湖南人民出版社,1986年。
⑧ 陆文虎:《"围城"内外——钱钟书的文学世界》,北京:解放军文艺出版社,1992年。
⑨ 张明亮:《钱锺书修改〈围城〉》,太原:北岳文艺出版社,1996年。
⑩ 周锦:《〈围城〉面面观》,石家庄:河北教育出版社,2002年。
⑪ 〔加拿大〕雷勤风:《钱锺书的早期创作》,《文艺争鸣》2010年第21期。

钱钟书平行论》①、隋清娥《鲁迅钱钟书文学比较论》②等。田建民《诗兴智慧——钱钟书作品风格论》③在一定程度上将钱钟书的学术著作与文学创作结合起来考察，从中抽绎出其独特的语言风格，视角与思路颇为独到。

1977年美国两篇研讨钱钟书创作的博士学位论文，一篇从语言和文学的角度考察《围城》《人·兽·鬼》和《写在人生边上》④，另一篇探讨《围城》的文学意义与社会意义⑤，当是世界范围内最早专题研究钱钟书创作的学位论文。

夏承焘的雄文《如何评价〈宋诗选注〉》⑥不仅是公允评判钱钟书选诗、注诗之眼界与识见的定鼎之作，而且对于理解钱钟书的古体诗创作具有拨云睹日的指导意义。解志熙《"默存"仍自有风骨——钱钟书在上海沦陷时期的旧体诗考释》⑦是近年来颇为厚重的一篇力作，该文专注于文本细读，通过考察钱钟书创作于沦陷区的九首古体诗（其中八首《槐聚诗存》佚收，另一首多所改动），称道钱钟书"世乱交有道"的道德操守，赞赏他的家国情怀与担当精神，强调其诗作的历史认识价值。

三是放大钱钟书生平传奇性的多，研讨其文体发展与文学史意义的少。冒孝鲁曾作《光宣杂咏》一组二十九首论诗绝句，品评光绪、宣统年间的诗人，钱钟书奉答酬唱，作绝句十首。其第一首中有"月旦人多谭艺少"⑧一句，系袭用翁方纲评王士禛《戏仿元遗山论诗绝句三十二首》里的话，指文艺批评中品藻人物的成分多，谈诗衡艺的比重少，几成文评一大弊病。坦率地说，当前的钱钟书研究亦呈现出"月旦人多谭艺少"的不正之风。许多论著打着研讨钱钟书的创作或学术的旗号，却不自觉地将关注重心放在搜罗钱钟书的生平逸闻趣事上，对相关文本的研读分析却很不到位。更严峻的是该趋势至今尚

---

① 刘玉凯：《鲁迅钱钟书平行论》，保定：河北大学出版社，1998年。
② 隋清娥：《鲁迅钱钟书文学比较论》，济南：山东文艺出版社，2004年。
③ 田建民：《诗兴智慧——钱钟书作品风格论》，石家庄：河北教育出版社，1997年。
④ Dennis T. Hu, A Linguistic-Literary Study of Ch'ien Chungshu's Three Creative Works, Ph. D. dissertation, University of Wisconsin, Madison, 1977.
⑤ Theodore David Huters, Traditional Innovation: Qian Zhongshu and Modern Chinese Letters, Ph. D. dissertation, Stanford University, 1977.
⑥ 夏承焘：《如何评价〈宋诗选注〉》，《光明日报》1959年8月2日。
⑦ 解志熙：《"默存"仍自有风骨——钱钟书在上海沦陷时期的旧体诗考释》，《文学评论》2014年第4期。
⑧ 全诗作："心如水镜笔风霜，掌故拈来妙抑扬。月旦人多谭艺少，覃溪曾此说渔洋。"（钱钟书：《叔子寄示读近人集题句媵以长书盖各异同奉酬十绝》其一，《槐聚诗存》，北京：生活·读书·新知三联书店，1995年初版；2002年，第32页。）(以下引述《槐聚诗存》均据三联书店2002年版。)

未引起学界足够重视。

本该深研力索钱锺书的创作,不少研究者却不惜宕开笔墨,耗费相当长的篇幅去追索钱锺书的生平逸事。在这一点上杨绛虽系无心却开了个不好的头。杨绛写于1985年、翌年交由湖南人民出版社出版的《记钱钟书与〈围城〉》一书,先以"钱钟书写《围城》"为题,写《围城》是如何被创作出来的;继之又以"写《围城》的钱钟书"为题,记叙钱锺书的生平"痴气"。杨绛本着知人论世的出发点,以其独特的身份和得天独厚的资料来源,如此叙写本无可厚非,对读者理解《围城》亦有助益。但不自知的后来者往往随波逐流,在研讨钱锺书的创作时,花大气力旁及发生在钱锺书身上的趣闻轶事,其中甚至不乏张冠李戴、以讹传讹的成分,以致严重影响了解读钱锺书创作的客观性和有效性。

中国台湾学者汪荣祖撰写的钱锺书传记《槐聚心史——钱锺书的自我及其微世界》①,分论"钱锺书的自我"与"钱氏学术境界",以优雅的文笔析论钱锺书的内心世界与学术世界,但也有论者指出,史学大家汪荣祖对钱锺书古体诗的解读颇有一些错讹。

综上所述,关于钱锺书创作方面的研究,其均衡性可以适当调整,研究的范围应该大力拓展,研究的深度需要进一步开掘,研究的视角有待及时提升。有必要采用全局的眼光,对钱锺书的文学创作进行全景式观照;同时深入挖掘文本背后的意义,探究它们产生时的社会状况,考察它们在中国现代文学史上的价值意义;进而探究它们与中国古典文学、欧美文学以及中国当代文学之间的关联。

(二) 对钱锺书翻译的研究

专题研究钱锺书翻译理论与翻译实践的论著十分有限,而且既有的研究存在浓重的普泛化倾向,也有不少薄弱环节。

罗新璋《钱锺书的译艺谈》②是第一篇专论钱锺书翻译思想的论文。季进《钱锺书与现代西学》一书专辟一节论述钱锺书的翻译。聂友军《钱锺书翻译理论与实践研究》③综合考察钱锺书的翻译理论与翻译实践,并尝试打通其翻译的内部研究与外部研究。杨全红《钱锺书翻译思想研究》④归纳出钱锺书翻译研究三个方面的贡献。葛中俊《钱锺书视域中的翻译之名与译品之

---

① 汪荣祖:《槐聚心史——钱锺书的自我及其微世界》,台北:台湾大学出版中心,2014年。
② 罗新璋:《钱锺书的译艺谈》,《中国翻译》1990年第6期。
③ 聂友军:《钱锺书翻译理论与实践研究》,苏州大学硕士学位论文,2007年4月。
④ 杨全红:《钱锺书翻译思想研究》,上海外国语大学博士学位论文,2007年6月。

实——〈谈艺录〉汉英译释研究》①以应用语言学的方法,探讨钱锺书的翻译思想在《谈艺录》英语引文的中文译释中是如何得到兑现和落实的。

整体而言,系统地研讨钱锺书翻译的学术论著大大少于探讨其文学创作或学术成就与方法论的研究。举例来说,已经出版的三辑《钱锺书研究集刊》中论及翻译的仅见一篇短文;陈子谦《论钱钟书》和龚刚《钱钟书——爱智者的逍遥》②,作为流布较广的整体性钱锺书研究著作,完全没有触及钱锺书的翻译方面。

国内的钱锺书翻译研究大都围绕钱锺书的翻译本身进行,基本属于内部研究范畴,对钱锺书的翻译与其创作、学术及思想观念之间的关联等外部研究多未及深入发掘;将钱锺书的翻译理论与翻译实践结合起来的考察还有待进一步深化;对钱锺书的翻译思想与现代西学之间的关联探究得尚不够周全。质言之,既有研究的视野与格局相对受限,终以未能提供有关钱锺书翻译的整全图景为憾。

在西方,乔治·斯坦纳(George Steiner)、尤金·奈达(Eugene A. Nida)等人的翻译理论从文学文本与历史文化相结合的角度出发,较好地体现了翻译在跨语言交际中的功用。但由于中西语言阻隔,西方翻译理论家立论时基本未涉及中国的翻译理论,更与中国的翻译实践无涉,无形中影响了其理论的适用性与公允度。《围城》德语译者莫妮卡(Monika Motsch,中文名通作莫芝宜佳)在《中西灵犀一点通——钱锺书的〈管锥编〉》③一文中简单提及钱锺书对西方文化的熟稔以及对翻译的驾轻就熟,遗憾的是没有详细展开论述。

基于国内外的既有研究对钱锺书的翻译理论与翻译实践关注不足、挖掘不深且论述不成体系的现状,一方面需要到中国传统中寻找钱锺书翻译理论的根脉源流,另一方面也呼唤援用相关的现代西学理论进行分析、解读,并择取钱锺书的翻译实例加以佐证。

全面透彻地梳理并阐明钱锺书的翻译理论与翻译实践本身就具有重大的学术价值,而且可以推动钱锺书研究的深化。研讨钱锺书的翻译亦需密切联系当下的社会现实,审视翻译在文化交流与传播中的功用,彰显钱锺书在面对异质文化时所秉持的"打通"的学术方法论与坚持"和而不同"的理论自觉。

---

① 葛中俊:《钱锺书视域中的翻译之名与译品之实——〈谈艺录〉汉英译释研究》,华东师范大学博士学位论文,2012年10月。
② 龚刚:《钱钟书——爱智者的逍遥》,北京:文津出版社,2005年。
③ 〔德〕莫妮卡:《中西灵犀一点通——钱锺书的〈管锥编〉》,《钱锺书研究(第二辑)》,北京:文化艺术出版社,1990年。

三、思路方法

本书拟在文本细读的基础上,倚重原典实证,取通观圆览的视角,俾使做出的判断与结论不偏不倚。在系统梳理钱锺书的文学创作实绩、创作论述、翻译理论与翻译实践时,兼及他作为学者的一面,将他所掌握的多种学科理论与多国语言技能作为潜在的背景一并纳入考察,力争呈现一个立体的钱锺书形象。围绕钱锺书的创作与翻译这一论述本体,将内部研究与外部研究相贯通,勉力做出有学理性的阐发。

(一) 基本思路

从样态呈现出发,对钱锺书的创作和翻译分别予以必要的坐标定位,并在此基础上进行合理的成因探析。结合钱锺书开展创作与翻译活动的社会的、历史的与文化方面的语境,呈现其创作与翻译的基本面貌分别是什么(what)。以探究钱锺书创作与翻译的根脉源流与发展变迁为主线,辅以与同时代有代表性的作家、翻译家、学者的有效比照,彰显钱锺书的创作与翻译不同于他人的区别性特征,细密分析钱锺书的文学创作、有关创作的论述、翻译理论阐发以及翻译实践开展得怎么样(how)。取统观圆览的视角,剖析钱锺书为什么(why)能够形成相对独特的创作特色与翻译理念。

首先,采用比较文学"发生学"(Phylogenetics)的观念与方法,从学术史梳理、实证研究、整体描述与个案分析相结合的理路出发,把握钱锺书的创作与翻译的独特性得以生成的多元文化语境,并以符合逻辑的方式探究背后起关键作用的动因。

研究中留意将钱锺书的创作与翻译置放于当时的历史脉络中加以梳理。正如钱锺书在探讨休谟的哲学时所提出的:"假使一个古代思想家值得我们的研究,我们应当尊敬他为他的时代的先驱者,而不宜奚落他为我们的时代的落伍者。"[①]研究需具有明确的语境意识,正确对待研究者与研究对象之间存在的时空距离,力避以后设的眼光观照甚至苛责前人,以期最大限度地还原研究对象的"本真"面目。

在爬梳钱锺书的创作与翻译时,不仅要重视事实性的存在与表现,还要高度重视方法论层面的整合与提升,力求使研究既秉有较高的学术性,又体现较强的现实针对性。

其次,从扎实的文本细读出发,既重视钱锺书调用不同文体进行创作时

---

① 钱锺书:《休谟的哲学》,原载《大公报·世界思潮》第十期,1932年11月5日;《写在人生边上·人生边上的边上·石语》,北京:生活·读书·新知三联书店,2002年,第258页。

对它们的不同功能定位,又注意它们彼此间的内在逻辑关联;既研讨钱锺书开展创作与翻译之际对中国文化传统的坚守和反拨,又细致分析他对西方文化多重要素的汲取与扬弃。

要对钱锺书的创作和翻译进行合理的价值定位,需要动态地理解和把握。钱锺书强调:"同一流派的发展有阶段、分程度,同一作家的作风有主次。"①要以发展的眼光观照钱锺书的创作和翻译,从中抽绎那些跨越了时空、具有永恒之美与普遍价值的成分和要素,也要探究其创作和翻译在不同时期的区别,厘清其发展变迁的线索。

要对钱锺书的创作和翻译进行恰如其分的价值判断,还需要加强对研究史的梳理。"批评史的研究,归根到底,还是为了批评。我们要了解和评判一个作者,也该知道他那时代对于他那一类作品的意见,这些意见就是后世文艺批评史的材料,也是当时一种文艺风气的表示。"②全面把握作家创作时的文艺风气是开展批评与研究的前提,分析与作家同时代的批评者对作家的评判可以大致明确其价值、地位和受认可程度。无论新的研究是认同或有别于作家生活与创作时的评判,都应当从对批评史的梳理中引申生发。

最后,打通关于钱锺书文学创作与翻译活动的内部研究与外部研究,分析其创作与翻译开展之际的关注重心、核心理念和表达路径,审视其创作和翻译的外在背景与内在理路,在知其然的同时,力争知其所以然。

要客观、全面地探究钱锺书创作与翻译得以生成的原因,需要跨文化的胸襟、世界性的视野和认同文化多元的思考方式,并着意凸显研究主体与研究对象之间的双向互动。③ 不应将钱锺书的创作和翻译看作一个封闭自足的独立存在,而应将其放到世界文化发展的大背景下加以考察。以全球化的视野,取平视的姿态,在研究对象的内容实质与已开展的先行研究之间形成一个钟摆式的摆动,摆动的中心则始终指向钱锺书的创作与翻译这个论述本体。

(二) 研究方法

本书在研究方法层面的做法是:在还原的历史文化语境中理性地审思研究对象;从文本细读出发,从对原典的细致解读中求得实证;以通观圆览的理念为指引,以开放的视野、多元的方法观照钱锺书的创作和翻译,兼及他的文

---

① 钱锺书:《致范景中》,《钱锺书散文》,杭州:浙江文艺出版社,1997年,第437页。
② 钱锺书:《中国诗与中国画》,《七缀集》,第1页。
③ 钱锺书提到:"自省可以忖人,而观人亦资自知;鉴古足佐明今,而察今亦裨识古;鸟之两翼、剪之双刃,缺一孤行,未见其可。"(钱锺书:《管锥编(第一册)》,第171页。)强调审视研究对象与反观自身相结合,追索研究的现实意义。

学批评与学术研究,并与国内外相关研究进行对话互动。

其一,还原语境,理性审思。

钱锺书十分注重在具体的语境中把握研究对象。他提倡"观'辞'(text)必究其'终始'(context)"①。可以将"辞"与"终始"同步扩大或缩小,以使其适应不同的研究对象。"终始"可以是上下文,此时的"辞"是字词句段;也可以是社会语境,彼时的"辞"则是人物、事件、潮流、宗派等。小而言之,对文词的含义需结合上下文才能理解得准确;大而言之,对文本的义旨需结合历史文化语境才能解读得恰切。

语境意识需要建立在对时代风气、流派风格的整体理解基础之上。钱锺书在《中国诗与中国画》一文中指出:

> 风气是创作里的潜势力,是作品的背景,而从作品本身不一定看得清楚。我们阅读当时人所信奉的理论,看他们对具体作品的褒贬好恶,树立什么标准,提出什么要求,就容易了解作者周遭的风气究竟是怎么一回事,好比从飞沙、麦浪、波纹里看出了风的姿态。②

还原语境强调回到当时的历史场域开展研究,不能将当时带有共性特征的事物看成某一个诗人、作家独有的风格,需要着力区分时代、流派的共性与诗人、作家的个性特质。文学研究要确保解读的有效性,还需要内部研究与外部研究相结合③,过度拘执于文本本身可能有碍解读的客观与公正,甚至有偏颇、褊狭之虞,难以"超以象外,得其环中"(司空图《二十四诗品·雄浑》语)。

在还原的语境中把握文本还需要与理性审思相结合,其要义是承认融汇古今的思想方法是可行的,但以古证今的做法却不足取。钱锺书在《中国文学小史序论》中指出:"叙述古人文学之时而加以今日文学之界说,强作解事,妄为别裁,即令界说而是,已不忠于古人矣,况其未耶?"④研究钱锺书的创作与翻译需要结合它们产生时的社会语境历史地加以解读;以后设的文艺批评标准评判多有不妥,即令界说得不错,脱离了语境的理解也难称恰切,更何况还有可能变形走样,甚至会出现为使现象就范于理论而削足适履的情况。

---

① 钱锺书:《管锥编(第一册)》,第170页。
② 钱锺书:《中国诗与中国画》,《七缀集》,第2页。
③ 雷纳·韦勒克(René Wellek)与奥斯汀·沃伦(Austin Warren)合著的《文学理论》(Theory of Literature)较早明确提出内部研究与外部研究相结合的文学研究方法,影响深远。参见 René Wellek, Austin Warren, Theory of Literature, Boston: Houghton Mifflin Harcourt, 1977.
④ 钱锺书:《中国文学小史序论》,原载《国风》半月刊第三卷第八期,1933年10月16日;《写在人生边上·人生边上的边上·石语》,第103页。

欲全面深入地理解钱锺书的创作与翻译,需要还原钱锺书的文学创作、文学批评、翻译理论、翻译实践、思想方法与学术观念得以生成的语境,同时尝试进行同情的理解,加以辩证、理性的思考,并从文本细读出发进行严格的实证。

其二,文本细读,原典实证。

文本细读强调读书得间,通过深入阐发,充分揭示文本所承载的信息及其背后的价值意义。基于原典的实证可以避免背离文本意义的解读,坚持有一分材料说一分话,杜绝过度阐释,俾使研究可验证,结论令人信服。

针对钱锺书的文学创作,分析他对人与自然、人与社会、人与自身关系的思索,理解其体悟既来自广博的阅读积累,又得益于他对人生体验的深刻思考。从文本细读出发的原典实证强调历史与逻辑、整体与个案、文本与非文本的统一,通过解读其创作的历史背景、性质范围、主要特点、发展变迁,研讨他在中国现代文学发展方面的创建与贡献。

针对钱锺书的翻译,以其翻译理论与翻译实践的结合为经,以他博采古今中西的学术路径为纬,将他对中国传统译论的阐释、自身翻译理论的建构与翻译实践的开展结合起来,进行纵横交织的整体性考察。以细密的文本分析为主要研究路径,同时注重翻译在历史和文化语境中的定位,梳理他对中国传统文论与译论的继承、发展和创新,分析他对西方人文社会科学领域新兴理论的吸收、改造与融合,辩证地看待他对中西、古今、语言、学科等界限的"打通"。

我们赞同"知人论世",但不同意过分解读钱锺书的生平经历。本着同情的理解,既不应苛责前人,又不宜盲目拔高研究对象。钱锺书对西方近代以来的学术发展以及东西方文化的碰撞与融合有着清醒的认识,他也积极参与推动异质文化间的对话与沟通,但他不赞同生搬硬套西方的标准品鉴中国文学作品,这一点值得大张旗鼓地褒奖。但也无需讳言,在钱锺书早期的文学创作中,对西方技巧的挪用、比喻手法的使用都略显过量,难脱"炫技"之嫌,对此也应有正确的认识与评判,大可不必为尊者讳。

学界对钱锺书人生历程与学术成就的研究相对丰富,在此基础上,凸显他在文学创作与翻译方面的独特贡献十分必要;有意识地拉开一定的时空距离后,再度审视钱锺书在中国现代文学史与学术史上的价值,并寻求结构性、关键性的突破恰逢其时。该研究的开展在内容方面需要跨越语言界限,冲破国别藩篱,消除学科壁垒,并广泛涉及中西文学、语言、历史、哲学、思想、文化等诸多学术领域,由是呼唤"通观圆览"的视角与方法。

其三,通观圆览,共味交攻。

"通观圆览"是钱锺书拈出的一个学术术语①,其中"通观"是第一位的,要求全面观照研究对象而不断章取义;"圆览"既是方法和手段,又是目的和效果,强调周全、辩证而不偏颇。按照钱锺书的理解,"言不孤立,托境方生;道不虚明,有为而发"②。诗人作家遣词造句、言志明道都离不开具体的语境与特定的历史背景,不结合语境或背景孤立地理解难免流于片面肤浅,乃至产生误解。借助通观圆览的方法,"知同时之异世、并在之歧出……悉心体会,明其矛盾,而复通以骑驿,庶可语于文史通义乎"③。承认事物的多样性,不以偏概全,不抱残守缺,不囿于成说,有助于加深对事物的体认。

通观圆览既强调细节,又注重从整体出发开展研究,既强调整体描述的合理性,又避免宏大叙事多所遮蔽的缺陷,有助于充分认识事物的丰富性和复杂性。"积小以明大,而又举大以贯小;推末以至本,而又探本以穷末;交互往复,庶几乎义解圆足而免于偏枯,所谓'阐释之循环'(der hermeneutische Zirkel)者是矣。"④以言研究钱锺书的创作与翻译,既要葆有整体观照的宏观视野,又要避免过分强调时间的连续性而忽略不同阶段、不同文体、不同文本间的差异性。合理的思路应当是宏观观照与微观剖析相结合,定性判断与定量分析相统一,在整体把握的前提下区分不同文体、不同时段和不同文本的不同侧面,深入考察钱锺书创作与翻译的内容及其生成过程。

通观圆览亦要求不在狭义的中国现代文学研究范畴内自我设限。人文学的学科划分大都是在第二次世界大战后人为确立起来并被着意强化的,而且许多学科所确立的分界是成问题的。钱锺书的学术研究并没有拘泥于狭义的文学分析,并且他也反对在研究中"东面而望,不睹西墙;南向而视,不见北方,反三举一,执偏概全"⑤,强调摒弃片面偏颇的观点与因循刻板的做法。

概括而言,本研究致力于打破以往钱锺书研究的惯有思路与视角的局限,围绕钱锺书的创作与翻译这个主轴,以开放的视野观照研究对象与相关先行研究,进而提出新问题,分析这些问题,并寻求最终能够解决其中根本性的问题。

---

① 钱锺书多次提及通观明辨、通观一体,如:"《荀》曰'周道',《经》曰'圆觉',与《典论》之标'备善',比物此志,皆以戒拘守一隅、一偏、一边、一体之弊。""'圆照'、'周道'、'圆觉'均无障无偏之谓也。"(钱锺书:《管锥编(第三册)》,北京:中华书局,1986年,第1052、1053页。)
② 钱锺书:《谈艺录》,上海:开明书店,1948年6月初版;《谈艺录(补订本)》,北京:中华书局,1984年,第266页。(以下引述《谈艺录》均据《谈艺录(补订本)》1984年版。)
③ 钱锺书:《谈艺录(补订本)》,第304页。
④ 钱锺书:《管锥编(第一册)》,第171页。
⑤ 钱锺书:《谈艺录(补订本)》,第304页。

创作论

创作论以研讨钱锺书的文学创作实绩为主,也兼及他有关创作的重要论述。在内容方面,钱锺书的创作常近取诸身,既有心系家国的忧思,又有笔涉两性的意趣,还有对文人群体的工笔刻画,更有致敬经典的表达、读书得间的创获;在情节结构方面,陌生化的场景调度、新奇的意象并置、富于包孕的片刻、分镜头式的结尾错落交织;在修辞表达方面,繁复的修辞表象背后,有深刻的思想与现代新兴西学理论为内核,比喻被用以解释世界,经通感联结思维的推移,借不动声色的讽刺行解构之事,惯用人化文评并以"知言"自律;在语言艺术方面,钱锺书在创作中也工于炼字,巧于布置熔裁,且善于翻新出奇,寻常话题与言说方式中充盈着清新隽永的思想。

　　在研究钱锺书的创作时,从赋予事实以意义的"文学性阅读"出发,还原并揭示文学文本内在的丰富性和复杂性,发掘叙事主体内心隐秘的问题性,推动钱锺书的创作研究进一步走向深入和细化,亦有助于发掘另一条通道,以认识广阔的外部世界与人们丰富的内心世界。

第一章　近取诸身入诗文

中国文学历来有善于观察和描摹自身及周边事物以表达思想的传统。钱锺书创作取材善于近取诸身，从自己熟悉的人、事、物入手，不仅方便，而且容易抓住对象的标志性、区别性的特征予以表现，亦能够令读者产生会心不远的亲切感。

第一节　书生何曾忘忧国

如果说传颂甚广的"围城"是钱锺书着意营造的人生境域的意象，终未写成的"百合心"是他试图映射世态百味的寓言，那么"战争"则是掩映在他创作的字里行间无所不在的一个隐喻。钱锺书将《围城》的背景设置为抗战期间，《猫》《纪念》等短篇所写的也是这一时期的事情，且其中不乏富于现实感与历史性的隐性战争描写，他在抗战时期的诗作往往直白地袒露心迹，直抒忧国忧民的胸臆。钱锺书在写人状物时每每关涉战事、时政、社会现实，看似不经意，却皆是用心之作，深切表达了他反对战争、祈盼和平的心愿。

一、哀望江南赋不成

钱锺书创作于抗战正酣时的诗文表达了他心系国家民族命运的忧思，甚至可以说或隐或显的"战争"叙事承载着他对现实的观察与思考，对未来的忧虑和憧憬，以及无处安放却难掩其热切深厚的家国情怀。

钱锺书小说中几乎没有对战争场面的直接描写，却屡次提及敌机轰炸。如：

> 敌机进入市空，有一种藐视的从容，向高射机关枪挑逗。那不生效力的机关枪声好像口吃者的声音，对天格格不能达意，又像咳不出痰来的干嗽。①

抗日战争全面爆发后不久，淞沪战役失利，南京吃紧，国民政府迁往战时陪都重庆。自1938年2月18日至1943年8月23日长达五年半的时间里，日

---

① 钱锺书：《纪念》，《人·兽·鬼》，第118页。

军对重庆及周边地区实施无差别轰炸。由于敌我军事力量、武器装备悬殊，空军方面尤甚，我方基本没有制空权，敌机进入包括重庆在内的许多城市的市区轰炸如入无人之境，甚至表现出一种"藐视的从容"。我方以高射机关枪对抗，敌机很少出现在有效射程内，或为节省弹药计，射击并不连贯。钱锺书用"口吃""不能达意"表达反制的无效；又说"像咳不出痰来的干嗽"，那种内心焦急却又十分无奈的心态历历如在读者眼前。

说到山城春天的到来，再次提及空袭的敌机意象："虽然是高山一重重裹绕着的城市，春天，好像空袭的敌机，毫无阻碍地进来了。"① 便有重重高山阻隔，一旦季节、时令到了，春天仍会势不可挡地来临；空袭的敌机的映衬令这种不受阻碍更加具体可感。因为自然屏障不足以形成有效阻挡，而我方又不能进行实质性的还击，所以敌机来得"毫无阻碍"。欣欣向荣的春天到来本是件赏心乐事，但联想到狂轰滥炸的敌机，心不由地下沉、揪紧。随着故事的展开，后来山城开办了航空学校，才叔的表弟天健来做飞行学员，才有了曼倩与天健的婚外情发生。故事临近结尾时，航空学校初见成效，敌机再次入侵，我方出动战机迎头痛击，战斗中天健牺牲。可以说在《纪念》中，敌机轰炸贯穿了故事的发生、发展直至结局的全过程，小说情节也因之连缀起来。

《猫》中描写被猫抓过的稿纸，"字句流离散失得像大轰炸后的市民"②。稿纸被猫抓过而面目全非，但钱锺书却别出心裁，不说稿纸破败不堪，而是强调纸上的字句"流离散失"，赋予字句以鲜活的生命。又说这种流离散失像经历大轰炸后的市民，将读者原本对稿纸的关注自然引到对遭遇轰炸而流离失所的市民的关切与同情上来，因轰炸给市民带来的难以抚平的精神创伤跃然纸上。

1929年初德国作家雷马克（Erich Maria Remarque）出版了刚在报纸连载完的《西线无战事》③，引发了包括中国文坛在内的世界性反战文学热潮。当然，对中国尤其上海文坛而言，1932年"一·二八"事变后的淞沪抗战是引发战争题材文学热潮的更直接因素。钱锺书在创作中也时有反战忧思表露，但与20世纪30年代以报告文学形式记录战事的中国主流反战文学不同，他主要以古体诗、学术著作的序言或小引以及创作中不时涌现的敌机轰炸等意象，表达对战争的嫌恶与反对，也表达自己虽是一介书生却不敢须臾忘记忧国忧民的拳拳之心。

穷凶极恶的日本侵略者妄图速战速决灭亡中国，却不期然地遭到中国全

---

① 钱锺书：《纪念》，《人·兽·鬼》，第92页。
② 钱锺书：《猫》，《人·兽·鬼》，第17页。
③ Erich Maria Remarque, *Im Westen nichts Neues*, Berlin: Propyläen Verlag, 1929.

民族的顽强抵抗。他们在 1937 年 12 月 13 日侵占民国首都南京后,发现仍不能令中国人甘心接受被奴役的命运,遂丧心病狂地制造了惨绝人寰的南京大屠杀。正在欧洲留学的钱锺书于翌年春写下了字字血泪的《哀望》。其首联作:"白骨堆山满白城,败亡鬼哭亦吞声。"①以"白骨堆山"控诉日寇针对平民的杀戮灭绝人性,用"吞声"而泣表达无辜百姓的饮恨衔冤。其尾联作:"艾芝玉石归同尽,哀望江南赋不成。"前一句与白居易《浩歌行》中的"贤愚贵贱同归尽"同义,后一句用庾信《哀江南赋》亦咏南京失陷的典故,摹写日寇铁蹄践踏下南京城山河破碎的惨状。

《将归》(1938)其二颔联作:"家无阳羡笼鹅寄,客似辽东化鹤归。"②承前一首写自己结束留学生涯"将归"的感慨,该诗细表归国临行前的心绪。两句分别化用"阳羡笼鹅"(《续齐谐记》)与"化鹤归辽"(《搜神后记》)两个典故,表现钱锺书结束三年海外求学生活归国之际的心境。故国早已物是人非,家乡遭日寇侵占,自己家中也被洗劫一空,寄身无处,但他仍毅然决定回国共赴时艰。

《陈式圭郭晴湖徐燕谋熙载诸君招集有怀张挺生》(1938)颈联作:"解忧醇酒难为力,遭乱文章倘有神。"③化用曹操"何以解忧?唯有杜康"(《短歌行》)与杜甫"文章有神交有道"(《薛端薛复筵简薛华醉歌》),与该诗前文提到的"苍生化冢""破国"等语一道,表达了钱锺书在遭逢乱世、国破无依的境况下难以排遣的忧思。

《围城》中描写日本侵华战事时用了一个比喻:"以后这四个月里的事,从上海撤退到南京陷落,历史该如洛高(Fr. Von Logau)所说,把刺刀磨尖当笔,蘸鲜血当墨水,写在敌人的皮肤上当纸。"④虽然此处采用了限知性视角,而且添加了表示揣测语气的"该"字,但对日本侵略者非人道行径谴责的力道却毫无减损,大有力透纸背之势。

《谈艺录》正文前的"小引"提到:"余身丁劫乱,赋命不辰。国破堪依,家亡靡托。迷方着处,赁屋以居。先人敝庐,故家乔木,皆如意园神楼,望而莫接。"表达了生逢乱世,国破家亡无枝可栖的无奈。但他继之又坚定地说:"兰真无土,桂不留人。立锥之地,盖头之茅,皆非吾有。知者识言外有哀江南

---

① 钱锺书:《哀望》,《槐聚诗存》,第 22 页。
② 钱锺书:《将归》,《槐聚诗存》,第 23 页。
③ 钱锺书:《陈式圭郭晴湖徐燕谋熙载诸君招集有怀张挺生》,《槐聚诗存》,第 27 页。
④ 钱锺书:《围城》,北京:人民文学出版社,1991 年,第 36 页。(以下引述《围城》均据人民文学出版社 1991 年版。)

在。"①"兰真无土"源于元初画家郑思肖善画无根兰,以表达对异族入主的悲愤和对前朝故国的情愫;"桂不留人"反用庾信《枯树赋》里的"小山则丛桂留人";"哀江南"则取庾信《哀江南赋》的悲慨之意。钱锺书反战、反侵略的坚定态度在这段"小引"中尽行展现出来。

《〈谈艺录〉序》开篇点明:"《谈艺录》一卷,虽赏析之作,而实忧患之书也。"②《〈围城〉序》中说:"这本书整整写了两年。两年里忧世伤生,屡想中止。"③在山河破碎之际,一介书生不能以身许国,只好将无尽忧思尽行倾注到学术研究与文学创作中,但心底深沉的家国情怀,令他始终未曾忘记忧国忧民。

1941年夏天以后,钱锺书滞留在沦陷后的上海,仍坚持此前在湖南蓝田已动笔但尚未完成的《谈艺录》撰著工作。"海水群飞,淞滨鱼烂。予侍亲率眷,兵罅偷生。如危幕之燕巢,同枯槐之蚁聚。忧天将压,避地无之,虽欲出门西向笑而不敢也。"④深谙覆巢之下安有完卵的钱锺书兵隙偷生、无地可避,只能忘我地投入到未竟的学术撰著工作中去。他将诗集命名为《槐聚诗存》,亦本于对这种心境的写照。《灵感》中说:"地狱早已搬到人间去了。"⑤将战争蹂躏下的祖国比作地狱,毫不掩饰地表达对战争的深恶痛绝。

钱锺书在寻常写人叙事时,善于以信手拈来的方式插入一两处与战争相关的比喻,撩拨读者的思绪,使他们不能忘怀正在进行的残酷战争。如状写人物外貌时说:"眼睛下两个黑袋,像圆壳行军热水瓶,想是储蓄着多情的热泪。"⑥说黑眼袋像"圆壳行军热水瓶",用夸张手法极言黑眼袋之大。接下来自然引出自己的猜测——眼袋里面储蓄着"多情的热泪",故意用这种有悖于常理的笔致,意在表达"多情"二字。

不断言说事实上的战争与类比中的战争,不仅成为钱锺书小说叙事的一种修辞技巧,而且也大大丰富了其小说的表意形态,令情节更生动,人物形象更鲜活,作者作为一个战时人文主义者的立场与倾向也从中得到更明确的显现。

钱锺书创作的小说、散文、古体诗中都有关涉抗战的笔触,但三者不可等量齐观。虽然可以将钱锺书散文中偶尔出现的有关战争的言说解读为与他

---

① 钱锺书:《谈艺录(补订本)》,第1页。
② 钱锺书:《〈谈艺录〉序》,《谈艺录(补订本)》,第1页。
③ 钱锺书:《〈围城〉序》,《围城》,第1页。
④ 钱锺书:《〈谈艺录〉序》,《谈艺录(补订本)》,第1页。
⑤ 钱锺书:《灵感》,《人·兽·鬼》,第77页。
⑥ 钱锺书:《围城》,第56页。

的小说、古体诗形成互文关系,但就其散文意欲表达的主旨而言,战争以及对战争的思考绝非主要对象,充其量算作插话或余兴;《围城》与《人·兽·鬼》中的多个短篇都以抗日战争为背景,其中直接关涉战事的笔触虽然不多,却有极强的冲击力和感染力,是他心系国家民族命运的直观展露;他在抗战正酣之际创作的一批古体诗则直接以抗战为主题,可谓字字血泪,深切表达了他反对战争、祈盼和平的心愿。

二、武都惜命文贪财

钱锺书在创作中对满嘴空话的政治家、人浮于事的官僚极尽嘲讽,对统治阶层的贪财惜命大加挞伐,并对腐败的吏治导致战时物价飞涨口诛笔伐。

《围城》中描写唐晓芙的眼睛,顺带不遗余力地讥讽空言的政治家:"她眼睛并不顶大,可是灵活温柔,反衬得许多女人的大眼睛只像政治家讲的大话,大而无当。"①由对人物眼睛的平实描绘,迁移到对政治家的热讽,虽然衔接和过渡不是那么自然,但批驳政治家惯于讲大话、空话,华而不实,大而无当,仍有一针见血的准确和力度。

《谈艺录》中论及研究者易被文论中标举的一些空言误导,并顺势嘲讽政治家:"以文论为专门之学者,往往仅究诏号之空言,不征词翰之实事,亦犹仅据竞选演说、就职宣言,以论定事功操守矣。"②政治家的竞选演说、就职宣言往往开出一些空头支票,口惠而实不至,一旦竞选成功或者坐稳了位子就忘记初心,甚者他们最初做出种种承诺时也未必出于真心,不听其言观其行而仅据此评定他们的事功或操守,势必不准确。《〈围城〉序》中称:"近来觉得献书也像'致身于国'、'还政于民'等等佳话,只是语言幻成的空花泡影。"③再次揭露政治家惯于做语言的巨人、行动的侏儒。

《上帝的梦》中连用几个比喻,表现小说中人物对伴侣的期待:

> 这伴侣的作用就为满足自己的虚荣心。他该对自己无休歇地、不分皂白地颂赞,象富人家养的清客,被收买的政治家,受津贴的报纸编辑。④

富人家养的清客吃人家的嘴短,受津贴的报纸编辑要听命于发津贴者,

---

① 钱锺书:《围城》,第47页。
② 钱锺书:《谈艺录(补订本)》,第568页。
③ 钱锺书:《〈围城〉序》,《围城》,第1页。钱锺书在1980年为《围城》写的《重印前记》中说:"没有看到台湾的'盗印'本,据说在那里它是禁书。"(钱锺书:《重印前记》,《围城》,第1页。)台湾当局曾嫌小说中的部分情节影射蒋介石而一度禁绝《围城》。
④ 钱锺书:《上帝的梦》,《人·兽·鬼》,第4页。

不分皂白地赞颂虽为正直人所不齿,却也各有其不得已之处。唯独被收买的政治家言不由衷最令人讨厌。他们本是纳税人出钱请来办理公务的,结果却受人贿赂,搞权钱交易,实属无耻之尤。

从某种意义上说,权力具有腐蚀人的魔力,当掌权者摆不正自己的心态时尤甚。"上帝也有人的脾气,知道了有权力就喜欢滥使。"①滥用职权要么逾越本分,强行插手职分之外的事情,要么以权谋私,中饱私囊。钱锺书短短一句话对滥用职权的讽刺入木三分。

《剥啄行》(1942)一诗写道:"私门出政贿为国,武都惜命文贪财。"②诗题本自韩愈的同题诗,韩诗篇首谓:"剥剥啄啄,有客到门。我不出应,客去而嗔。从者语我:子胡为然?我不厌客,困于语言。""政出私门"的情况历代史书中多有记载,常与权臣专制擅权相关。《宋史·岳飞传》载:"或问天下何时太平,飞曰:'文臣不爱钱,武臣不惜死,天下太平矣!'"钱锺书诗中用意反用岳飞所言,武都惜命、文皆贪财,尚奢望天下太平,无异于痴人说梦。钱锺书整首诗虽然表达自己不关心政治的态度,但此联忧国忧民、劝百讽一的用意十分明显。

《围城》中数次提到战时物价,说它"像吹断了线的风筝,又像得道成仙,平地飞升"③,极言物价"飞"速上涨。说到方鸿渐不愿见孙柔嘉的姑母,"每见她一次面,自卑心理就像战时物价又高涨一次"④。战时物价飞升并不仅仅是由战争造成的,当权者一手操纵、大发国难财是不容忽视的一重关键因素。一般说来,有必要优先保障战争需要,由政府干预和强化控制国民经济是可以理解的,但历史告诉我们,抗战时期国民政府的做法并非完全出于保障战争需要,而在很大程度上借抗战之名行聚敛民财之实,依靠政治特权和经济掠夺,官僚资本得以迅速膨胀。钱锺书在小说中对当时这一状况予以实录式的揭露,诙谐的笔触中有失望、愤懑之情寓焉。

---

① 钱锺书:《上帝的梦》,《人·兽·鬼》,第3页。
② 钱锺书:《剥啄行》,《槐聚诗存》,第84页。钱锺书在分析吕本中的《兵乱后杂诗》时再次重提这一话题:"像'保国宁无策,全躯各有词'这一联,把'曲线救国'者的丑态写得惟妙惟肖。"(钱锺书:《宋诗选注》,北京:人民文学出版社,1958年;北京:生活·读书·新知三联书店,2002年,第188页。)(以下引述《宋诗选注》均据三联书店2002年版)经靖康之难后,宋朝的大臣们无策报国却偏能为惜命全躯找遁词,这一联诗将他们的嘴脸刻画得穷形尽相,亦增添了反讽的力度。
③ 钱锺书:《围城》,第302页。
④ 同上书,第301页。

三、模糊铜镜照现实

钱锺书在为香港版《宋诗选注》写的前言《模糊的铜镜》中说,如果文献算得时代风貌与作者思想的镜子,则《宋诗选注》只能算作一面模糊的铜镜:

> 它既没有鲜明地反映当时学术界的"正确"指导思想,也不爽朗地显露我个人在诗歌里的衷心嗜好。也许这个晦昧朦胧的状态本身正是某种处境的清楚不过的表现。①

"模糊的铜镜"这一论断较为婉转地传达出钱锺书当年选注宋诗时受到主客观条件的诸多规约限制。钱锺书的文学创作当然也可以视作时代风貌和他自己思想的镜子,其中除了关涉战事、讥讽时政以外,反思现实的用意也清晰可见。

钱锺书如此记述自己撰著《宋诗选注》时的心态:

> 在当时学术界的大气压力下,我企图识时务守规矩,而又忍不住自作聪明,稍微别出心裁。结果就像在两个凳子的间隙里坐了个落空,或宋代常语所谓"半间不架"。我个人学识上的缺陷和偏狭也产生了许多过错,都不能归咎于那时候意识形态的严峻戒律,我就不利用这个惯例的方便借口了。②

在乍暖还寒的年代,钱锺书能正视自己的缺陷,不诿过于时代局限或意识形态的严苛,不设法为自己当时的行为辩护,反而勇于自我解剖,是非常值得钦佩的。当时政治高压态势下学术不能自主的历史状况,也令后来者感慨唏嘘。

针对1949年后的一系列政治运动,钱锺书没有像许多作家、学者所热衷的那样做一些事后追忆,但这并不意味着他对过往没有反思。他在给杨绛《干校六记》作的"小引"中说:

> 学部在干校的一个重要任务是搞运动,清查"五一六分子"。干校两年多的生活是在这个批判斗争的氛围中度过的;……"记劳","记闲",记这,记那,都不过是这个大背景的小点缀,大故事的小穿插。③

《干校六记》通过衣食住行、同志之谊、夫妻之情等琐事反映"文化大革

---

① 钱锺书:《模糊的铜镜》,《钱锺书散文》,第468页。
② 同上书,第469页。
③ 钱锺书:《〈干校六记〉小引》,杨绛:《干校六记》,北京:生活·读书·新知三联书店,1981年,第1页。

命"中知识分子在干校的劳动和生活。钱锺书在"小引"中向读者——尤其是没有经历过那个特殊年代的年轻读者——分明指出,杨绛书中所记都是"小点缀""小穿插",当写而未写的"运动记愧"才是最要紧的。那些在历次运动中充当急先锋的人,与受冤枉、挨批斗的人不同,也与不明真相、随波逐流的一般群众判然有别,他们最应当"记愧",可惜的是"他们很可能既不记忆在心,也无愧怍于心"①。钱锺书无意否定《干校六记》这类著作所传递的苦中作乐、坚强乐观活下去的人生智慧,但他担心如果不能很好地反思历史,从过往中汲取教训,防止悲剧重演,那么以前走过的弯路、吃过的苦头岂不都白费了!

在为《徐燕谋诗草》所撰写的序中,钱锺书以更加深邃的笔致回顾了刚刚过去、不堪回首的那个时代:"阅水成川,阅人为世,历焚坑之劫,留命不死,仍得君而兄事焉。先后遂已六十年一甲子矣。"②将自己亲身经历的浩劫与磨难称作"焚坑之劫",表现出少有的与旧时代决裂的勇气和决绝态度。

钱锺书还借小说中人物之口,间接提及国际社会对抗日战争前景的研判:

> 有位英国朋友写信给我说,从前欧洲一般人对日本艺术开始感觉兴趣,是因为日俄之战,日本人打了胜仗;现前断定中日开战,中国准打败仗,所以忽然对中国艺术发生好奇心,好比大房子要换主人了,邻居就会去探望。③

日俄战争中日本胜出大大出乎一般欧洲人的意料,所以产生了解日本艺术的兴趣;他们对中国艺术也同样好奇,却是因为断定中日若开战则中国必败,担心中国战败后原有的艺术不能很好地存续,故而在其行将消失前赶紧来看。

鲁迅在《灯下漫笔》中表达了对这种不健康的猎奇心态的憎恶:

> 其一是以中国人为劣种,只配悉照原来模样,因而故意称赞中国的旧物。其一是愿世间人各不相同以增自己旅行的兴趣,到中国看辫子,到日本看木屐,到高丽看笠子,倘若服饰一样,便索然无味了,因而来反对亚洲的欧化。这些都可憎恶。④

---

① 钱锺书:《〈干校六记〉小引》,杨绛:《干校六记》,第1页。
② 钱锺书:《〈徐燕谋诗草〉序》,原载香港《文汇报》1987年2月23日;《写在人生边上·人生边上的边上·石语》,第226页。
③ 钱锺书:《猫》,《人·兽·鬼》,第46页。
④ 鲁迅:《灯下漫笔》,《鲁迅全集1》,北京:人民文学出版社,2005年,第228页。

鲁迅将前人反复讲过的"一治一乱"引申发挥为"想做奴隶而不得"与"暂时做稳了奴隶"两个时代,反对国学家的崇奉国粹、文学家的赞叹固有文明、道学家的热心复古,并辨析外国人对中国旧物的"称赞"包含两种可憎恶的情况。

相对于鲁迅的义正词严,钱锺书以"大房子要换主人了,邻居就会去探望"譬释一般欧洲人对中国艺术感兴趣的动机,看似家常话,但其背后的深刻却不输鲁迅。钱锺书实际上还以外国人普遍看衰中国来警醒国人,所谓国际道义、舆论正义等不可凭恃,说到底抗日还是要靠国人浴血奋战。

《魔鬼夜访钱锺书先生》中魔鬼声称:"你说我参与战争,那真是冤枉。我脾气和平,顶反对用武力,相信条约可以解决一切。"①说"条约可以解决一切"包含着无尽的嘲讽。虽然标志着条约体系形成的"威斯特伐利亚体系"(Westphalian System)②是由象征三十年战争结束而签订的一系列和约构成,且该体系在欧洲大陆也奠定了一个相对均势的格局,但和约签订后,欧洲并没有摆脱战乱频仍的状态,各民族国家为一己之利仍不断开战。延至近代,西方列强凭借坚船利炮向全球拓殖,并以不平等条约形式将攫取到的特权以所谓符合国际法的方式固定下来,"条约"化身为强权者的工具。钱锺书借小说中人物之口,表达出对"条约可以解决一切"这一信条的无尽讽刺。

四、史必征实诗凿空

梳理钱锺书的创作实绩,可以清晰地发现他在创作内容方面善于近取诸身的特点,此外,他在文学批评和学术研究中对文学何以为文学、文学的价值与特具的功用有清醒的认识和多层面的阐发。择要分析他在这一方面的思想观念,无疑有助于更深切地理解他的创作理念。

钱锺书针对文史之别响亮地提出"史必征实,诗可凿空",强调文学虚构性的存在,但仍需与现实中的景或"境"相合而不抵牾。他还从学科定义的层面立论,强调文学具有存在判断与价值判断合而为一的特性,推重文学移情悦性的功能。

《谈艺录》中深具见地地指出诗与史的本质区别:

> 史必征实,诗可凿空。古代史与诗混,良因先民史识犹浅,不知存疑

---

① 钱锺书:《魔鬼夜访钱锺书先生》,《写在人生边上·人生边上的边上·石语》,第 13 页。
② 1635—1659 年欧洲多个国家为终结三十年战争而签订了一系列和约,形成"威斯特伐利亚体系"。和约确定了以平等、主权为基础的国际关系准则,并在和约签订后长达几百年的时间里,条约体系成为解决各国间矛盾、冲突的基本方法。但该体系建立的均势并不巩固,合约背后仍由国家实力主导话语权。

传信,显真别幻。号曰实录,事多虚构;想当然耳,莫须有也。述古而强以就今,传人而借以寓己。史云乎哉,直诗(poiêsis)而已。①

该论断强调历史重实录,而文学则允许虚构。至于古代史与诗混同一体,界线不明晰,原因在于先民的史识浅陋;著史者若重在表达自己的思想感情,凭想当然地将一些虚构成分收录进史著,则史一变而成为诗。

钱锺书又说:"诗者、文之一体,而其用则不胜数。先民草昧,词章未有专门。于是声歌雅颂,施之于祭祀、军旅、昏媾、宴会,以收兴观群怨之效。记事传人,特其一端,且成文每在抒情言志之后。"②"记事传人"通常被纳入"史"的范畴,非"诗"之擅场;而"抒情言志"则一般被视为"诗"最大、最常见的功用。

《谈艺录》中又说:"赋事之诗,与记事之史,每混而难分。……论之两可者,其一必不全是矣。况物而曰合,必有可分者在。谓史诗兼诗与史,融而未划可也。"③钱锺书坦承,担负着叙事功能的诗有时确实会与史"混而难分"。即令是史诗,同时兼具史与诗的特征,可以"融而未划",但仍可判可别,具体的史诗必接近于"诗"或"史"之一端。

钱锺书强调著史需注重"传信",做到"如其实以出":"史以传信,位置之重轻,风气之流布,皆信之事也,可以征验而得;非欣赏领会之比,微乎!茫乎!有关性识,而不能人人以强同。得虚名者虽无实际,得虚名要是实事,作史者须如其实以出耳。"④明确提出"史以传信"的根本要求,而且强调"可以征验而得";又针对得虚名而无实际的情况,要求作史者按照事情的本来面目进行记载。

钱锺书坚持"记事、载道之文,以及言志之《诗》皆不许'增'。'增'者,修辞所谓夸饰(hyperbole)"⑤;而在实际操作中,"初民匆仅记事,而增饰其事以求生动;即此题外之文,已是诗原"⑥。基于此,他如老吏断狱般地深刻指出:"古人有诗心而缺史德。"⑦并解释说:"史诗以记载为祈向,词句音节之美不

---

① 钱锺书:《谈艺录(补订本)》,第38页。《魔鬼夜访钱锺书先生》中关于传人自传写法的一段讽刺描述可与此合观。(钱锺书:《魔鬼夜访钱锺书先生》,《写在人生边上·人生边上的边上·石语》,第9—10页。)
② 钱锺书:《谈艺录(补订本)》,第38页。
③ 同上。
④ 钱锺书:《中国文学小史序论》,《写在人生边上·人生边上的边上·石语》,第94页。
⑤ 钱锺书:《谈艺录(补订本)》,第38页。
⑥ 同上书,第39页。
⑦ 同上书,第38页。

过资其利用。然有目的而选择工具,始事也;就工具而改换目的,终事也。"①就功用而言,史诗首先是史,因而其目的在于实录式的记载,至于词句音节之美则属于形式层面,充其量算作工具,围绕目的(实录)而选择工具(润色词句),则维持了史诗的本质属性;反之,为迁就工具而改换目的,则背离了实录精神,不能称其为史诗。

当然钱锺书也无意贬低诗以抬高史的地位。因为首先,古代包括史在内,文的文体地位整体上高于诗;其次,诗之创作也绝非易事,需要学、情、才、规矩等几方面合力造就。单有性情不能成就诗,需要遵守诗作为一种艺能的独特规则与禁忌;遵守了规则禁忌,仍未必能成就诗,尚需诗人具备诗才。②又说:"有学而不能者矣,未有能而不学者也。大匠之巧,焉能不出于规矩哉。"③强调作诗需要学习与训练,尤其需要"出于规矩",但也不否认有这种情况存在:虽然努力学习了,却可能仍学不会作诗。

钱锺书作出"史必征实,诗可凿空"的界说,意在强调撰著历史需以实录为准绳,文学创作允许一定程度的虚构,但仍不能脱离现实向壁虚构。他强调:"诗人决不可以关起门来空想,只有从游历和阅历里,在生活的体验里,跟现实——'境'——碰面,才会获得新鲜的诗思——'法'。"④诗人与文评家不乏反对"妄实""脱空"的说法,如"诗文不可凿空强作,待境而生,便自工耳"(黄庭坚语);"切不可闭门合目作镌空妄实之想""若无是景而作,即谓之脱空诗,不足贵也"(徐俯语)⑤。"诗可凿空"并不必然意味着凡诗一律凿空,而且也并不表示诗一定与"征实"相矛盾。

强调"史"与"诗"判然有别也无意否认二者之间有共性和联系:"一桩历史掌故可以是一个宗教寓言或'譬喻',更不用说可以是一篇小说。"⑥小说也未必一定是虚构的,也可能实有其事,或者其来有自,甚至就是某一历史事实的翻版;而写进史册的未必就是历史真相,甚至不乏"无道之事"⑦。除却历史记载有可能变形走样之外,读者、研究者对历史记载的解读也未必完全符合历史真相:"史学的难关不在将来而在过去,因为……过去也时时刻刻在变换的。我们不仅把将来理想化了来满足现在的需要,我们也把过去理想化了

---

① 钱锺书:《谈艺录(补订本)》,第39页。
② 同上书,第39—40页。
③ 同上书,第40页。
④ 钱锺书:《宋诗选注》,第273页。
⑤ 同上书,第275页,注26。
⑥ 同上书,第165页。
⑦ 钱锺书:《小说琐征》,《写在人生边上·人生边上的边上·石语》,第86页。

来满足现在的需要。"①无论史著还是后世对历史记载的解读，都有可能为满足当时或现在的需要而删削增补，甚至会出现牵强附会、妄加连缀的情况。

钱锺书在《旁观者》一文中说：

> 一切历史上的事实，拆开了单独看，都是野蛮的。到了史家手里，把这件事实和旁的事实联系起来，于是这件事实，有头有尾，是因是果，便成了史家的事实了。所以叫史家的事实(historians' fact)而不叫做史的事实(historical fact)。②

通过做出"史家的事实"与"史的事实"的区分，将历史记载与史著的生成过程作客体化处理，已然进入到"元史学"(Metahistory)③的研究路径，有效地避免了偏信与盲从的弊端。

钱锺书强调历史的不可复制性，坚持人文学研究不唯"科学"是尚："在人文科学里，历史也许是最早争取有'科学性'的一门，轻视或无视个人在历史上作用的理论(transpersonal or impersonal theories of history)已成今天的主流，史学家都只探找历史演变的'规律'、'模式'(pattern)或'韵节'(rhythm)了。"④在钱锺书作出如此论述的当时，史学研究的主流侧重关注宏大叙事，而相对忽略具体而微的个案分析，事实上这种所谓的"科学性"并不足取。合理的做法应当是针对历史现象谨慎推断彼此间的关系，慎重看待不同史家围绕同一史实做出的"持之有故，言之成理"的界说与解读。

刘勰与萧统对"文"的界定有广狭之别，钱锺书分析说："(刘勰)综概一切载籍以为'文'，与昭明之以一隅自封者，适得其反，岂可并称乎？近论多与萧统相合，鄙见独为刘勰张目。"⑤循着主张"文"之广义界定的延长线，钱锺书重新审视"六经皆史"这一成说："若经若子若集皆精神之蜕迹，心理之征存，综一代典，莫非史焉，岂特六经而已哉。"⑥不仅同意"六经皆史"的说法，而且认为与史部并列的经、子、集三部也都应该是史，因为它们都是人们精神的记录、心路历程的物化表现。

---

① 钱锺书：《旁观者》，原载《大公报·世界思潮》第二十九期，1933 年 3 月 16 日；《写在人生边上·人生边上的边上·石语》，第 282 页。
② 同上。
③ 元史学是一个史学理论术语，第二次世界大战后开始在英美史学家和哲学家那里被有限地使用。元史学对历史持一种思辨的态度，关注那些广泛的、经验上不可证实的问题；它否定史学的科学性，脱离通常的史学实践的批评形式，把史学作为一种研究和表现的方式加以分析。
④ 钱锺书：《一节历史掌故、一个宗教寓言、一篇小说》，《七缀集》，第 164 页。
⑤ 钱锺书：《中国文学小史序论》，《写在人生边上·人生边上的边上·石语》，第 102 页。
⑥ 钱锺书：《谈艺录（补订本）》，第 266 页。

钱锺书突出强调文学与其他学科在定义方面的区别：

> 他学定义均主内容（subject-matter），文学定义独言功用——外则人事，内则心事，均可著为文章，只须移情动魄——斯已歧矣！他学定义，仅树是非之分；文学定义，更严美丑之别，雅郑之殊……盖存在判断与价值判断合而为一，歧路之中，又有歧焉！①

该论述从定义方式与所包含的判断两个维度分析，强调文学定义推重"移情动魄"的功用，在作出存在判断（是非）之余，还要另外作出价值判断（美丑、雅郑）。钱锺书明确指出，文学最重要的功用"不在其题材为抒作者之情，而在效用能感读者之情"②。推重文学"移情悦性"的作用，专在感动读者方面下功夫；强调作者在文学作品中相对隐身，而注重以读者为中心。

钱锺书针对文艺创作中"不为无病呻吟"一说表达不同意见："惟其能无病呻吟，呻吟而能使读者信以为有病，方为文艺之佳作耳。"③钱锺书推重不病而呻，并非有意与求真背道而驰，而是希望通过文艺创作的呻吟而能达到令读者相信真有病的效果。修辞之"真"更强调情真意切的真，而非原始实录的真。就文艺表现而言，不病而呻且能让读者信服，无疑是成功的。

文艺作品的移情悦性并不限于令读者动心，还要求它们将所激起的读者的情感在阅读过程中再行宣泄掉，使读者在阅读完成后的心绪从激扬状态复归于安宁平和：

> 佳作者，能呼起（stimulate）读者之嗜欲情感而复能满足之者也，能摇荡读者之精神魂魄，而复能抚之使静，安之使定者也。盖一书之中，呼应起讫，自为一周（a complete circuit），读者不必于书外别求宣泄嗜欲情感之具焉。④

一部作品即是一个自足的整体，读者无需到书外另寻他物，以宣泄读书激起的嗜欲情感，作品自身就能满足这些要求，方称得上是佳作。

钱锺书推崇平和宁静的文学境界："柏德穆谓艺之至者，终和且平，使人情欲止息，造宁静之境；此境高于悦愉，犹悦愉高于痛快也。（in peace—which is as much above joy as joy is above pleasure, and which can scarcely be called emotion, since it rests, as it were, in final good, the *primum mobile*, which is without

---

① 钱锺书:《中国文学小史序论》,《写在人生边上・人生边上的边上・石语》,第 92 页。
② 同上书,第 102 页。
③ 同上书,第 105 页。
④ 同上书,第 107 页。

motion—we find ourselves in the region of 'great art')"①文艺作品能够令读者拍案喊痛快显然是让他们感动了,但倘若能够令他们感觉到愉悦,则其境界明显高于仅带来痛快感者,而比愉悦感更高的境界,当推令读者读过之后内心复归于宁静的作品。

钱锺书反对文学创作以"教训"(teach)为意,因为"道德教训的产生也许正是文学创作的死亡"②。有一类文学虽不以抒感言情为目的,但借助其所传达的"知识"(knowledge),仍能感动读者。《谈艺录》中指出:"理之在诗,如水中盐、蜜中花,体匿性存,无痕有味,现相无相,立说无说。所谓冥合圆显者也。"③又说:"瑞士小说家凯勒(Gottfried Keller)尝言:'诗可以教诲,然教诲必融化于诗中,有若糖或盐之消失于水内。'"④"水中盐""蜜中花"的用意是说文学作品可以包含教诲的成分,但需完全融化于诗文中,做到"无痕有味",才易于接受,且既不以教诲为意,亦不致因生硬说教而引起读者反感。

第二节　笔涉两性皆意趣

钱锺书在文学创作中常常言及两性关系,包括性别差异、恋爱、婚姻、家庭、第三者等,也言及夫妻吵架、小媳妇在大家庭里受气,还工笔刻画女性的善妒,立意新颖别致,奇思妙语时有涌现。

一、挑诱·受气·善妒

钱锺书对男女性别差异导致性格与行为方式的差异有许多有趣的描述。如:"女人一哭,怒气就会减少,宛如天一下雨,狂风就会停吹。"⑤将哭泣与下雨相比,哭之前的发怒生气则形同暴雨前的狂风大作。一旦开始落雨,风势一般都会减缓甚至停吹;类似地,女人一旦落泪,情绪也会得到一定程度的释放,先前的怒气自然会有所舒缓。

《纪念》中提到:"女人的骄傲是对男人精神的挑诱,正好比风骚是对男人肉体的刺激。"⑥《围城》中被戏称作"熟食铺子"的鲍小姐堪称"风骚"的代表,并凭借风骚在回国的船上将方鸿渐轻松引诱到手。钱锺书小说中塑造的一

---

① 钱锺书:《谈艺录(补订本)》,第 589 页。
② 钱锺书:《谈教训》,《写在人生边上·人生边上的边上·石语》,第 39 页。
③ 钱锺书:《谈艺录(补订本)》,第 231 页。
④ 同上书,第 334 页。
⑤ 钱锺书:《猫》,《人·兽·鬼》,第 66 页。
⑥ 钱锺书:《纪念》,《人·兽·鬼》,第 96 页。

众女性形象,如苏文纨、孙柔嘉、曼倩、爱默等,都费尽心机让交往的男士主动向自己示爱,她们惯用骄傲挑诱男人的精神。

《围城》借小说中其他人物的眼睛、心思与议论,反映鲍小姐的穿着暴露:

> 苏小姐觉得鲍小姐赤身露体,伤害及中国国体。那些男学生看得心头起火,口角流水,背着鲍小姐说笑个不了。有人叫她"熟食铺子"(charcuterie),因为只有熟食店会把那许多颜色暖热的肉公开陈列;又有人叫她"真理",因为据说"真理是赤裸裸的"。鲍小姐并未一丝不挂,所以他们修正为"局部的真理"。①

短短一段描述将鲍小姐不加遮掩的挑诱心态、苏小姐不无嫉妒的上纲上线、一众男学生心头起火口角流涎的猥琐龌龊悉数活画了出来,而且烘托出一个充满狎亵、暧昧气息的环境。

《猫》中说:"他知道女人不喜欢男人对她们太尊敬,所以他带玩弄地恭维,带冒犯地迎合。"②两性交往时若彼此太过尊敬,则会产生一种客气的疏远;男人要讨女人欢心,需要一定程度的恭维和迎合,才能拉近彼此的距离;但一味地恭维未免显得虚伪,不分皂白的迎合亦有谄媚之嫌,所以需要适当带一点不恭敬甚至小小的冒犯,方能激起对方的好胜心,在双方有所争持的互动中让关系升温。《论语·阳货》谓:"唯女子与小人为难养也,近之则不逊,远之则怨。"虽然历来对"女子"的解释多歧,但无可置疑的是,孔子从中庸之道出发,强调与人交往、待人接物应把握好"度",做到不偏不倚,方能恰如其分。钱锺书借小说笔法,为孔子此论做了一个通俗的注脚。

《围城》中多次写到方鸿渐与孙柔嘉吵架的场面。两个人事实上省略了恋爱过程,直接订婚,紧接着结婚,因为不是水到渠成,彼此缺乏充分的了解,也都没有为共同生活做好准备,所以导致婚后经常吵架。二人性格方面的冲突更为关键:方鸿渐"不讨厌但全无用处"(赵辛楣语),懦弱偏又好面子,还处处逃避问题;孙柔嘉婚前不断向方鸿渐"问计",对他"言听计从",婚后却想对他指手画脚;两人考虑问题都从个人本位出发,而不愿为对方着想。婚后二人尚不能独立生活,却又都不愿接纳对方的家人及相应的社会关系,矛盾日积月累终至爆发冲突。

方鸿渐很大程度上将孙柔嘉当作自己的出气筒:

> 对任何人发脾气,都不能够像对太太那样痛快。父母兄弟不用说,

---

① 钱锺书:《围城》,第4—5页。
② 钱锺书:《猫》,《人·兽·鬼》,第40页。

> 朋友要绝交,用人要罢工,只有太太像荷马史诗里风神的皮袋,受气的容量最大,离婚毕竟不容易。①

按照方鸿渐的理解,对父母、兄弟、朋友都不能发脾气,因为显见得会带来不良后果;惟有对太太能为所欲为,可以将在别处受的气一股脑地撒在她身上。如此一来当然不会夫妻恩爱、和睦相处,吵架遂成为他们婚后生活的常态。

旧时大家庭里做媳妇的女人,在辛苦做活之余,还要受各种委屈:

> 平时吃饭的肚子要小,受气的肚子要大;一有了胎,肚子真大了,那时吃饭的肚子可以放大,受气的肚子可以缩小。②

女人怀孕后地位并不会有实质性的提升,只是托胎儿的福而暂时扬眉吐气,一旦生下孩子,则差不多又退回到原来的受气状态。俗话说"多年的媳妇熬成婆","熬"既有耗时久远的意思,又含煎熬、忍耐之意。不自知的媳妇一旦熬成了婆婆,全然忘记自己过往的种种不幸遭际,多数情况下又扮起恶婆婆的角色,将从前所受的气悉数转嫁到儿媳妇身上,甚至变本加厉。如此形成恶性循环的怪圈,婆媳矛盾遂绵延不绝。

《肩痛》(1940)一诗中说:"气逼秀才寒,情同女郎妒。"③以"女郎妒"隐含的醋意表达肩的酸痛感,诗中虽非实指,但"女性善妒"却几乎是中外文学共有的一个套话。《猫》中爱默恣意举办沙龙,招徕一群四十岁左右久已成名的男性在自己身边打转;后来听闻丈夫出轨,"气得管束不住眼泪道:'建侯竟这样混账!欺负我——'"④旋即拉着建侯雇的大学生书记颐谷,力逼他说爱自己,其嫉妒心之强、报复心之盛活画在读者面前。

《围城》中孙柔嘉背后说第一次见到的苏文纨:"俗没有关系,我觉得她太贱。自己有了丈夫,还要跟辛楣勾搭,什么大家闺秀!我猜是小老婆的女儿罢。"⑤浓重的嫉妒意味扑面而来。见面时苏文纨故意冷淡方鸿渐,甚至迁怒于孙柔嘉,何尝不是嫉妒心使然。当初她多方追求鸿渐而不得,如今看到相

---

① 钱锺书:《围城》,第 300 页。
② 同上书,第 113 页。
③ 钱锺书:《肩痛》,《槐聚诗存》,第 61 页。中国传统文学中多宣扬"从来纨绔少伟男",并将贫寒之家与富贵之子对应起来,几乎成为刻板套话。钱锺书在《诗可以怨》中提及,韩愈在《荆潭唱和诗序》中以穷书生的诗为标准,恭维两位大官爵以"王公贵人"的出身竟能"与韦布里憔悴之士较其毫厘分寸",竟成为对前者诗作的高度褒奖。(钱锺书:《诗可以怨》,《七缀集》,第 123 页。)
④ 钱锺书:《猫》,《人·兽·鬼》,第 65 页。
⑤ 钱锺书:《围城》,第 287 页。

貌平平、毫无过人之处的柔嘉竟成了方太太,有一种落花有意流水无情的不平感,遂不自觉地将柔嘉视作击败自己的情敌,并有意轻慢她。

柔嘉说文纨是"小老婆的女儿"则近乎恶毒的谩骂。在中国古代宗法制度下,婚姻实行一夫一妻多妾制,妻妾的地位判若云泥,妻是妾的主人,正妻(或正妻死后续娶的继室)所生子女为"嫡出",余则为"庶出",嫡出与庶出在家庭地位、社会地位与继承权方面都差别相当大。古语中对庶子说"而母婢也"①,就是攻击性十分强的骂人话。当然,庶出者未必一定不堪,如《红楼梦》中庶出的探春就是一个"才自精明志自高"(《红楼梦》第五回判词)的角色,她不仅工诗善书,精明能干,而且有杀伐决断。

二、失望超出希望外

《谈交友》中提到:"中国古人称夫妇为'腻友',也是体贴入微的隽语,外国文里找不见的。"②"腻友"在《聊斋志异·娇娜》中有非常完美的体现③,其本质是将精神层面的相互理解、彼此关爱与真诚付出看得高于肌肤之亲。钱锺书创作中基本没有刻画这种"腻友"式的理想夫妇,而多描绘婚恋中刻意追求自我实现的情况,两性交往中多持以貌取人的态度,且不同年龄阶段的人表现出大相径庭的婚恋心态。

钱锺书喜欢以"战争"作隐喻,将人际关系中的攀比、算计、争斗刻画得穷形尽相。如"床是女人的地盘,只有女人懒在床上见客谈话,人地相宜。男人躺在床上,就像无险可守的军队,威力大打折扣。"④将夫妻吵架比作战争,说男人躺在床上犹如军队"无险可守",用宏大的言辞言说极纤细之事,曲尽其妙。又如"美人像敌人的正规军队,你知道戒备,即使打败了,也有个交代。平常女人像这次西班牙内战里弗郎哥的'第五纵队',做间谍工作,把你颠倒

---

① 语见《战国策·赵策·秦围赵之邯郸》:"昔齐威王尝为仁义矣,率天下诸侯而朝周。周贫且微,诸侯莫朝,而齐独朝之。居岁余,周烈王崩,诸侯皆吊,齐后往。周怒,赴于齐曰:'天崩地坼,天子下席。东藩之臣田婴齐后至,则斮之!'威王勃然怒曰:'叱嗟,而母婢也。'卒为天下笑。故生则朝周,死则叱之,诚不忍其求也。彼天子固然,其无足怪。"另,有论者谓"而(尔)母婢也"因同音转讹,演变成后来的"国骂",聊备一说,实不足为据。因为《战国策》里这句话在后世文献中未见广泛流布,民间采作骂人话并令其远播四方的可能性不大。
② 钱锺书:《谈交友》,《写在人生边上·人生边上的边上·石语》,第80页。
③ 篇末蒲松龄感喟道,不羡孔生得艳妻,而羡其得腻友,"得此良友,时一谈宴,则'色授魂与',尤胜于'颠倒衣裳'矣"。[蒲松龄:《聊斋志异(会校会注会评本)(一)》,上海:上海古籍出版社,2011年,第65页。]
④ 钱锺书:《猫》,《人·兽·鬼》,第59—60页。

了,你还在梦里。"①在婚恋心态上,一般男子喜欢有挑战性的选择,看到美人会油然产生强烈的征服欲;他们相信美人很难轻松追到手,往往事先做足了功课,费尽心思去追求;最后即便没能成功,也多会从自身找原因,虽然不会立即释怀,但也能慢慢接受。

无论在文艺作品还是现实生活中,虽然不乏一见钟情,但更多的恋情是慢慢培养出来的。《纪念》中曼倩和才叔的爱情"像习惯,养成得慢,也像慢性病,不容易治好",钱锺书将之恰切地比作"正好像舒服的脚忘掉了还穿着鞋子"②。他们习惯了在一起时的舒服,都可以无拘无束地做自己,亦无需向对方设防;当有所意识时,才发现早已不可救药地习惯上了彼此的陪伴,都无心亦无力再去爱一个别的人。有时父母家人与恋爱中的年轻人意见不一致,外力横加阻拦不仅不能将他们分开,反倒促成他们结成"对势利舆论的攻守同盟"③,团结对外更有助于坚定走进婚姻的信心,加速成就姻缘。

曼倩婚后发现,自己费力争取来的"自由"恋爱与"自主"婚姻和想象中的并不一致,她虽从不向人抱怨,但并不表示她毫无怨言。因缘际会,她遇见了天健,此前对轰轰烈烈的爱情泛泛的憧憬终于有了落到实处的可能;战时内地沉闷单调的生活又激起她对爱情的向往。"曼倩猜想天健喜欢和自己在一起。这种喜欢也无形中增进她对自己的满意。"④女性往往有一种不自觉的意识,需要得到自己喜欢的人肯定,方能建立起自信。曼倩要搏天健来爱她,很大程度上是出于虚荣,以此证明自己有魅力,同时也受一种无形的力量驱动,那就是想给黯淡乏味的生活加点色彩与波澜。

天健对这段感情的最大动力同样出于虚荣。"虽然他还不知道这恋爱该进行到什么地步,但是被激动的男人的虚荣心迫使他要加一把劲,直到曼倩坦白地、放任地承认他是情人。"⑤除曼倩以外,他还有别的女人,天健不惜背负"不伦"的骂名去撩拨表嫂,并非出于刻骨铭心的爱恋,很大程度上只是男性的征服欲与虚荣心在作祟罢了。

曼倩希望从天健那里得到感情上的慰藉与精神上的满足,也想补偿自己没有认真恋爱过的缺憾,她对肉体上的亲密并不热衷。但"她的不受刺激,对于他恰成了最大的刺激"⑥;她从天健那里获得"结实、平凡的肉体恋爱",却

---

① 钱锺书:《猫》,《人·兽·鬼》,第50页。
② 钱锺书:《纪念》,《人·兽·鬼》,第97页。
③ 同上。
④ 同上书,第108页。
⑤ 同上书,第114页。
⑥ 同上。

给她带来"超出希望的失望"①。曼倩原以为自己有婚姻、有丈夫,在与天健的这段关系中不致陷得太深,待到有所觉察时却发现自己早已深陷其中,不能自拔,"随便做什么事,想什么问题,只像牛拉磨似的绕圈子,终归到天健身上"②。正当曼倩陷入自责、内疚、失意之际,传来天健牺牲的消息;与天健发生的唯一一次关系竟使她怀孕,留下了五味杂陈的"纪念";不明就里的才叔还建议给尚未出生的孩子取名"天健"以作纪念。追求自我实现而不得,贯穿通篇的事与愿违的人生悖论至此达到高潮,小说也在情节正值高潮之际戛然落幕。

人际交往中以貌取人的情况屡见不鲜,但体现在婚恋心态中却是另一番景象。钱锺书在《猫》中借人物之口说出:"最能得男人爱的并不是美人。我们该防备的倒是相貌平常、姿色中等的女人。"③男性对相貌平常的女子一般不会十分用心,因为他们眼里只有美人,尽管费心追求后所愿得偿的情况不多。但相貌平常的女子在婚恋问题上要比一般男性脚踏实地得多,她们清楚自己在男性心目中的分量,也明白在世俗眼里以及现实生活中哪类男子是匹配自己的佳偶,所以她们费力追求美男子的情况并不多见,相反,她们惯于以润物无声的方式让自己选定的目标慢慢习惯上自己的存在或者与自己共处的氛围,一旦他们追求美人铩羽而归,多半只需她们略施手段便可将其收入囊中。

《围城》中的孙柔嘉即是一个相貌平常、姿色中等的女人,她在恋爱问题上却小有心计。她看似不经意却"千方百计"(方鸿渐语)地在方鸿渐的心里做了个小窝,并主导了他们的感情走向,她还巧妙地利用舆论和外力作"势",等鸿渐有所觉察时,尚未来得及回过神来,已到骑虎难下的境地,只能顺水推舟向她求婚,继而订婚、结婚。

钱锺书亦详细论述恋爱心理中的互补性需求:

> 恋爱的对象只是生命的利用品,所以年轻时痴心爱上的第一个人总比自己年长,因为年轻人自身要成熟,无意中挑有经验的对象,而年老时发疯爱上的总是比自己年轻,因为老年人自身要恢复青春,这梦想在他最后的努力里也反映着。④

弗洛伊德精神分析学上有"俄狄浦斯情结"(Oedipus complex)、"厄勒克特

---

① 钱锺书:《纪念》,《人·兽·鬼》,第94页。
② 同上书,第112页。
③ 钱锺书:《猫》,《人·兽·鬼》,第49页。
④ 同上书,第62—63页。

拉情结"（Electra complex），用以解释儿童性心理，但并不用以指涉爱情。钱锺书的分析体察入微，有很强的说服力。像颐谷这样的大男孩，心智尚未足够成熟，亦毫无恋爱经验，自然对中年妇人成熟的姿媚毫无招架之功。

钱锺书小说中又说：

> 选择情人最严刻的女子，到感情上回光返照的时期，常变为宽容随便；本来决不会被爱上做她丈夫的男子，现在常有希望被她爱上当情人。①

> 老头子恋爱听说像老房子着了火，烧起来没有救的。②

前一段引文说女性随着年龄渐长，可能会对选择情人的标准有所降低；后一段则说老年男性若坠入爱河，通常会爱得投入，大有义无反顾、不计后果的架势。

《纪念》中有两处对曼倩的描写可以对读：

> 才叔的不知世事每使她隐隐感到缺乏依傍，自己要一身负着两人生活的责任，没个推托。自己只能温和地老做保护的母亲，一切女人情感上的奢侈品，像撒娇、顽皮、使性子之类，只好和物质上的奢侈品一同禁绝。③

> 曼倩开始觉得天健可怜，像大人对熟睡的淘气孩子，忽然觉得他可怜一样。④

前者说曼倩婚后发现丈夫安守本分、不会钻营，表现得像个孩子，感觉自己的生活负累很重；而迟钝的才叔对此竟毫无觉察，他因为妻子不吵不怨，从而意识不到问题的存在，遂习惯性地对妻子疏于关心，甚至习而相忘。从某种意义上说，正是才叔的不闻不问为曼倩出轨天健铺平了道路。后者说曼倩在天健死后回想起他们过往在一起的点滴，又开始可怜起他来，一如大人对熟睡的淘气孩子般充满怜爱。

可悲的是，怜爱与保护都不是真正的爱情，只是出于母性的自然流露；天健与才叔虽然在外形与性格方面差异很大，但在与曼倩的关系中都显露出"孩子"的本色。曼倩与世俗、家人抗争过，婚后不惜背叛丈夫和家庭而出轨，

---

① 钱锺书：《纪念》，《人·兽·鬼》，第108页。
② 钱锺书：《围城》，第274页。
③ 钱锺书：《纪念》，《人·兽·鬼》，第98页。
④ 同上书，第119页。

到头来苦苦追求的理想爱情并未出现,而且在可以预见的将来都没有出现的可能。

三、常把火焰比恋爱

钱锺书在《围城》《上帝的梦》《纪念》《猫》等小说中描写婚姻、恋爱甚至朋友相处时,常常表现一些一方出于虚荣而占有对方的情况,也不乏因自私或追求自我实现而试图操纵对方的场景。

《上帝的梦》中提到,伴侣首先要了解自己才行,"好像批评家对天才创作家的了解,能知而不能行",还要对自己"中肯地赞美,妙入心坎地拍马""无休歇地、不分皂白地颂赞"①。不追求与伴侣间平等的爱与真诚的陪伴,而以之为满足自己虚荣心的附属物,或带点缀性质的陈设品。《论交友》中说:"我们常把火焰来比恋爱,这个比喻有我们意想不到的贴切。恋爱跟火同样的贪滥,同样的会蔓延,同样的残忍。"②以火的贪滥、易蔓延、残忍比喻恋爱中强烈的占有欲,甚至可能会往不可控的方向发展,产生既害人又害己的危险。

与张爱玲笔下"原始的猎人与猎物的关系,虎与伥的关系,最终极的占有"③不同,钱锺书作品中婚恋关系的"占有"多了一些温情的成分,但出于虚荣与自私的本性却并无二致。在旁人眼里,爱默家境好,受过良好的教育,才貌双全,建侯除了老子有钱以外其他方面都配不上她,但是他们自己感觉彼此般配。爱默可以纵情地在家里举办社交沙龙,建侯表现得"最驯良,最不碍事""太太称他好丈夫,太太的朋友说他够朋友"④。建侯对太太也有虚荣心,"好比阔人家的婢仆、大人物的亲随,或者殖民地行政机关里的土著雇员对外界的卖弄"⑤。实质上他甘于被占有并因之得意,且以一心一意做她的丈夫为职志。

钱锺书亦有不少关于"出轨"与"第三者"的有趣论说。如"每涉到男女关系的时侯,'三'是个少不了而又要不得的数目。"⑥爱可以是一个人的事情,无关对方,也可以不计结果;但爱情必定是两个人的事情,无分爱与被爱,亦不可以度量多少。男女关系一旦演化成三角关系,其中至少某两者之间的关

---

① 钱锺书:《上帝的梦》,《人·兽·鬼》,第4页。
② 钱锺书:《谈交友》,《写在人生边上·人生边上的边上·石语》,第73页。
③ 张爱玲:《色·戒》,《张爱玲文集》第一卷,合肥:安徽文艺出版社,1992年,第323页。一个男人杀了放他生路的女人,还要在灵魂上占有她,指望她生是自己的人,死是自己的鬼。这是张爱玲对贪婪的男性灵魂最有力的揭露与声讨。
④ 钱锺书:《猫》,《人·兽·鬼》,第19,23页。
⑤ 同上书,第23页。
⑥ 钱锺书:《上帝的梦》,《人·兽·鬼》,第7页。

系已发生质变。无论男女,同时被两个人争夺,不是有成就而是爱无能;刻意隐瞒对方,脚踏两只船,不是博爱而是自私;三人都知情,却没人肯主动放手,不是因真爱而不舍,实则在赌气争面子。被辜负的一方此前一直深爱着对方,但对方已移情别恋,知情后理应果断放手,正视并接受爱情已死的现实,反倒可以及时止损。

《围城》中以烤山薯譬释偷情:"烤山薯这东西,本来像中国谚语里的私情男女,'偷着不如偷不着',香味比滋味好;你闻的时候,觉得非吃不可,真到嘴,也不过尔尔。"①偷情男女与"围城"情结亦彼此系连,都有"当境厌境,离境羡境"②的心理因素在发挥作用。调情、偷情的种种美好,不过是当事人内心的折射,很大程度上是凭空想象出来的,加了滤镜,设了粉色花边,放大了浪漫缠绵,曲尽了风流雅致,但"到了局外人嘴里不过又是一个暧昧、滑稽的话柄,只照例博得狎亵的一笑"③。想偷情而未得手时,心心念念都是对方的好,心中幻化出风花雪月,颇有"当局称迷"的意味;而一旦偷情成功,好比心中一个妙不可言的意象落到纸上,仔细端详,诗虽是好诗、画亦属佳画,但总感觉落到实处的东西不如心中所想的那么完美,因为这时多少有一些"旁观者清"的客观审视在起作用。

《猫》中爱默热衷于举办社交沙龙,身边聚拢了一批有身价名望的中年男人,她并不是要从中寻求出轨对象,而是出于一种"操纵"的乐趣,"好像变戏法的人,有本领或抛或接,两手同时分顾到七八个在空中的碟子"④。这帮人甚至都算不上她的朋友,"只能算李太太的习惯,相与了五六年,知己知彼,呼唤得动,掌握得住,她也懒得费心机更培养新习惯"⑤。这些男人相互之间也不是朋友,他们彼此吃醋,但又共同防范外人进入爱默的交际圈子。他们参加爱默的沙龙只是考虑到"不会出乱子,不会闹笑话,不要花费,而获得精神上的休假、有了逃避家庭的俱乐部"⑥。双方各有所需且能互补,既有浪漫的消遣,又远较出轨的成本为低,且各自都有婚姻、家庭作保障,不致出现不可收拾的乱摊子。

《纪念》中曼倩在与天健在迈出实质性的一步后,决意用"淡远的态度"作

---

① 钱锺书:《围城》,第171页。
② 钱锺书从清代文人史震林《华阳散稿》中拈出"当境厌境,离境羡境",与叔本华揭示出的"欲愿得偿则快乐随减"相类比[钱锺书:《谈艺录(补订本)》,第351页],既高度概括又具体可感。
③ 钱锺书:《猫》,《人·兽·鬼》,第67页。
④ 同上书,第38页。
⑤ 同上书,第38—39页。
⑥ 同上书,第38页。

为反向刺激的武器,"引得天健最后向自己恳切卑逊地求爱"①。她既希望再与天健发生点什么,可又不愿破坏自己和才叔的家庭;她渴望得到天健的爱,但又断然不肯表现得主动,而是策略地操纵、逗引,刺激天健向自己发起爱的攻势。天健不清楚她到底是因为害羞而远着自己,还是她的真心也像她的表现一样淡漠,以致着急说出"以后绝不再来讨厌"的话,而曼倩却含羞带笑地约他明天一起上街,从而一举化解了尴尬,亦扭转了局面。此前天健曾邀她上街,曼倩死活不肯答应。两处对读,对比映衬的意味愈发明显。

第三节　文人群像工笔绘

钱锺书的小说创作不以构思奇特见长,而是较为写实,擅长塑造文人形象,尤其针对有留学经历的知识分子既不中又不洋且不能正视自身不足这一点反复申说。唐弢将钱锺书的创作风格恰切地归结为"辛辣犀利",以致"有些人栗栗危惧,仿佛自己就是他的'靶子',甚至产生遍体鳞伤的感觉"②。不少有考据癖的读者试图架设《围城》《猫》中的角色与现实中人的关联,恰从一个侧面反映出钱锺书对文人形象点染成趣的逼真与成功。艺术形象毕竟来源于生活,部分相像是可以接受的,可能有些时候相似的程度还很高。但小说毕竟不同于实录,《谈艺录》和《管锥编》中也反复申明这层意思,是以对号入座式的"考据"实在大可不必。

但也毋庸讳言,《猫》对知识群体的刻画太过落到"实"处了,单就抽象概括的程度而言,似不及沈从文的《八骏图》③,在时效性很强的背后,其文学性略显单薄。到《围城》中该情况有所改观,但仍有遗存,导致对号入座式的解读时有发生。类似地,20世纪30年代上海文坛表现战争的报告文学对当时的记录与对抗战的宣传鼓动功不可没,却在一定程度上限制了其表现范围与力度,文学价值稍逊。同样,莫言的《天堂蒜薹之歌》④也失之于太"实",与现实密接得太紧,以致影响了小说的表现张力。相反,《伊利亚特》《神曲》《李尔王》《金瓶梅》《红楼梦》等往往具备相当高的抽象度,这是成就它们经典价值

---

① 钱锺书:《纪念》,《人·兽·鬼》,第115,114页。
② 唐弢:《四十年代中期的上海文学》,《文学评论》1982年第3期,第106页。
③ 沈从文:《八骏图》,原载《文学》第五卷第二期,1935年8月;后收入小说集《八骏图》,上海:文化生活出版社,1935年。
④ 莫言:《天堂蒜薹之歌》,原载《十月》1988年第1期;单行本,北京:作家出版社,1988年。后又历经修订,多次重版:北京师范大学出版社(1993年,该版本书名为《愤怒的蒜薹》)、南海出版公司(2005年)、上海文艺出版社(2009年),修订的总趋势是弱化政治化、增强文学性。

的重要一环。

一、未窥门户充内行

钱锺书小说中塑造了若干文人、学者、教师形象;对未窥学问门户却偏喜欢以遗老遗少自居者极尽嘲讽;对不学无术却以"抽屉""索引"等小伎俩混迹学界者无情揭批;对虽有留学经历却食洋不化、既不中又不洋而不自知者大加挞伐。其中针对如何有效地传承传统文化精义、吸收外来文化影响也不乏深入的思考。

《围城》中方鸿渐拿死去的未婚妻家的资助到欧洲留学,"四年中先后在伦敦、巴黎、柏林读了三所大学""兴趣甚广但心得全无",竟至连学位都没能拿到,最终选择造假,买了美国的假文凭。留学欧洲而买美国假文凭已让人哑然失笑,而且这张假文凭还被赋予了太多它承载不起的功能:

> 这一张文凭,仿佛有亚当、夏娃下身那片树叶的功用,可以遮羞包丑;小小一方纸能把一个人的空疏、寡陋、愚笨都掩盖起来。①

但它最终却没能如愿为他遮住羞、包住丑。鸿渐留学甫归来即应邀去中学演讲"西洋文化在中国历史上之影响及其检讨",匆忙中忘记带准备好的讲稿,头脑中一片空白,只能乌烟瘴气地乱讲一通,显示出他国学根基全无,亦不理解西洋文化的精义。更要命的是他还不分场合与对象,对中学生大讲鸦片和梅毒。一场失败的演讲差不多将这个留洋假博士打回了原形。

《猫》中写袁友春靠抽烟斗获取写文章的灵感,但"有人说他抽的怕不是板烟,而是鸦片,所以看到他的文章,就像鸦片瘾来,直打呵欠,又像服了麻醉剂似的,只想瞌睡"②。读他的文章如犯鸦片瘾或服过麻醉剂,可见他写得多乏味,讽刺的锋芒毕现。

《灵感》中盘点文人吃官司有诽谤、抄袭、伤害风化三种缘由,称"文人不上公堂对簿,不遭看管逮捕,好比时髦女人没有给离婚案子牵涉出庭,名儿不会响的"③。三种吃官司的缘故将无行文人的丑恶嘴脸刻画殆尽。钱锺书亦不忘揶揄文坛上的"颓废派":"老子一心和绅士、官僚结交,儿子全力充当颓

---

① 钱锺书:《围城》,第9页。
② 钱锺书:《猫》,《人·兽·鬼》,第31页。读其文章令人"打呵欠""想瞌睡",钱锺书亦曾举法国小说中的例子:"一少年子爵夫人失眠六夜,医为处方,夫人嗤之,谓只须阅一名作家之书,开卷而病愈矣(Je suis persuadée qu'en l'ouvrant seulement je me guérirai de mon insomnie)。"(钱锺书:《小说识小》,原载《新语》第四期,1945年11月17日;《写在人生边上·人生边上的边上·石语》,第144—145页。)
③ 钱锺书:《灵感》,《人·兽·鬼》,第81页。

废派诗人,歌唱着烟、酒、荡妇,以及罪恶。"①暴发户的儿子一面尽情挥霍老子的钱财,一面嫌恶发财的时间太短,所以倾力学颓废派诗人的做派以"附庸风雅"。钱锺书反对颓废派"为艺术而艺术"的主张,不赞同他们热衷于表现丑恶的取向,也嘲讽把丑恶当作美感享受的无病呻吟。

钱锺书多次批驳没有真才实学、全凭抽屉索引混迹学术圈的人:

> 时髦的学者不需要心,只需要几只抽屉,几百张白卡片,分门别类,做成有引必得的"引得",用不着头脑更去强记。但得抽屉充实,何妨心腹空虚。最初把抽屉来代替头脑,久而久之,习而俱化,头脑也有点木木然接近抽屉的质料了。②

制卡片、做引得本无可厚非,而且也是做学问的好方法,但不用心、不动脑,过度依赖抽屉、卡片、索引却要不得,因为最终只会导致头脑空虚、思维僵化。

《围城》中李梅亭的大铁箱令读者印象深刻,箱子内一只只小抽屉里像图书馆目录一样的白卡片更是李梅亭夸耀的"法宝",声称"只要有它,中国书全烧完了,我还能照样在中国文学系开课程"③。后来他真的凭借这些抽屉卡片在三闾大学开设"先秦小说史"课程。不是无知妄到疯狂的程度,断不会为小说尚未正式出现的先秦梳理小说史。这种肆无忌惮荼毒无知学子的行径令人瞠目。

尚有人视谈话对象不同而分别确定谈话的内容和策略:

> 我会对科学家谈发明,对历史家谈考古,对政治家谈国际情势,展览会上讲艺术鉴赏,酒席上讲烹调。不但这样,有时我偏要对科学家讲政治,对考古家论文艺,因为反正他们不懂什么,乐得让他们拾点牙慧;对牛弹的琴根本就不用挑选什么好曲子!④

对科学家谈发明之类的,不见得是真懂行,而是到什么山上唱什么歌的变色龙策略,既是投其所好、见风使舵,又可假充内行。而对科学家讲政治、对考古家论文艺,则有扯大旗作虎皮的唬人之势。

类似情况至今仍有生存空间:学术研讨会上某些行政领导致辞,在表达欢迎与支持之余,全然不顾隔行如隔山,非要似是而非地谈一谈和研讨会相

---

① 钱锺书:《灵感》,《人·兽·鬼》,第85—86页。
② 钱锺书:《谈交友》,《写在人生边上·人生边上的边上·石语》,第79页。
③ 钱锺书:《围城》,第152页。
④ 钱锺书:《魔鬼夜访钱锺书先生》,《写在人生边上》,上海:开明书店,1941年初版;《写在人生边上·人生边上的边上·石语》,第11页。

关的学术领域不可,仿佛不如此显不出自己的亲民与博学。一些到处赶场子、追求曝光率的"明星"学者,到国外一律讲中国的轶闻趣事,回到国内谈的全是在国外的见闻观感,从不在真正的学术平台上发声,甚至压根儿不研讨任何实质性的学问,只是忙于在国内外学术圈穿梭露脸,却俨然一副志得意满的模样。

近代以来中国加紧学习外国科技、文化的步伐,西方历时性发展了几百年的科技、文艺成果并时性传入中国,许多人不假思索地全盘接受,或者生搬硬套西方标准分析中国作品,导致食洋不化,幽默文学的受追捧即是一例。钱锺书谓:"自从幽默文学提倡以来,卖笑变成了文人的职业。幽默当然用笑来发泄,但是笑未必就表示着幽默。"①"卖笑"语带双关,一方面说不理解幽默文学实质的人简单地将幽默等同于制造笑点;另一方面讽刺对幽默误解更深者在创作中专以声色媚人,致使文学堕落到与娼妓齐平的境地。针对20世纪20、30年代林语堂等人大张旗鼓地倡导幽默文学的做法,钱锺书不赞同过分夸大幽默的社会功能,也看不惯假充幽默的文坛乱相。他推崇"别有会心,欣然独笑,冷然微笑"②的真幽默,强调幽默本是一种健康心态,有笑对人生的洒脱,能反躬自省、自我解嘲;反对把幽默当作一项严重的事业煞有介事地去经营。

二、卖声买誉无真见

钱锺书工笔刻画古往今来文人自负的若干表现:有好名矜气者的高谈阔论、虚张声势;有好为人师者的一知半解、名实不副;也有面谀背毁者的口蜜腹剑、两面三刀。

《谈艺录》中曾分析过名士才人的好名矜气:

> 名士才人互相推把,而好名矜气之争心,终过于爱才服善之雅量。故虽"文章有神交有道",如李、杜、苏、黄,后世尚或疑其彼此不免轻忌,况专向声气标榜中讨生活者哉。③

曹丕在《典论·论文》中早已指出:"文人相轻,自古而然""常人贵远贱近,向声背实,又患暗于自见,谓己为贤"④。钱锺书对"专向声气标榜中讨生活"的做法不以为然。他曾一针见血地指出:"文人讲恋爱,大半出于虚荣,好

---

① 钱锺书:《说笑》,《写在人生边上·人生边上的边上·石语》,第23页。
② 同上书,第24页。
③ 钱锺书:《谈艺录(补订本)》,第467页。
④ 〔梁〕萧统编、〔唐〕李善注:《文选(第六册)》,上海:上海古籍出版社,1986年,第2270、2271页。

教旁人惊叹天才吸引异性的魔力。文人的情妇只比阔人的好几辆汽车、好几所洋房,不过为了引起企羡,并非出于实际的需要。"①普通人婚外出轨多出于一种占有的虚荣,文人除此之外——更准确地说,在此之上——还多了一层对虚名的企盼。

《小说识小》从《西游补》中孙行者向自己"唱喏拜谢"②引申开来,联想到现实生活中人的自负,表现得最突出的当推文人。钱锺书从古说到今,从中外文学作品中的人物说到现实中的诗人作家,又说到自己的中外友人,可见极端敬畏自己以至自恋程度的人无论在文学作品里还是现实生活中都不乏其例。

文人对名声的热切企望还体现为高谈阔论大家巨子以虚张声势:

> 谈艺者亦有"托大家"、"倚权门"之习,侈论屈原、杜甫或莎士比亚、歌德等,卖声买誉,了无真见,以巨子之"门面",为渺躬之"牌坊"焉。③

假充内行或者引大家巨子为知音的行为,说到底不过是一种作秀。《说笑》一文对其动机的论断十分到位:

> 大凡假充一桩事物,总有两个动机。或出于尊敬,例如俗物尊敬艺术,就收集骨董,附庸风雅。或出于利用,例如坏蛋有所企图,就利用宗教道德,假充正人君子。④

文人学者之"托大家""倚权门"则兼具上述两种动机:出于尊敬的成分少一些,出于利用、附庸风雅的愿望却强烈得多;但终因了无真见,只能拉大家巨子来装点门面,无意也无法深入到研究的内层。

钱锺书曾指斥部分历史研究者趋时的不良倾向:"别以为历史家好古,他们最趋时,他们所好是时髦的古代,不时髦的古代,他们也不屑理会的。"⑤趋时的历史家不从历史研究本身出发,而是有针对性地选择研究对象,以时髦的古代为尚,严肃的学术研究不幸为追名逐利的功利心所压制。

他论及学问的所谓"捷径","在乎书背后的引得,若从前面正文看起,反见得迂远了"⑥。引得诚然重要,但以它径直取代正文,后看、甚至完全不看

---

① 钱锺书:《灵感》,《人·兽·鬼》,第 75 页。
② 钱锺书:《小说识小》,《写在人生边上·人生边上的边上·石语》,第 139 页。
③ 钱锺书:《谈艺录(补订本)》,第 586 页。
④ 钱锺书:《说笑》,《写在人生边上·人生边上的边上·石语》,第 25—26 页。
⑤ 钱锺书:《游历者的眼睛》,原载《观察》第三卷第十六期,1947 年 12 月 13 日;《写在人生边上·人生边上的边上·石语》,第 307 页。
⑥ 钱锺书:《窗》,《写在人生边上·人生边上的边上·石语》,第 16 页。

正文,看似讨巧,实则与扎扎实实做学问的理念南辕北辙。钱锺书在评论古今英国旅行家合传兼游记选《游历者的眼睛》(The Travellers' Eye)一书时,貌似平淡地写道:"这本书有'引得',可是所注页数,没有一个对的,相差两三页以至五六页不等。错得如此彻底,也值得佩服。"①该断语犹如掌掴,字字见血。

他还借小说中人物之口不留情面地批评文人学者的假客气、真虚荣:

> 我不比你们文人学者会假客气。有种人神气活现,你对他恭维,他不推却地接受,好像你还他的债,他只恨你没有附缴利钱。另外一种假作谦虚,人家赞美,他满口说惭愧不敢当,好像上司纳贿,嫌数量太少,原璧退还,好等下属加倍再送。②

分别用商人放贷收债和为官者贪心纳贿作比,突出表现文人学者的爱慕虚荣,对名望的热衷像无良商人一样势利,像贪官污吏一样贪婪。

钱锺书在书评文章《作者五人》中提道,自己梦想着写一本讲哲学家的文学史,并规划取舍标准:

> 一切把糊涂当神秘,呐喊当辩证,自登广告当著作的人恐怕在这本梦想的书里,是没有地位的,不管他们的东西在世界上,不,在书架上占据着多大地位。③

想写一本讲哲学家的文学史,钱锺书在别处也数次提及这一愿望,显示出他打通文学、历史与哲学学科界限的思路和气魄。哲学家探究哲学问题而能出以文学笔致的不是孤例个案,所以他才会打算写一本书进行专题探讨。在设想中,他将不会关注那些一知半解、虚张声势、自欺欺人的所谓哲学家,倒不是因为文笔不够好,实则是他们名不副实。

《〈写在人生边上〉序》中说:

> 人生据说是一部大书。
>
> 假使人生真是这样,那末,我们一大半作者只能算是书评家,具有书评家的本领,无须看得几页书,议论早已发了一大堆,书评一篇写完缴卷。④

---

① 钱锺书:《游历者的眼睛》,《写在人生边上·人生边上的边上·石语》,第 308 页。
② 钱锺书:《魔鬼夜访钱锺书先生》,《写在人生边上·人生边上的边上·石语》,第 12 页。
③ 钱锺书:《作者五人》,原载《大公报·世界思潮》第五十六期,1933 年 10 月 5 日;《写在人生边上·人生边上的边上·石语》,第 291 页。
④ 钱锺书:《〈写在人生边上〉序》,《写在人生边上·人生边上的边上·石语》,第 7 页。

书评家本应做沟通作者与读者的桥梁,以"书"为对象,介绍并分析其形式和内容,就其知识性、思想性、艺术性和学术性进行评骘,需要对所评论的书及其作者予以同情的理解,有些书评家却以"指导读者、教训作者"①的导师自居,书无需得看几页,议论却早已发了一堆,正所谓人之患在好为人师。

《灵感》中论及不同年龄、不同阶层的人对待买书的不同态度:

> 只有中学生,……才肯花钱买新书、订阅新杂志。至于大学生们,自己早在写书,希望出版,等人来买了。到了大学教授,书也不写了,只为旁人的书作序,等人赠阅了。比大学教授更高的人物连书序也没工夫写,只为旁人的书封面题签,自有人把书来敬献给他们了。②

以读书、教书为本职工作的大学生和大学教授却偏不肯买书,显示出知识界已然化身为名利场,本职工作沦为业余,大家都压根儿不肯买书也不愿读书,更无意从事严肃、艰深的学术研究。

钱锺书因袁枚生前身后分获赞誉、诋毁两重天,以及学生、朋友辈的恩怨离合而生感慨:

> 夫面谀而背毁,生则谀而死则毁,未成名时谄谀以求奖借,已得名后诋毁以掩攀凭,人事之常,不足多怪。③

将面谀背毁、生谀死毁、未成名时谄谀而已成名后诋毁视作"人事之常",对人性的洞察颇为深刻。《围城》中孙柔嘉与室友范小姐都在背后不停地说对方坏话,当面却又表现得非常要好。当柔嘉离开三闾大学时,范小姐挽着她的手相送,亦相约彼此通信。二人当面与背后判然有别的表现,就是钱锺书为"面谀背毁"所作的生动注脚。亲历过一系列政治运动的钱锺书因对面谀背毁有切身感受,感触自然更深切。

三、传人自传多无稽

钱锺书赞同并称引希罗多德《史记》中所言:"有闻必录,吾事也;有闻必信,非吾事也。"④强调治史需广为搜罗,力争竭泽而渔,但同时又要有鉴别有取舍,不能盲从偏信。又说:"不论一个时代或一个人,过去的形象经常适应

---

① 钱锺书:《〈写在人生边上〉序》,《写在人生边上·人生边上的边上·石语》,第7页。
② 钱锺书:《灵感》,《人·兽·鬼》,第69—70页。
③ 钱锺书:《谈艺录(补订本)》,第529页。
④ 钱锺书据戈德来(A. D. Godley)英译本引述,原文作:For myself, though it be my business to set down that which is told me, to believe it is none at all of my business.(钱锺书:《一节历史掌故、一个宗教寓言、一篇小说》,《七缀集》,第182页,注13。)

现在的情况而被加工改造。"①历史著作、回忆录等所载与历史真实之间存在不易弥合的缝隙;以虚构性见长的文学中更是常常出现不足凭信的情况。

他深具见地地指出:"我们在创作中,想像力常常贫薄可怜,而一到回忆时,不论是几天还是几十年前、是自己还是旁人的事,想像力忽然丰富得可惊可喜以至可怕。"②这种"创造性记忆",在旅行记和名人传记中表现得尤为突出:

> 一些出洋游历者强充内行或吹捧自我,所写的旅行记——像大名流康有为的《十一国游记》或小文人王芝的《海客日谭》——往往无稽失实,行使了英国老话所谓旅行家享有的凭空编造的特权(the traveller's leave to lie)。"远来和尚会念经",远游归来者会撒谎,原是常事,也不值得大惊小怪的。③

> 人怕出名啊! 出了名后,你就无秘密可言。什么私事都给采访们去传说,通讯员等去发表。这么一来,把你的自传或忏悔录里的资料硬夺去了。将来我若做自述,非另外捏造点新奇事实不可。④

不少写作者缺乏明确的文体意识甚至有意为之,不区分实录性的游记和以虚构见长的文学创作,致使许多名义上的旅行记无稽失实。更有采访者专事刺探名人隐私,名人本打算将这些私事放进自传类作品中去吸引读者眼球的,却被别人先行报道出来,等做自述时只好向壁虚构、凭空捏造另外的故事了。

钱锺书指出,"游历是为了自己,而游记是为旁人写的;为己总得面面周到,为人不妨敷衍将就。"⑤又说,在所谓的"新传记文学的时代",人们为别人做传记时不忘表现自己,作自传时又任意杜撰或传述别人,"逞心如意地描摹出自己老婆、儿子都认不得的形象,或者东拉西扯地记载交游,传述别人的轶事"⑥。给别人做传记时夹带私货,借以发挥自我;做自传时则臆造拼凑,或者生拉硬扯,以注水的方式塞入一些不相干的东西。他又说:"在收藏家、古董贩和专家学者通力合作的今天,发现大小作家们并未写过的未刊稿已成为文学研究里发展特快的新行业了。"⑦所谓"并未写过的未刊稿",即假学术研

---

① 钱锺书:《模糊的铜镜》,《钱锺书散文》,第469页。
② 钱锺书:《〈写在人生边上〉和〈人・兽・鬼〉重印本序》,《人・兽・鬼》,第123页。
③ 钱锺书:《〈走向世界〉序》,《写在人生边上・人生边上的边上・石语》,第222页。
④ 钱锺书:《魔鬼夜访钱锺书先生》,《写在人生边上・人生边上的边上・石语》,第9页。
⑤ 钱锺书:《游历者的眼睛》,《写在人生边上・人生边上的边上・石语》,第305页。
⑥ 钱锺书:《魔鬼夜访钱锺书先生》,《写在人生边上・人生边上的边上・石语》,第9页。
⑦ 钱锺书:《〈干校六记〉小引》,《写在人生边上・人生边上的边上・石语》,第219页。

究之名,行弄虚作假之实。

钱锺书亦尝试给出撰著自传的正确途径:

> 我们须要捉住心的变动不居,看它在追求,在创化,在生息,然后我们把这个心的"天路历程"委曲详尽地达出来;在文笔一方面,不能太抽象,在实质一方面,不宜与我们的专著相犯,因为自传的要点在于描写,不在于解释,侧重在思想的微茫的来源(psychological cause),不在思想的正确理由(logical ground)。①

该论述称自传的要点在于描写,不在解释,从文体学的角度指明了自传最根本的特征;说自传侧重回溯并梳理思想微茫的来源,而不在给予思想以正确性的论证,真切地抓住了关键,也揭示出许多自传之所以会不实的根本原因。

钱锺书敏锐地指出,文学史撰著、文学批评与文学作品编选中常有名不副实的情况发生:"评选者的懒惰和懦怯或势利,巩固和扩大了作者的文名和诗名。这是构成文学史的一个小因素,也是文艺社会学里一个有趣的问题。"②并非所有的评选者都别具手眼,事实上评选者的懒惰、懦怯或势利很难根除,陈陈相因在诗文选集的编纂与文评中数见不鲜,遂导致文学史上不实的情况屡有发生。

钱锺书秉持明确的文体意识,一方面强调历史著作与自叙传作品对求真、求实的追求,另一方面也认可虚构性在文学创作中的价值。无论东西方都强调小说的虚构性,中国旧时称小说和私家记载的逸闻琐事为稗官野史,就是强调小说道听途说、街谈巷议的出处与虚构性特征。英语中用以指称长篇小说的 fiction,通常指的是人物与情节均为虚构的文学作品。

第四节 纸上得来不觉浅

《谈艺录》中提及:"窃以为藏拙即巧,用短即长;有可施人工之资,知善施人工之法,亦即天分。"③钱锺书兼具作家和学者双重身份,但社会活动范围却有限,是以他在创作取材方面善于藏拙即巧,以用短即长的方式将书籍文献中的大量元素整合进自己的创作中,一定程度上弥补了创作取材与表现广

---

① 钱锺书:《约德的自传》,原载《大公报·世界思潮》第十七期,1932 年 12 月 22 日;《写在人生边上·人生边上的边上·石语》,第 274 页。
② 钱锺书:《模糊的铜镜》,《钱锺书散文》,第 468—469 页。
③ 钱锺书:《谈艺录(补订本)》,第 97 页。

度方面的局限性。

研究者在探讨现代散文创作时有将钱锺书与梁遇春并提的情况①,但在钱锺书看来,梁遇春失于掉书袋,其小品文缺乏"空灵的书卷气"②。有"书卷气"且表现得"空灵"是钱锺书论文衡艺时十分看重的标准,他的创作也表现出十足的书卷气,而且这种书卷气并非仅表现在行文、语言等层面,同样也体现在内容来源方面。

钱锺书在《徐燕谋诗序》中所说的"必深造熟思,化书卷见闻作吾性灵,与古今中外为无町畦"③,也是他自己为文、治学路径的写照。《管锥编》中引述古希腊说法:"独不见蜜蜂乎,无花不采,吮英咀华,博雅之士亦然,滋味遍尝,取精而用弘。"④表达的也是类似的追求。他称道王充《论衡·超奇》中的"儒生""通人""文人""鸿儒"之别,推崇"能'精思著文,连接篇章'"的"鸿儒"⑤。他将"鸿儒"的标准化为自己从事学术研究与文学创作的内在要求。

他读书每有心得,常能加以铺陈发挥,正所谓化书卷见闻作性灵。有学者在论及包括钱锺书在内的20世纪40年代的学者散文时指出:"书成了他们的创作灵感,并天然地融化成为他们的散文的文化气氛、文化环境和文化精神,从而闪现着一种特有的精英魅力。"⑥其实不惟散文如此,钱锺书在古体诗与小说创作中从书卷见闻里抽绎出一些材料,或从中得到启迪,转而引申、生发的情况比比皆是。

一、致敬经典余韵长

《纪念》中有一个意味深长的场景:

> 曼倩微笑道:"别咱们,你"——这原是《儿女英雄传》里十三妹对没脸妇人说的话;她夫妇俩新借来这本书看完,常用书里的对白来打趣。⑦

---

① 如杜啸尘:《一种全新散文体式的创造——梁遇春与钱钟书散文合论》,《理论学刊》2004年第8期。
② 钱锺书:《不够知己》,原载《人间世》第二十九期,1935年6月5日;《写在人生边上·人生边上的边上·石语》,第336页。
③ 钱锺书:《徐燕谋诗序》,《写在人生边上·人生边上的边上·石语》,第229页。
④ 原文作:Just as we see the bee settling on all the flowers, and sipping the best from each, so also those who aspire to culture ought not to leave anything untasted, but should gather useful knowledge from every source.(钱锺书:《管锥编(第四册)》,第1251页。)
⑤ 钱锺书:《谈艺录(补订本)》,第178页。
⑥ 范培松:《论四十年代梁实秋、钱钟书和王了一的学者散文》,《文学评论》2008年第1期,第50页。
⑦ 钱锺书:《纪念》,《人·兽·鬼》,第102页。

此情节的用意之妙在于既向《儿女英雄传》遥相致敬，又或明或暗地呼应《红楼梦》《西厢记》等古典著作中的相关情节，大大拓宽了小说的表现场域与表达力度。

曼倩夫妇用《儿女英雄传》中的对白打趣的情节一如《红楼梦》第二十三回宝黛共读《西厢记》的经典片段。黛玉问宝玉在读何书时，宝玉谎称"不过是《中庸》《大学》"，黛玉不信，接过来看时，越看越爱看，竟一气看完，"自觉词藻警人，馀香满口""只管出神，心内还默默记诵"①。随后二人用《西厢记》中的对白互相打趣：

> 宝玉笑道："我就是个'多愁多病身'，你就是那'倾国倾城貌'。"林黛玉听了，不觉带腮连耳通红，登时直竖起两道似蹙非蹙的眉，瞪了两只似睁非睁的眼，微腮带怒，薄面含嗔，指宝玉道："你这该死的胡说！好好的把这淫词艳曲弄了来，还学了这些混话来欺负我。我告诉舅舅舅母去。"②

宝玉慌忙道歉不迭，不意黛玉旋即说出"苗而不秀""银样镴枪头"嘲弄宝玉，所言亦是《西厢记》中的词句。宝黛二人利用西厢曲词婉曲地互表衷肠，而黛玉所借用的台词在《西厢记》中似还带有隐晦的性暗示含义。

《围城》中董斜川对方鸿渐说"你既不是文纨小姐的'倾国倾城貌'，又不是慎明先生的'多愁多病身'，我劝你还是'有酒直须醉'罢"③，就是化用了上述宝黛共读西厢时的对白，当然也可看作向《西厢记》遥相致敬。另外，"有酒直须醉"系化用宋代诗人高翥《清明日对酒》中的"人生有酒须当醉，一滴何曾到九泉"。

钱锺书推重《儿女英雄传》的情节、结构和语言，并在创作中多次致敬其中的精彩段落，在批评和研究中也数番提及该小说的艺术特色。《通感》中举《儿女英雄传》第三十八回写一个小媳妇子手里举着"闹轰轰一大把子通草花儿、花蝴蝶儿"的片段，并称道"形容'大把子花'的那个'闹'字被'轰轰'两字申说得再清楚不过了"④。又称道第四回中"唱得好的叫小良人儿，那个嗓子真是掉在地下摔三截儿"，并称该描写"正是穷形极致地刻划声音的'脆'"⑤，对其用语之妙击节叹赏。

《小说识小》中对《儿女英雄传》第十五回的一处外貌描写推崇备至：

---

① 曹雪芹：《红楼梦》，北京：人民文学出版社，1990年，第315页。
② 同上。
③ 钱锺书：《围城》，第85页。
④ 钱锺书：《通感》，《七缀集》，第64页。
⑤ 同上书，第68页。

描摹邓九公姨奶奶衣饰体态，极俳色揣称之妙，有云："雪白的一个脸皮儿，只是胖些，那脸蛋子一走一哆嗦，活脱儿一块凉粉儿。"刻划肥人，可谓状难写之景，如在目前。①

"活脱儿一块凉粉儿"活画出了胖脸蛋儿一走一哆嗦的神态，令读者产生身经目击一般的既视感，即虽未亲身经历却恍如不隔，读到如此描写，不难想见其刻画的情形与场景。

钱锺书虽然推重《儿女英雄传》，在创作中多次学习其笔法，在研究中也屡屡论及其描述之精当，但对它将侠义小说与言情（才子佳人）小说融为一体的文类创建②却保持了一定的距离。《儿女英雄传》宣侠义而能免于沦入公案的窠臼，善言情而能规避流入狎邪的渊薮，在一定意义上使得追求美德与实现欲望得到和谐统一，其背后不乏对忠、义等儒家正统思想的信奉与终极幻想。由于相对隔开了一定的时空距离，加之钱锺书吸收了西方文学从古典主义到现实主义再到现代主义的大量影响，在面对中国文学作品时自然多了一些客体化打量的视角，是以他对《儿女英雄传》的推许大多集中在细部描写层面，较好地遵循了刘勰"情乃文之经，辞乃理之纬"（《文心雕龙·情采》）的要求，追求经正纬成、理定辞畅的表达效果，却并没有从文类与结构层面加以效仿。

钱锺书对《儿女英雄传》的学习与 20 世纪初"鸳鸯蝴蝶派"③的做法判然有别。鸳鸯蝴蝶派小说多呈现爱情、悲伤与疾病的缠绕。钱锺书虽然也描写爱情，但全然不以渲染卿卿我我的爱情故事为能事，而是有意识地避免游戏、消遣文学，也尽力摒弃媚俗的言说方式。钱锺书的创作与 20 世纪 20 年代末至 30 年代初"革命加恋爱"④模式的小说取径也不同，他敏锐地发现了"革命加恋爱"模式与日常世俗生活的断裂，并努力弥缝这一裂痕，在创作中氤氲出

---

① 钱锺书：《小说识小》，《写在人生边上·人生边上的边上·石语》，第 140 页。钱锺书继之又举西方文学中与此取譬相同的用例："状一胖和尚战栗如肉汁或果汁冻之颤动"（T. L. Peacock, Maid Marian）；"状肥童点头时，双颊哆嗦如白甜冻"（Charles Dickens, Pickwick Papers）。

② 有研究指出侠义与言情两种文类的结合有更早的尝试，远追晚明小说甚至更早的诗歌，我们无意否定其他创作的早期尝试，但就结合的成功程度而言，无改对文康《儿女英雄传》创建性的判断。

③ 有关"鸳鸯蝴蝶派"的更详细论述，参见范伯群：《礼拜六的蝴蝶梦》，北京：人民文学出版社，1989 年；陈平原、夏晓虹编：《二十世纪中国小说理论资料（第一卷）1897—1916》，北京：北京大学出版社，1997 年。

④ 有关"革命加恋爱"的更多情况，参见茅盾："革命"与"恋爱"的公式》，《文学》第四卷，1935 年，第 181—190 页；吴福辉编：《二十世纪中国小说理论资料（第三卷）1928—1937》，北京：北京大学出版社，1997 年。

烟火气、书香味,他也有意识地避免宏大叙事,令创作葆有生活气息。

《围城》中致敬《红楼梦》的场景触处可见。如在回国的船上管方鸿渐房舱的阿刘拿着铺床时捡到的三只发钗前来敲诈,鸿渐掏三百法郎换了回来,鲍小姐生气地掷在地下:"谁还要这东西!经过了那家伙的脏手!"①该情节与《红楼梦》中妙玉嫌弃刘姥姥喝茶用过的杯子如出一辙。又如方鸿渐对唐晓芙说:"女人有女人特别的聪明,轻盈活泼得跟她的举动一样。比了这种聪明,才学不过是沉淀渣滓。"②其口吻毕肖贾宝玉"女儿是水做的骨肉,男人是泥做的骨肉"的说辞。再如苏文纨说:"元朗这人顶有意思的,你全是偏见,你的心我想也偏在夹肢窝里。"③心偏在夹肢窝里一说,本自《红楼梦》第七十五回过中秋时贾赦给贾母讲的笑话。

《论交友》中有一节言及天堂:

> 天堂并不如史文朋(Swinburne)所说,一个玫瑰花园,充满了浪上人火来的姑娘(A rose garden full of stunners),浪上人火来的姑娘,是裸了大腿,跳舞着唱"天堂不是我的份"的。④

其中"浪上人火来"一语本自《红楼梦》第二十一回贾琏骂平儿的话:

> 贾琏见他娇俏动情,便搂着求欢,被平儿夺手跑了,急的贾琏弯着腰恨道:"死促狭小淫妇!一定浪上人的火来,他又跑了。"⑤

"弯着腰恨道"一语精警妙极,细腻地刻画出贾琏见平儿娇俏动情,不由得春心荡漾,在搂着平儿求欢的过程中身体起了反应,不提防平儿夺手跑走,他一时不便直起身来,只能弯腰恨骂。

《猫》中也有数处致敬《红楼梦》的地方:

> 他(建侯)说:"回国时的游历,至少象林黛玉初入荣国府,而出国时的游历呢,怕免不了像刘姥姥一进大观园。"⑥

> 侠君年纪轻,又是花天酒地的法国留学生,人家先防他三分;学洋画听说专画模特儿,难保不也画《红楼梦》里傻大姐所说的"妖精打架",

---

① 钱锺书:《围城》,第16页。
② 同上书,第76页。
③ 同上书,第80页。
④ 钱锺书:《谈交友》,《写在人生边上·人生边上的边上·石语》,第76—77页。
⑤ 曹雪芹:《红楼梦》,第288页。
⑥ 钱锺书:《猫》,《人·兽·鬼》,第27页。

那就有伤风化了。①

与《猫》中明确指出《红楼梦》中的具体场景或情节的做法不同,《纪念》以隐含的方式致敬《红楼梦》:

> 李氏夫妇了解颐谷怕生,来了客人,只浮泛地指着介绍,远远打个招呼,让他坐在不惹人注目的靠壁沙发里。颐谷渐渐松弛下来,瞻仰着这些久闻大名的来客。②

该段描写与《红楼梦》中"林黛玉进贾府"在叙事层面上至少存在三个共通之处:一是借小说中人物的视角,让其他人物得以集中出场亮相;二是通过展现不同人物的言行举止,凸显他们的个性与区别性特征;三是以简约经济的笔墨,刻画故事发生的场域,推动情节发展,并为故事高潮的来临预埋伏笔。

《叔子寄示读近人集题句賸以长书盉各异同奉酬十绝》(1939)第九首中有句:"戏将郑婢萧奴例,门户虽高脚色低。"③郑婢事出《世说新语·文学》,萧奴事出《新唐书·萧颖士传》;前一句又本自陆游《先少师宣和初有赠晁公以道诗云奴爱才如萧颖士婢知诗似郑康成晁公大爱赏今逸全篇偶读晁公文集泣而足之》诗题中的"奴爱才如萧颖士,婢知诗似郑康成"。钱锺书向陆诗致敬的用意非常明显,针对当时诗坛因受积习流弊的影响,不少诗人依附同光体江西诗派的做法,讽刺他们虽则托身高门户,却只能担纲一些低级角色。

《上帝的梦》袭用《圣经·旧约·创世纪》里的内容,其中讲到:"男人只是上帝初次的尝试,女人才是上帝最后的成功。这可以解释为什么爱漂亮的男人都向女人学样,女人要更先进,就发展成为妖怪。"④《谈教训》中援引莎士比亚剧中哈姆雷特骂未婚妻的话:"女子化妆打扮,也是爱面子而不要脸(God has given thou one face, but you make yourself another)。"⑤二者用意相近,都极言女性因过度化妆而将自己搞得面目全非,几乎换了一张脸似的。类似用例通过向经典致敬,程度不等地增强了论述的表现力度。

《围城》中描绘方鸿渐的鼾声:"那声气哗啦哗啦,又像风涛澎湃,又像狼吞虎咽,中间还夹着一丝又尖又细的声音,忽高忽低,袅袅不绝。有时这一条

---

① 钱锺书:《猫》,《人·兽·鬼》,第40页。
② 同上书,第30页。
③ 钱锺书:《叔子寄示读近人集题句賸以长书盉各异同奉酬十绝》其九,《槐聚诗存》,第32页。
④ 钱锺书:《上帝的梦》,《人·兽·鬼》,第6页。
⑤ 钱锺书:《谈教训》,《写在人生边上·人生边上的边上·石语》,第41页。

丝高上去、高上去,细得、细得像放足的风筝线要断了,不知怎么像过一个峰尖,又降落安稳下来。"①该段全袭《老残游记》中"王小玉说书"一节,通过铺排声气的响动、忽高忽低的变幻、回环曲折的张力、高扬复转低细的层次变化,传神地刻画出方鸿渐的鼾声。

二、读书得间识见广

钱锺书在进行严肃的文学批评或阐述文化观念时,往往从家常切身的细微处着眼,娓娓道来,充满闲适的情趣,读来意趣盎然。他能够不疾不徐却观点鲜明地表达自己的观察与思考,如珍惜与所爱的人共度时光的"惜取此时心"。他传神地刻画那种自己可以抱怨,但听不得别人说不好的"反面的骄傲"。他也无情揭露那种不问是非优劣,一力维护、偏袒同乡诗文作家的"人情乡曲惯阿私"的弊病。

《玉泉山同绦》(1934)一诗作:

> 欲息人天籁,都沉车马音。
> 风铃呶忽语,午塔齾无阴。
> 久坐槛生暖,忘言意转深。
> 明朝即上路,惜取此时心。②

"久坐槛生暖,忘言意转深"传达出脉脉温情,只是情意深处已忘言。"明朝即上路,惜取此时心"传达出与心上人分别在即时的不舍,珍惜当下的情愫油然而生。

《英国人民》中指出一种世俗常见的情结:

> 一个人对于本国常仿佛作家之于自己作品,本人可以谦逊说不行不好,但旁人说了就要吵架的。③

钱锺书称其"坦白包含着袒护,是一种反面的骄傲"。其实不惟对自己的国家或作品有这种情结,对家乡、母校、伴侣、子女、个人习惯等莫不如此。比如学生时代对学校纵有各种不满和抱怨,一旦毕业离校,回想起在母校的点点滴滴,昔日的种种不满早已于不知不觉间荡然无存,余下的全是不舍与怀念,留存在记忆深处的都是温馨与动容。

文艺批评中常见的"乡曲阿私"与"反面的骄傲"有类似处,但危害更大。

---

① 钱锺书:《围城》,第139页。
② 钱锺书:《玉泉山同绦》,《槐聚诗存》,第3页。
③ 钱锺书:《英国人民》,《写在人生边上·人生边上的边上·石语》,第303页。

钱锺书《叔子寄示读近人集题句媵以长书盍各异同奉酬十绝》第五首作：

> 人情乡曲惯阿私，论学町畦到品诗。
> 福建江西森对垒，为君远溯考亭时。①

人们往往出于情感方面的影响而极力维护、甚至一意偏袒同乡诗人作家那些并不一定正确的见解；而且乡曲阿私为害甚广，已然影响到文艺批评、鉴赏乃至治学风气等。

《谈艺录》中也论及文艺批评史上"文人相轻"与"乡曲阿私"的弊病：

> 文人相轻，故班固则短傅毅；乡曲相私，故齐人仅知管晏。合斯二者，而谈艺有南北之见。虽在普天率土大一统之代，此疆彼界之殊，往往为己长彼短之本。②

文人相轻与乡曲阿私相叠加，则导致文艺批评中偏颇更甚的门户之见，无端生出此疆彼界，常表现为道己之长、论人之短。"文分南北"③历来为诗文作家、评论家所关注，其成因除地理风土的制约、社会进程的干预之外，也有文学自身演进的影响，此外，文人相轻与乡曲阿私共同作用，是造成"谈艺有南北之见"的一个重要因素。

钱锺书称许梅尧臣《陶者》④一诗，将其与唐代谚语"赤脚人趁兔，著靴人吃肉"捉置并论："这首诗用唐代那句谚语的对照手法，不加论断，简辣深刻。"⑤现实生活中剥削者掠夺底层人民劳动果实的现象司空见惯，诗句与谚语都用不加品评论断的描述，深刻揭露这种不公平。

钱锺书在评价秦观的诗作时指出，其内容贫薄，气魄狭小，惟修辞非常精

---

① 钱锺书：《叔子寄示读近人集题句媵以长书盍各异同奉酬十绝》其五，《槐聚诗存》，第33页。
② 钱锺书：《谈艺录（补订本）》，第150页。
③ 在中国文学史上，"文分南北"历来为诗文作家、评论家所关注，几乎成为一条自明的规则不断被言说。古代文人多从地理环境和地方风土的关系入手解释文分南北问题。近代刘师培《南北文学不同论》(《国粹学报》1905年第9期。)是一篇集大成之作，尤其注重从文学自身的演进层面进行分析，但他事实上又夸大了南北文学的对立。梁启超在《中国地理大势论》(《新民丛报》第6，8，9号，1902年4—6月；《饮冰室合集•文集（第十卷）》，北京：中华书局，1989年。)中正确地指出，自唐宋以来，随着交通日益方便和交流走向繁复，南北学术文艺的区别渐微并趋于消泯，走上了一条渐近趋同的新路，主流文化日渐凝重和保守，与唐代以前表现不同。
④ 全诗作："陶尽门前土，屋上无片瓦；十指不沾泥，鳞鳞居大厦。"此外尚有"卖油娘子水梳头""卖盐的，喝淡汤"等俗谚，与前引陶诗、唐谚有别，它们更常用于描述节俭成性，表达虽然有但不舍得用之意。
⑤ 钱锺书：《宋诗选注》，第25页，注1。

致:"艺术之宫是重楼复室、千门万户,决不仅仅是一大间敞厅;不过,这些屋子当然有正有偏,有高有下,决不可能都居正中,都在同一层楼上。"①推广开来,这段评价意在倡扬艺术的多样性,承认艺术千门万户,不强求定于一尊,但也承认,不同艺术品类、多样性的成果就其成就与价值而言,仍有高下之分。

在《〈走向世界〉序》中,钱锺书以门和窗的开与闭作比,阐发自己开放的文化观念:

> 在我们日常生活里,有时大开着门和窗;有时只开了或半开了窗,却关上门;有时门和窗都紧闭,只留下门窗缝和钥匙孔透些儿气。门窗洞开,难保屋子里的老弱不伤风着凉;门窗牢闭,又防屋子里人多,会气闷窒息。②

鲁迅用铁屋中的呐喊意象,旨在唤起沉睡的国民,防止从昏睡入死灰;钱锺书提倡门窗半开半掩,指明异质文化交流由碰撞走向融合的合理做法:既不能妄自菲薄、崇洋媚外,又应力戒妄自尊大、因循封闭。他还指出也有外面人"破门跳窗"进来的风险,意在提醒文化交流过程中需防范、摒弃外来文化中的糟粕与有害成分。

---

① 钱锺书:《宋诗选注》,第123页。
② 钱锺书:《〈走向世界〉序》,《写在人生边上·人生边上的边上·石语》,第223页。

第二章　巧运匠心营佳构

钱锺书在创作中匠心独运,叙事时善于制造诗情文意"陌生化"的氛围,追求出其不意的表达效果;他通过新奇的意象并置,将原本相距邈远的事物连缀到一起;他工笔描摹富于包孕的片刻,营造出言有尽而意无穷的意境;其小说结尾善用分镜头手法,令矛盾冲突升级,亦体现篇终接混茫的用心,颇能引发读者的深思力索。

第一节　诗情文意陌生化

《谈艺录》中指出:"近世俄国形式主义文评家希克洛夫斯基(Victor Shklovsky)等以为文词最易袭故蹈常,落套刻板(habitualization, automatization),故作者手眼须使熟者生(defamiliarization),或亦曰使文者野(rebarbarization)。"[①]"使熟者生"即是"陌生化"的艺术手法,强调文艺表达在内容或形式方面违反人们习见的常理常情,在艺术上超越常境,以陌生的眼光重新观照艺术表达的对象,从而消解读者的套板反应,在对立冲突或行文跳跃中给读者以新奇的感官刺激或强烈的情感震撼。

钱锺书留意到,歌德、诺瓦利斯、华兹华斯、柯尔律治、雪莱、狄更斯、福楼拜、尼采、巴斯可里等都强调过,作诗为文宜运用陌生化手法。他汇总多家所言,意译为一句话:

　　Wordsworth: Ordinary things should be presented to the mind in an unusual aspect.

　　Coleridge: So to represent familiar objects as to awaken the minds of others to a like freshness of sensation concerning them.

　　Shelly: Poetry makes familiar objects be as if they were not familiar.

　　Dickens: So getting a new aspect, and being unlike itself. Any odd unlikeness of itself.

　　John Dewey: When old and familiar things are made new in experience,

---

[①]　钱锺书:《谈艺录(补订本)》,第320页。

there is imagination.

观事体物,当以故为新,即熟见生。①

"以故为新,即熟见生"就是要求以相异于惯例常规的方式,呈现司空见惯的日常事物,或者揭示人们所熟悉的事物某一方面相对新颖、奇特的特征,因系发前人所未发,故常能超出一般读者的阅读期待,令人耳目一新。钱锺书在创作中善用陌生化手法,并获致出色的表达效果。

一、情理之中,意料之外

钱锺书在创作中通过设置事在情理之中、而又出乎一般读者意料的陌生化情节或场景,制造出某种看似不可调和的矛盾境地,可以迅速吸引读者的注意,并能引发持久的阅读兴趣,颇收事半功倍之效。陌生化的情节通常起到和某些戏剧场景相类似的作用:集中展示叙事冲突,彰显人物个性特征,将故事推向高潮等。

《纪念》中曼倩由于害怕受到失败的打击,对最希望的事情反倒常常抱失望的期待:

曼倩领略过人生的一些讽刺,也了解造物会怎样捉弄人。要最希望的事能实现,还是先对它绝望,准备将来有出于望外的惊喜。②

她当初不顾亲友反对坚持嫁给才叔,但婚后生活平淡乏味,令她逐渐意识到自己辛苦追求到的爱情不是原来所期待的模样。婚后她因憧憬轰轰烈烈的恋爱不惜铤而走险,出轨才叔的表弟天健。她一心期待天健尽快炽烈地爱上自己,但自己又出于矜持不便表现得太过积极。其实她内心深处一直有一个隐忧,即担心过早的希望一旦落空会更加失落,因此她不惮以事先抱绝望的态度对待希望。此处一个简单的情节呈现,既呼应了曼倩过往生活的种种不如意,也将她内心的衷曲和盘托出,以简约的语言传递了丰富的意蕴。其实曼倩这种心态在现实生活中许多人都或多或少地有过,尤其面对非常渴望拥有或自己十分看重的事物时,这种心态表现得更加明显。

天健登门拜访,适逢才叔外出访友未归,曼倩独自招待尚不十分熟识的客人,多少显得有些吃力:

曼倩一人招待他,尽力镇住腼腆,从脑子犄角罅缝里搜找话题。亏得天健会说话,每逢曼倩话窘时,总轻描淡写问几句,仿佛在息息扩大的

---

① 钱锺书:《谈艺录(补订本)》,第321—322页。
② 钱锺书:《纪念》,《人·兽·鬼》,第112页。

裂口上搭顶浮桥,使话头又衔接起来。①

曼倩有青春少妇面对陌生男子时的羞涩,但又自觉应当尽好女主人的责任,怕冷了场令客人难堪,于是搜肠刮肚地寻找话题。一个内向拘谨、不善交际的青年女子形象历历如在读者面前。相对年轻一点的天健却热络得多,前文亦说初次见面时他即"客气里早透着亲热"。一场简单的拜访与接待,既营造出两人对话的氛围,也成功凸显了各自的性格特征,为后文表现两人婚外生情之际天健占据主动埋下了伏笔。

曼倩对肉体恋爱的坚拒被天健的热烈用情暂时融解,事后她有愧疚,有担心,有懊悔,有厌恨,"天气依然引人地好。曼倩的心像新给虫蛀空的,不复萌芽生意"②。好天气与坏心情恰成对比映衬,造成强烈的叙事冲突效果。事后到家时天已昏黑,她倒希望这种昏黑多少可以遮掩一下自己的慌乱,"似乎良心也被着夜的掩庇,不致赤裸地像脱壳的蜗牛,一无隐遁"③。此时的她既有对放纵自己的后悔,又有对才叔的歉疚,更有担心机事不密的后怕。要搏天健爱她的虚荣一朝消散后,她内心极度空虚,并清楚地意识到自己并不爱天健,出轨与憧憬中"细腻、隐约、柔弱的情感关系"④相距甚远。借助对曼倩心境与思绪的展露,将她那种所得非所愿⑤、超出希望的失望真切地呈现在读者的眼前。

《围城》中苏文纨介绍来家做客的辛楣与鸿渐认识,简单一个场景将文纨的长袖善舞、鸿渐的后知后觉、辛楣的嫉妒和敌意都展现得纤毫毕现。文纨毫不掩饰对鸿渐的热情,鸿渐虽不爱文纨,却因瞻前顾后而迟迟没有说破,还在言语上刺激辛楣,遂造成一种貌似二人争风吃醋的假象。辛楣虽未受到慢待,相形之下却感觉遭了文纨的冷落,愈发挑起他不服输的斗志:

赵辛楣和鸿渐拉拉手,傲兀地把他从头到脚看一下,好象鸿渐是页一览而尽的大字幼稚园读本。⑥

---

① 钱锺书:《纪念》,《人·兽·鬼》,第 105 页。
② 同上书,第 118 页。
③ 同上书,第 94 页。钱锺书在《管锥编》与《谈艺录》中多次提及蜗牛戴壳这个意象,《围城》中也用过:"房子比职业更难找。满街是屋,可是轮不到他们住。上海仿佛希望每个新来的人都像只戴壳的蜗牛,随身带着宿舍。"(钱锺书:《围城》,第 304 页。)时至今日,钱锺书小说中提及的这一情况,仍是许多到大城市打拼的年轻人的心头恨。
④ 钱锺书:《纪念》,《人·兽·鬼》,第 94 页。
⑤ "所得非所愿"的意境,宋代陈师道诗中多次提及,如"书当快意读易尽,客有可人期不来"(《绝句》);"俗子推不去,可人费招呼"(《寄黄元》)。
⑥ 钱锺书:《围城》,第 50 页。

辛楣虽有世交的便利却追求文纨多年而不得,此时他更是把鸿渐视作强有力的竞争对手,极力想在气势上压倒他。他被自己渴望中的恋爱冲昏了头脑,极度不自信却故意表现得目中无人,故以"傲兀"的姿态向假想情敌表示蔑视。

方鸿渐从热恋的幸福堕入失恋的痛苦,继之被迫辞职,这是《围城》前半部分的一个高潮。原本鸿渐和唐晓芙的恋情进展顺畅,但他性格拖沓,缺乏杀伐决断,所以迟迟未向苏文纨说清楚自己的真实想法,还常常去苏家走动,这令文纨误解更深,还以为他正在追求自己。一旦获悉他爱的是唐晓芙后,文纨在看似无意间向晓芙透露了鸿渐过往的种种不堪。晓芙方寸大乱,在气头上提出分手;鸿渐没有及时向晓芙解释,尽管他心里痛苦极了,但仍默默接受了分手的现实。

继之鸿渐与挂名岳母发生冲突,岳丈婉言辞退了他在银行的工作,他愤而辞职并搬出周家。从热恋的巅峰一下跌落至失恋的谷底,祸不单行,他在失恋的同时又失了业。该情节为方鸿渐留学回国后的安逸生活画上一个戛然而止的休止符,亦为下文他同辛楣等入职三闾大学做足了铺垫。

鸿渐和柔嘉离开三闾大学取道香港回上海,在香港停留时他独自外出见辛楣,扔下柔嘉一个人在旅馆:

> 柔嘉自从鸿渐去后,不舒服加上寂寞,一肚子的怨气,等等他不来,这怨气放印子钱似的本上生利,只等他回来了算账。①

柔嘉早在赴三闾大学的船上时便有意识地接近鸿渐,当时已被辛楣看破;后来鸿渐又无意间将辛楣的话透露给她,使她对辛楣存有不小的成见。加之此时她身体不舒服,非常希望燕尔新婚的丈夫留下来陪伴左右,可她偏偏又不肯自己明明白白地说出来。她既有事与愿违的失落,也有对鸿渐不理解自己的不满,在寂寞独处、久候丈夫不归时,对他的怨气自然渐涨。

二、状难写之景如在目前

钱锺书意识到文艺作品中的虚构情节往往不易被读者接受,故在创作中着意提高情节的可信度,并注重在细节处追求传神的微妙,从而产生状难写之景如在目前的效果。他指出:"即使在满纸荒唐言的神怪故事里,真实事物感也是很需要的成分。"②虽然故事情节允许最大限度的虚构,但作者不能随心所欲地编排臆造,虚构必须在常识、常情的限度内展开。创作者需要在营

---

① 钱锺书:《围城》,第275页。
② 钱锺书:《一节历史掌故、一个宗教寓言、一篇小说》,《七缀集》,第181页。

造情节可信度上下功夫,应该既让读者感到新颖奇特,又确保情节仍未超出可信的限度。

作者在创作时驰骋想象必须遵循一定的限制,这种限制并非一成不变的定规,而是确保情节可信的底线。钱锺书谓,客观真实感、一种对事物可能性的限度感牵制并束缚作者的自由想象,有如文娱活动和体育游戏中规则所起的约束作用。他还从哲学层面立论,分析作为小说创作主体的作者之"自由"与客观"必然性"的博弈:"绝对唯心论也得假设客体的'非我',使主体的'我'遭遇抗拒(Anstoss)而激发创造力,也得承认客观'必然性',使主动性'自由'具有意义和价值。"①创造力的激发,正源自作者主体与"非我"客体之间的张力,二者既彼此抗拒又相反相成。承认并遵循客观必然性的规约限制,以免创作堕入全然不可信的境地。

《遣愁》(1940)一诗作:"干愁顽愁古所闻,今我此愁愁而哑。口不能言书不尽,万斛胸中时上下。"②"口不能言书不尽"虽非实言刻画,却将那种千般愁绪堆积在心头,万难排遣的心境尽行烘托出来,"愁而哑"的况味遂变得可信,也易于被读者接受。

有论者谓张耒诗中"新月已生飞鸟外,落霞更在夕阳西"(《和周廉彦》)一联,系摹仿唐人郎士元的"河阳飞鸟外,雪岭大荒西"(《送杨中丞和番》),钱锺书却不这样认为,他说郎诗是"想像地方的遥远,不是描写眼前的景物";而张耒的写法是"把一件小事物作为一件大事物的坐标,一反通常以大者为主而小者为宾的说法"③。不仅分析得细致入微,而且直指问题核心,抓住了要害,将不同诗作微妙的区别解释清楚了。

《围城》中写方鸿渐邀请唐晓芙与苏文纨吃饭,两人都答应了,他兴奋得睡不踏实:

> 他那天晚上的睡眠,宛如粳米粉的线条,没有粘性,拉不长。他的快乐从睡梦里冒出来,使他醒了四五次,每醒来,就像唐晓芙的脸在自己眼前,声音在自己耳朵里。④

坠入爱河的兴奋使方鸿渐辗转反侧难以入眠,即令好不容易迷迷糊糊睡去,那睡眠也断不能持久。他不停地从睡梦中醒来,忍不住一遍遍回顾白天和晓芙谈话的细节。这种兴奋一直持续到第二天,早上起身发现"是个嫩阴

---

① 钱锺书:《一节历史掌故、一个宗教寓言、一篇小说》,《七缀集》,第181页。
② 钱锺书:《遣愁》,《槐聚诗存》,第54页。
③ 钱锺书:《宋诗选注》,第133—134页,注2。
④ 钱锺书:《围城》,第61页。

天",担心下雨会影响自己请客,"恨不能用吸墨水纸压干了天空淡淡的水云"。他渴盼见到晓芙的热切焦灼,与担心天公不作美的忧虑,因这一句描写而得以十分细腻地传达了出来。

钱锺书工笔描摹方鸿渐第一次收到唐晓芙来信时的表现①,一个初浴爱河的青年人形象跃然纸上:乍收到信时,兴奋之情溢于言表;临睡前看一遍,搁在枕边,带着美好的遐想安然入眠;睡梦中也少不了对美好爱情的畅想;中夜醒来连忙开灯再次展读来信;看完后关灯慢慢回味,想着想着忍不住再开灯看一遍。写活了那种寤寐思服的激动和对爱情的无限遐想。

《围城》中描写大雨欲来的笔致亦出色地实现了状难写之景如在目前的表达效果:

> 天色渐昏,大雨欲来,车夫加劲赶路,说天要变了。天仿佛听见了这句话,半空里轰隆隆一声回答,像天宫的地板上滚着几十面铜鼓。从早晨起,空气闷塞得像障碍着呼吸,忽然这时候天不知哪里漏了个洞,天外的爽气一阵阵冲进来,半黄落的草木也自昏沉里一时清醒,普遍地微微叹息,瑟瑟颤动,大地像蒸笼揭去了盖。②

先用拟人手法,将雷声说成对车夫的回答;继之用"天宫的地板上滚着十几面铜鼓"作比,渲染雷声的响亮与持久;后面再叠用比喻和拟人,描写草木的叹息、颤动与犹如蒸笼揭去盖子一般蒸腾的大地,侧面烘托大雨将至前吹来的凉爽的风。读来颇有身临其境之感,似乎能隐约听到滚滚的雷声,感受到暑热闷塞极盛之际阵风拂过的凉意。

钱锺书称赏尤袤《寄友人》中的"胸中襞积千般事,得到相逢一语无"一联,称道其描写真切而又笔墨经济:

> 亲友久别重逢,要谈起来是话根儿剪不断的,可是千丝万绪,不知道拈起哪一个话头儿才好,情意的充沛反造成了语言的窘涩。尤袤的两句把这种情景真切而又经济地传达出来了。③

平日里千般相思、万种愁绪涌动在心头,一朝相见却只能"执手相看泪眼,竟无语凝噎"(柳永《雨霖铃》),柳永这一联词句将情意的充沛造成语言的窘迫逼真地刻画了出来,这种微妙之境也成为钱锺书创作时效仿的典范。

---

① 钱锺书:《围城》,第78页。
② 同上书,第141—142页。
③ 钱锺书:《宋诗选注》,第332页。钱锺书亦举王实甫《西厢记》第五本第四折的《沉醉东风》作为对尤袤此联的扩充和引申:"不见时准备着千言万语……待伸诉,及至相逢,一语也无,刚刚道个'先生万福!'"

《游历者的眼睛》中描写盛怒的客人连碟子带菜扣到侍者头上：

> 此人嫌旅馆中菠菜不干净，不要吃；女侍者糊里糊涂上了一碟菠菜，此人一时怒发，把碟子连菜合在女侍者头上，替他"加冕"。①

如果只说客人连碟子带菜扣在女侍者头上，则并无新奇过人之处，一旦增加了末句极为宏阔的"加冕"二字，则境界全出。读者仿佛亲眼看到了女侍者面对毫无征兆的变故时的无辜与惊恐，也能够充分感受到客人的无礼和粗暴。

三、弦外遗音，言表余味

钱锺书非常看重诗文表达方面的"弦外遗音"与"言表余味"："诗者，艺之取资于文字者也。文字有声，诗得之为调为律；文字有义，诗得之以俾色揣称者，为象为藻，以写心宣志者，为意为情。及夫调有弦外之遗音，语有言表之余味，则神韵盎然出焉。"②诗文创作以文字为媒介，借助文字的音声，可以表现诗的调与律，借助文字的意义，可以表现物的象与藻，传达人的意与情。在此之上，尚需追求引而未发、未透彻说出的遗音、余味，方能使神韵尽出。

钱锺书赞赏法国白瑞蒙（Henri Brémond）1925年所刊的《诗醇》讲义，称道其"发挥瓦勒利（Valéry）之绪言，贵文外有独绝之旨，诗中蕴难传之妙（l'expression de l'ineffable），由声音以求空际之韵，甘回之味。"③"文外有独绝之旨"强调言有尽而意无穷的包孕性；"诗中蕴难传之妙"重点不在"难传"，而意在突出诗中蕴蓄的空际之韵、甘回之味。又说："以文论为专门之学者，往往仅究诏号之空言，不征词翰之实事，亦犹仅据竞选演说、就职宣言，以论定事功操守矣。"④诗歌创作从增加诗的风味角度着眼，宜有意避免直白显豁，但若将这种技艺性的"凿空"与内容方面的"征实"截然对立起来，则失之毫厘谬以千里。

《上帝的梦》中描述上帝创造女人的一节写得诗意盎然：

> 他从流水的波纹里，采取了曲线来做这新模型的体态；从朝露的嫩光里，挑选出绮红来做它的脸色；向晴空里提炼了蔚蓝，浓缩入它的眼睛；最后，他收住一阵轻飘浮荡的风，灌注进这个泥型，代替自己吹气。⑤

---

① 钱锺书：《游历者的眼睛》，《写在人生边上·人生边上的边上·石语》，第308页。
② 钱锺书：《谈艺录（补订本）》，第42页。
③ 同上书，第268页。
④ 同上书，第568页。
⑤ 钱锺书：《上帝的梦》，《人·兽·鬼》，第6页。

这段文字以工笔描摹的细腻,刻画了上帝造女人时的用心。其繁复的工序、考究的用料、博采众长的方略令人叹为观止,是为博观约取的明证。这种方式亦可移来说明钱锺书创作中善于向中国古典和西方文学经典学习,时有移花接木的传神妙笔涌现。

《诗可以怨》一文将中国古代诗文理论里常谈的"诗穷而后工"专门揭示出来:

> 中国文艺传统里一个流行的意见:苦痛比快乐更能产生诗歌,好诗主要是不愉快、烦恼或"穷愁"的表现和发泄。这个意见在中国古代不但是诗文理论里的常谈,而且成为写作实践里的套板。①

钱锺书将惯见熟闻以至习而相忘的常谈"诗穷而后工"作为一个命题揭示出来,在众人思维止步的地方开始新的思索,将日常见惯的事物问题化,符合福柯(Michel Foucault)知识考古学所谓以"追踪"(tracing)、"语境化"(contextualization)和"历史性"(historicity)作为重构的重要手段。② 用知识考古的方法,将一个自明的事物重新变成"问题"加以审视,从大量虚幻信息和主观臆断中剔除各种假象,力争还其本来面目,方可既知其然又知其所以然。

钱锺书从司马迁《报任少卿书》中拈出"有所郁结",指出"作《诗》者都是'有所郁结'的伤心人或不得志之士,诗歌也'大抵'是'发愤'的叹息或呼喊了"。钟嵘《诗品》评李陵"生命不谐,声颓身丧,使陵不遭辛苦,其文亦何能至此!"钱锺书将其与刘勰《文心雕龙》中的"蚌病成珠"对读,认为二人所言"就是后世常说的'诗必穷而后工'",又说"同一件东西,司马迁当作死人的防腐溶液,钟嵘却认为是活人的止痛药和安神剂"③。司马迁相信为"舒愤"而著书作诗可以使作者死而不朽;钟嵘认为作诗为文可以使一个潦倒愁闷的人获得排遣、慰藉或补偿。钱锺书在《宋诗选注》中说:"随着后世文学体裁的孳生,(诗可以怨)这个对创作的动机和效果的解释也从诗歌而蔓延到小说和戏剧。"④ "诗可以怨"不仅适用于各种文体,而且还可以推广至整个文艺领域,既可以用来说明创作动机,又可以评判创作效果。

钱锺书分析了弗洛伊德提出的借文艺创作弥补实际生活中欲望无法满足的缺憾理论⑤,他还辨析了韩愈"不平则鸣"与司马迁"发愤所为作"的差异:

---

① 钱锺书:《诗可以怨》,《七缀集》,第116页。
② 〔法〕米歇尔·福柯:《知识考古学》,谢强、马月译,北京:生活·读书·新知三联书店,2003年。
③ 钱锺书:《诗可以怨》,《七缀集》,第117,120页。
④ 同上书,第120—121页。
⑤ 同上书,第121页。

> 一般人认为"不平则鸣"和"发愤所为作"涵义相同;事实上,韩愈和司马迁讲的是两码事。司马迁的"愤"就是"坎壈不平"或通常所谓"牢骚";韩愈的"不平"和"牢骚不平"并不相等,它不但指愤郁,也包括欢乐在内。①

钱锺书通过简洁的区分,要言不烦地指出韩愈所谓"不平"同时包含着喜与怒、悲伤与欢愉的情感,其蕴涵广于司马迁的"坎壈不平"或"牢骚"。

钱锺书举出韩愈《荆潭唱和诗序》里恭维两位大官僚的话,说明"诗可以怨"与"穷苦之言易好"两个判断密不可分。韩愈居然说两位高官的诗比得上穷书生的诗,"言外之意就是把'憔悴之士'的诗作为检验的标准,因为有一个大前提:'夫和平之音淡薄,而愁思之声要眇,欢愉之辞难工,而穷苦之言易好也。'"②司马迁、钟嵘只说穷愁是作好诗的条件,而韩愈从反面加了一个补笔,即快乐也能使人作诗,只是作出的诗不够好,从而将"诗可以怨"这一命题解说得"题无剩义"③。相比较而言,钱锺书对"穷苦之言"与"欢愉之词"的看法更加辩证,他强调不能因为"穷苦之言"的好诗数量较多而断言只有"穷苦之言"才是成就好诗的必要条件。

在《读〈拉奥孔〉》一文中,钱锺书通过分析"诗中有画画难达"的命题,立意阐明中国传统批评对于诗与画两种艺术形式的比较估价。他深刻指出:"诗文里的颜色也有'虚''实'之分,用字就像用兵,要'虚虚实实'。"④其意有三:第一,诗文中的颜色多讲求虚实结合,其中虚色不是虚设的,"起着和实色配搭帮衬的作用"⑤;第二,当"虚"处宜虚写,当"实"处则必须实写,应视具体情况而定;第三,有时亦需像"空城计"一样,以虚为实,追求出其不意的艺术表达效果。

钱锺书"诗中有画画难达"的判断意在区分文字艺术与造型艺术分别与时间、空间的关联性,并不必然包含优劣高下的判断。钱锺书作为一个文字工作者,对语言文字自然驾轻就熟,运用起来得心应手,或许不经意间会对文字艺术高看一眼。他将一向被视为风俗画的《清明上河图》当作人物画⑥,足见他对绘画的鉴赏远不如对文学用心。倘若他是一个善用颜色、线条的画家或雕塑家,相信他也会对绘画、雕塑等艺术形式所具有的独特魅力有更深一

---

① 钱锺书:《诗可以怨》,《七缀集》,第122页。
② 同上书,第123—124页。
③ 同上书,第125页。
④ 钱锺书:《读〈拉奥孔〉》,《七缀集》,第40页。
⑤ 同上书,第41页。
⑥ 钱锺书:《宋诗选注》,第10页,注2。

层的体认。

《谈艺录》中还指出:"以入画之景作画,宜诗之事赋诗,如铺锦增华,事半而功则倍,虽然非拓境宇、启山林手也。诚斋放翁,正当以此轩轾之。人所曾言,我善言之,放翁之与古为新也;人所未言,我能言之,诚斋之化生为熟也。"①以入画之景作画,宜诗之事赋诗,就是根据不同艺术形式各自独特的表达方式,有选择地调用恰当的题材进行创作,自然可以事半功倍。将前人已经表述过的内容以更加恰切的方式再次言说,是为与古为新;独辟蹊径,发前人所未发,则是化生为熟。钱锺书用"拓境宇、启山林"表达人无我有、人有我新的艺术呈现高妙境界。

第二节 新奇的意象并置

钱锺书善于将新奇的意象捉置一处,使相距遥远的事物得以比邻,他也常用抑高明使之卑、举卑下使之高的方式,将不同类的事物置放到一起,互为烘托、彼此映衬,增强了艺术感染力,颇收言简义丰之效。

一、邈远亲接

钱锺书在《谈艺录》中援引王应奎"作诗须以不类为类乃佳"(《柳南随笔》)一语,并解释说:"'类'者,兼'联想律'之'类聚'(contiguity)与'类似'(resemblance);笔与砚'类',聚也,珠与玉'类',似也。……对仗当以不类为类,犹比喻'必以非类','岂可以弹喻弹'。"②西方文论中亦不乏类似表达:

"看了上句,想不出下句",即约翰生所谓:"使观念之配偶出人意表,于貌若漠不相关之物象察见其灵犀暗通。"(Wit, you know, is the unexpected copulation of ideas, the discovery of some occult relation between images in appearance remote from each other.) 当代诗家持论,每不谋而与古会。或曰:"两事愈疏远而复拍合,则比象愈动心目"。或曰:"今人作诗,务使邈远之事得以亲接,彼此愈远则诗愈妙"。③

他在《读〈拉奥孔〉》一文中说:"不同处愈多愈大,则相同处愈有烘托;分得愈远,则合得愈出人意表。"④《管锥编》中称:"取譬有行媒之称,杂物成文,

---

① 钱锺书:《谈艺录(补订本)》,第 118 页。
② 同上书,第 521 页。
③ 同上书,第 522 页。后两句引文的西文原文及所有引文出处从略。
④ 钱锺书:《读〈拉奥孔〉》,《七缀集》,第 44 页。

撮合语言眷属。"① 以言对仗、比喻等修辞手法,都强调"必以非类";推广至普遍的文艺创作,则强调宜将相距甚远的事物放置到一起,以不类为类,使邈远得以亲接,彼此形成互为烘托映衬的关系。

在创制比喻与并置文学意象方面,将分属异类的两个事物放到一起可以产生出奇制胜的表达效果。钱锺书在《管锥编》中直言:"夸饰以不可能为能,譬喻以不同类为类,理无二致。"② 将看似不相兼容甚至分别归属于不同类别的事物放到一起映衬或譬释,确实可以别开生面、新人耳目。

《猫》中介绍沙龙女王爱默时,也创造性地运用了意象并置的手法:

> 要讲这位李太太,我们非得用国语文法家所谓"最上级形容词"不可。在一切有名的太太里,她长相最好看,她为人最风流豪爽,她客厅的陈设最讲究,她请客的次数最多,请客的菜和茶点最精致丰富,她的交游最广。并且,她的丈夫最驯良,最不碍事。③

连用若干个"最",以夸张的手法描摹出李太太是最适宜的沙龙女主人。前面做足了铺垫,最后一句"她的丈夫最驯良,最不碍事"才是作者意欲表达的重点,突出他丝毫不会妨碍太太的社交沙龙。爱默在请客、交游方面几乎达到了为所欲为的地步,这也为下文描写她试图钓建侯的青年书记齐颐谷上钩埋下了伏笔。

钱锺书善于跨越"类"的界限,将相隔甚远的两桩事物分别用作本体和喻体,拟就奇特的比喻,发前人所未发。如:"张太太上海话比丈夫讲得好,可是时时流露本乡土音,仿佛罩袿太小,遮不了里面的袍子。"④ 描绘张太太讲不了正宗的上海话,时有乡音流露的情况,有大袍子外穿小罩袿的滑稽感。又如:"害羞脸红和打呵欠或口吃一样有传染性,情况粘滞,仿佛像穿橡皮鞋走泥淖,踏不下而又拔不出。"⑤ 用穿橡皮鞋走泥淖类比因害羞而造成的窘迫,以粘滞到进退维谷的境况作比,真正把害羞脸红写活了。

《猫》中有一处对"笑"的描写,亦较好地运用了以不同类为类的笔法:

> 这笑是爱默专为颐谷而发的。像天桥打拳人卖的狗皮膏药和欧美朦胧派作的诗,这笑里的蕴蓄,丰富得真是说起来叫人不信。⑥

---

① 钱锺书:《管锥编(第三册)》,第 930 页。
② 钱锺书:《管锥编(第一册)》,第 74 页。
③ 钱锺书:《猫》,《人·兽·鬼》,第 19 页。
④ 钱锺书:《围城》,第 41 页。
⑤ 同上书,第 190 页。
⑥ 钱锺书:《猫》,《人·兽·鬼》,第 30 页。

笑本和狗皮膏药、朦胧诗风马牛不相及,是为"非类",然而将它们比并,却能收到新颖奇特的效果。卖狗皮膏药者对药效的夸大宣传,与因意境模糊朦胧、诗意隐约含蓄而可生出多样化解读的朦胧诗主题,都有丰富到令人难以置信的特点,选择二者作喻体,正是取它们丰富的包孕性来表达此笑的复杂含义:有安慰,有保护,有喜欢,有鼓励,当然,在颐谷看来还有致命的诱惑,足以令他产生难以抑制的冲动,像飞蛾扑火一般一心想接近爱默。

《围城》中柔嘉因坐飞机震荡得厉害而呕吐,辛楣又发现他们俩只开了一间房,怀疑她怀孕了,便私下问鸿渐,鸿渐惊慌失措却故作镇静的反应被刻画得十分传神:

> 鸿渐没料到辛楣又回到那个问题,仿佛躲空袭的人以为飞机去远了,不料已经转到头上,轰隆隆投弹,吓得忘了羞愤,只说:"那不会!那不会!"同时心里害怕,知道那很会。①

担心女友未婚先孕与发觉敌机在头顶盘旋轰炸是相隔渺远的异类事件,钱锺书却偏偏以此喻彼,将二者联系起来的正是它们都给人造成出乎意料的惊慌与手足无措。借助躲空袭遭轰炸这一意象,将鸿渐心底的担忧被说中时的反应活灵活现地表现出来。

《灵感》中提到一家报纸试图用独特的方式安慰濒死的作家:

> 另一家报纸异想天开,用贺喜的方式来安慰这位作家,说他一向是成功的作家,现在又可以算是负屈的天才,被漠视、不得公平待遇的大艺术家:"成功和负屈,两者本来是对抗地矛盾的;但是他竟能一身兼备,这是多么希罕可羡的遭遇!"②

该报纸不仅将天然矛盾着的"成功"与"负屈"集合到一个人身上,更对临死前的作家发出"希罕可羡"的慨叹,真的是异想天开。当时许多报刊以出位博眼球,全然没有价值引领与责任担当的考量,亦缺乏内在素质与社会道义方面的追求。钱锺书不着痕迹地批判了报刊这种放任自流的做法。

钱锺书小说中有两处对人物心态的描写可谓体贴入微:

> 有头脑有才学的女人是天生了教愚笨的男人向他颠倒的,因为他自己没有才学,他把才学看得神秘,了不得,五体投地的爱慕,好比没有钱的穷小子对富翁的崇拜——③

---

① 钱锺书:《围城》,第271页。
② 钱锺书:《灵感》,《人·兽·鬼》,第72页。
③ 钱锺书:《围城》,第75页。

建侯错过了少年时期,没有冒冒失失写书写文章,现在把著作看得太严重了,有中年妇女要养头胎那样的担心。①

前一段引文表达了"因无羡有"的心境,即因自己极度匮乏某事物,而在有意无意间将其神秘化。这种情况在日常生活中并不罕见,一经钱锺书拈出,读者自然有会心处。后一段引文说的是因长时间期待某事物,无形中增加了它在心目中的分量;因过度重视又冒出不能成功或易于失去的担心,从而变得过于谨小慎微。如此设譬可谓真正参得了邈远亲接的个中三昧。

二、抑高举下

《管锥编》中曾引述古希腊哲人的言论:"神功天运乃抑高明使之卑,举卑下使之高。"(He [Zeus] is humbling the proud and exalting the humble.)②钱锺书在创作中设譬类比很好地遵循了"抑高举下"的原则。如"吃东西时的早到和迟退,需要打仗时抢先和断后那样的勇气"③,以细小微末的吃东西与真刀实枪的打仗并比,极言人的贪吃。又如"一个十八九岁没有女朋友的男孩子,往往心里藏的女人抵得上皇帝三十六宫的数目,心里的污秽有时过于公共厕所"④,写表面上的拘谨难掩颐谷内心深处情和欲两方面的强烈渴求,以卑下的喻体突出青春期大男孩心中充斥着无以排遣的欲望。

再如"单眼皮呢,确是极大的缺陷,内心的丰富没有充分流露的工具,宛如大陆国没有海港,物产不易出口"⑤,用国家、海港、出口等宏大的言辞,喻指单眼皮不足以充分展露内心的丰富这一微末的事理,极言爱默过度在意自己的外貌,亦为下文写她为割双眼皮而专程到日本度蜜月做好了铺垫。

《围城》中写方鸿渐回国途中船到西贡时与鲍小姐上岸吃饭,在一家门面还像样的西菜馆里,"上来的汤是凉的,冰淇淋倒是热的;鱼像海军陆战队,已登陆了好几天;肉像潜水艇士兵,会长时期伏在水里;除醋以外,面包、牛油、红酒无一不酸。"⑥以不动声色的反讽表达所有食材都不新鲜,全部菜品都令人失望。此处提到的海军陆战队、潜水艇士兵与战争的关涉度较少,旨在以宏大的事物比喻相对微小的饮食,既有事物大小方面的对比,又凸显该菜馆的食物与其本质要求判若云泥,在强烈的对比映衬中突出"没有一样东西可

---

① 钱锺书:《猫》,《人·兽·鬼》,第 24 页。
② 钱锺书:《管锥编(第一册)》,第 53 页。
③ 钱锺书:《猫》,《人·兽·鬼》,第 29 页。
④ 同上书,第 62 页。
⑤ 同上书,第 21 页。
⑥ 钱锺书:《围城》,第 16 页。

口"的意蕴。

方鸿渐曾一度想用英文给唐晓芙写封信,却有心无力:

> 他深知自己写的英文富有英国人言论自由和美国人宣言独立的精神,不受文法拘束的,不然真想仗外国文来跟唐小姐亲爱,正像政治犯躲在外国租界里活动。①

方鸿渐留学一场,竟然连外语这一关都没有过,"英国人的言论自由""美国人的宣言独立"各取其中的"自由""独立"之意,极言他所写的英文不合语法规范。真不知他留学几年都是如何生活、怎样与人交流的,更不必说听课、讨论、做研究了。

描写方遯翁携亲眷避难上海之际的心思:

> 因为拒绝了本县汉奸的引诱,有家难归,而政府并没给他什么名义,觉得他爱国而国不爱他,大有青年守节的孀妇不见宠于翁姑的怨抑。②

国难当头,理应地无分南北、人不论老幼,一起投入抗战,但方老先生因没有得到政府褒奖,便觉得自己爱国是单方面的付出。钱锺书将他这种想法比作青年守节的孀妇不受公婆宠爱,满怀期待却得不到满足,因所愿不得偿而心生怨怼。爱国的宏大因与不见崇于翁姑的宵小相比照,突出了"怨抑"之情,从而使嘲讽的意味更深了一层。

《猫》中写颐谷帮建侯与帮爱默做事时的心态大不同:"他替建侯写游记,满肚子的委屈,而做这种琐碎的抄写工作,倒虔诚得像和尚刺血写佛经一样。"③就工作性质而言,前者是他受雇佣的本职,而后者则是逸出其职责范围的杂务。但少不更事的青年出于对漂亮女主人的爱慕,因有机会为她做事而使自己的爱慕之情有了真实可感的寄托,令他幸福得眩晕,甚至有一种类似"刺血写佛经"式的虔诚。第一次受邀参加完沙龙,回家后母亲问他李太太美不美,他偏说算不得美,还给她找出若干缺点,以掩饰自己对她的着迷。钱锺书调用宏大的"外交和军事上声东击西的掩护策略"④比拟颐谷的小心思,极言他把自己朦胧的爱看得千钧重。

钱锺书多次以门、窗为话头,表达一些深刻的见解。他在为钟叔河《走向世界》一书所作的序中说:

---

① 钱锺书:《围城》,第78页。
② 同上书,第37页。
③ 钱锺书:《猫》,《人·兽·鬼》,第57—58页。
④ 同上书,第56页。

> 门窗洞开,难保屋子里的老弱不伤风着凉;门窗牢闭,又防屋子里人多,会气闷窒息;门窗半开半掩,也许在效果上反而像男女"搞对象"的半推半就。①

门窗洞开喻指打开国门,则外国文化不分良莠一起涌进来,易导致泥沙俱下;门窗牢闭喻指闭关锁国,将外国文化视作洪水猛兽,一概拒之门外,易造成保守落后;门窗半开半掩喻指既对外开放、走向世界,又葆有本国文化中的有益元素。用搞对象的半推半就说明对外开放的程度需要不偏不倚、恰到好处,将一个宏大叙事"纤言之",遂变成一个家常话题。

《围城》中写方鸿渐一行去往三闾大学,途经鹰潭时去一家餐馆吃饭的观感:

> 门口桌子上,一叠饭碗,大碟子里几块半生不熟的肥肉,原是红烧,现在像红人倒运,又冷又黑。旁边一碟馒头,远看也像玷污了清白的大闺女,全是黑斑点,走近了,这些黑点飞升而消散于周遭的阴暗之中,原来是苍蝇。这东西跟蚊子臭虫算得小饭店里的岁寒三友,现在刚是深秋天气,还显不出它们的后凋劲节。②

用"红人倒运,又冷又黑"比喻半生不熟的红烧肉十分贴切;用"小饭店里的岁寒三友"指代苍蝇、蚊子、臭虫,取"卑下者宏言之"的路径,效果新奇;继而用"后凋劲节",极言这些肆虐了整个夏天的害虫到了深秋仍不肯收手作罢,且能一直为害至更寒冷的季节,如此描绘颇能出人意表。

但坦率地说,用"玷污了清白的大闺女"比拟落了苍蝇的馒头,失之狎亵且不很准确,因为大闺女玷污了清白并不能直观地看出来。当然若说用语带狎亵的表达意在博读者一笑也未尝不可,但从叙事角度分析,其实并没有非如此表达不可的必要。钱锺书在创作中为追求语言的精警,偶有用力过猛、设譬过度的情况发生,在其文学批评与学术研究中,这一不足得到了很好的规避。

第三节 富于包孕的片刻

莱辛在《拉奥孔》中指出,绘画常呈现"富于包孕的片刻",即挑选出全部动作里最耐人寻味或引人想象的瞬间进行刻画。钱锺书认为文字艺术同样

---

① 钱锺书:《〈走向世界〉序》,《写在人生边上·人生边上的边上·石语》,第223页。
② 钱锺书:《围城》,第154页。

适于表现富于包孕的片刻,尤其称道诗文叙事"见首不见尾,紧邻顶点,就收场落幕,让读者得之言外"①的处理方式。他总结指出,文学艺术中富于包孕的片刻通常表现为"事势必然而事迹未毕露,事态已熟而事变即发生"②,其微妙之处在于恰在紧邻事件发展的顶点之际骤然收束,高潮呼之欲出,从而给读者留下丰富的想象空间。

一、事迹未毕露

"事势必然而事迹未毕露"指的是综合种种已有的情况,按照事情发展的趋势,基本可以预料到即将到来的结局,只不过这个结局尚未显豁表露而已。黑格尔在讨论造型艺术的表达特点时指出:"画家该选择那集合在一点上继往开来的景象(in welchem das Vorgehende und Nchgehende in einen Punkt zusammengedrangt ist);譬如画打仗,就得画胜负已分而战斗未了的片刻(das Gefecht ist noch sichtbar, zugleich aber die Entscheidung bereits gewiss)。"③钱锺书分析说,"胜负已分而战斗未了"的片刻包孕最丰富,因为它"面临决定性的片刻,划然而止,却悠然而长,留有'生发'余地"④。如果画胜负分明、战斗业已结束的场景,读者面对直白的结果无由生发,画作也因将事情完全说透而使意蕴大减甚至索然无味,故不足取。

钱锺书曾论及:"(《水浒传》中)野猪林的场面构成了一幅绝好的故事画:一人缚在树上,一人举棍欲打,一人旁立助威,而树后一个雄伟的和尚挥杖冲出。"⑤被收买的两个解差一路上百般折磨林冲;在野猪林更将他绑在树上,并补叙他们受高太尉、陆虞侯指使陷害他的根由,为读者全面理解其不幸遭遇作了必要的前情回顾,也为表现林冲后来被逼上梁山做出充分合理的解释。鲁智深自听闻林冲刺配沧州起,就一直暗中跟随保护,此刻正当林冲命悬一线之际,他及时冲出来解救,林冲方得化险为夷,绝处逢生。明清绘本中表现该情节的插画呈现的就是这一包孕最为丰富的片刻。

钱锺书亦详细描述过《四足动物通史》(General History of Quadrupeds)里的一幅插图:草地上才会走路的小娃娃正在使劲拉扯一匹小马的尾巴;小马扭头怒目而视,且高高抬起了后蹄;妈妈看到这一幕,神色惊惶地从屋里跑出来,但显然赶不及保护孩子;当其时,负责看管娃娃的保姆正在与一男子依偎

---

① 钱锺书:《读〈拉奥孔〉》,《七缀集》,第 50 页。
② 同上书,第 51 页。
③ 同上书,第 49 页。
④ 同上书,第 50 页。
⑤ 同上书,第 53 页。

谈情。① 该画面不仅传神地刻画出小娃娃的危险处境,也借这个场景展现了画面中不同人物各具特色的形象。这一"片刻"的呈现,将那一幕的紧张定格住了,同时也将观画者的心揪紧,不由得替画中的娃娃捏一把汗。

钱锺书指出,文学作品中"'务头''急处''关子'往往正是莱辛、黑格尔所理解的那个'片刻'"②。金圣叹评点《西厢记》的叙事法:"文章最妙,是目注此处,却不便写,却去远远处发来。迤逦写到将至时,便又且住。如是更端数番,……使人自于文外瞥然亲见。"③此即前一情节设计往往为情节的后续发展预留悬念和空间,钱锺书称这种叙事技法为"回末起波"或"鼓噪"④。他还引述19世纪英国小说家里特(Charles Reade)指导后辈创作长篇小说的要诀:"使他们笑,使他们哭,使他们等(Make'em laugh; make'em cry; make'em wait.)。"⑤中国章回小说、说书艺人善用的"且听下回分解"就是使听众"等",往往在情节发展的紧急关头留下悬念,是为刺激读者、听众好奇心而采取的有效策略。

钱锺书在创作中常在叙事的紧要关头宕开笔墨,插叙其他情节。如《围城》中赵辛楣迷上了汪太太,在汪府参加过拉郎配式的相亲后又多次去拜会她。春假里的一天,二人相约一起散步。行文至此,转而去写高松年从镇上饱醉回来,动念想到汪府,寻汪太太不见,于是急匆匆找到汪处厚,上演了一场"捉奸"闹剧。待到四人碰面前,才补叙赵辛楣与汪太太去了哪里、聊了什么,延宕叙事恰能激起读者的好奇心和阅读期待。后文相隔很远才回过头来补写,将前面精心营造的叙事紧张慢慢平复下来,读者因叙事延宕而获得的紧张感在阅读过程中也逐渐得以平复。

《纪念》中写曼倩与天健刚开始交往时,不经意的偶一对视都能令她羞涩不已,"脸上立刻发热,眼睛里也起了晕,像镜面上呵了热气"⑥。曼倩虽是一个已结婚两年的少妇,但面对天健火辣的目光时仍不免心头小鹿乱撞;她因喜欢天健而生出无限遐想,与他眼锋相接,仿佛被对方猜透了心思,不由得娇羞起来。

有一次曼倩因天健已持续数日没来拜访,内心充满焦灼的渴盼,遂出门上街散散心,不成想路遇天健带着别的女孩逛街,她"顿时没有勇气进店,像

---

① 钱锺书:《读〈拉奥孔〉》,《七缀集》,第50页。
② 同上书,第56页。
③ 金圣叹:《贯华堂第六才子书》卷二"读法"第十六则。转引自钱锺书:《读〈拉奥孔〉》,《七缀集》,第52页。
④ 钱锺书:《读〈拉奥孔〉》,《七缀集》,第53页。
⑤ 同上书,第55页。
⑥ 钱锺书:《纪念》,《人·兽·鬼》,第104页。

逃避似的迅速离开",而且"心上像灌了铅的沉重,脚下也像拖着铅"①。这一未曾谋面的不期而遇,使她对天健以及她和天健的感情又增添几分失望,于他们感情发展而言,正是"事势必然而事迹未毕露"的一个片刻,令读者充满阅读期待,希望尽快知道接下来究竟会发生什么,其丰富的包孕性不言而喻。

二、事变即发生

富于包孕的片刻除了"事势必然而事迹未毕露"之外,尚有一种"事态已熟而事变即发生"的情况,它一方面强调量变的积累接近临界点,即将发生质变;另一方面,事态也可能不按既有趋势发展,而有随时发生逆转的或然,其曲折离奇程度更甚。

《代拟无题七首》(1991)其二颔联作:"匆匆得晤先忧别,汲汲为欢转赚愁。"②在悲观的人看来,短暂的相聚之后是漫长的别离,欢聚时已然想到日后的离愁别绪;而在乐观的人看来,暂时的别离是为了将来更好地团聚,亦相信愁苦过后终能重新欢乐起来。短短一联诗写活了伤离别之情,并将表意焦点落实到事变即发生这样一个包蕴丰富的片刻,还以辩证的表达将聚与别、悲与欢连缀到一起,极言二者的关联与相互转化。

《谈艺录》中曾引宋代诗人楼钥《攻媿集》中的一联题画诗:"静中似有叱咤声,墨淡犹疑锦绣眩。"(《题龙眠画骑射抱球戏》)③"静中似有叱咤声"以听觉补充视觉,刻画骑射游戏中临近高潮的一瞬间,有如两军对垒,剑拔弩张之势已成,但尚未厮杀作一团。静中蕴蓄的叱咤声极力烘托出骑射正处在决胜阶段的关键氛围,无论场上选手、场外观众还是画作读者,都能分明感受到那种紧张,又全都极力压抑着激动的心情,以免呐喊出声,但无疑都强烈期待即将发生的变化或马上到来的结果。

钱锺书称道卜赖德雷(Bradley)的作品为"近代英国哲学家中顶精炼,质地最厚,最不易蒸发的文章"④,并高度赞誉其文笔的精警简约:

> 至于他的文笔,我想只有一个形容字——英文(不是法文)的farouche,一种虚怯的勇。极紧张,又极充实,好比弯满未发的弓弦,雷雨欲来时忽然静寂的空气,悲痛极了还没有下泪前一刹那的心境,更像遇见敌人时,弓起了背脊的猫。一切都预备好了,"磨砺以须",只等动员

---

① 钱锺书:《纪念》,《人·兽·鬼》,第 111 页。
② 钱锺书:《代拟无题七首》其二,《槐聚诗存》,第 144 页。
③ 钱锺书:《谈艺录(补订本)》,第 318 页。
④ 钱锺书:《作者五人》,《写在人生边上·人生边上的边上·石语》,第 287 页。

令——永远不发出的动员令。从他的敛抑里,我们看得出他情感的丰富。①

"虚怯的勇"意近大勇若怯,即看似胆怯实则勇敢,形容真正勇敢的人沉着冷静。"敛抑"指笔致内敛克制,将丰富的情感融入平实的用语与行文中。这种用笔简省而意蕴丰富若体现在情节构思方面,"事态已熟而事变未发生"便是最好的表现形式。

在《纪念》将近结尾处,才叔与曼倩偶然聊到天健时商量:"假如生一个男孩子,我想就叫他'天健',也算纪念咱们和天健这几个月的相处。你瞧怎样?"②才叔一直被蒙在鼓里,对曼倩和天健的关系毫不知情;曼倩与天健唯一的一次亲密接触竟留下了极为特殊的"纪念"——足以让他们的偷晴曝光的证据。因为有了这个已熟的事态,读者对曼倩会不会生下这个孩子,若生下来而且是个男孩的话会不会真的叫他"天健"等尚未发生的事自然会充满热切的期待。

《围城》中写方鸿渐与唐晓芙关系破裂后的场景堪称经典:

> 鸿渐背马路在斜对面人家的篱笆外站着,风里的雨线像水鞭子正侧横斜地抽他漠无反应的身体。她看得心溶化成苦水,想一分钟后他再不走,一定不顾笑话,叫用人请他回来。这一分钟好长,她等不及了,正要分付女用人,鸿渐忽然回过脸来,狗抖毛似的抖擞身子,像把周围的雨抖出去,开步走了。③

听信了苏文纨有心的"闲话",晓芙感觉自己的感情受到欺骗,她一壁对鸿渐说出"我爱的人,我要能够占领他整个生命,他在碰见我以前,没有过去,留着空白等待我";一壁恨不能说"你为什么不辩护呢?我会相信你"④。怯懦的鸿渐没有辩解的勇气,也永远失去了晓芙的爱。他们临别之际虽有回眸,但终抵不过擦肩而过的无奈;彼此也能相互理解,且有一定的默契,但尚未达到为对方各让一步的程度,是以分手悲剧无由避免。

鸿渐与晓芙分手的场景将"事态已熟而事变未发生"演绎得酣畅淋漓,结局恰在情理之中却又远落意料之外,如此描写将二人感情破灭的悲哀放大了无数倍。后来晓芙打电话问鸿渐是否平安到家,鸿渐误以为电话是苏文纨打来的,遂肆无忌惮地骂了个痛快。不明所以却劈头盖脸的这一顿骂成为压垮

---

① 钱锺书:《作者五人》,《写在人生边上·人生边上的边上·石语》,第287页。
② 钱锺书:《纪念》,《人·兽·鬼》,第120页。
③ 钱锺书:《围城》,第102页。
④ 同上书,第101页。

骆驼的最后一根稻草,宣告他们的关系破裂殆尽,再无修复的可能。

后来方鸿渐与孙柔嘉缘定终身,促成他们姻缘的"临门一脚"也完美地演绎了"事态已熟而事变即发生"的境况:

> "人家更要说闲话了,"孙小姐依然低了头低了声音。
>
> 鸿渐不安,假装坦然道:"随他们去说,只要你不在乎,我是不怕的。"
>
> "不知道什么混蛋——我疑心就是陆子潇——写匿名信给爸爸,造——造你跟我的谣言,爸爸写信来问——"①

在战时内地偏安一隅的三闾大学,鸿渐虽称不上理想的爱人,却也不失为一个勉强可以接受的选项;赵辛楣的意外离开促使他们两个孤单的人更快地走到一起。柔嘉决意精心营造甜蜜的圈套,比如臆造她爸爸收到与寄来的信,等待网罗鸿渐;她又以适度示弱的方式激发鸿渐保护弱小的男子汉气概。种种策略兼用,终将完全没有思想准备、被动迟钝的鸿渐推到不向她求爱都说不过去的境地。

第四节 分镜头式的结尾

钱锺书称赞李白的一联诗"洞庭湖西秋月辉,潇湘江北早鸿飞"(《陪族叔刑部侍郎晔及中书贾舍人至游洞庭五首》其四),"把同一时间而不同空间里的景物联系配对,互相映衬"②。将同一时间内不同空间存在的事物、发生的事情并置,自然会产生彼此映衬、相互烘托的效果。钱锺书总结诗文叙事中这种表现手法的实质为:"欲以网代链,如双管齐下,五官并用,穷语言文字之能事,为语言文字之所不能为(to try the possibility of the impossible)。"③赋予它以非常高的定位,称道它将语言文字用到了极致,成就了几乎不可能做到的事情。

他也指出,中国古代章回小说、评书等处理同时异地事时,多用"双管齐下""话分两头"的方式。④ 如《红楼梦》中黛玉临终前喊:"宝玉,宝玉,你好……"随之香消玉殒;当其时,宝玉正和宝钗完婚。宝玉成亲之际,正是黛玉气绝之时,因两处同时发生的事情都需要详细展开,故叙述者采用了分头叙说的方式。

---

① 钱锺书:《围城》,第 257 页。
② 钱锺书:《读〈拉奥孔〉》,《七缀集》,第 39 页。
③ 钱锺书:《管锥编(第五册)》,北京:中华书局,1986 年,第 9 页。
④ 参见钱锺书:《管锥编(第一册)》,第 68—70 页;《管锥编(第五册)》,第 8—9 页。

钱锺书在诗文创作中尤其在小说结尾部分善用分镜头式的叙事手法,使"同时异地事"得到并置,从而产生比"花开两朵,各表一枝"更加强烈的对比映衬效果。他也多次尝试运用开放式的结尾,以营造"篇终接混茫"的艺术表达境界。

一、同时异地事

《名利场》的结尾以脍炙人口的笔致表现滑铁卢大战的一个场面,钱锺书以几乎依照字面直译的方式将其传神地再现出来:

> Darkness came down on the field and the city:and Amelia was praying for George, who was lying on his face, dead, with a bullet through his heart.
>
> 夜色四罩,城中之妻方祈天保夫无恙,战场上之夫仆卧,一弹穿心,死矣。①

妻子正在城中为丈夫祈祷平安,恰在此时,丈夫在战场上中弹身亡,分作两处同时发生的两件事被叙事者并列呈现在一起,因对比强烈而产生非常震撼的艺术表现力。若采用分而述之的方式,表达起来清则清矣,却达不到两幅图景对比冲突的效果,读者的反应也会相应减弱很多。

这种分镜头式的表现技巧在影视作品中习见不鲜,通常称作"蒙太奇"(montage)手法。它指的是借助时空的跳接将来自不同场景的镜头、场面、段落人为地分切与组接,从而拼贴、剪辑到同一个画面中;也指通过象征、隐喻和特定电影节奏产生强烈艺术效果的电影艺术②。据说蒙太奇是受中国六书中"会意"的启发而发明的③。钱锺书在《围城》《猫》《纪念》等小说的结尾都呈现了"同时异地事"的场景,营造出强烈的对比冲突氛围。

《围城》中方鸿渐与孙柔嘉原本都以为婚后生活会幸福美满,但两人性格差异明显,且都不善于处理与对方家庭的关系,加之职场压力大,因而经常吵架。小说临近结尾时两人又大吵一架,鸿渐摔门而去,柔嘉则收拾行李去了姑母家。在街上游荡得又累又饿的鸿渐回到家,和衣躺在床上,努力克服饥饿感睡去。那只祖传的老钟在十一点的时候敲了六下:

> 六点钟是五个钟头以前,那时候鸿渐在回家的路上走,蓄心要待柔嘉好,劝她别再为昨天的事弄得夫妇不欢;那时候,柔嘉在家里等鸿渐回

---

① 钱锺书:《管锥编(第一册)》,第69页。
② 彭吉象:《影视美学》,北京:北京大学出版社,2002年,第21页。
③ 叶维廉:《中国诗学》,北京:生活·读书·新知三联书店,1992年,第24页。

家来吃晚饭,希望他会跟姑母和好,到她厂里做事。①

由走得不准的钟深夜报时而将场景闪回到五个钟头前,过渡十分自然、巧妙。针对昨天的不欢,鸿渐再度生出逃避心,欲以退让求得夫妇和睦;柔嘉却仍固执,欲假劝诱之名行操纵之实。"同时异地事"的并置有力地彰显了夫妇二人不同的性格特征,同时也提供了一条清晰的线索,将故事引向终结。

"事与愿违"的情境冲突在"同时异地事"的并置中得到了强化。因系时过境迁的补笔,鸿渐因逼迫感而生逃离心的情形历历如见,人物内心那种"当境厌境,离境羡境"的围城情结得到更充分彰显,营造出比吵架本身更强烈的矛盾冲突,故事情节至此亦达到真正的高潮。

《猫》在结尾部分分述爱默、建侯以及建侯的出轨对象的不同心理活动:

> 李太太看见颐谷跑了,懊悔自己太野蛮,想今天大失常度,不料会为建侯生气到 这个地步。……
>
> 这时候,昨天从北平开的联运车,已进山东地境。李建侯看着窗外,心境像向后飞退的黄土那样的干枯憔悴。……为身边这平常幼稚的女孩子拆散家庭,真不值得!
>
> ……这许多思想,挽了他手同看窗外风景的女孩子全不知道。她只觉得人生前途正像火车走不完的路途,无限地向自己展开。②

将三人同时分处两地的内心活动放到一起言说,当然也是"同时异地事"的并置。爱默失望中夹杂着懊悔,她被自己以往的生活方式压得喘不过来,一心只想逃避;建侯已然对出轨和离家感到后悔,认为不值得,仅余酒醉兴奋褪去后的落寞与难受,心境转而干枯憔悴;涉世未深的小姑娘尚自沉浸在对爱情与幸福一厢情愿的畅想中。矛盾冲突在对比映衬下得到升华,三人的个性也在并置的场景下得到进一步凸显,并将读者引向思考人生、人性等更加深远辽阔的领域。

在《纪念》即将结尾的时候,躲过一次敌机空袭后才叔和曼倩不经意间谈起天健:

> 两人看了,异口同声说,只要碰见天健,就会知道确讯。才叔还顺口诧异天健为什么好久没来。
>
> 此时天健人和机都落在近郊四十里地的乱石坡里,已获得惨酷的

---

① 钱锺书:《围城》,第 335 页。
② 钱锺书:《猫》,《人·兽·鬼》,第 68 页。

平静。在天上活动的他,也只有在地下才能休息。①

就在才叔与曼倩谈及天健时,战斗中的他连人带飞机坠落在近郊乱石坡,壮烈牺牲。此处笔法从内容到形式都一如《名利场》的结尾,将同时异地事并置,轰炸后暂时的平静与空战的惨烈恰成对比。结合小说后文谈及的社会各界为天健举办轰轰烈烈的纪念活动,此处才叔与曼倩无意间提及天健当是对他最及时的纪念,虽平淡但不掩其情真意切,远胜后来各行各业拿死人做由头的"热闹"的纪念活动。

二、篇终接混茫

《谈艺录》中称引法国文评家的观点,赞同象征派诗作在结尾部分"篇终接混茫"的写法:

> 近世法国一论师尝谓其国旧日佳诗多意完词足,缄闭完密,匡格周匝,煞尾警句,虽使全篇生色,而犹树金栅栏为关阈然;象征派以还,诗每能有尽而无穷,其结句如一窗洞启,能纳万象。其言末句于篇章如闭幕收场,而于情韵仍如卷帘通顾,堪为"篇终接混茫"之的解矣。②

"篇终接混茫"不是用"意完词足"的树栅栏方式将诗篇彻底收束,而是用开放式的结尾将未分明说出的部分留待读者拟想填补,以展现辞有尽而意无穷的意蕴。

钱锺书的小说与部分诗作除在结尾处并置"同时异地事"以外,还善于运用余味深长、意境悠远的留白,赋予诗文以更多的阐释空间,并使其情韵有继续绵延下去的可能,引发读者掩卷深思。

《纪念》结尾写道:"一番热闹之后,天健的姓名也赶上他的尸体,冷下去了,直到两三星期后,忽又在才叔夫妇间提起。"③短短一句话包含若干层面的"纪念",不仅直接点题,而且亦有曲终奏雅、劝百讽一的功效。

多层面的纪念中有国家、社会和民众对抗战英雄的纪念,"本市各团体为天健开个追悼会,会场上还陈列这次打下来一架敌机的残骸"④。但一番热闹的纪念以后,英雄天健渐渐淡出人们的视野,不复是关注的焦点。鲜活的生命、轰轰烈烈的牺牲在英雄归于寂灭后旋即遭人遗忘,这种表达比高呼反战口号不知要有力多少倍!

---

① 钱锺书:《纪念》,《人·兽·鬼》,第119页。
② 钱锺书:《谈艺录(补订本)》,第617—618页。西语原文略。
③ 钱锺书:《纪念》,《人·兽·鬼》,第120页。
④ 同上。

亦有亲属、情人的纪念,"才叔夫妇都到会,事先主席团要请才叔来一篇演讲或亲属致词的节目,怎么也劝不动他"①。"节目"一词堪称绝妙,才叔不肯借死人露脸出名,亦不肯把自己的私人哀伤公然展览,这一态度增加了曼倩对他的敬重。至于曼倩心中做何感想,小说只字未提,但读者可以想见,她在以亲属身份纪念之外,一定还会以情人身份在内心深处另有别样的纪念。

还有始料未及的"遗腹子"的纪念。唯一一次在一起后,天健给曼倩留下了遗腹子,不明所以的才叔还提议若生男孩就叫他"天健",以纪念他们与天健这几个月的相处。

钱锺书如此处理结尾,真正做到了"含不尽于言外,息群动于无声"②,比一切议论挽束得更有力量,更耐人寻味,也更启人深思。

《谈艺录》中分析过波兰学者英加顿的"具体化"(Konkretisation)概念：

> 小说中人物景象,纵描摹工细,而于心性物色,终不能周详备悉,只是提纲举隅(ein schematisches Gebild),尚多"未分明、不确定处(Unbestimmtheitsstellen),似空白然,待读者拟想而为填补(Ausfüllung)。抒情诗中"未分明、不确定处",亦须一番"具体化";诗愈"醇"则正说、确说愈寡,愈能不落言筌。③

"未分明、不确定处"就是"言有尽而意无穷"的"言"所隐含而未明确说出的部分,有待读者拟想使之分明、确定。读者的解读就是对诗文"具体化"处理的过程。诗越"醇"则阐释的可能性越多,留给读者的想象空间也越大。

具体化的概念可以移来解读《围城》结句:"这个时间落伍的计时机无意中包涵对人生的讽刺和感伤,深于一切语言、一切啼笑。"④对"时间落伍的计时机"最直观的解读是用以象征和指涉方鸿渐。此时鸿渐在一定程度上有对时间已逝、覆水难收的懊恼;但他的懊恼中并不包含深刻的反省,甚至没有悔意。他在留学生活、归国路上、辗转工作时的表现,对待几段感情的态度,处理婚姻与家庭问题的方式,与家人、挂名岳丈岳母、妻子娘家人、单位同事的交往,都不同程度地存在问题,而他基本上一直都在逃避,拒绝直面现实与困境,也从未设想过如何有效地解决问题。那只老钟不能准确报时,作为计时机器已失去应有的效用,正如辛楣对鸿渐的评价"毫无用处",钟与人都属于

---

① 钱锺书:《纪念》,《人·兽·鬼》,第 120 页。
② 语本自谭元春论苏轼诗文结句的话:"坡结句之妙者,亦只是议论挽束得有味耳。含不尽于言外,息群动于无声,如管弦之乍停,瀑布之不收者,未有也。"[《书王定国所藏烟江叠嶂图》;转引自钱锺书:《谈艺录(补订本)》,第 591 页。]
③ 钱锺书:《谈艺录(补订本)》,第 618 页。
④ 钱锺书:《围城》,第 335 页。

不合时宜的类型。一个志大才疏的人,不甘堕落却又一再沉沦,其感情、生活、工作都陷入"希望——失望——逃离"的怪圈不能自拔。

《围城》结尾也饱含着对希望终将幻灭的预言。鸿渐憧憬再次出走,前往重庆投奔辛楣,"心里又生希望,像湿柴虽点不着火,而开始冒烟,似乎一切会有办法"①。湿柴冒烟给人造成一种应该能点着火的假象,却往往不济事。"金漆鸟笼"也罢,"被围困的城堡"也好,主人公虽具备浪游者(或流浪汉)的气质,但归根结底是一个失败者(loser)、时代的弃儿。小说虽未明言,但可以想象得到,即便鸿渐接下来真的去往重庆,他的遭际与命运仍不会有大的起色,更不必期待会发生根本性的逆转。这种注定了的结局既是由鸿渐的性格决定的,又是时势大背景造成的。

《围城》结尾也反映钱锺书对人生境遇的普遍感伤。鸿渐强忍着饥饿终于睡着了,"没有梦,没有感觉,人生最原始的睡,同时也是死的样品。"②鸿渐由对人世浮沉的无奈,到渐渐习惯,最终完全接受。他用人生最原始的睡,提前为死做了彩排。更甚者,类似"围城"情结不是方鸿渐一个人的感伤遭遇,而是全人类都无法避免、不得不直面的尴尬困境。

---

① 钱锺书:《围城》,第335页。
② 同上。

第三章　修辞不是等闲事

　　钱锺书在创作中着意创设繁复的修辞，一定程度上弥补了他在情节设置方面略嫌平淡的不足，也大大提高了创作的艺术表现力。在钱锺书的学术谱系中，比喻、通感、讽刺等不仅仅是用以拓展话语空间的修辞，他也对这些修辞手法的构成、形式与功用进行妙趣横生的阐发，还结合阐释学、心理学、解构主义等现代西学理论，将它们用作解释世界、探究心理、反思现实的利器。

第一节　以比喻解释世界

　　人类日常交际中有时会用部分代指整体，或者借助时间或空间上的比邻关系，用一事物譬释、类比相近的另一事物，这就是修辞学上的比喻。《墨子·小取》云："辟也者，也[他]物而以明之也。"以简约的语言涵括了比喻的基本构成，即借助他物（喻体）说明此物（本体）；"明之"除有说明的含义外，尚有予人以启示之意。

　　《围城》与《人·兽·鬼》中包含许多新奇的比喻，不仅增强了表情达意的表现力，而且包含哲理与情思兼具的强烈思辨色彩。在《谈艺录》《管锥编》《宋诗选注》和《七缀集》等学术著作中，钱锺书又对比喻进行了多向度的阐释。陈子谦从钱锺书丰富的比喻用例与相关论断中抽绎出"钱学比喻论"，细密地阐述了"比喻是文学语言的根本"这一判断。[①] 胡范铸将钱锺书的比喻修辞视作"其哲学方法的一种体现"，肯定他借由比喻实现对世界"体验性"的把握。[②] 钱锺书的比喻观念与他创制的比喻实例交相辉映，蔚为大观；在他笔下，比喻与夸张、反讽等其他修辞手法合用的情况也十分常见。

　　评论者普遍评价《围城》善用比喻，大多数比喻也的确增强了小说的表现

[①] 陈子谦：《钱学论》，成都：四川文艺出版社，1992年；《钱学论（修订版）》，北京：教育科学出版社，1994年。

[②] 胡范铸：《语言形象与世界万物的多边两柄——钱钟书比喻哲学论析》，《贵州大学学报（社会科学版）》1992年第4期，第41，47页。

力度,但毋庸讳言,因创作该小说时作者尚年轻,未能加以有效的节制,故在一定程度上存在比喻过多、过繁之弊,多少有些炫技之嫌。但是有必要指出,不能将钱锺书创设的比喻仅视作一种修辞手法,因为他在创作、批评与研究中将比喻用作观察、思考和解释世界的有效手段,他还将比喻与文学和艺术学中的烘托、中国传统训诂学的相关理论有机整合,不仅有效地开拓了他的话语空间,而且具有可资借鉴的方法论意义。

一、割截的类比推理

钱锺书在为曹葆华的诗集《落日颂》①所作的同题书评中指出:"每一种修辞的技巧都有逻辑的根据;一个诡论(paradox),照我看来,就是缩短的辩证法三阶段(a dialectical process tronqué),一个比喻就是割截的类比推理(an analogy tronqué)。"②说比喻要符合逻辑,并非要求它像逻辑学一样严谨周密,但至少需要在逻辑上讲得通,并让读者信服接受;说比喻是一个割截的类比推理,是因为它省略了推理与论证的烦琐过程,常采用"似取一端"的方式将本体与喻体联系起来。

《读〈拉奥孔〉》中称引皇甫湜概括的比喻二原则:"一方面'凡喻必以非类',另一方面'凡比必于其伦'(《皇甫持正集》卷四《答李生第二书》、《第三书》)。"③"必以非类"是说同类不比,"必于其伦"强调在非同类的事物间建构比喻时,重在确定某一方面的可比性。"必以非类"与"必于其伦"二者相辅相成,缺一不可,同时遵循这两条原则构成的比喻才会新奇精警。

钱锺书论及宋代诗人韩驹作诗虽讲究字字有来历,但能勉力做到不堆砌:"他的同派仿佛只把砖头石块横七竖八地叠成一堵墙,他不但叠得整整齐齐,还抹上一层灰泥,看来光洁、顺溜、打成一片,不像他们那样的杂凑。"④将江西派诗人堆砌、杂凑故典与砌墙相类比,因伦类接近而易于被读者接受。钱锺书还论及陈造在诗作中过度堆砌和镶嵌古典成语,以致"把批评的锋口弄得钝了、反映的镜面弄得昏了"⑤。"锋口"与"镜面"的比喻十分贴切,将堆砌导致诗意不够显豁的弊病活灵活现地揭示了出来。

《管锥编》中提到:"一物之体,可面面观,立喻者各取所需,每举一而不及

---

① 曹葆华:《落日颂》,上海:新月书店,1932年。
② 钱锺书:《落日颂》,原载《新月月刊》第四卷第六期,1933年3月1日;《写在人生边上·人生边上的边上·石语》,第312页。
③ 钱锺书:《读〈拉奥孔〉》,《七缀集》,第44页。
④ 钱锺书:《宋诗选注》,第181页。
⑤ 同上书,第342页。

余"①"以彼喻此,二者部'分'相似,非全体浑同"②"'少许相似处'即'分'耳"③。强调创制比喻时应着重突出事物某一方面的特征,仅要求本体与喻体"一端相似",而不要求方方面面都一致。

《读〈拉奥孔〉》一文以比喻为例,分析文学语言与哲学思辨的不同:"比喻是文学语言的擅长,一到哲学思辨里,就变为缺点——不谨严、不足依据的比类推理(analogy)""从逻辑思维的立场来看,比喻被认为是'事出有因的错误'(Figura è un errore fatto con ragione),是'自身矛盾的谬语'(eine contradictio in adjecto),因而也是逻辑不配裁判文艺(dass die Logik nicht die Richterin der Kunst ist)的最好证明"④。从逻辑思维的角度分析,作为文学语言之利器的比喻被视作"谬语""错误",仍遵循这一逻辑立场,则逻辑不配裁判文艺,即不能以哲学思辨的观点去分析解读作为文学语言的比喻。

说比喻是"事出有因的错误",在于比喻并非像判断或定义一样严谨,系为突出事物某一方面的特征而采用的修辞手法,意在增强文学表现力,强调"似"而非"是"。说比喻是"自身矛盾的谬语",强调比喻由两个相隔甚远甚至截然相反的事物比并连类构成,看似荒谬、矛盾,其实二者既相反又相成,内在蕴蓄着启人深思的哲理。比喻虽不一定符合常规逻辑,但它恰恰又创造出一种诗性逻辑来。

钱锺书借用斯多噶派哲学家提出的"'万物各有二柄'(Everything has two handles),人手当择所执",并结合慎到的"刑德"二柄与韩非的"威德"二柄,创造性地提出"比喻之两柄"。⑤ 比喻二柄说富有辩证的哲理意味,"同此事物,援为比喻,或以褒,或以贬,或示喜,或示恶,词气迥异"⑥,而且比喻也可以广泛用于审美创造、艺术认识以及解释世界等许多领域。

以《围城》为例,小说名"围城"即是一个统领全书的意象性比喻,凝聚着作家对爱情、婚姻以至人生、社会的独到认识和深刻思考。男主人的名字"鸿渐"取自《周易·渐卦》,原指水鸟居无定所、无枝可依的悲惨境地,借助这一

---

① 钱锺书:《管锥编(第一册)》,第40页。
② 同上书,第41页。
③ 钱锺书:《管锥编(第五册)》,第7页。
④ 钱锺书:《读〈拉奥孔〉》,《七缀集》,第44,45页。
⑤ 钱锺书:《管锥编(第一册)》,第37页。
⑥ 同上。举例而言,针对同一件事,论者可以说"好马不吃回头草"以示坚持与决绝,也可以说"浪子回头金不换"以鼓励改过自新;可以宣示"宁为玉碎,不为瓦全"的全节追求,也可以表达"留得青山在,不怕没柴烧"的忍耐以图东山再起;可以强调"近朱者赤,近墨者黑"的环境影响,也可以彰显"出淤泥而不染"的不为环境所左右;站在不同立场,可以说"有缘千里来相会",也可以说"不是冤家不聚头"等等,不一而足。

命名准确涵括了方鸿渐留学、归国、失业、失恋、求职、婚姻等一路磕磕绊绊的际遇。

虚涵数意用作比喻即是比喻具备两柄特征的体现。钱锺书曾举意大利语、英语中"使钟表停止"的比喻,既可用以表示容貌妍美,也可表达极度丑陋。① 他又举西方诗文中表现蜗牛戴壳的情况:"古希腊诗人呼蜗牛曰'戴屋者'(house-carrier)。……英国古小说言埃及妇女足不出户,'有如蜗牛顶屋,不须臾离'(women should be euer like yt Snaile, which hath euer his house on his head)。法、意诗家以蜗牛讽喻宴安墨守之自了汉、恋家鬼与约翰·唐欲人师法蜗牛带壳之无往而不自适者,喻边同而喻柄异矣。"②虽抑扬不同,钱锺书拈出蜗牛带壳与人和家(或屋)须臾不可分离的意思基本相同,都是比喻之"柄"固异而"边"无殊的表现。

《落日颂》中指出:

> 修词学上的比喻牵强,便是逻辑上的不伦不类。当然,比喻的好坏不尽是逻辑上的问题:比喻不仅要有伦类并且要能贴切,一个有伦类而不贴切的比喻我们唤作散漫比喻(loose metaphor)。③

有伦类而又能贴切是构成一个好比喻的必要条件。在逻辑上不伦不类的比喻在类比推理的恰当性方面自然大打折扣,其可接受度亦较低;不够贴切的比喻则不能很好地渲染氛围、烘托形象,亦难给读者留下深刻印象。比喻若散漫则失去了应有的力道与灵动的活力。

《中国固有的文学批评的一个特点》中指出:"超越对称的比喻以达到兼融的化合,当然是文艺创造最妙的境界,诗人心理方面天然的辩证法(dialectic)。"④比喻的构拟重在超越常规、常情、常理而不拘执,甚至允许剑走偏锋,避免落入俗套;但并不一味地鼓励为文奇特甚至怪异,比喻中所言之事落到意料之外,但又必须在情理之中,即内在地要求辩证、不偏不倚,如此方称得上兼容的化合。

钱锺书在《管锥编》中指出:"不能得意忘言,则将以词害意,以权为实,假喻也而认作真质(converting Metaphors into Properties; l'image masque l'objet et l'on fait de l'ombre un corps),斯亦学道致知者之常弊。"⑤提倡得意忘言,不必

---

① 钱锺书:《管锥编(第一册)》,第38—39页。
② 钱锺书:《谈艺录(补订本)》,第551—552页。
③ 钱锺书:《落日颂》,《写在人生边上·人生边上的边上·石语》,第312页。
④ 钱锺书:《中国固有的文学批评的一个特点》,原载《文学杂志》第一卷第四期,1937年8月;《写在人生边上·人生边上的边上·石语》,第125页。
⑤ 钱锺书:《管锥编(第一册)》,第12—13页。

拘执于语言文字的字面意思，或者错把比喻意当作真实看待。又说西哲每谓"义理之博大创辟者每生于新喻妙譬，至以譬喻为致知之具、穷理之阶"，以致有"喧宾夺主""移的就矢"之讥。① 钱锺书告诫说，需防止因过分强调形式而忽略内容的问题。比喻的用意在于加深对所描述事物的理解，倘过度拘执于比喻所营造的意象或情境，则容易忘却诗文的本真面目与内在实质。

二、烘与托交相为用

钱锺书在《为什么人要穿衣》一文中饶有兴致地分析"烘"与"托"交相为用的关系：

> 作者把"美容"分为两类：一曰"烘"（intensification），例如抹粉施朱；二曰"托"（contrast），例如美痣。这诚然是不错，但"烘云托月"大多数是一件事的两种看法；在云为"烘"，在月则为"托"，本是交相为用的。②

在云为"烘"，在月为"托"，一体两面，二者相辅相成，交相为用。因选取的视角或参照物不同，从而对同一事物可以有不同的看法，不宜用片面的观点固化地看待，或过于突出某一侧面的特征，而于无形中忽略其余侧面。

《围城》中有一句颇耐寻味的话："忠厚老实人的恶毒，像饭里的砂砾或者出骨鱼片里未净的刺，会给人一种不期待的伤痛。"③一般说来，"忠厚老实"与"恶毒"是天然矛盾着的，但偏又能对立统一地体现在同一个人身上。人们习惯于对一贯忠厚老实的人不设防，倘若他忽然有"恶毒"的言行，势必会给人带来猝不及防的伤痛。饭里的砂砾和出骨鱼片里未净的刺在日常生活中多能遇见，用此作比省略了类比推理的过程，渲染出该情况的发生出乎意料，故能给人造成"不期待的伤痛"。

《上帝的梦》中说："这个充满了物质的世界同时也很空虚，宛如一个放大了无数倍的愚人的头脑。"④世界既然充满了物质，又说它很空虚，看似悖谬，若结合后文"愚人的头脑"大而无当的特点来理解便不难接受，它意在强调世界虽然充满了物质但仍难掩精神上的空虚。

《读〈拉奥孔〉》中更明确拈出了比喻构成中"异同兼具"的原则：

> 所比的事物有相同之处，否则彼此无法合拢；它们又有不同之处，否

---

① 钱锺书：《管锥编（第一册）》，第 11—12 页。
② 钱锺书：《为什么人要穿衣》，原载《大公报·世界思潮》第五期，1932 年 10 月 1 日；《写在人生边上·人生边上的边上·石语》，第 238 页。
③ 钱锺书：《围城》，第 4 页。
④ 钱锺书：《上帝的梦》，《人·兽·鬼》，第 2 页。

则彼此无法分辨。两者全不合,不能相比;两者全不分,无须相比。……不同处愈多愈大,则相同处愈有烘托;分得愈远,则合得愈出人意表,比喻就愈新颖。古罗马修辞学早指出,相比的事物间距离愈大(longius),比喻的效果愈新奇创辟(novitatis atque inexspectata magis)。①

构成比喻的本体与喻体之间至少需要有一点相合,寻找相合点的过程就是创设比喻可比性的过程。《汉书·艺文志》谓:"仁之与义,敬之与和,相反而皆相成也。"相反相成指两个事物之间既相互对立、彼此排斥,又互为补充、彼此依赖。就比喻的构成而言,本体与喻体既不能浑然相同,否则没有设喻的必要,又不能完全不相干,不然没有设喻的基础。比喻相反相成的原则要求在确立可比性的前提下,尽力拉大本体和喻体间的距离,以造就新颖奇特的比喻效果。

《谈艺录》中概括比喻"一端相似"的特征:"夫二物相似,故以此喻彼;然彼此相似,只在一端,非为全体。苟全体相似,则物数虽二,物类则一;既属同根,无须比拟。"②比喻强调"如"而不"是",即两桩事物不完全相同,可以分辨彼此,方有作比的必要;又因为"如",作比的两事物间有相同或相似之处,即有可合拢的地方,使两相比较成为可能,合拢处就是可比性的体现。

事物因具有多种性能,仅取其一端即可创设比喻,一般也只突出事物某一方面的特征而不及其余,《谈艺录》称之为"引喻取分"。有"分"可取,恰因为比喻有多边;反过来说,比喻之多边推崇"似取一端",而不是面面俱到。《谈艺录》与《管锥编》多次援引佛经论分喻之说,尤其反复征引《翻译名义集》卷五第五十三篇③,指出"分喻"之"分"有不全、不尽之意。佛经所言"分"与钱锺书所谓比喻有两柄复具多边的"边"是一回事。

钱锺书还引述英国儿歌分析"引喻取分"现象:

  尝见英诗人作儿歌云:"针有头而无发,钟有面而无口,引线有眼而不能视(A pin has a head, but no hair; /A clock has a face, but no mouth there; /Needles have eyes, but they cannot see),举例甚夥,皆明"引喻取分"之意。④

"针头""钟面""引线之眼"等比喻表达之所以能够成立,在于取其部"分"相似,若兼及其余部分或全体则不能相类。钱锺书还指出,英国玄学诗派

---

① 钱锺书:《读〈拉奥孔〉》,《七缀集》,第44页。
② 钱锺书:《谈艺录(补订本)》,第51页。
③ 参见钱锺书:《谈艺录(补订本)》,第22页;《管锥编(第一册)》,第12—13,22,40—41页。
④ 钱锺书:《管锥编(第一册)》,第41页。

(Metaphysical Poets)所谓曲喻(Conceits),多数情况下与佛经所言的分喻是一致的,韩愈及其门下亦多喜欢用这种手法。① 譬如韩愈《三星行》中的"箕独有神灵,无时停簸扬",由星宿的名称箕宿联想到簸箕,由簸箕而想象到簸扬的动作,以此设喻,颇收新人耳目之效。

钱锺书在创制比喻时也善用博喻,借助密不透风的多层面比喻增强语言的艺术表现力。如他描写战时内地拥挤的长途汽车上一个打扮得过火的女孩子:

> 脸上颜色赛过雨后虹霓、三棱镜下日光或者姹紫嫣红开遍的花园。她擦的粉不是来路货,似乎泥水匠粉饰墙壁用的,汽车颠动利害,震得脸上粉粒一颗颗参加太阳光里飞舞的尘灰。②

用"雨后虹霓""三棱镜下日光""姹紫嫣红开遍的花园"等一连串合用了夸张的比喻,形容女孩化妆后脸上过分花哨的颜色。尤其本自《牡丹亭·游园》中唱词"姹紫嫣红开遍"的比喻,以雅致之言绘鄙俗之状,足令人击节叹赏。

苏文纨在月圆之夜将方鸿渐邀至家中,花前月下动了真情,她用法语命令鸿渐吻自己,鸿渐虽不情愿但又没法推避,只能硬着头皮礼节性地吻一下:

> 这吻的分量很轻,范围很小,只仿佛清朝官场端茶送客时的把嘴唇抹一抹茶碗边,或者从前西洋法庭见证人宣誓时的把嘴唇碰一碰《圣经》,至多像那些信女们吻西藏活佛或罗马教皇的大脚指,一种敬而远之的亲近。③

严格说来,在这一连串的意象中,后两种情况也是吻,但这里并不是以吻喻吻,而是极言吻的分量轻、范围小。原本矛盾着的"敬而远之"与"亲近"二者并用,意在传达亲近的程度浅。通过连用多个文语表达来类比譬释日常事物,多向度地刻画出方鸿渐只是出于对接吻邀约的礼节性回应,并不是情之所至自然生发的亲吻。

三、一个方面/几种状态

钱锺书无论在创作、批评还是研究中都擅长创设比喻,借以突出表现事物的区别性特征,由此形成一种以比喻解释世界的独特方式。

---

① 钱锺书:《谈艺录(补订本)》,第22页。
② 钱锺书:《围城》,第147页。
③ 同上书,第95页。

《纪念》中刚熟识不久的天健反常地一连八天都没来相见,动了真感情的曼倩备受相思煎熬:

  这八天里,曼倩宛如害过一场重病,精神上衰老了十年。一切恋爱所有的附带情感,她这次加料尝遍了。疲乏中的身心依然紧张,有如失眠的人,愈困倦而神经愈敏锐。①

  小说没有按部就班地写曼倩如何受煎熬、变憔悴等细节,而是摆脱原有的叙事节奏,改用全知视角,以高度凝练的笔法表现天健对曼倩行迹上的疏远反而增进了彼此心理上的亲密,至此曼倩发现自己已经不可救药地坠入爱河,且不能自拔。

  钱锺书分疏博喻的两种情况,称一种是苏轼诗中惯用的,多描绘本体的一个方面;另一种在庄子文中常见,多刻画本体的几种状态。并称苏轼诗中博喻有如莎士比亚式的比喻,"一连串把五花八门的形象来表达一件事物的一个方面或一种状态""仿佛是采用了旧小说里讲的'车轮战法',连一接二地搞得那件事物应接不暇,本相毕现,降伏在诗人的笔下"②。围绕事物的一个方面或一种状态,用几个喻体分别从不同侧面、不同角度表现事物的特征或内涵,反复申说以加强语意,增添气势,加深读者印象的同时,也提高了比喻的认同度。

  《管锥编》中论庄子的博喻时指出:

  说理明道而一意数喻者,所以防读者之囿于一喻而生执着也。星繁则月失明,连林则独树不奇,应接多则心眼活;纷至沓来,争妍竞秀,见异斯[思]迁,因物以付,庶几过而勿留,运而无所积,流行而不滞,通多方而不守一隅矣。③

  庄子用博喻,旨在防止读者因信服某一个比喻而生执念,避免造成固守一隅的片面理解,故有意从不同侧面设喻,刻画本体的不同状态、样貌或特征。

  钱锺书在《谈交友》中连用多个比喻,说明朋友性格里的罪恶:

  抽象地想着了罪恶,我们也许会厌恨;但是罪恶具体地在朋友的性格里衬托来,我们只觉得他的品性产生了一种新的和谐,或者竟说是一种动人怜惜的缺陷,像占瓷上一条淡淡的裂缝,奇书里一角缺叶,使你心

---

① 钱锺书:《纪念》,《人·兽·鬼》,第 112 页。
② 钱锺书:《宋诗选注》,第 99—100 页。
③ 钱锺书:《管锥编(第一册)》,第 13—14 页。

窝里涌出加倍的爱惜。①

　　单纯想起来可能会心生厌恨的罪恶,若出现在朋友的性格中反倒觉得正常,正所谓"人无完人,金无足赤",虽然仍旧是缺陷,但因一种善恶共存的新和谐状态而能够被理解和接受。"古瓷上淡淡的裂缝""奇书里一角缺叶"表达虽属缺憾但并不令人厌恨,反倒惹人怜惜。两句妙喻传神地描摹出这种普遍而又奇特的心理。钱锺书又说:"一切罪过,都是一点未凿的天真,一角销毁不尽的个性,一条按压不住的原始的冲动,脱离了人为的规律,归宁到大自然的老家。"②"一点未凿的天真""一角销毁不尽的个性""一条按压不住的原始的冲动",对罪过之共性的关注视角十分敏锐,表达亦清新脱俗。

　　钱锺书深有见地地指出语言作为交际工具的两面性:"正反转化是事物的平常现象,譬如生活里,使彼此了解、和解的是语言,而正是语言也常使人彼此误解以至冤仇不解。"③作为语言运用方式与修辞手法的比喻,含有正反相对的"两柄"与可作多样化阐释的"多边",写作者按照自己的表达需要与行文逻辑,选用其中的"柄"与"边",可以使一方向另一方转化,也可以在一个比喻中兼涵二义。

　　钱锺书以"道统"之"统"的训诂为例,说它兼含攘斥异端的"正统"与包括异端的"一统"两个含义。④ 他还援引明代学者论"格物致知"的"格"兼含二义的情况:"'斗格'之'格',物我相扞;'感格'之'格',物化归我。"⑤前者强调相互抵触,格格不入;后者突出感于此而达于彼,形成一种兼融的化合。

　　《管锥编》开篇探讨"易之三名",提出"一字多义之同时合用"的命题。⑥ 并分析其两种使用情况,一种是"并时分训",即一字可以有两种或两种以上不同但不相违的含义;另一种是"背出或歧出分训",即一字可作出截然相反的两种解释。如"易"含"变易""容易""不易"三义,兼背出与并行之分训而同时合训。钱锺书又以"衣"字为例,探讨了一字兼涵数义"背出分训之同时合训"的情况:

　　　　隐身适成引目之具,自障偏有自彰之效,相反相成,同体歧用。诗广譬喻,托物寓志:其意恍兮跃如,衣之隐也、障也;其词涣乎斐然,衣之引也、彰也。一"衣"字而兼概沉思翰藻,此背出分训之同时合训也,谈艺

---

① 钱锺书:《谈交友》,《写在人生边上·人生边上的边上·石语》,第77页。
② 同上。
③ 钱锺书:《台湾版〈钱著七种〉前言》,《钱锺书散文》,第465页。
④ 钱锺书:《谈艺录(补订本)》,第265页。
⑤ 同上书,第535页。
⑥ 钱锺书:《管锥编(第一册)》,第1—8页。

者或有取欤。①

以同一个"衣"字兼具隐身其间与引人注目两种功能,客观上起到"障"(蔽体)与"彰"(引人注目)两种作用,所以称"衣"一字背出分训而同时合训,也强调"两柄"集于一物之身,二者相反复相成。

钱锺书深刻指出:

> 比喻有两柄而复具多边。盖事物一而已,然非止一性一能,遂不限于一功一效。取譬者用心或别,着眼因殊,指(denotatum)同而旨(significatum)则异;故一事物之象可以孑立应多,守常处变。②

因为比喻多"边"性的存在,创制比喻时需要做到"一端相似"。《管锥编》中有读刘向《杖铭》(《全后汉文》卷四五崔瑗《杖铭》同)的一段札记:

> "都蔗虽甘,殆不可杖;佞人悦己,亦不可相";曹植《矫志诗》:"都蔗虽甘,杖之必折;巧言虽美,用之必灭";取譬本此。唐柳宗元《鞭贾》讥"梔其貌,蜡其言",明刘基《卖柑者言》讥"金玉其外,败絮其中",皆斯意。③

由甘蔗说到佞人、巧言,本自《诗经》中"兴"的手法,即托物起兴,先言他物,再引出真正欲言说的事物、思想或观点,以收到烘托感情、渲染气氛的功效。单纯说"都蔗虽甘,殆不可杖"可能会令读者感到奇怪,甘蔗是用来吃的,为何会想到要用它做杖呢?一旦与后半句结合起来思考就容易理解了。刘向与曹植由蔗的甘甜分别联想到悦己的佞人与悦耳动听的巧言,如同甘蔗不可倚仗一样,巧语令色、口蜜腹剑的佞人不值得仰仗,口惠实不至的花言巧语同样不可轻信。

一般作者使用比喻常借助身边的日常事物,譬释相对少见的事物或深奥难懂的道理,钱锺书却喜欢反方向创设比喻,多用一些偏书面的文语雅言譬释日常事物,令普通事物产生新奇感。如《围城》中写曹元朗"圆如太极的肥脸"④,方鸿渐没有得到三闾大学下学年的聘约,感觉自己"像伊索寓言里那只没尾巴的狐狸"⑤,《上帝的梦》中上帝对自己最初造的男人和女人都不满意,用"两句骈文""一联律诗"来比喻他们一般坏⑥,都是以文语

---

① 钱锺书:《管锥编(第一册)》,第 6 页。
② 同上书,第 39 页。
③ 钱锺书:《管锥编(第三册)》,第 946 页。
④ 钱锺书:《围城》,第 69 页。
⑤ 同上书,第 262 页。
⑥ 钱锺书:《上帝的梦》,《人·兽·鬼》第 12 页。

喻日常的绝佳用例。他还善于将比喻与拟人、夸张、双关、讽刺等其他修辞手法搭配使用,彼此翕合无间,显著增强了比喻的表现力与感染力。

《围城》中描写赵辛楣与方鸿渐初次相见的情形:

> 那赵辛楣本来就神气活现,听苏小姐说鸿渐确是跟她同船回国的,他的表情就仿佛鸿渐化为稀淡的空气,眼睛里没有这人。假如苏小姐也不跟他讲话,鸿渐真要觉得自己子虚乌有,像五更鸡啼时的鬼影,或道家"视之不见,抟之不得"的真理了。①

用"五更鸡啼时的鬼影"与"道家的真理"两个偏书面的喻体状写鸿渐被冷淡、遭藐视时的切身感受,从而将那种心理感受描摹得愈发深切逼真。"觉得自己子虚乌有"与鲁迅笔下"榨出皮袍下面藏着的'小'来"②同样都呈现出逼迫、威压感,鲁迅小说中"我"内心的自私在车夫道德美的对比下愈发明显,继之产生小知识分子的自我审视与人格提升;鸿渐却因辛楣带挑战性的无视而自惭形秽,影响所及仅令小知识分子在自我认知方面的荒诞与虚无更加彰显。类似差别主要是由鲁迅与钱锺书在创作时的立意与着力点不同造成的。

需要特别指出的是,钱锺书无论在小说创作、散文创作还是文学批评中,比喻和讽刺的运用都非常多,且常能达致酣畅淋漓的表达效果,但是在其古体诗创作中,虽然时有比喻、讽刺手法的调用,但都严格遵从中国古典诗歌"含蓄""内敛""言不尽意"的特点。之所以在诗作中自我克制,是因为钱锺书做到了修辞手法的运用与表现自觉服从文体要求。

第二节 通感与思维推移

钱锺书不仅拈出了中国文学批评史上未被充分发掘的"通感"(synaesthesia)概念,并借助心理学与语言学术语加以命名,而且还将其广泛用于自己的创作。通感在中国古诗文中常见,但此前批评家和修辞家普遍对其认识不足,有时甚至还对它充满误解。钱锺书早期散文创作中已涉及"通感"的相关内容,后集中论述汇成《通感》一文,将古今中外文学作品中的通感用例罗列得颇为详赡,对其存在与表现两个方面都有较为深入的论述。他一方面将通感用作文学修辞以表达感觉的挪移,即通过感官的交相为用,造就新奇、精警的表达效果;另一方面也创造性地用通感表达思维

---

① 钱锺书:《围城》,第50页。
② 鲁迅:《一件小事》,《鲁迅全集1》,第482页。

的推移,以简约的文字做出一个省略了推理过程的逻辑判断,他还通过分析通感的形成机制,进入到思维解读与心理分析的内层。

一、感觉的挪移

通感手法最常见的用途是表现感觉的挪移。钱锺书指出,虽然"按逻辑思维,五官各有所司,不兼差也不越职",但"一个人作诗和说理不妨自相矛盾,'诗词中有理外之理'",在诗作里,五官感觉可以做到"有无相通、彼此相生"①,从而使"颜色似乎会有温度,声音似乎会有形象,冷暖似乎会有重量,气味似乎会有体质"②。将原本分属不同器官所司的感觉彼此打通或交通,从而达致感觉挪移的效果。

宋祁《玉楼春》里"绿杨阴外晓寒轻"一句描写冷暖似乎会有重量。《围城》中写唐晓芙不笑犹笑,"不笑的时候,脸上还依恋着笑意,像音乐停止后袅袅空中的余音"③,系以听觉补充视觉的通感用法。"余音绕梁,三日不绝"形容歌声的曼妙和音乐的魅力,能给人带来愉悦的享受,并留下美好回忆。以此来类比晓芙笑完了脸上仍漾着笑意,写活了她的爱笑与好性格,一个真诚、温柔、心地善良、观之可亲的女孩形象跃然纸上。

钱锺书称:"各种通感现象里,最早引起注意的也许是视觉和触觉向听觉的挪移。"④又说:"声音有肥有瘦,是儒家音乐理论的传统区别。……'广'、'狭'和'肥'、'瘠'都是'听声类形'的古例。"⑤《吕氏春秋·本味》中描写伯牙鼓琴,钟子期听之,说琴声如太山,是听声类形;说琴声如流水,则是听声类声,但"汤汤乎若流水"中应亦包含流水的形致。

《灵感》中有名望的作家跌落地府时,随他落下的书压倒了那里的一个大胡子司长:

> 那人绕嘴巴连下巴的胡子,又黑又密,说的话从胡须丛里渗出来,语音也仿佛黑漆漆、毛茸茸的。⑥

这段描写由视觉上绕嘴巴连下巴又黑又密的胡子而产生他说的话都从黑而密的胡须丛里渗出来的感觉,从而使话具有流体状,系以视觉补听觉;又说"语音也仿佛黑漆漆、毛茸茸的",则赋予语音以立体、可视、可感的

---

① 钱锺书:《通感》,《七缀集》,第70,71页。
② 同上书,第64页。
③ 钱锺书:《围城》,第47页。
④ 钱锺书:《通感》,《七缀集》,第65页。
⑤ 同上书,第71页。
⑥ 钱锺书:《灵感》,《人·兽·鬼》,第76页。

形态。短短一句话包含若干层面的通感,并以几近夸张的描写手法,将一个胡子浓密得无以复加的人物形象栩栩如生地刻画了出来。

钱锺书指出,通感在普通语言里经常出现,如"响亮"是合并了听觉和视觉而构成一个词的;"歌者端如贯珠""珠串咽歌喉"的表达是视觉与触觉转移到了听觉。① 照其理解,"好些描写通感的词句都直接采用了日常生活里表达这种经验的习惯语言"②,即通感首先见于日常语言,之后才被诗人作家吸收进诗文创作的。他举贾岛《客思》"促织声尖尖似针"与《牡丹亭·惊梦》"呖呖莺歌溜的圆"为例,说用"尖"字和"圆"字形容声音,就是将日常语言的用法写进文学文本的。诗人作家最初运用通感并非完全出自天才创造或独出心裁,而是很自然地将普通语言里表达感觉挪移的习惯带入诗文创作中。诗人作家善用通感,一方面出于他们较之普通人观察更深入细致,感受也更体贴入微;另一方面创作通常都会经历一个遵循用语和格律要求斟酌推敲的炼字过程,所以诗文中的通感往往比普通语言里的更显新奇。

钱锺书指出,李渔、方中通与纪昀批评"红杏枝头春意闹"时都犯了错误,根本原因在于他们都没有理解"宋人常把'闹'字来形容无'声'的景色"③,却错将它理解成闹哄哄、吵闹等与声响相关的义项。他借助通感原理,以繁复的实例佐证自己的论断,将长期困扰文学批评界的一个大问题说清楚了,并将纷纭众说中的谬误与不足也一一指摘出来。

钱锺书也分析了西方诗歌中使用通感的情况:"十九世纪前期浪漫主义诗人也经常采用这种手法,而十九世纪末叶象征主义诗人大用特用,滥用乱用,几乎使通感成为象征派诗歌的风格标志(der Stilzug, den wir Synaesthese nennen, und der typisch ist für den Symbolismus)。"④他又说:"象征主义为通感手法提供深奥的理论根据,也宣扬神秘经验里嗅觉能听、触觉能看等等(l'odorat entend, le toucher voit)。"⑤一方面,通感在象征主义诗派手中被过度使用以至泛滥的地步,无论对诗作还是修辞手法而言都未必是好事;另一方面,象征主义诗人也不能从本质上理解通感,他们不惜抬出神秘主义来进行解说,惜乎同样未能讲清楚其中的道理。

钱锺书曾信服地征引培根(Francis Bacon)的话:"音乐的声调摇曳(the

---

① 钱锺书:《通感》,《七缀集》,第 64,66 页。
② 同上书,第 68 页。
③ 同上书,第 52 页。
④ 同上书,第 72 页。
⑤ 同上。

quavering upon a stop in music)和光芒在水面荡漾(the playing of light upon water)完全相同,'那不仅是比方(similitudes),而是大自然在不同事物上所印下的相同的脚迹'(the same footsteps of nature, treading or printing upon several subjects or matters)。"①音乐的声调摇曳是诉诸听觉的描绘,光芒在水面荡漾则诉诸视觉,说二者完全相同是能够以此喻彼,也可以理解为二者给听到音乐与看到光芒的人带来无差别的心理感受。培根充满诗情画意的语句中包含认识论层面的一个哲理,很好地解释了用比喻连缀起来的通感的本质。

《谈艺录》中分析"诗中有画画难达"这一命题时曾举阳关三叠为例:

> 阳关三叠,有声无形,非绘事所能传,故曰:"断肠声里无形影。"然龙眠画笔,写惜别悲歌情状,维妙维肖,观者若于无声中闻声而肠断,故曰:"画出无声亦断肠。"即听觉补充视觉之理也。②

丹青妙手竟能将"有声无形"的意象落到纸上,惟妙惟肖地传达出音乐"感动人意"的作用。借助通感,诗人、画家得以沟通不同的感觉渠道,扩大了诗、画的表现范围,不仅将诗情画意推进到更高远的境界、更精深的层次,而且在读者审美再创造方面实现了有效引领,有助于进一步激发读者的艺术感受力。

《通感》中说:"《乐记》里'想'声音的'形状'那一节体贴入微,为后世诗文开辟了途径。"③那一节指的是:"故歌者,上如抗,下如队(通"坠"),止如槁木,倨中矩,句中钩,累累乎端如贯珠。"钱锺书进而解释说:"《乐记》的'歌者端如贯珠'……是说歌声仿佛具有珠子的形状,又圆润又光洁,构成了视觉兼触觉里的印象。"④描绘声音高亢的"上如抗"好像要把声音举起来,描绘声音由高变低的"下如坠"好像声音从高处落下一般,"抗"与"坠"使得声音好像有了重量,听觉与视觉形象得以联系起来。钱锺书认为马融《长笛赋》里的"尔乃听声类形,状似流水,又像飞鸿",对《乐记》里这节文章讲解得甚简明。⑤ 循着《乐记》里提示的标准,钱锺书表示,对"抗"与"坠"

---

① 钱锺书:《通感》,《七缀集》,第65页。
② 钱锺书:《谈艺录(补订本)》,第317页。《管锥编》中论"大音希声"时说:"聆乐时每有听于无声之境。乐中音声之作与止,交织辅佐,相宜互衬""音乐中声之与静相反相资,同在闻听之域,不乞诸邻识也。"(钱锺书:《管锥编(第二册)》,北京:中华书局,1986年,第449,450页。)
③ 钱锺书:《通感》,《七缀集》,第66页。
④ 同上。
⑤ 同上。

最好的描写是《老残游记》第二回王小玉说鼓书那一段①,称誉其为"笔歌墨舞"②,符合"听声类形"的原理。

钱锺书在《一个偏见》里仔细辨析过"寂静"的含义:

> 寂静并非声响全无。声响全无是死,不是静;所以但丁说,在地狱里,连太阳都是静悄悄的(dove il sole tace)。寂静可以说是听觉方面的透明状态,正好像空明可以说是视觉方面的静穆。③

说寂静并非声响全无,包含着一个朴素的哲理,中国古诗里也说"蝉噪林逾静",意在用一动一静的并置烘托环境的清幽。把寂静说成"听觉方面的透明状态",是将视觉移来说明听觉,下一句说空明为"视觉方面的静穆",则又以听觉入视觉。借助通感手法,钱锺书深入浅出地将一个蕴涵着辩证法的哲理做出了透彻的解释。

钱锺书对曹葆华的诗集《落日颂》整体评价不高,却称道其中有两个好比喻。其中之一为"倾听暮色里蜿蜒的晚钟",他赞赏该句"差不多把钟声的形状逼真地描写出来了——随着一丝风送,高,下,袅袅地,由浓而淡,溶失在空濛里"④。日暮余晖里,悠扬的钟声敲响,似乎隔了许久方传送到耳际,继之淡远,终至慢慢散去。倾听者仿佛看到了钟声远距离传来的路径、痕迹与形状,确是传神妙笔。

钱锺书赞赏韩愈《听颖师弹琴》中的"浮云柳絮无根蒂,天地阔远随飞扬。……跻攀分寸不可上,失势一落千丈强",称其符合《乐记》"听声类形"的原理。⑤ 他也恰切地指出,白居易《琵琶行》中的"大弦嘈嘈如急雨,小弦切切如私语,嘈嘈切切错杂弹,大珠小珠落玉盘,间关莺语花底滑,幽咽泉流冰下难"只是从听觉联系到听觉,并未使用通感手法。⑥ "大珠小珠落玉盘"并非用珠子圆润的形象,而是取其跌落玉盘时发出的清脆撞击声,以描绘琵琶演奏声。钱锺书认为韩愈的描述超过了白居易,并非单纯因为通感手法的有

---

① 指的是"渐渐的越唱越高,忽然拔了一个尖儿,像一线钢丝抛入天际。……恍如由傲来峰西面攀登泰山的景象……如一条飞蛇在黄山三十六峰半中腰里盘旋穿插……忽又扬起,像放那东洋烟火……"(〔清〕刘鹗:《老残游记》,上海:上海古籍出版社,2011年,第11页)。
② 钱锺书:《通感》,《七缀集》,第68页。
③ 钱锺书:《一个偏见》,《写在人生边上·人生边上的边上·石语》,第44—45页。
④ 钱锺书:《落日颂》,《写在人生边上·人生边上的边上·石语》,第313页。
⑤ 钱锺书:《通感》,《七缀集》,第68页。《礼记·乐记》具有丰富的内涵,包含"大乐与天地同和""惟君子为能知乐""惟乐不可以为伪""乐由中出"等若干重大命题,亦着意强调音乐"感动人意"的功用。
⑥ 同上书,第66页。

无,而是因为韩愈写得更深刻,不仅将心想形状呈现在读者面前,而且还写出了音乐的"感动人意"。

二、思维的推移

钱锺书在《谈教训》一文中议论道:

> 不配教训人的人最宜教训人;愈是假道学愈该攻击假道学。假道学的特征可以说是不要脸而偏爱面子。……假道学也就是美容的艺术——①

如果一上来就说假道学是美容的艺术,估计读者会不明所以,容易产生如坠五里云雾的感觉,所以先在前面稍加引申,指出不配教训人的人偏爱教训人,假道学反而虚张声势攻击假道学,正是在这个意义上说,假道学表现出"不要脸而偏爱面子"的特征。如此一来,称之为"美容的艺术"自然水到渠成。这样的推论事实上包含着一个思维的推移过程。

《谈艺录》中指出:"长吉乃往往以一端相似,推而及之于初不相似之他端。"②意指从喻体类似于本体的一个特征出发创制比喻,继之又推及与本体有一定距离的喻体另一方面的特征,并在后者与本体之间架设起联系的桥梁,从而使比喻愈形新颖。李贺笔下"银浦流云学水声"(《天上谣》)一句,以水比云,因为二者都具有流动性;又因水流有声,故说流动的云仿佛也像水流一样具备声音。这句诗在普通的比喻之外,又包含通感手法,且在听声类形的感觉挪移之上,复具备思维的推移,即中间有一个省略了的逻辑推理过程。

《管锥编》中引述康德的话:"解颐趣语能撮合茫无联系之观念,使千里来相会,得成配偶。"③钱锺书常将思维的推移与通感手法一起使用,新颖奇特的表达效果非常显著。他在《通感》中作注指出:

> 歌如珠,露如珠(例如唐太宗《圣教序》"仙露明珠,讵能方其朗润";白居易《暮江吟》:"可怜九月初三夜,露似真珠月似弓"),两者都是套语陈言,李贺化腐为奇,来一下推移(transference):"歌如珠,露如珠,所以歌如露。"逻辑思维所避忌的推移法,恰是形象思维惯用的手段。④

歌如珠,露亦如珠,故推导出"歌如露",是以听觉通于视觉从而构成通感。类似地,韩愈诗句"香随翠笼擎初到,色映银盘写未停"(《和水部张员外

---

① 钱锺书:《谈教训》,《写在人生边上·人生边上的边上·石语》,第41页。
② 钱锺书:《谈艺录(补订本)》,第51页。
③ 钱锺书:《管锥编(第一册)》,第317页。
④ 钱锺书:《通感》,《七缀集》,第67页。

宣政衙赐百官樱桃诗》),樱桃本不香,因它红如花,而红花多是香的,故由红花的香引起联想,认为红红的樱桃也是香的,这是视觉通于嗅觉的通感表达。与歌如露一样,说樱桃香其实也包含一个思维推移的过程。钱锺书还论及罗斯达尼(A. Rostagni)为亚里士多德《诗学》所作的《导言》,其中有关于"科学的三段论"和文学的"想像和感性简化二段论"①的论述,恰好说明这种思维的推移。

钱锺书在《小说识小》中称道德国小说《老实人》中的一处人物描写:

"上下两排牙齿,又整齐,又有糖味儿(zuckerähnlich),像从白萝卜上(von einer weißen Rübe)成块切下来的。人就是给它咬着,也不会觉得痛(Ich glaube nicht, daß es einem wehe tut, wann du einen damit beißest)。"以白萝卜块拟齿,与《诗经》以东瓜子拟齿——"齿如瓠犀",用意差类。尤妙者为"咬着不使人痛"。齿性本刚,而齿之美者,望之温柔圆润,不使人有锋锷巉利之想;曰"白萝卜",曰"瓠犀",曰"糯米银牙",比物此志。故西方诗人每以珠比美人之齿,正取珠之体色温润。②

说牙齿"有糖味儿",系以味觉补视觉;以珠比美人齿,以视觉(温柔圆润)写视觉的同时,亦有以触觉(体色温润)补视觉的笔致;"给它咬着,也不会觉得痛"则是心想形状的延伸。钱锺书的分析虽未明言,却将上述引文借通感手法行思维推移的事实说清楚了。

《通感》一文分析过《牡丹亭》中的"呖呖莺歌溜的圆",却未言及前一句"生生燕语明如翦"③,倒是举了卢祖皋的《清平乐》为例。"生生燕语明如翦"这句唱词显然袭自宋词,除了以"翦"的明快与锐利喻指燕语的清脆之外,亦含有一个思维推移的跳跃,即它把"剪剪轻风"④这一意象也包罗进来了。该句是杜丽娘游园赏春时的唱词,除了形容燕语的声音这个字面意思之外,它还用以指代"春"的意象。

---

① 钱锺书:《通感》,《七缀集》,第 75 页,注 8。
② 钱锺书:《小说识小》,《写在人生边上·人生边上的边上·石语》,第 142 页。
③ 《牡丹亭》第十出"惊梦"中的这段唱词作:"〔好姐姐〕(旦)遍青山啼红了杜鹃,荼蘼外烟丝醉软。春香呵,牡丹虽好,他春归怎占的先!(贴)成对儿莺燕呵。(合)闲凝眄,生生燕语明如翦,呖呖莺歌溜的圆。"(汤显祖《牡丹亭》,北京:人民文学出版社,1963 年,第 54 页。)
④ 宋代诗词中多有"剪剪轻风"或"翦翦轻风"的用例,如"剪剪轻风未是轻,犹吹花片作红声"(杨万里《又和二绝句》),"金炉香烬漏声残,翦翦轻风阵阵寒"(王安石《夜直》),由新生之羽(翦)引申为轻微而带寒意的风吹的样子。

钱锺书《亚历山大港花园见落叶冒叔子景璠有诗即和》(1938)一诗中"诗人身世秋来叶,祝取风前一处飞"①一联用"曲喻",事实上也包含思维的推移。用秋叶比喻诗人的身世,秋叶能在风前上下翻飞,寓意诗人也同样在动荡的生活里浮沉飘荡。《偶书》(1940)其二中的"更愿此心流比水,落花漂尽了无情"②,以流水比心,因为"水流花谢两无情"(崔涂《春夕》),所以希望因人心险恶而导致的内心不安宁像落花一样随水漂尽。《示燕谋》(1942)中的"差喜捉笼囚一处,伴鸣破尽作诗悭"③,前一句化用韩愈《双鸟诗》"天公怪两鸟,各捉一处囚",钱锺书把自己与徐燕谋比作困处一笼的两只鸟,相应地,二人的诗作唱和被比作后一句中鸟的伴鸣,亦包含着思维的推移。

《围城》中写方鸿渐到张吉民家去相亲吃饭,结果彼此都没相中对方,但他饭前打麻将赢了一些钱,回去时把来时路上相中的皮外套买了下来:

> 他记得《三国演义》里的名言:"妻子如衣服",当然衣服也就等于妻子;他现在新添了皮外套,损失个把老婆才不放在心上呢。④

《三国演义》里说"妻子如衣服"以与"兄弟如手足"相呼应,借以映衬刘、关、张结义兄弟的手足情深。钱锺书在这里反向设譬,说衣服也就等于妻子,没有了与兄弟手足的对应,逻辑上虽然说不通,但正是这种思维的推移较好地解释了相亲不成但有意外收获的结局,有力地凸显了方鸿渐思考问题全从个人本位出发,亦揭示了他在社交方面对人情世故的无知。

第三节 借讽刺行解构事

《围城》与《人·兽·鬼》中的讽刺用例俯拾皆是,且大都运用得不动声色,愈发增加了讽刺的力度。钱锺书用睿智的语言、幽默的风格营造讽刺氛围,在语言表现、场景呈现和情节铺展方面都使用得得心应手,既有机智俏皮的挖苦⑤,又有辛辣犀利的尖刻;多姿多彩的比喻中有讽刺,机警醒世的议论中也有讽刺。他还创造性地将讽刺与认真严肃的哲学思考相结合,并引入解构主义的视点与方法,反思教育怪相,直面人类生存境遇。

---

① 钱锺书:《亚历山大港花园见落叶冒叔子景璠有诗即和》,《槐聚诗存》,第 24 页。
② 钱锺书:《偶书》其二,《槐聚诗存》,第 58 页。
③ 钱锺书:《示燕谋》,《槐聚诗存》,第 75 页。
④ 钱锺书:《围城》,第 43 页。
⑤ 吴福辉指出,钱锺书提高了机智的地位,并确立了一种新的"机智讽刺"。(吴福辉:《现代病态知识社会的机智讽刺——〈猫〉和钱锺书小说艺术的独特性》,《十月》1981 年第 5 期,第 233 页。)

一、触处所见皆荒诞

《围城》一书前半部围绕"克莱登买文凭""春假晚捉奸""方鸿渐被辞"等重大节点事件渐次展开,绷紧了叙事节奏,集中展现矛盾冲突,且善用讽刺手法突出人物个性。

克莱登买文凭始末是《围城》叙事中的第一个节点事件,也是全书高潮之一,它终结了方鸿渐的留学生涯,并将叙事场景转移到一干留学生回国的轮船上。书中如此描摹方鸿渐买文凭时的心思:

> 买张文凭去哄他们,好比前清时代花钱捐个官,或英国殖民地商人向帝国府库报效几万镑换个爵士头衔,光耀门楣,也是孝子贤婿应有的承欢养志。①

进过哲学系的方鸿渐以"撒谎欺骗有时并非不道德"安慰自己,竟能把欺骗长辈说成"承欢养志",真是无耻之尤。如此冷眼旁观与不动声色的描写更增加了讽刺的力度。

方鸿渐曾向唐晓芙讲过,出国留学非为学问,而是为了解脱自卑、了却心愿:

> 现在的留学跟前清的科举功名一样,我父亲常说,从前人不中进士,随你官做得多么大,总抱着终身遗憾。留了学也可以解脱这种自卑心理,并非为高深学问。出洋好比出痘子,出痧子,非出不可。②

虽不可一概而论,但就《围城》与《纪念》所表现的知识分子群体而言,出国留学不为真才实学而专务虚名者确实大有人在。钱锺书借助小说中人物之口,一语道尽读者心中所想。

方鸿渐留学没能取得学位,靠买文凭造假,然而,真正得到文凭又能怎样?钱锺书不留情面地讽刺那些打着留洋的幌子四处招摇的人:

> 像曹元朗那种人念念不忘是留学生,到处挂着牛津剑桥的幌子,就像甘心出天花变成麻子,还得意自己的脸像好文章加了密圈呢。③

小说中还不惜笔墨地列举曹元朗的一些"杂凑乌合"(曹元朗语)、"有恃无恐的不通"(方鸿渐语)的诗作,其不学无术而又热衷于追名逐利的形象一览无余。还有曾到牛津和剑桥考察过,回国后以"导师制专家"自居的教育部

---

① 钱锺书:《围城》,第10页。
② 同上书,第75页。
③ 同上。

视学,讲话时"平均每分钟一句半'兄弟在英国的时候'"①。留洋经历俨然成了标榜自身学问的招牌,其学问的无足称道自然不言而喻。

未曾出国留学的文人,其学问人品也不见得好到哪里去。赵辛楣请吃饭时,董斜川很无趣地问大学里教方鸿渐国文的是些什么人。方鸿渐留学归国都有好长时间了,初次见面的董斜川竟问他大学时代的国文先生,这一问既有卖弄自己诗人身份的用意,也不乏对方鸿渐这等留学生不能欣赏中国旧诗的嘲讽。钱锺书以近乎实录的方式,不动声色地讽刺了近现代中国文人的刚愎自用。

即便是老一代,仍不脱腐儒形象或贪图享受的及时行乐者。如方遯翁给儿子写临别赠言,"主要是记载在日记和回忆录里给天下后世看方遯翁怎样教子以义方的"②,并说这种精神上的顾影自怜,又使他在日记中不惜采用皮里阳秋的笔法,以至无中生有。《猫》中爱默的父亲"住在上海租界里,抱过去的思想,享受现代的生活,预用着未来的钱——赊了账等月费汇来了再还"③。简单几句描写,揭示了这位前清遗老思想守旧却贪图安逸享受,以寅吃卯粮的方式过活。该遗老也曾出洋游历过,"回国以后,把考察所得,归纳为四句传家格言:'吃中国菜,住西洋房子,娶日本老婆,人生无遗憾矣'"④。有机会做出国游历的随员,应该具备一定的社会地位,自然也有机会将考察所得作利国利民之用。可惜他心里装的全然不是这些,而是生活享受,还煞有介事地将其归纳为"传家格言"。反讽的是,他儿子娶妻就没遵照他的传家格言,足见其考察所得于公于私都毫无用处。近代以来,无论在朝的官吏还是在野的乡绅,一面抱持"体""用"分离、二元对立的守旧观念,一面纵情追求享乐者不在少数。钱锺书惯于在不动声色的描绘中对他们予以深刻揭露和无情批判。

春假晚捉奸闹剧是《围城》叙事的一大高潮,方鸿渐等人在三闾大学的生活至此发生逆转,它直接导致辛楣出走异地,间接导致鸿渐遭解聘。捉奸一事实因高松年引发,主要也是由他推动的。最终汪太太对他说:"吃醋没有你的分儿呀。咱们今天索性打开天窗说亮话。"⑤这句杀伤力十足的话一举终结了"捉奸"急先锋高松年对汪太太和辛楣居高临下、威逼甚紧的"审判"。读者可以想见高松年此前一定或明或暗地向汪太太表示过,当听到"打开天窗

---

① 钱锺书:《围城》,第 210 页。
② 同上书,第 125 页。
③ 钱锺书:《猫》,《人·兽·鬼》,第 20 页。
④ 同上书,第 21 页。
⑤ 钱锺书:《围城》,第 255 页。

说亮话"时,一直试图占据道德制高点的他被一语击中要害,气焰顿消。

高松年在小说中甫一出场,钱锺书就送他一个"老科学的家"的定位,极言其学问过时,令人哑然失笑。又说"假使一个犯校规的女学生长得非常漂亮,高校长只要她向自己求情认错,也许会不尽本于教育精神地从宽处分",一个道貌岸然、放任自流、背离教育精神的人却偏偏占据校长职位。还说他"身为校长,对学校里三院十系的学问,样样都通……几句门面话从耳朵里进去直通到嘴里出来,一点不在脑子里停留"①,寥寥数笔,勾勒出一个精于世故的知识分子混迹学界与官场的生存哲学。

真正有作风问题的李梅亭却被任命负责训导学生。早在他们一行人动身去往三闾大学前,第一次一起吃饭时李梅亭便"向孙小姐问长问短,讲了许多风话"②,旅途中他与苏州寡妇套近乎,到娼妓那里打茶围;到大学后去镇上嫖土娼,还总在言语上骚扰孙柔嘉。但偏偏就是这样一个人做了大学的代理训导长,讽刺的意味无形中又增进了一层。

方鸿渐被辞风波是《围城》叙事的又一高潮,它终结了鸿渐的教书生涯,此后他订婚、结婚、返回内地,故事开启新的篇章。鸿渐离开之际没有一个同事替他饯行,只有他训导的几个学生晚上到他房里话别:

> 他感激地喜欢,才明白贪官下任,还要地方挽留,献万民伞、立德政碑的心理。离开一个地方就等于死一次,自知免不了一死,总希望人家表示愿意自己活下去。③

钱锺书以讽刺的笔触传达出多层面的感触:世态炎凉不过如此,人未走茶已凉;贪官下任之际,没有政德偏要政声;普通人亦普遍好面子,总希望人过留名,有人记得自己。

遭辞退的方鸿渐或许算不上称职的教师,但冷眼旁观那些教人、教书的是些什么人:

> 自己有了道德而来教训他人,那有什么稀奇;没有道德而也能以道德教人,这才见得本领。有学问能教书,不过见得有学问;没有学问而偏能教书,好比无本钱的生意,那就是艺术了。④

子曰:"其身正,不令而行;其身不正,虽令不从。"(《论语·子路》)正人先正己的道理两千年前即已说清,但现实中没有道德而又能以道德教人、没有

---

① 钱锺书:《围城》,第181、234页。
② 同上书,第138页。
③ 同上书,第266页。
④ 钱锺书:《谈教训》,《写在人生边上·人生边上的边上·石语》,第39页。

学问偏能教书者大有人在,这就是现实的悖谬,真不知道德沦丧到何种程度才能做到如此厚颜无耻!

而当时做文章竟有秘而不宣的"制胜法宝":

> 做文章时,引用到古人的话,不要用引号,表示词必己出,引用今人的话,必须说"我的朋友"——这样你才能招徕朋友。①

不加引号地冒领古人的智慧是卑劣的剽窃;动辄称引"我的朋友",借名人抬高自己的身价是沽名钓誉。结合文中其他讽刺现实的描写,钱锺书针砭时弊的用意十分明显。

二、反思教育怪现状

钱锺书在创作中深切地担忧中国当时的教育状况,他对出洋留学却未能取得应有效用者大加揶揄,对大学的"专业鄙视链"有传神的刻画,对高校教师的自欺欺人进行了生动描摹,尽管出以讽刺笔致,但字里行间浸透着他对教育的深刻思考与殷切希望。

《围城》开头提到,"照例每年夏天有一批中国留学生学成回国","谈起外患内乱的祖国,都恨不得立刻就回去为它服务",但在回国的船上转眼就将无处寄托的乡心转到打麻将上,"除掉吃饭睡觉以外,他们成天赌钱消遣"②。无需介绍他们留学到底学到什么,单凭在回国的船上不舍昼夜地打麻将赌钱就知道,所谓的"学有所成"其实是要大打折扣的。

钱锺书在论及学科专业与留学的关系时说:

> 一切其他科目像数学、物理、哲学、心理、经济、法律等等都是从外国灌输进来的,早已洋气扑鼻;只有国文是国货土产,还需要外国招牌,方可维持地位,正好像中国官吏、商人在本国剥削来的钱要换外汇,才能保持国币的原来价值。③

中国自近代以来致力于引进西方的学科体系,客观上有一定的进步意义,但也正是从那时起便播下了崇洋媚外的种子,这种不健康的心态至今未能得到有效根除。学中国文学的人偏要到外国留学,听来像笑话一样,但《围城》中的苏文纨正是凭借《中国十八家白话诗人》在法国里昂获得的博士学位,真不明白做这种题目有何出国留学的必要。

---

① 钱锺书:《魔鬼夜访钱锺书先生》,《写在人生边上·人生边上的边上·石语》,第10页。
② 钱锺书:《围城》,第2页。
③ 同上书,第8页。

方鸿渐叙述上课听讲的情况更是充满喜剧感：

> 你们上的是本系功课，不做笔记只表示你们学问好；先生讲的你们全知道了。我们是中国文学系来旁听的，要是课堂上不动笔呢，就给你们笑程度不好，听不懂，做不来笔记。①

大学生课堂听讲、做笔记竟然不是出于学习的必需，而化身为显示学问好、程度高的标志，讽刺的意味力透纸背。

《围城》中还语带戏谑地提供了一个大学里不同专业的鄙视链：

> 在大学里，理科学生瞧不起文科学生，外国语文系学生瞧不起中国文学系学生，中国文学系学生瞧不起哲学系学生，哲学系学生瞧不起社会学系学生，社会学系学生瞧不起教育系学生，教育系学生没有谁可以给他们瞧不起了，只能瞧不起本系的先生。②

曹丕在《典论·论文》中说："文人相轻，自古而然。"但历来没有人像钱锺书这样将文人相轻说得这样尖刻犀利。尚未成为文人、仍在识字阶段的大学生已经开始以各自的专业为堡垒相互攻讦、彼此轻视，可见世风影响之甚。

最令人印象深刻的一点，处在鄙视链最底端的学生是教育系的，他们找不到其他专业的学生可以鄙视，只好看不起本系的先生。反讽的是，他们毕业以后大多数人注定是要做先生的，他们所从事的终生职业恰是自己最不待见的。推广开来，其实没有人能够最终逃脱这样的宿命，如此描写深化了"所得非所愿"的深刻寓意与反讽意味。

汪处厚教导方鸿渐大学里教师晋升职称的情形："他们有这么一比，讲师比通房丫头，教授比夫人，副教授呢，等于如夫人。"③这种差异不单体现在高校教师的职称有高低，而且还直接关系到由身份地位不同而导致的差别化对待。又说："得学位是把论文哄过自己的先生；教书是把讲义哄过自己的学生。"④一个"哄"字将学术的严肃性彻底解构。还说："教授成为名教授，也有两个阶段：第一是讲义当著作，第二著作当讲义。"⑤本应与时俱进、追求原创的学术研究，却成为偷懒人因循守旧的谋生手段、投机者取巧的工具。

在《谈交友》一文中，钱锺书逐项反驳"友直""友谅""友多闻"。他说："一个参考书式的多闻者（章实斋所谓横通），无论记诵如何广博，你总能把他吸

---

① 钱锺书：《围城》，第 72 页。
② 同上。
③ 同上书，第 250 页。
④ 同上书，第 251 页。
⑤ 同上。

收到一干二净。学校里一般教师,授完功课后的精神的储蓄,缩挤得跟所发讲义纸一样的扁薄了!普通师生之间,不常发生友谊,这也是一个原因。"① 参考书的价值在于材料丰富,但往往用过即遭弃置;参考书式多闻的人也一样,一经用过,仿佛"挤干的柠檬"②,被吸收殆尽也就弃之不足惜了。钱锺书讽刺一般教师的知识储备、精神底蕴捉襟见肘的情况至今仍有较强的警示意义。

三、直面人类生存境遇

有研究者透过《围城》中基于一种文化哲学和对人的荒诞存在困境的讽刺,读出了"一种无所不讽而毫不留情的讽刺意向,一种全面否定而一无保留的否定精神,一种普遍怀疑而又无所适从的悲凉心态,一种整体批判而又不给出路的厌憎情绪"③。《围城》在现代意识的高度上以人类历史、文化以及人的基本根性为思想批判意向和审美观照方向,这也是它独特、深刻的价值所在。

钱锺书的散文、小说、诗作中都有直面人类生存境遇的感触与思考,而且每每伴随着反讽(irony)的笔调,其态度与郁达夫所谓"性的苦闷"与"生的苦闷"(郁达夫《断残集·关于小说的话》)有很大不同。钱锺书借助讽刺的笔触,直面并反思人类的生存境况,他常以不动声色的冷静,审视并揭批文明的异化,亦质疑打着文明开化的幌子求"新"、求"变"的现代社会发展进程。

《围城》中描写方鸿渐等人搭乘回国的船在海上航行:

> 这船,依仗人的机巧,载满人的扰攘,寄满人的希望,热闹地行着,每分钟把沾污了人气的一小方水面,还给那无情、无尽、无际的大海。④

"人的机巧"指物质文明的发展使造船与航海技术大为进步;"人的扰攘"包括船上的归国留学生打麻将赌钱,男女之间的情爱、诱惑与挑逗等;"人的希望"既有关乎国家前途命运的大希望,又有关乎个人职业生活的具体而微的希望。作者用"无情、无尽、无际"形容大海,极言海上旅行漫长、沉闷和乏味,以及乘船人普遍表现出迟钝、麻木和悲观。在景物描摹中深化了小说的主题,并奠定了全篇感情色彩的基调。

《猫》中由日本女人的单眼皮引申开来,对正在大举侵华的日本大加

---

① 钱锺书:《谈交友》,《写在人生边上·人生边上的边上·石语》,第79页。
② 同上书,第78页。
③ 解志熙:《人生的困境与存在的勇气——论〈围城〉的现代性》,《文学评论》1989年第5期,第74页。
④ 钱锺书:《围城》,第2页。

嘲讽：

> 单眼皮是日本女人的国徽，因此那个足智多谋、偷天换日的民族建立美容医院，除掉身子的长短没法充分改造，"倭奴"的国号只好忍受，此外面部器官无不可以修补，丑的变美，怪物改成妖精。①

称日本人是一个"偷天换日"的民族，嘲笑他们身材短小，以"倭奴"呼之以示敌对，对他们红火的整容业亦冷嘲热讽，以此表达对日本侵华深恶痛绝的反感。钱锺书还提到"一向中国人对日本文明的态度是不得已而求其次，因为西洋太远，只能把日本偷工减料的文明来将就"②。"亲日"程度仅次于向日葵的陆伯麟却另辟蹊径：

> 中国人抱了偏见，瞧不起模仿西洋的近代日本，他就提倡模仿中国的古代日本。日本文明学西洋像了，人家说它欠缺创造力；学中国没有像，他偏说这别有风味，自成风格，值得中国人学习，好比说酸酒兼有醑醋之妙一样。③

日本古代学习中国、近代学习西方，学习过程中如何选择取舍值得探究，对中国借鉴外国文化亦有参考价值。钱锺书的妙喻颇耐寻味，"酸酒"本一无是处，但它的"酸"这一片面的特点——准确地说是缺点，却被放大为整全性的特点，与"醋"相联系，竟至一变而成为优点。正是在这种游戏笔墨中蕴含着钱锺书反对盲目学习外国的立场，亦批判不从学理出发分析问题的治学路径。

在《上帝的梦》中，上帝对自己最早造出来的男人和女人都不满意，正感慨之际忽然转念，想到两个人坏得平衡、配搭得停匀合适，又为自己造人艺术的精妙而自豪起来。陡然间出现了彻底的反转出人意表，实则非如此描写不足以表现上帝的自大自负与刚愎自用。上帝明明意识到自己造的人不成器，但没有将其改造好的想法（西方创世纪神话中，上帝曾一度试图用大洪水将人类灭绝，同样不是改造使其变好的路数）。钱锺书在讽刺上帝的同时，也将矛头对准那些为艺术而艺术、不问善恶是非的文艺工作者。他如此描写上帝度日的日常：

> 自己是永生的，无穷无尽的年月，孤独一个怎样度呢？上帝伸着懒腰，对这死气沉沉的落日，生意奄奄的世界，长长地打个厌倦的呵欠，张

---

① 钱锺书：《猫》，《人·兽·鬼》，第 21 页。
② 同上书，第 32 页。
③ 同上。

大了嘴,好像要一口吞却那无穷尽、难消遣的光阴。①

上帝尚且是永生的,但现代社会的许多人亦将有涯之生视作无穷尽、难消遣的,于是镇日无所事事、虚掷光阴,或想方设法排遣孤独寂寞,以消沉的意志、浑浑噩噩的方式处世度日,虚度大好时光却全然不觉得浪费。表面看来是在说上帝,实质上钱锺书所指向的正是现代人类的一种普遍境遇与心态。

他也谈及上帝捏泥土造人的情况:

> 据他把烂泥捏人一点看来,上帝无疑地有自然主义的写实作风,因为他把人性看得这样卑污,向下层去找材料。②

中外神话中都有上帝或天神抟土造人的传说,且普遍认为此系就近取材的结果,钱锺书却别开生面,指出上帝之所以选烂泥作捏人用的材料,是因为人性卑污使然,还说上帝此举符合自然主义的写实风格,谐谑中饱含着对卑污人性的痛下针砭。

《魔鬼夜访钱锺书先生》中说:"近代当然也有坏人,但是他们坏得没有性灵,没有人格,不动声色像无机体,富有效率像机械。"③在物质文明的碾压下,大多数现代人顶着没有灵魂的躯体在世间游荡,因为没有灵魂,所以坏得心安理得。又说:"到了现在,即使有一两个给上帝挑剩的灵魂,往往又臭又脏,不是带着实验室里的药味,就是罩了一层旧书的灰尘,再不然还有刺鼻的铜臭。"④实验室的药味、旧书的灰尘、刺鼻的铜臭分别从不同侧面概括了现代人的灵魂所受的玷污:或者假科学的名义,迷信技术而事实上与人文主义、理性精神渐行渐远;或者一门心思钻故纸堆,固守传统中的糟粕不能自拔;或者一头扎进钱眼里,唯利是图。

《读〈道德定律的存在问题〉书后》中说:"自然定律是不得不遵守或必得遵守的,道德定律是可以不遵守或不必遵守的。"⑤自然定律没有办法不遵守,道德定律却不同,因为缺乏有效的监管手段,加之人们普遍缺失敬畏意识,抱着侥幸心理,有意无视甚至肆意践踏道德定律,导致现代人道德滑坡乃至彻底沦丧。

---

① 钱锺书:《上帝的梦》,《人・兽・鬼》,第16页。
② 同上书,第6页。
③ 钱锺书:《魔鬼夜访钱锺书先生》,《写在人生边上・人生边上的边上・石语》,第14页。
④ 同上。
⑤ 钱锺书:《读〈道德定律的存在问题〉书后》,原载《光华大学半月刊》第二卷第二期,1933年10月25日;《写在人生边上・人生边上的边上・石语》,第323页。

钱锺书又借魔鬼之口说出："你说我忙,你怎知道我闲得发慌,我也是近代物质和机械文明的牺牲品,一个失业者。"①近代以来,由于片面追求物质文明与机械便利,人逐渐从万物的灵长地位被排挤到边缘位置,并且日渐丧失了灵性,成为物质的奴仆与机械的延伸,甚至被异化而沦为失败者。这样的现代化进程是否应该、值不值得、要不要继续,都是值得深思的问题。

1946 年钱锺书在致储安平的信中说："浪漫主义者主张屏(按:当为"摒"之误)弃物质文明,亦误以为物质文明能使人性堕落,不知物质只是人性利用厚生之工具,病根在人性,不在物质文明。"②相对于在《魔鬼夜访钱锺书先生》中所言,钱锺书对现代化进程的质疑不仅没有褪色,而且还将"人性"锁定为病根,认识更深入一层,论述也更加理性辩证。

《上帝的梦》中说："今天淘汰了昨天的生活方式,下午增高了上午的文化程度。生活和文明瞬息千变,变化多得历史不胜载,快到预言不及说。"③近代以来先进的中国人寻求"变革"与"进步"的脚步未曾须臾止步,但钱锺书对这种"瞬息万变"却持否定态度。"变"是手段,但在很多时候却转化为目的;"变"应有一定的方向性,但在大多数人的观念里却只是唯"新"是尚,对"变"的前景一片茫然,甚至无暇思考现在与将来,遑论对变革与进步进行定位与省思。

钱锺书在评论郭绍虞《中国文学批评史》上册时提出,评述文学演进历程最好谨慎使用"进化"这一概念。④ 其实不惟在文学批评领域,放眼整个近现代世界,对"进化"的迷信简直到了无以复加的地步,人们普遍相信"明天会更好",但对何以会变好却不明所以,甚至"进化""优胜劣汰"等命题已然成为自明的社会法则,很少有人去质疑、反思而选择径直接受。

《上帝的梦》一开头就表达了对现代社会瞬息万变的警惕之心:

> 那时候,我们的世界已经给科学家、哲学家和政治家训练得驯服,沿着创化论、进化论、层化论、优生学、"新生活运动"的规律,日新月进。⑤

自近代以来,先进的中国人为富民强国而不懈努力,加之自晚清以来社会达尔文主义在世界范围内都广为接受,很少有人去怀疑其合法性,因为变革在很大程度上即被视同为进步。《易·系辞下》虽说:"穷则变,变则通,通

---

① 钱锺书:《魔鬼夜访钱锺书先生》,《写在人生边上·人生边上的边上·石语》,第 14 页。
② 钱锺书:《致储安平》,《钱锺书散文》,第 411 页。
③ 钱锺书:《上帝的梦》,《人·兽·鬼》,第 1 页。
④ 钱锺书:《论复古》,原载《大公报·文艺副刊》第一百十一期,1934 年 10 月 17 日;《写在人生边上·人生边上的边上·石语》,第 329 页。
⑤ 钱锺书:《上帝的梦》,《人·兽·鬼》,第 1 页。

则久",但对为什么要变、如何变、变的结果是要去往何方仍需要认真思考。钱锺书虽系在小说中提出这个问题,有时也不乏夸张与反讽的笔致,但他思考该问题的态度无疑是认真严肃的,而且在当下与可预见的将来,该问题仍值得每一个人认真对待并慎重思考。

第四节 人化文评与知言

钱锺书在《中国固有的文学批评的一个特点》一文中拈出了中国传统文学批评中存在"人化"文评的特点,《谈艺录》中也对此反复申说。人化文评往往可以达到一种准确和贴切,令论述形神兼备、文质相宜,并能给读者带来天然的亲近感。钱锺书还将"人化文评"这一利器用于自己的批评和研究;他常能结合研究对象所处的语境立论;他在批评与研究过程中坚持"知言",反对依傍沿袭,模范地做到力破陈言翻旧案。

一、形神一贯,文质相宜

钱锺书最早指出"把文章通盘的人化或生命化(animism)"是中国固有的文学批评的一个特点。① 他又说:"余尝作文论中国文评特色,谓其能近取诸身,以文拟人;以文拟人,斯形神一贯,文质相宜矣。"②"以文拟人"的产生主要是因为"近取诸身",既方便批评者立论,也易于读者理解和接受。

钱锺书高度赞扬《程氏遗书》用人化文评对比论述《诗》《书》与《春秋》的做法:

《诗》《书》载道之文,《春秋》圣人之用。五经之有《春秋》,犹法律之有断例。《诗》《书》如药方,《春秋》如用药治疾。(《程氏遗书》卷二上)③

原本冰冷、纯客体的五经古籍因这几句类比恰当的人化文评而增加了温度,亦增强了分疏的说服力。钱锺书在文学批评和学术研究④中也经常采用

---

① 钱锺书:《中国固有的文学批评的一个特点》,《写在人生边上·人生边上的边上·石语》,第119页。
② 钱锺书:《谈艺录(补订本)》,第40页。
③ 同上书,第264页。
④ 其实钱锺书创作中也多有"人化"状物的用例。如《围城》中赵辛楣一行在去往三闾大学的途中钱快花光了,好不容易求得高松年再寄来一笔汇款,可银行告诉他们必须要找到担保人才能取款,无可奈何下"辛楣和李梅亭吃几颗疲乏的花生米,灌半壶冷淡的茶,同出门找本地教育机关去了"。(钱锺书:《围城》,第170页。)"疲乏""冷淡"原是修饰人的用语,此处用以描述饮食,一语双关,既言食物不可口,又刻画辛楣等人一门心思都在取钱上,无心吃饭,好歹对付一口了事。

人化文评的方式,涉及创作论、文体论、风格论等不同层面。

书评文章《作者五人》中写道:

> 一篇文章的"起",确是顶难写:心上紧挤了千言万语,各抢着先,笔下反而滴不出字来;要经过好几番尝试,才理得出头绪,以下的"承转合"便爽快了。①

不说作者有千言万语郁结在心头,不知如何下笔,却赋予千言万语以生命,让它们"挤"上作者心头,争前恐后地各"抢"着先;笔也成了活的,只是"滴"不出字来;一旦文章的"起"做好了,"承转合"也像有思想、有感觉的人一样,便会"爽快"地顺畅进行下去。钱锺书以温婉细腻的拟人笔致,表达出写文章开头最难的道理。

钱锺书将散文分为"小品"和"极品"的说法十分风趣:

> "小品"和"极品"的分疆,不在题材或内容而在格调(style)或形式了。这种"小品"文的格调,——我名之曰家常体(familiar style),因为它不衫不履得妙,跟"极品"文的蟒袍玉带踱着方步的,迥乎不同——由来远矣!其形成殆在魏晋之世乎?②

以"不衫不履"的拟人化手法形象地描摹出"小品"文的家常体格调;以"蟒袍玉带踱着方步"比拟所谓"极品"文的风格,指出二者的分野主要体现为格调或形式,不在题材或内容,既言简意赅地抓住了各自的区别性特征,又令读者印象深刻。

《谈艺录》中曾引述南宋林光朝评苏轼与黄庭坚的风格区别:"《艾轩集》卷五《读韩柳苏黄集》:'苏黄之别,犹丈夫女子之应接。丈夫见宾客,信步出将去;如女子,则非涂泽不可。'"③文学史上常把活跃在大致同一时代、风格相近或影响力相当的两个文人作家并称,如李杜、韩柳、元白等。苏轼与黄庭坚亦并称,且被视为宋诗最高成就的代表,但二人作诗为文的风格判然有别,历来论述者众。林光朝以人化的语句要言不烦地讲清了二人在行文风格方面的差别:苏轼一挥而就,文不加点;黄庭坚斟酌研磨,反复修改。

二、还原语境,纵横类比

针对同是模仿杜甫句法的陈师道和黄庭坚,钱锺书给出了一个有趣的

---

① 钱锺书:《作者五人》,《写在人生边上·人生边上的边上·石语》,第284页。
② 钱锺书:《近代散文钞》,原载《新月月刊》第四卷第七期,1933年6月1日;《写在人生边上·人生边上的边上·石语》,第319页。
③ 钱锺书:《谈艺录(补订本)》,第539页。

类比：

> 假如读《山谷集》好像听异乡人讲他们的方言，听他们讲得滔滔滚滚，只是不大懂，那末读《后山集》就仿佛听口吃的人或病得一丝两气的人说话，瞧他满肚子的话说不畅快，替他干着急。①

陈师道的情感和心思比黄庭坚强烈、深刻，但表达却"格格不吐"。钱锺书继而解释导致这种情况发生的两方面原因，一是陈师道的学问杂博不足，以致"拆东补西裳作带"（陈师道《次韵苏公西湖徙鱼三首》其一）；二是他过度追求"语简而益工"，刻意减缩字句，以致影响了表达。如此"人化"文评虽然用语不乏戏谑调侃的成分，但以浅易的语言将二人的风格差异区分得清清楚楚。

钱锺书在评晏殊的诗作特色时说：

> 据说他爱读韦应物诗，赞他"全没些儿脂腻气"。但是从他现存的作品看来，他主要还是受了李商隐的影响。也许因为他反对"脂腻"，所以他跟当时师法李商隐的西昆体作者以及宋庠、宋祁、胡宿等人不同，比较活泼轻快，不像他们那样浓得化不开，窒塞闷气。②

钱锺书从晏殊的作品本身出发，而不是从当时以及后世对他的评价着眼，立论的依据更为坚实。因为晏殊先在地有反对"脂腻"的意识，所以同是取法李商隐，却与西昆体作者的取法路径不同。"脂腻气""活泼轻快""浓得化不开""窒塞闷气"等一系列人化的评语不仅令对比映衬更明显，而且给人以亲切不隔之感。

他也论及杨万里诗作中对天然景物的刻画：

> 根据他的实践以及"万象毕来"、"生擒活捉"等话看来，可以说他努力要跟事物——主要是自然界——重新建立嫡亲母子的骨肉关系，要恢复耳目观感的天真状态。……不让活泼泼的事物做死书的牺牲品……描写了形形色色从没描写过以及很难描写的景象。③

钱锺书用富于生命活力的人化文评表现杨万里既能遵照江西派吕本中提出的"活法"口号，将规律和自由相统一，又能有意识地摆脱印证和拍合古

---

① 钱锺书：《宋诗选注》，第164页。
② 同上书，第19页。
③ 同上书，第255—256页。钱锺书多次用所谓"嫡亲母子"的说法表示文艺创作与师法自然的关系。他也援引过达·芬奇《画论》中的说法："画师不师法造化而摹仿旁人，就降为大自然母亲的孙子，算不得她的儿子。"（钱锺书：《宋诗选注》，第258页，注26。）

人写景的"刻板""落套""公式化"等做法,如此评判可谓亲切不隔。

钱锺书嘲讽文学史上那种虽无师承却千方百计附丽前贤的做法:"这种事后追认先驱(préfiguration rétroactive)的事例,仿佛野孩子认父母,暴发户造家谱,或封建王朝的大官僚诰赠三代祖宗,在文学史上数见不鲜。"①野孩子认父母认的未必是亲生父母,暴发户造家谱亦多攀附非富即贵者,封建王朝的官僚诰赠三代祖宗只是一种荣誉性奖赏,用这三者连类并比,说明文学史上事后追认先驱的行为基本上都是造假,系出于不健康的攀附心态有意为之的。

在论及作诗用典时钱锺书说:"把古典成语铺张排比虽然不是中国旧诗先天不足而带来的胎里病,但是从它的历史看来,可以说是后天失调而经常发作的老毛病。"②"先天不足""后天失调""胎里病""老毛病"等说法,以拟人的平易亲切将旧体诗用典过度的病态表现尽行揭示出来。

钱锺书在《宋诗选注》中说道:"也许古代诗人不得不用这种方法,把记诵的丰富来补救和掩饰诗情诗意的贫乏,或者把浓厚的'书卷气'作为应付政治和社会势力的烟幕。"③该说法从客观方面为诗文作家引经据典寻求合法性。他又说:"对一切点缀品的爱好都很容易弄到反客为主,好好一个家陈列得像古董铺子兼寄售商店,好好一首诗变成'垛叠死人'或'牵绊死尸'。"④明确提出作诗为文应防止堆砌古典成语,以免喧宾夺主。他还特别指出,韩愈所谓"无书不读,然止用以资为诗"(《昌黎先生集》卷二十五《登封县尉卢殷墓志》)中的"资"字值得注意,称它与杜甫所谓"读书破万卷,下笔如有神"(《奉赠韦左丞丈二十二韵》)涵义大不相同⑤,对韩愈不认可寻章摘句式的读书方法深表赞同。

钱锺书在论及诗与神韵的关系时,以人的胸襟抱负、风度仪表作比,强调神韵是好诗的保证⑥,同时他也辩证地指出,作诗也不能只讲求神韵:"神韵非诗品中之一品,而为各品之恰到好处,至善尽美。"⑦强调神韵是诗品中的

---

① 钱锺书:《中国诗与中国画》,《七缀集》,第3页。附丽前贤的反面——否认师承的做法同样受到钱锺书的有力鞭挞。如宋代诗人徐俯晚年极口否认自己受过舅舅黄庭坚的启发,一面对上门请教的人看不出黄庭坚诗的好处,一面受宋高宗之命题跋黄庭坚墨迹时又高唱赞歌。钱锺书谓:"他这种看人打发、相机行事的批评是《儒林外史》的资料。"(钱锺书:《宋诗选注》,第171页。)
② 钱锺书:《宋诗选注》,第65页。
③ 同上书,第66页。
④ 同上书,第67页。
⑤ 同上书,第68页,注4。
⑥ 钱锺书:《谈艺录(补订本)》,第40页。
⑦ 同上书,第40—41页。

综合素质,片面追求神韵可能会求而不得;倘能做到诗中各品都处理得恰如其分、尽善尽美,则诗之神韵盎然出焉。

三、尝一滴水知大海味

钱锺书在《读〈拉奥孔〉》中说:

> 回过头来另眼相看,正是黑格尔一再讲的认识过程的重要转折点:对习惯事物增进了理解,由"识"(bekannt)转而为"知"(erkannt),从旧相识进而成真相知。①

"回过头来另眼相看"就是把司空见惯的日常事物问题化的知识考古做法,旨在对业已习惯了的事物增进理解,由认知层面的"识"转化为体现智慧的深层理解的"知"。

由"识"转为"知",不仅包含认知在量上的积累,更意味着产生质的飞跃,强调把握事物的源头与发展趋向,不仅知其然,而且知其所以然。钱锺书的诗评、文评、翻译与研究中都广泛存在由"识"转为"知"的表现,涉及许多问题的探讨,其中尤以反对"依傍沿袭"和对"知言"的强调最为突出。

钱锺书论述风气与传统的关系深具见地:

> 新风气的代兴也常有一个相反相成的表现。它一方面强调自己是崭新的东西,和不相容的原有传统立异;而另一方面更要表示自己大有来头,非同小可,向古代也找一个传统作为渊源所自。②

传统中国的称美三代、西方高举文艺复兴的大旗无不沿袭这一理路。虽然论者所宣扬的"三代"或意欲"复兴"的未必是历史上实有的样貌,但向古代找渊源似乎在无形中为自己的诉求确立了自明的合法性。是以类似做法古今中外一例,且长盛不衰。

钱锺书称宋代严羽的创作实践远不如他的批评做得好:"批评家一动手创作,人家就要把他的拳头塞他的嘴——毋宁说,使他的嘴咬他的手。"③他尤其提到严羽师法李白的七古时摹仿的痕迹太重:

> 力竭声嘶,使读者想到一个嗓子不好的人学唱歌,也许调门儿没弄错,可是声音又哑又毛,或者想起寓言里那个青蛙,鼓足了气,跟牛比赛

---

① 钱锺书:《读〈拉奥孔〉》,《七缀集》,第35页。
② 钱锺书:《中国诗与中国画》,《七缀集》,第2—3页。
③ 钱锺书:《宋诗选注》,第436页。

大小。①

该段论述以谐谑的口吻将一个十分严肃的问题讲清楚了:《沧浪诗话》被推为宋代最好的诗话,严羽纵论自己的主张,也论别人的得失,但轮到自己写诗时,却根本达不到他所推重的"透彻玲珑"与"洒脱"境地。

钱锺书在《宋诗选注》中选录了柳永的《煮海歌》,认为"《乐章集》并不能概括柳永的全貌,也够使我们对他的性格和对宋仁宗的太平盛世都另眼相看了"②。他主张将柳永的诗与词合观,并予以系统把握和审慎解读,方见出其性格表现为不同的侧面;借助诗中所述内容与所表达的思想感情,可以对当时的社会现实有更加客观、全面的体认。

针对做选本时难以避免的选目之难,钱锺书表示:"我们希望对大诗人能够选到'尝一滴水知大海味'的程度,只担心选择不当,弄得仿佛要求读者从一块砖上看出万里长城的形势!"③ "尝一滴水知大海味"是可能的,但对所选诗作的代表性要求极高,须是形制规模虽小却基本能反映作者创作特色与全貌的诗,即具体而微的代表作。而"从一块砖上看出万里长城的形势"因其抽象度与代表性不足而几乎无法做到。钱锺书以此作比,极言选诗恰当与否关乎对诗人创作个性的彰显,也关乎选本对一个时代诗作整体面貌的呈现。

钱锺书以一己之力完成的《宋诗选注》虽然有特定时代的烙印,选诗过程与结果也受到主客观因素的制约,但他确乎成功地实现了以一个选本呈现宋诗整体面貌的初衷。"尝一滴水知大海味"的说法可以理解为扩展版的"知言"要求。钱锺书的创作与研究形成很好的互文关系,结合他在其他场合与别的著作中的相关论述来阅读《宋诗选注》,越发证明他对"知言"的追求和用心。

《宋诗选注》对苏轼《惠崇春江晓景》一诗进行了妙趣横生的阐发:"这首诗前三句写惠崇画里的事物,末句写苏轼心里的想像。……鸭在惠崇画中,而河豚在苏轼意中。'水暖先知'是设身处地的体会,'河豚欲上'是即景生情的联想。"④借助疏疏朗朗的几笔,将惠崇的画作《春江晓景》具体可感地呈现在读者眼前,同时也将苏轼观惠崇画时结合时令的所思所想一笔带出。表面看来,钱锺书是在解读苏轼的题画诗,却不经意间将苏诗视为"元文本",跳出了就诗论诗的窠臼,从中发掘出惠崇画作的内容、意境与艺术成

---

① 钱锺书:《宋诗选注》,第 436 页。
② 同上书,第 47 页。
③ 钱锺书:《〈宋诗选注〉序》,《宋诗选注》,第 21 页。
④ 钱锺书:《宋诗选注》,第 117 页,注 3。

就;继之又由诗人苏轼推导到现实生活中的苏轼,并再次从侧面衬托惠崇绘画的艺术效果。钱锺书将诗意诗蕴、诗的周边以及诗背后若干相关要素都充分挖掘出来了。

第四章　道是寻常却隽永

钱锺书在论及衣、食、住、行等家常话题时,经常有通透的人生感悟充盈其间。在他论快乐、说雅俗、谈交友等话题的平实行文中哲思妙理频现。其创作在语言艺术方面鲜明地体现出工于炼字、善用代换、巧作行布调度的特点。其创作与研究一道,在空灵的书卷气息中蕴蓄着丰富的言表余味。

钱锺书批判地继承中国诗话传统,《管锥编》《谈艺录》《宋诗选注》《七缀集》等学术论著往往以尺幅万里的浓缩,表达超迈前贤的深刻洞见。他善用淡雅疏朗的文笔,借助看似漫不经心的片段论述,直面文学史上具有重大节点意义的人物、事件、作品,竟能收到拨云见日、豁然开朗的表达效果。在文学创作特别是小说创作中,钱锺书驾轻就熟、以简御繁,其减以笔的力道有时反胜过繁复的笔法。

论者谓《围城》"人物辐凑、场景开阔、布局繁复"[1],它通过清晰的线索与不太复杂的情节塑造了一众有血有肉的人物形象,对恋爱、婚姻、家庭有细致的观察与呈现,尤其对留学生、高校教师等知识群体有生动的刻画;对抗战时期内地的生活亦有全景式的呈现,堪称力简意繁的典范。

第一节　家常话题多感悟

钱锺书在创作中善于从日常事物中提炼出深具见地的思想观念,在家常闲适的论述中生发出通透的人生感悟,在看似寻常的描述中不着痕迹地表达一些益人神智的精辟见解,每每令读者产生似曾相识、会心不远的亲切感。

一、衣食住行耐寻味

钱锺书常从衣、食、住、行等日常话题出发,深思力索,表达出许多清新隽永、富有意趣的思想观念,能够引发读者掩卷沉思。

《小说识小》中指出,陈森《品花宝鉴》与梁章钜《归田琐记》所载的"清客

---

[1] 柯灵:《钱锺书的风格与魅力——读〈围城〉〈人兽鬼〉〈写在人生边上〉》,《读书》1983年第1期,第22页。

十字令"大同小异,并称:"'四季衣服'一事,尤洞达世故。"①继而征引巴蕾斯(Maurice Barres)的小说《无根人》(Les deracinés)表达类似含意的语句,并予以引申发挥:

> 有语云:"衣服不整洁而欲求人谋事,犹妓女鹑衣百结而欲人光顾。(L'homme qui cherche du travail et n'a plus de vêtements propres est aussi dépourvu que la prostituée en guenilles),即"四季衣服"之意。鲜衣下属之异于布衣上司,衣冠济楚小清客之异于不衫不履大名士,未始不系此也。②

其实还可以从中国文学作品中举出更多类似表达,如沈自晋《望湖亭记》第十出所言"佛靠金装,人靠衣装,打扮也是很要紧的";《醒世恒言·两县令竞义婚孤女》中提到"常言道:'佛是金装,人是衣装,世人眼孔浅的多,只有皮相,没有骨相'",都是就"四季衣服"的意蕴做出的合理譬释。

钱锺书所指出的鲜衣下属与布衣上司、衣冠济楚小清客与不衫不履大名士的对照耐人寻味。《世说新语·雅量》所载"东床快婿"中,青年王羲之明知郗太傅遣门生前来觅婿,仍"在床上坦腹卧,如不闻"。举止如此豁达的只能是不衫不履的大名士,小清客之流多因世面见得少、凡事看得重而举止拘谨,断不会如此行事。

《吃饭》一文开头饶有兴致地写道:

> 吃饭有时很像结婚,名义上最主要的东西,其实往往是附属品。吃讲究的饭事实上只是吃菜,正如讨阔佬的小姐,宗旨倒并不在女人。这种主权旁移,包含着一个转了弯的、不甚素朴的人生观。③

吃饭和结婚本来相隔甚远,将它们连类并比是基于二者的共同点,即常被假借作名义,其实只起到陪衬、附属性的作用。钱锺书如此表达,观察不可谓不深,也包含着对名实不副者的虚与委蛇和工于心计痛下针砭。其实有时候吃讲究的饭甚至压根儿也不以吃饭吃菜为目的,而往往是为拉关系、套近乎、权钱交易、利益输送等做幌子。

钱锺书也分析过社交的吃饭,并从中抽绎出不同类型的吃饭的性质:

> 社交的吃饭种类虽然复杂,性质极为简单。把饭给有饭吃的人吃,那是请饭;自己有饭可吃而去吃人家的饭,那是赏面子。交际的微妙不

---

① 钱锺书:《小说识小》,《写在人生边上·人生边上的边上·石语》,第137页。
② 同上。
③ 钱锺书:《吃饭》,《写在人生边上·人生边上的边上·石语》,第27页。

外乎此。反过来说,把饭给与没饭吃的人吃,那是施食;自己无饭可吃而去吃人家的饭,赏面子就一变而为丢脸。①

该论述透彻地分析了人情社会讲关系、重面子的特质。请饭与施食、赏面子与丢脸的鲜明对比既是社会阶层分化的真实写照,也是对物欲横流的社会现实的深刻剖析,更是对拥有不同身份地位的人心态的传神刻画。

钱锺书多次运用居室的"门""窗"意象,结合人们的居住和生活需求,富于洞见地思考它们的实用价值与美学功能:

> 窗子打通了大自然和人的隔膜,把风和太阳逗引进来,使屋子里也关着一部分春天,让我们安坐了享受,无须再到外面去找。②

> 门是住屋子者的需要,窗多少是一种奢侈。……墙上开了窗子,收入光明和空气,使我们白天不必到户外去,关了门也可生活。屋子在人生里因此增添了意义,不只是避风雨、过夜的地方,并且有了陈设,挂着书画,是我们从早到晚思想、工作、娱乐、演出人生悲喜剧的场子。③

房屋建筑中开设窗子是人类生活的一大创举,因为它打通了人和大自然的空间区隔,使人无须出门即可享受到风和阳光。窗除了实用功能外,还有很强的美学功能。当然屋子的美学功能并非全因窗而起,但窗的装饰性功能相对于门而言无疑更加明显;对屋子的陈设、装潢大概也是随着窗子从无到有、从偏重实用到追求审美而逐渐丰富、发展起来的。

《游历者的眼睛》一文对出行游历进行了多角度探讨,诙谐的笔调中包含细致的观察与深入的思考。文中援引一句意大利谚语:"旅行者该有猪的嘴,鹿的腿,老鹰的眼睛,驴子的耳朵,骆驼的肩背,猴子的脸,外加饱满的钱袋。"④以活泼的语言道出了旅行者必备的素质和条件,亦表达了旅行之不易。同篇中又说:"游历当然非具眼睛不可,然而只有眼睛是不够的,何况往往戴上颜色眼镜呢?"⑤强调游历不能单纯满足于猎奇,而且不能以先入为主的主观臆断代替仔细观察和客观判断。

钱锺书反对去外国游历或留学者仍固守本国的生活方式:

> 牢守着自己本国的方式,来往的只是些了解自己本国话的人,这种游历者只像玻璃缸里游泳的金鱼,跟当地人情风土,有一种透明的隔离,

---

① 钱锺书:《吃饭》,《写在人生边上·人生边上的边上·石语》,第30页。
② 钱锺书:《窗》,《写在人生边上·人生边上的边上·石语》,第15页。
③ 同上书,第16—17页。
④ 钱锺书:《游历者的眼睛》,《写在人生边上·人生边上的边上·石语》,第305页。
⑤ 同上。

随他眼睛生得大,睁得大,也无济于事。①

　　游历、留学本来就以增长见闻、学习异质文化优长为目的,自我封闭则导致对异域风情与文化的屏蔽。这种现象有于今为烈之势。以日渐低龄化的留学潮为例,过早被送往国外的孩子在人生观、世界观和价值观养成的关键时期缺乏来自家庭的必要引导;小留学生们日常扎堆生活又使他们与当地人疏远隔膜,和所在国文化与社会有一种"透明的隔离";而且小小年纪即出国,对中国文化的习得与体认也严重不足,几重因素综合到一起,则颇成问题。

二、见微知著启人智

　　钱锺书的小说、散文中每每有一些看似寻常的语句,仔细品读却十分耐人寻味,其中不乏机警透辟的识见判断,或益人神智的哲思妙语。

　　《窗》中说:"天地间有许多景象是要闭了眼才看得见的,譬如梦。"②前半句乍看之下似乎是一个矛盾的判断,一旦与后半句相连,则能让读者产生一种刚回过神来的感觉,并能引发深刻的认同,自然收到良好的表达效果。

　　《上帝的梦》中说:"有些人,临睡稍一思想,就会失眠;另有些人,清醒时胡思乱想,就会迷迷糊糊地入睡。"③通过分析思虑与入睡的关联方式,表明不同的人在思考过程中的迥异表现,体现为判然有别的心态与处世习惯,折射出大相径庭的人生观。

　　《灵感》中说:"天下就没有偶然,那不过是化了妆、戴了面具的必然。"④无论社会历史发展进程还是个人际遇,都是偶然性和必然性共谋的结果。有些事情看似偶然,其实在偶然的表象下面一定隐含着必然的内核。

　　《谈艺录》中指出:"以离思而论,行者每不如居者之专笃,亦犹思妇之望远常较劳人之念家为深挚。"⑤坦率而言,该判断如同"男儿爱后妇,女子重前夫"一样,未必有统计学上的数据作支撑,但读者往往无意反驳,一如"人生有新故,贵贱不相逾"几乎成为一个超越了地域、跨越了年代而被视为普遍有效的判断,因为比事实本身更重要的是它们营造出的意境,往往能令读者感同身受。因为"思妇之念"远较出行的劳人更加无奈、被动、不易掌控且难以改变,是以能够博得更广泛的同情。

　　钱锺书在《管锥编》中论述《诗经·氓》时曾论及"士耽"与"女耽"的差别:

---

① 钱锺书:《游历者的眼睛》,《写在人生边上·人生边上的边上·石语》,第305页。
② 钱锺书:《窗》,《写在人生边上·人生边上的边上·石语》,第18页。
③ 钱锺书:《上帝的梦》,《人·兽·鬼》,第4—5页。
④ 钱锺书:《灵感》,《人·兽·鬼》,第80页。
⑤ 钱锺书:《谈艺录(补订本)》,第541页。

"士之耽兮，犹可说也；女之耽兮，不可说也"；《笺》："说，解也。士有百行，可以功过相除；至于妇人，无外事，维以贞信为节。"按郑笺殊可引申。①

他继之又从中西文学中搜寻更多例证，就"士耽"与"女耽"之别引申发挥，除了解释士易排遣所钟之情，女难宽解摆脱，故常解带反结之外，还指出"男多藉口，女难饰非，恶名之被，苛恕不齐""男子心力不尽耗于用情，尚绰有余裕，可以旁骛"；再加上"爱情于男只是生涯中一段插话，而于女则是生命之全书"②，如此解读可谓全面细致，真正做到了题无剩义。

建基于广泛的阅读与深入的思考，钱锺书常能发现普通人未曾留意到的一些生活细节，或一般人虽然注意到但未及拈出着意分析、深入阐释的现象，而且他针对这些细节与现象做出的论断多有见微知著的微言大义。

《英国人民》中提到："空间上的偏僻跟时间上的陈旧同样能使见闻狭陋。"③《礼记·学记》谓："独学而无友，则孤陋而寡闻。"钱锺书能够独辟蹊径，不从有无朋友的角度立论，而从个人独处的时空环境着眼，视角非常独特，而且令人信服，因为空间上的偏僻造成闭塞，时间上的陈旧导致因循，表现在见闻方面，狭陋自然在所难免。

钱锺书曾言及温源宁与英国随笔作家夏士烈德（William Hazlitt）在风格上"有一种极微妙的相似，好比父子兄弟间面貌的类似，看得出，说不出，看得出，指不出，在若即若离之际，表现出它们彼此的关系"④。父子兄弟面貌的类似是一个十分熨帖的比喻，它将作家风格上微妙的相似充分表露出来，同时也传神地刻画出这种相像程度的若即若离。

《〈干校六记〉小引》中说：

> 惭愧常使人健忘，亏心和丢脸的事总是不愿记起的事，因此也很容易在记忆的筛眼里走漏得一干二净。惭愧也使人畏缩、迟疑，耽误了急剧的生存竞争；内疚抱愧的人会一时上退却以至于一辈子落伍。⑤

人们总是习惯于带选择性地遗忘，缺乏历史感、没有敬畏心的人更是如此。面对那些在"文化大革命"等历次运动中担纲"旗手、鼓手、打手"，"去大

---

① 钱锺书：《管锥编（第一册）》，第94页。
② 同上。
③ 钱锺书：《英国人民》，原载《大公报·文艺副刊》，1947年12月6日；《写在人生边上·人生边上的边上·石语》，第302页。
④ 钱锺书：《不够知己》，《写在人生边上·人生边上的边上·石语》，第336页。
⑤ 钱锺书：《〈干校六记〉小引》，《写在人生边上·人生边上的边上·石语》，第219页。

判'葫芦案'"①而至今毫无愧色的人,钱锺书有意拷问他们的灵魂;并真诚地希望所有人都能从过往的历史中吸取教训,防止类似悲剧重演。

《释文盲》开头有一个妙喻:

> 在非文学书中找到有文章意味的妙句,正像整理旧衣服,忽然在夹袋里发现了用剩的钞票和角子;虽然是分内的东西,却有一种意外的喜悦。②

随着学科分化越来越细,文笔似乎成为对文学从业者(包括创作者、批评者和研究者)的特殊要求,对其他学科仿佛并无这方面的讲究,以至于读者在非文学书中读到有文章意味的句段时会有一种意外之喜。在旧衣服夹袋里发现零钱的事情,相信许多人在日常生活中都经历过,以此设喻既亲切可感又类比恰当,值得称道。

钱锺书针对人固有的缺点与别人对这些缺点的看法分析道:

> 一个人的缺点正像猴子的尾巴,猴子蹲在地面的时候,尾巴是看不见的,直到它向树上爬,就把后部供大众瞻仰,可是这红臀长尾巴本来就有,并非地位爬高了的新标识。③

很多人相信权力会腐蚀人,的确有些人地位高了会脱离群众、看不清事实真相继而犯糊涂,但钱锺书一针见血地指出,缺点是原本就存在的,只是人的地位高了后更容易被别人关注,缺点也随之变得更加醒目。

第二节 日常言说寓哲思

钱锺书对快乐、雅俗、交友等切身日常的论题都有专文详细阐发,其浓墨重彩的论说中蕴含丰富的哲理,亦不乏精警的妙语,从一个侧面体现了他穷研力索的用心。

一、欢娱嫌夜短

依据爱因斯坦对"相对论"的通俗解释,人们对幸福与煎熬的久暂感受不同,取决于所选的参照系。钱锺书另辟蹊径,以非凡的敏锐从中国古代文学作品与批评著作中拈出了"欢娱嫌夜短"的命题,并在创作中着意表现,在研

---

① 钱锺书:《〈干校六记〉小引》,《写在人生边上·人生边上的边上·石语》,第218页。
② 钱锺书:《释文盲》,《写在人生边上·人生边上的边上·石语》,第47页。
③ 钱锺书:《围城》,第208页。

究中也反复申说。

《论快乐》一文中写道：

> 快活或快乐的快字，就把人生一切乐事的飘瞥难留，极清楚地指示出来。所以我们又慨叹说："欢娱嫌夜短！"因为人在高兴的时候，活得太快，一到困苦无聊，愈觉得日脚像跛了似的，走得特别慢。德语的沉闷（Langeweile）一词，据字面上直译，就是"长时间"的意思。《西游记》里小猴子对孙行者说："天上一日，下界一年。"这种神话，确反映着人类的心理。①

"欢娱嫌夜短"一语清楚地道出了人们心理感受方面的相对论，也是人们日常切身感受的经验之谈。钱锺书在文学批评与研究中反复提及"欢愉嫌夜短"的命题。他在《谈艺录》中援引《淮南子·说山训》里的话："拘囹圄者，以日为脩；当死市者，以日为短。"又引张华《情诗》："居欢惜夜促，在戚怨宵长。"再引李商隐《和友人戏赠》中更进一解的诗句："猿啼鹤怨终年事，未抵熏炉一夕间。"②还从王国维标出的"真幻"两字中读出舍主观时间而立客观时间的哲学意味。《宋诗选注》中收录了陈师道的《绝句》，其首句云"书当快意读易尽"，也是快乐不能持久的直白表达。

钱锺书《北游纪事诗》（1934）明确宣示"欢娱苦短"的主题："分飞劳燕原同命，异处参商亦共天。自是欢娱常苦短，游仙七日已千年。"③心理感受上的时间久暂深受所从事工作或经历事情的影响，"欢娱苦短"一语对此做出了言简意赅的概括。《管锥编》中译自古希腊诗人的诗句亦表达类似含义："幸运者一生忽忽，厄运者一夜漫漫。"(For men who are fortunate all life is short, but for those who fall into misfortune one night is infinite time.)④从不同遭际引发的感受不同立论，对比映衬出两种心理时间的差异。

钱锺书从"快活""快乐"之"快"的训诂出发，反复申说快乐过得快，且决不能永久的道理："'永远快乐'这句话，不但渺茫得不能实现，并且荒谬得不能成立。快过的决不会永久。"反之，"人生的刺，就在这里，留恋着不肯快走的，偏是你所不留恋的东西"⑤。人生不如意事十之八九，越是不留恋的东西越须臾不肯暂离左右。

---

① 钱锺书：《论快乐》，《写在人生边上·人生边上的边上·石语》，第 19 页。
② 钱锺书：《谈艺录（补订本）》，第 25 页。
③ 钱锺书：《北游纪事诗》，转引自吴学昭：《听杨绛谈往事》，北京：生活·读书·新知三联书店，2016 年，第 91 页。
④ 钱锺书：《管锥编（第二册）》，第 671—672 页。
⑤ 钱锺书：《论快乐》，《写在人生边上·人生边上的边上·石语》，第 20 页。

钱锺书还从对快乐的探讨出发,引申到整个人类努力的历史:

> 快乐在人生里,好比引诱小孩子吃药的方糖,更像跑狗场里引诱狗赛跑的电兔子。几分钟或者几天的快乐赚我们活了一世,忍受着许多痛苦。我们希望它来,希望它留,希望它再来——这三句话概括了整个人类努力的历史。①

人们希望快乐到来,也希望它能够长久地留驻下来,还希望暂时失去的快乐能够再度回来。人类所有的努力都可以视作为追求快乐而奋斗,为了短暂的快乐甚至可以忍受持久的痛苦。在歌德的《浮士德》中,魔鬼与上帝打赌,浮士德作为赌注而不自知。魔鬼引诱浮士德签署了一份协议:他生前的所有要求都会得到满足,作为交换,死后将拿走他的灵魂。历经知识悲剧、爱情悲剧、政治悲剧、艺术悲剧后,浮士德最后喊出"你真美呀,请停留一下",随即死去。浮士德一生的经历简直就是为"希望它来,希望它留,希望它再来"所做的生动注脚。

钱锺书以"希望它来,希望它留,希望它再来"概括人类努力的历史,体现出深刻的洞察与透辟的领悟。"希望它来,希望它留,希望它再来"一方面鼓励人们抱乐观的态度生活;另一方面也告诫人们,对快乐的热切追求和贪婪只有一步之遥。追求快乐的初衷是好的,但不应该眼睛只盯着快乐、心里只念着快乐,而忽略了生活本身的丰富多彩。确立目标后朝向期待的方向努力奋进无可厚非,但也应当不忘欣赏沿途的风景,要尽量享受追求目标的过程。

二、援俗入雅能解颐

钱锺书在《中国文学小史序论》与《小说识小》等文章中专题研讨过中国文学中的雅俗问题。他从中西文学中发现若干俗语入文的用例,在创作与研究中也有意识地进行援俗入雅的尝试。

他如此区分中国文学中的雅言与俗语:

> 吾国文学分雅言、俗语二体,此之所谓"雅"、"俗",不过指行文所用语体之殊,别无褒贬微意。载籍所遗,宋代以前,多为雅言,宋代以后,俗语遂繁,如曲如小说,均为大宗。二体条贯统纪,茫不相接;各辟途径,各归流派。故自宋以前,文学线索只一;自宋以后,文学线索遂二。至民国之新文学,渊源泰西;体制性德,绝非旧日之遗,为有意之创辟,非无形之

---

① 钱锺书:《论快乐》,《写在人生边上·人生边上的边上·石语》,第20页。

转移,事实昭然,不关理论。①

按照钱锺书的理解,雅俗只体现为文体用语方面的差异,并不包含价值判断。以宋代为界,之前的文学创作多用雅言,此后俗语逐渐增大了比重。长期以来雅俗二体分途演进,并无明显的融合交叉趋势。中国近现代文学受西方影响深重,其体制性德并非完全从中国古代文学一脉传承下来的,中国文学的古今之别也不是单凭雅与俗的分野便能说清楚的。

同篇中又说:"文学固非尽为雅言,而俗语亦未必尽为文学。"②这一说法颇为辩证,文学中既有雅言又有俗语,那种认为俗语不配称文学的观念是错误的;同理,俗语也并不都适合用于文学,文学除了语之雅俗以外尚有其他标准或准入门槛。他还说:"至精之艺,至高之美,不论文体之雅俗,非好学深思者,勿克心领神会。"③此说可以视作钱锺书有意识地为俗语文体正名,他致力于改变长期以来俗语文学低于雅言文学的刻板印象。

钱锺书还分析中国古代雅言小说的两种结构:

> 雅言小说宜于骈散文同科,然论其结构,亦分二类:一者就事纪事,尽事而止,既无结构,亦不拈弄,略如今日报纸新闻略志之类仅得条目(Item),不可谓为成篇,古如《山海经》,后世如《阅微草堂笔记》中,多属此类;一者极意经营,用心雕琢,有布局,有刻画,斯为小说之正则,远则唐人传奇,近则《聊斋志异》中,多属此种。④

此处对雅言小说的分类模式与鲁迅《中国小说史略》基本相当。鲁迅指出唐已有俗文故事,并认为宋代以俚语著书的"平话"艺术成就高于文人所作的志怪、传奇。⑤钱锺书分类标准中的价值判断更加明显,认为有布局有刻画者为小说"正则"。作为一个作家,有类似倾向性无可厚非,但以言文学史,仅据文体结构就做出价值判断似有失偏颇。相对而言,鲁迅《中国小说史略》中的立论公允得多。

《小说识小》提到《西游记》第七十五回狮驼洞遇妖,孙悟空欲邀猪八戒同去降妖时说:"兄弟,你虽无甚本事,好道也是个人。俗云'放屁添风',你也可壮我些胆气。"并称道"放屁添风"的俗谚用语"大是奇语"⑥。《西游记》第八

---

① 钱锺书:《中国文学小史序论》,《写在人生边上·人生边上的边上·石语》,第106页。
② 同上。
③ 同上书,第107页。
④ 同上书,第106页。
⑤ 鲁迅:《中国小说史略》,《鲁迅全集9》,北京:人民文学出版社,2005年,第115页。
⑥ 钱锺书:《小说识小》,《写在人生边上·人生边上的边上·石语》,第135页。

十三回沙僧劝八戒助行者打妖精时也说:"虽说不济,却也放屁添风。"言下之意是八戒虽本事不济,但多少能对行者有所帮助,聊胜于无。

钱锺书也举西方文学中俚俗入文的用例:

> 巴阙立治(Eric Partridge)名著,《英国俗语大词典》(A Dictionary of Slang and Unconventional English, P.635)字母 P 部,采有"撒鸟海中以添水"一语("Every little helps", as the old lady said when she pissed in the sea),亦指助力而言,意义相当。①

《管锥编》中再次援引该用例,并采用了不同于上述意译的方式,而是逐字直译为:"老妪小遗于大海中,自语曰:'不无小补!'"②译文活灵活现地传达出了老妪一边向海里小解一边自谑、自嘲的口吻,幽默诙谐之态毕现。无论意译还是直译,都将所述内容准确地传达了过来,而且都有很强的画面感,充满谐谑的喜剧效果。

钱锺书曾举《淮南子·诠言训》中的"犹忧河水之少,泣而益之"与曹植《上书请免发取诸国士息》中的"挥涕增河"为例,认为二者相比于"放屁添风""撒鸟海中以添水"的俗谚俗语"皆意同而词气之生动不及"③。两相对比,显示出俗语表达更生动传神,能给读者以很强的既视感,艺术感染力优于简约冷峻的雅言表达。

钱锺书在论明诗受宋诗影响时说:"宋诗是遭到排斥了,可是宋诗的习气依然存在,只是变了个表现方式,仿佛鼻涕化而为痰,总之感冒并没有好。"④比喻用语可谓既俗又野,却正以这种方式清楚地揭示了宋诗习气对明诗的影响主要体现在不好的方面,虽则在形式上改头换面,但其内在实质却并没有根本性的变化。

《灵感》中作家跌落地府后,误以为留着威风大胡子的司长是阎王,一边同他说话一边"深深地像法国俗语所谓肛开臀裂地弯腰鞠躬(saluer á cul ouvert)"⑤。"肛开臀裂"的用法异常出彩,它将作家错认对方为掌管着生杀予夺大权的阎王而极尽奴颜婢膝的丑态展现无遗,讽刺效果十分显著。

三、漂白无改功利色

《谈交友》一文直言,友不必直、谅、多闻,反对拈斤播两地以"漂白的功利

---

① 钱锺书:《小说识小》,《写在人生边上·人生边上的边上·石语》,第 135—136 页。
② 钱锺书:《管锥编(第四册)》,第 1257 页。
③ 钱锺书:《小说识小》,《写在人生边上·人生边上的边上·石语》,第 136 页。
④ 钱锺书:《〈宋诗选注〉序》,《宋诗选注》,第 18 页。
⑤ 钱锺书:《灵感》,《人·兽·鬼》,第 77 页。

主义"对待交友,并不遗余力地倡扬"素交"。文章明确表示:"假使恋爱是人生的必需,那末,友谊只能算是一种奢侈。"①认为友谊不是凭想当然就能获得并存续下去的,而是一种比恋爱还不易得的"奢侈"存在。同篇中又说:"真正友谊的产物,只是一种渗透了你的身心的愉快。没有这种愉快,随你如何直谅多闻,也不会有友谊。"②钱锺书以斩截的态度、明快的语言强调直、谅、多闻不是造就友谊的充分条件。

他辛辣地讽刺以朋友名义规劝别人的行为:"他们喜欢规劝你,所以,他们也喜欢你有过失,好比医生要施行他手到病除的仁心仁术,总先希望你害病。这样的居心险恶,无怪基督教为善男信女设立天堂。"③当心直口快的"益友"面对无懈可击的善人时,因找不到对方可以规劝的过错而痛苦不已。钱锺书以讽刺的笔调写出了友不必直的道理。

他又说:"对于人类应负全责的上帝,也只能捏造——捏了泥土创造,并不能改造,使世界上坏人变好;偏是凡夫俗子倒常想改造朋友的品性,真是岂有此理。"④强调全知全能如上帝尚且不能将自己造的坏人改造成好人,而偏有一种以"谅友"自居的普通人,常常试图改造朋友的品性。基于此,钱锺书提出友不必谅。他进而指出:"假使爱女人,应当爱及女人的狗,那末,真心结交朋友,应当忘掉朋友的过失。"⑤循着"爱屋及乌"的理路,对朋友的态度应该是悦纳,即乐于接受朋友的全部,包括他的不完美和小过失,而不应时刻准备按照自己理想中的朋友模样去改造他。

钱锺书还说:"多闻的'益友',也同样的靠不住。见闻多、记诵广的人,也许可充顾问,未必配做朋友,除非学问以外,他另有引人的魔力。"⑥多闻可以增加朋友的情趣,但并不是成为朋友的充分条件。钱锺书毫不留情地指出,与多闻的人交往难以增长自己的知识才干,因为学问的养成绝非单纯靠知识量的积累就能实现,而是需要严格的学术训练、科学的思想方法和扎实的治学实践共同造就,并与自己"整个的性情陶融为一片"⑦才行。

钱锺书非常强调作为朋友的双方对等,包括对等的付出,而不是单方面的索取或片面地获益,他坚持每结交一个朋友,就必须分配出去一份情感。他在逐一解释了友不必直、谅、多闻后总结道:

---

① 钱锺书:《谈交友》,《写在人生边上·人生边上的边上·石语》,第73页。
② 同上书,第79—80页。
③ 同上书,第76页。
④ 同上书,第77页。
⑤ 同上。
⑥ 同上。
⑦ 同上书,第78页。

从物质的周济说到精神的补助，我们便想到孔子所谓直谅多闻的益友。这个漂白的功利主义，无非说，对于我们品性和智识有利益的人，不可不与结交。我的偏见，以为此等交情，也不甚巩固。①

任是如何漂白，功利主义总摆脱不了利己的出发点与落脚点，是以出于功利考量的交情不可能巩固。《围城》中顾尔谦一路上阿谀奉承李梅亭，极尽摇尾乞怜之能事，无非是希望到三闾大学后可以得到照拂，其功利心甚至来不及"漂白"包装。李梅亭也甘愿享受他厚颜无耻的吹捧。一旦顾尔谦不识时务地将李梅亭大铁箱里夹带的西药暴露在同行诸人面前，他此前的种种讨好努力差不多被一次性地清零了。这等交情的不甚巩固，就是由其功利主义的性质决定的。

钱锺书系统梳理了中国文学中写友谊的诗文，谓："自《广绝交论》以下，关于友谊的诗文，都不免对朋友希望太奢，批评太刻，只说做朋友的人的气量小，全不理会我们自己人穷眼孔小，只认得钱类的东西，不认得借未必有，有何必肯的朋友。"②该论述从反躬自身的角度切入分析，指出一般人都对朋友奢望太多，如果多找一下自身的问题，对友谊不能持久巩固的原因可能会有全新的认识，相应地，对朋友的批评可能也就不会那么尖刻。

他也用比喻解释友谊："因为友谊不是尖利的需要，所以在好朋友间，极少发生那厌倦的先驱，一种餍足的情绪，像我们吃完最后一道菜，放下刀叉，靠着椅背，准备叫侍者上咖啡时的感觉。"③这一譬释与《庄子·山木》所谓"君子之交淡如水"异曲同工，因为需要不尖利，所以无餍足感；反之，斤斤计较、一心想从朋友那里得到好处，则总有一天一方甚至双方都会由餍足而心生反感，最终难以避免地走向交恶。

他相信经过时间长河淘洗过的友谊更纯粹："时间对于友谊的磨蚀，好比水流过石子，反把它洗琢得光洁了。"④友谊的奠定与发展大多经历过一番去粗取精、大浪淘沙式的选择和过滤，在此过程中时间将充分显示它的公正无私，不纯洁的友谊自然遭到淘汰，余下的则更显纯净、光洁。

钱锺书认为中国古语中的"素交"一词最能表达友谊的真谛：

　　一个"素"字把纯洁真朴的交情的本体，形容尽致。素是一切颜色的

---

① 钱锺书：《谈交友》，《写在人生边上·人生边上的边上·石语》，第75页。
② 同上书，第74页。《广绝交论》是南朝梁诗人刘峻所作的一篇骈文，以主客问答的方式，申论"素交尽，利交兴"，总其大略，归为"势交""贿交""谈交""穷交""量交"等"五术"，深刻揭露了人情的淡漠，有力地鞭挞了当时浇薄的世风。
③ 同上书，第73页。
④ 同上。

基础,同时也是一切颜色的调和,像白日包含着七色。真正的交情,看来像素淡,自有超越死生的厚谊。①

素交在素淡的表象下面却有着超越死生的深厚情谊。他说素交是一种不着色相的情谊,并举黄庭坚《茶词》中的句子"恰如灯下故人,万里归来对影;口不能言,心下快活自省",认为以交友比吃茶"确当",哪怕对坐无言,但也因有彼此的陪伴而满足。又举孟太尼(Montaigne)解释他跟拉·白哀地(La Boètie)生死交情的话:"因为他是他,因为我是我。"②真正的友谊在需要时可以为了对方将自己的生死置之度外,平时则互不相扰,让彼此都有机会、有可能做真正的自己。

钱锺书不太看好跨国友谊与跨国恋爱:"在国外的友谊,在国外的恋爱,你想带回家去么?也许是路程太远了,不方便携带这许多行李;也许是海关太严了,付不起那许多进出口税。"③写作此文时钱锺书是一名旅居海外的留学生,去国怀乡感日浓;故国正遭列强环伺,尤其日本正狂妄地将并吞中国的野心付诸行动;而在百余年的近现代(1840—1949)进程中,"友邦"莫不从各自的本位利益出发行事,所谓的国际友谊不足凭恃。自身的遭际与当时的国运时势都不容乐观,导致钱锺书对跨国友谊与跨国恋爱持悲观态度。

第三节　行布调度巧安排

钱锺书工于炼字,有时通过推究一字一词的字义,得出妙趣横生的解说;他对某些关键词语"虚涵数意"的情况多有表现;他也留意字词在句、段乃至篇章中的行布调度,大大提高了语言的表现力。

一、工于炼字

钱锺书论诗衡艺常常从推究字意出发,或发前人所未发,或为历来争持不下的问题下一断语;他提出"一字多义之同时合用"的命题,并深入探讨了一字虚涵数意的情况;他还高度重视字词在句、段、篇章中的安排与行布调度,提出就章句选字的主张。

他在分析张耒《劳歌》中"天工作民良久艰"的句意时称:"'天工'就是'天公'……'公'强调天的尊严,而'工'强调庄子所谓'天运'或'造化'。"④并举

---

① 钱锺书:《谈交友》,《写在人生边上·人生边上的边上·石语》,第 80 页。
② 同上书,第 80、81 页。
③ 同上书,第 81 页。
④ 钱锺书:《宋诗选注》,第 130 页,注 3。

出更多诗句予以佐证,清晰而又令人信服地论证了"天工"与"天公"本质相同而又存在细微差异。

元好问《论诗三十首》其二十八谓:"古雅难将子美亲,精纯全失义山真。论诗宁下涪翁拜,未作江西社里人。"针对第三句中的"宁"字历来存在截然相反的两种解释,钱锺书从各句中抽绎出"难将""全失""宁下""未作"等表示倾向性的词语,结合各词所引领的句意,按照起承转合的表达规律,并引入人们的选择心理进行分析,认为"宁"当作"宁可"解[1]。其推导过程严密,论断详赡,判断堪称的解。

《谈艺录》中指出:"律体之有对仗,乃撮合语言,配成眷属。愈能使不类为类,愈见诗人心手之妙。"[2]钱锺书作诗为文时身体力行这一原则,其诗作中诸如"欲话初心同负负,已看新鬓各斑斑"[3]"乍缘生事嫌朝日,又为无情恼夕阳"[4]等佳句随处可见。《中秋夜作》(1940)其一的首联作:"补就青瓷转玉盘,夜深秋重酿新寒。"[5]"补""转""酿"等字用得极其巧妙生动,尤其"酿新寒"一语,将中秋时节寒意渐深的层次感传达得非常细腻。《十月六日夜得北平故人书》(1940)尾联作:"当年狂态蒙存记,渐损才华益鬓华。"[6]"益"字将鬓角的白发逐日增多,人也不知不觉变老的情形真切地传达出来;而且与才华渐"损"适成对比映衬。

《寓夜》(1939)颔联作:"盛梦一城如斗大,掐天片月未庭方。"[7]"掐天片月"本自元代诗人元淮《金囡吟·端阳新月》中的"遥看一痕月,掐破楚天青"。后来钱锺书在《山斋晚坐》(1940)一诗中再次化用该意象:"一月掐天犹隐约。"[8]把如钩的新月比作指甲掐天留下的痕迹,比喻熨帖,形象动人。

《围城》中方鸿渐与唐晓芙分手许久以后,听闻赵辛楣在苏文纨的婚礼上见到晓芙,仍不由地心跳,"那一跳的沉重,就好像货车卸货时把包裹向地下一掼"[9]。一刹那的接近,反见得暌隔得渺茫,鸿渐对晓芙久已搁置的情感又被毫无征兆地撩拨起来,内心深处对她的不舍、牵挂与思念之情又被有关她的消息突如其来地激活了。钱锺书对鸿渐心跳的"沉重"表现得尤其到位。

---

[1] 钱锺书:《谈艺录(补订本)》,第153页。
[2] 同上书,第185页。
[3] 钱锺书:《大杰来京夜过有诗即饯其南还》,《槐聚诗存》,第113页。
[4] 钱锺书:《容安室休沐杂咏》其十,《槐聚诗存》,第115页。
[5] 钱锺书:《中秋夜作》,《槐聚诗存》,第57页。
[6] 钱锺书:《十月六日夜得北平故人书》,《槐聚诗存》,第60页。
[7] 钱锺书:《寓夜》,《槐聚诗存》,第31页。
[8] 钱锺书:《山斋晚坐》,《槐聚诗存》,第53页。
[9] 钱锺书:《围城》,第133页。

《围城》中鲍小姐的姓有深意寓焉。《孔子家语·六本》谓："如入鲍鱼之肆,久而不闻其臭。"此后"鲍鱼之肆"与"芝兰之室"成为对举的意象,"鲍"字也难脱与不善之人、恶臭之气连用的命运。相比于苏文纨、唐晓芙、孙柔嘉等其他女性角色的名字,"鲍"绝对是一个不太常见的姓,小说中也始终未提及她的名字,且对她的行为放荡、鲜廉寡耻多有正面批判。我们有理由相信作者对"鲍小姐"这一命名别具用心。类似地,《猫》中提及从东皇城根穷人家里抱来的猫原名"小黑",并说它与门房"老白"的名字适成对仗,如此机智俏皮的论说显示出作者未泯的童心。

钱锺书在创作中经常尝试用一字而虚涵数意。《哀若渠》(1941)一诗中有句："只有赠我篇,磨灭犹藏袖。乃知人命薄,反不若纸厚。"①以"不若纸厚"描写命之"薄",通过赋予其有形的厚度,借助不同于平常表达的距离感营造出一种陌生化的间离效果(Verfremdungseffekt),令一个常见的意象产生新奇感。

《围城》中提到日本侵略者的飞机到方鸿渐的家乡轰炸："以后飞机接连光顾,大有绝世佳人一顾倾城、再顾倾国的风度。"②"顾"用以指称敌机"光顾","倾城""倾国"的"倾"指地方遭轰炸后满目疮痍、面目全非的那种倾倒,在不动声色中完成了对词语的化用和改造,而且对战争的厌恶和反感也因有了"倾国""倾城"本意的衬托而愈发强烈。又提到陆子潇"刻意修饰,头发又油又光,深恐为帽子埋没,与之不共戴天,深冬也光着顶"③。用"不共戴天"这一相对宏大的表述状写冬天不戴帽子这一极细微的小事,产生陌生化效果,表达出陆子潇对发型极端珍视的意蕴。

《猫》中爱默三十岁左右了尚未生育,朋友背后谈论起来不留口德,"说她真是个'绝代佳人'"④。本指美貌、风采、才华等冠绝当代的"绝代",在闲话人口中却是非常恶毒的"绝后"之意。背后如此说人家,当面居然还引为朋友知己,讽刺的意蕴无以复加。

虚涵数意也常见于双关语的运用。双关语系指选用兼具两个义项的词语来传达作者的思想,它们常常被优雅地解读,并被赋予特定的清晰性。钱锺书《古意》(1943)颈联作："锦机空织难成匹,石阙长衔未敢言。"⑤"匹"字除用作表示织锦的量词之外亦双关"匹偶""匹配"之"匹",像"丝"与谐音的"思"

---

① 钱锺书:《哀若渠》,《槐聚诗存》,第 67 页。
② 钱锺书:《围城》,第 36 页。
③ 同上书,第 192 页。
④ 钱锺书:《猫》,《人·兽·鬼》,第 61 页。
⑤ 钱锺书:《古意》,《槐聚诗存》,第 88 页。

双关一样，古人诗中常用。像这样一个词语同时关涉两种甚至多种义项，造成一种游移不定、闪烁多变的效果，即含混美。

虚涵数意还包括一体两面、相反相成的情况。如《上帝的梦》中有这样一段描述：

> 原来上帝只是发善心时的魔鬼，肯把旁的东西给我们吃，而魔鬼也就是使坏心时的上帝，要把我们去喂旁的东西。他们不是两个对峙的东西，是一个东西的两个方面、两种名称，好比疯子一名天才，强盗就是好汉，情人又叫冤家。①

虽系文学笔法，其中蕴涵的道理却既深刻又令人折服。世界上绝少非黑即白的二元对立，看似对峙的两个事物犹如一枚钱币的两面，是二而一；对立的双方在一定条件下还可以相互转化。

二、布置熔裁

《谈艺录》中明确提出："非就字以选字，乃就章句而选字。"②"章句"是离章辨句的省称，"就章句选字"要求选字遵循因字成词、因词成句、因句成段、因段成篇的规律，反过来，一字一句也会影响全篇的表达，所以选字应通盘考虑。《落日颂》中指出："诗中用字句妆点……要与周遭的诗景，相烘（intensify）相托（contrast），圆融成活的一片，不使读者觉到丝毫突兀"；若装点不得法，则"像门牙镶了金，有一种说不出的刺眼的俗"③。强调诗中遣词造句要有整体观念，确保字词与周遭的诗景有机融合。须使读者但知有好诗，不知有好字好句，即字句装点得既不突兀又不喧宾夺主，方为得法。

字词在句中的安排与选字一样重要：

> 夫曰"安排"，曰"安"，曰"稳"，则"难"不尽在于字面之选择新警，而复在于句中之位置贴适，俾此一字与句中乃至篇中他字相处无间，相得益彰。④

措辞炼字之外，尚需合理"安排"，适当调整字词的位置，使之与整句乃至全篇协调，才能保证句子的"安"与"稳"，一字与句、段、篇中其他字翕合无间才能相得益彰。西方文论中亦不乏类似表达："古希腊、罗马文律以部署

---

① 钱锺书：《上帝的梦》，《人·兽·鬼》，第14页。
② 钱锺书：《谈艺录（补订本）》，第327页。
③ 钱锺书：《落日颂》，《写在人生边上·人生边上的边上·石语》，第311页。
④ 钱锺书：《谈艺录（补订本）》，第326页。

(dispositio)或配置(collocatio)为要义。"①同一词语若置放在句中不同位置,将产生不同的表现力,表达效果或许会有较大差别。借助行布调度,通过合理的部署或配置,使词语搭配协调,位置得当,句段遂能表达出应有的风韵。

行布调度也并不仅限于字词在句段中的安排,还包括从广阔的事物中选取文学题材,并加以布置熔裁。《中国文学小史序论》中说:

> 宙合间万汇百端,细大不捐,莫非文料,第视乎布置熔裁之得当否耳,岂有专为行文而设(qua literary)之事物耶?且文学题材,随时随人而为损益。②

事实上并不存在专为行文而设的事物,只要布置熔裁得当,世间事物无不可以入文;文学题材因取用的时代不同而有所差异,也因取用的诗人、作家各有偏好而有所增减。

当然,行布调度也应有一定的限度,不能强调得过头:"诗文斟酌推敲,恰到好处,不知止而企更好,反致好事坏而前功抛。锦上添花,适成画蛇添足矣"③"行气行空的诗切忌句斟字酌的读:好比新春的草色,'遥看近却无';好比远山的翠微,'即之愈稀'"④。钱锺书还援引柯尔律治的说法,从反面论证过于雕琢、改诗过甚的不足:

> Poetry, like school-boys, by too frequent and severe corrections, may be cowed into Dullness.
> 诗苟多改痛改,犹学僮常遭塾师扑责,积威之下,易成钝儿。⑤

可以做必要的推敲炼字以提升诗意诗境,但不能无休止地过度雕琢,否则易导致诗文矫揉造作,结果毫无生趣与灵性可言。

三、善用代换

《小说识小》中指出,中外文学中都存在语言层面的"代换":

> 《笑林广记》卷二《债精传》有"大穷宝殿",可与红心词客《伏虎韬》传奇中悍妇所造之"大雌宝殿"并传。以"穷"代"雄",取其音同;以"雌"代"雄",取其义反;皆合弗罗依特(Freud)《论俳谐》(Wit and the Unconscious)

---

① 钱锺书:《谈艺录(补订本)》,第325页。
② 钱锺书:《中国文学小史序论》,《写在人生边上·人生边上的边上·石语》,第102页。
③ 钱锺书:《谈艺录(补订本)》,第558页。
④ 钱锺书:《落日颂》,《写在人生边上·人生边上的边上·石语》,第311页。
⑤ 钱锺书:《谈艺录(补订本)》,第557页。

所谓"代换"(substitutive formation)一原则者。①

"代换"或取音相同、相近,或取义相关、相反的方式,将成语、熟语中的个别字眼置换,以构成一种新的表达,产生新的意蕴。

钱锺书在创作中常用字词代换,给读者带来始料不及的新奇感。《灵感》中说:"你的副刊简直就是讣刊,你的寿文送了我寿终正寝,你捧我真捧上了西天。"②取音同代换,报纸具有较浓厚文艺色彩的"副刊",在钱锺书笔下一变而成专门报道丧事的"讣刊"。

《猫》中那只猫来到李家两年,"日本霸占了东三省,北平的行政机构改组了一次,非洲亡了一个国,兴了一个帝国,国际联盟暴露了真相,只算一场国际联梦或者一群国际联盲。"③借用谐音或近似音,以"联梦""联盲"代换"联盟",并在实质上取"梦"与"盲"之意,以彰显被代换掉的"国际联盟"事实上不成功,充其量不过是一场不切实际的"梦",且难脱其"盲目性"。另外,对一只家养的猫而言,上述国内国外形势的大变动实在超出它的认知范畴,但作者偏偏在写猫时列举这一系列的时局变化,透过写猫的表象,讽刺那些功成名就的知识分子在国难当头之际却不为所动,仍热衷于举办无关痛痒的社交沙龙,也婉曲地表达自己对国内政局与国际形势的担忧。

《灵感》中作家跌落地府,他写的那些书一同坠落,砸到地府的大胡子司长并将他压住。司长感慨道:"先生的大作真是'一字千斤'哪!"④极言作家写的书多且重,泰山压顶般砸向自己,巧用代换原则,无情揭露并痛切嘲讽作家无病呻吟、毫无水准的文字堆砌,比平实的叙述更加深刻、尖锐。

《大卫休谟》中说:"食不厌精(gourmet);脍不厌'巨'(gourmand)。"⑤取义相反的方式,以"巨"代换成语"脍不厌细"中的"细"字。《〈走向世界〉序》中说:"远来和尚会念经,远游归来者会撒谎。"⑥后一句系依仿前一句生造出来的,也可视作某种意义上的代换。《猫》中李建侯雇佣齐颐谷帮他写游记,全凭添油加醋甚至生编硬造以敷衍成文,则是对"远游归来者会撒谎"这一命题的具体化呈现。

《围城》中论及当时大学校长的出身:

---

① 钱锺书:《小说识小》,《写在人生边上·人生边上的边上·石语》,第138页。
② 钱锺书:《灵感》,《人·兽·鬼》,第87页。
③ 钱锺书:《猫》,《人·兽·鬼》,第19页。
④ 钱锺书:《灵感》,《人·兽·鬼》,第76页。
⑤ 钱锺书:《大卫休谟》,原载《大公报·世界思潮》第七期,1932年10月15日;《写在人生边上·人生边上的边上·石语》,第244页。
⑥ 钱锺书:《〈走向世界〉序》,《写在人生边上·人生边上的边上·石语》,第222页。

> 大学校长分文科出身和理科出身两类。文科出身的人轻易做不到这位子，做到了也不以为荣，准是干政治碰壁下野，仕而不优则学，借诗书之泽、弦诵之声来休养身心。①

"仕而不优则学"，其义正与《论语·子张》中的"仕而优则学，学而优则仕"相反，不是为官有余力、有闲暇而去治学，却是为官之路不顺才去学校谋个校长职位。后面说他们借"诗书之泽、弦诵之声"来"休养身心"全用反讽，干政治碰壁下野来当校长的人，要么坐等机会以图东山再起，要么心灰意冷，在各个方面都失去了进取心。

《清明口号》（1945）一诗写道："清明时节雨昏沉，名唤清明滥到今。也似重阳无实际，满城风雨是重阴。"②首句以"昏沉"代换杜牧名句"清明时节雨纷纷"中的"纷纷"；末句以"重阴"代换潘大临"满城风雨近重阳"句中的"重阳"，字面意思相反，貌似写景，实际抒发作者对时局不靖的愤懑。两句诗对现实不清明的讽喻力透纸背，亦将内战即将爆发之际重阴压城、山雨欲来的感触活画在纸上。

《围城》中还仿照"同师兄弟""同学"等词，造出一个"同情兄"："同跟一个先生念书的叫'同师兄弟'，同在一个学校的叫'同学'，同有一个情人的该叫'同情'。"③鸿渐说他们是"同病"不"同情"，辛楣至此方真正释然，回想起过往对鸿渐的种种敌意、防范以及有意让他露乖出丑的做法，原来都是自己会错了意、用错了力。其实就连鸿渐得到三闾大学的聘书，也是此前辛楣为让他远离苏文纨而自作主张私下替他张罗的，不想歪打正着，所以他们得以一路同行去就职。

在另一处，鸿渐与辛楣探讨结婚的话题，说自己"众叛亲离"，辛楣纠正为"离亲叛众"。④ 如此代换，意思由被动转为主动，表示鸿渐决定和柔嘉结婚，其实是他自行选择了与亲友疏远、隔绝。

还有一处趣语，以讽刺的笔致代换"女子无才便是德"：

> 现代人有两个流行的信仰。第一：女子无貌便是德，所以漂亮女人准比不上丑女人那样有思想，有品节；第二：男子无口才，就表示有道德，所以哑巴是天下最诚朴的人。⑤

---

① 钱锺书：《围城》，第181页。
② 钱锺书：《清明口号》，《槐聚诗存》，第98页。
③ 钱锺书：《围城》，第120页。
④ 同上书，第272页。
⑤ 同上书，第195页。

用"貌"代换旧道德规范"女子无才便是德"中的"才",事实上表达了人们对漂亮女性的偏见,误将美貌与狐媚、红颜祸水等不良意象等同起来。说男子无口才就表示有道德也完全是一种偏见。喋喋不休确实令人厌烦,但闭口不言并不就是美德;说话时如能分清场合和对象,注意自己的身份,并以恰如其分的方式言说,自然是既得体又自知知人的美德。

《猫》劈头一句说"打狗要看主人面,那么,打猫要看主妇面了——"①"打狗要看主人面"是读者耳熟能详的一句俗语,此处仿照其形制结构另造出一句"打猫要看主妇面",不仅能博读者会心一笑,而且还以简单直白的方式迅速切入主题,让读者瞬间明了所述之猫是主妇豢养的,且可以想见猫与主妇的密切关系。

第四节 翻新出奇多创辟

唐代诗人姚合有言:"诗家有大判断,有小结裹。"钱锺书继承中国的诗话传统,在《管锥编》《谈艺录》《宋诗选注》《七缀集》等学术著作乃至文学创作中都有层出不穷的"小结裹",他以尺幅万里的浓缩,往往于三言两语中包含一个经过深思熟虑的"大判断",表达出超迈前贤的深刻洞见。他善用淡雅疏朗的笔调,用看似无心的片段论述,直面文学史上具有重大节点意义的人物、事件或作品,不经意间竟能收到拨乱反正之效。他也常对关乎学科发展的重大问题发声,虽然有时仅有只言片语,却如黄钟大吕般振聋发聩。

《读〈拉奥孔〉》一文指出:"诗、词、随笔里,小说、戏曲里,乃至谣谚和训诂里,往往无意中三言两语,说出了精辟的见解,益人神智;把它们演绎出来,对文艺理论很有贡献。"②又说:"正因为零星琐屑的东西易被忽视和遗忘,就愈需要收拾和爱惜;自发的孤单见解是自觉的周密理论的根苗。"③钱锺书在创作与研究中善于发掘那些散如贯珠的精辟见解,或者呈现一些益人神智的片段思想,其价值甚至不输某些严密周全的理论。

一、力破陈言翻旧案

钱锺书治学方法中有两大标志性特征:一是善于结合语境分析问题、评判事物;二是能够秉持自觉的比较意识,对研究对象进行恰如其分的定性判断。《谈艺录》中对李贺的评述很好地体现了这两方面特征的结合。

---

① 钱锺书:《猫》,《人·兽·鬼》,第 17 页。
② 钱锺书:《读〈拉奥孔〉》,《七缀集》,第 33 页。
③ 同上书,第 33—34 页。

钱锺书对风格独特的鬼才诗人李贺情有独钟,《谈艺录》用近十分之一的篇幅(第七至十五则)浓墨重彩地研讨他及其诗作。其中提到:"不解翻空,务求坐实,尤而复效,通人之蔽。"①反对将涉世未深、刻意为诗的李贺说成寄意于诗的屈原。他以知人论世为出发点,融汇中西文论、诗论,详细分析李贺诗的渊源风格、修辞设色、用字规律等,指出就风格而言,李贺诗近于韩愈、孟郊而命意不同,近于李白而身世飘零有异。自视才高却身居下僚复羸弱多病的李贺,在诗作中不加隐讳地表现自己对身世之凄的敏感与"佗傺牢骚"。周振甫指出,钱锺书善用李贺诗解释李贺诗,并能做到"力破陈言翻旧案"②,该评判可谓切中肯綮。

钱锺书比较李贺、韩愈与苏轼气势风格的论断十分精警且富有诗意:

其(长吉)每分子之性质,皆凝重坚固;而全体之运动,又迅疾流转。故分而视之,词藻凝重;合而咏之,气体飘动。此非昌黎之长江秋注,千里一道也;亦非东坡之万斛泉源,随地涌出也。此如冰山之忽塌,沙漠之疾移,势挟碎块细石而直前,虽固体而具流性也。③

钱锺书注意到李贺诗中细节处凝重坚固,整体而言则迅疾飘动的特点;尤其通过与韩愈、苏轼进行比较,恰切地指出李贺诗作表现出虽固体而具流动性的特征。他通过繁复征引李贺的诗作,指出用硬性物作比是其诗别开生面的表现,并详论他赋物使之坚、使之锐的比喻,活用动词、形容词使空灵中显厚重;又说李贺偏好青、白、紫、红等颜色字,诗作中常用曲喻、借代、拟人等修辞手法;但终因修辞太过而在谋篇与命意方面"均落第二义"。

钱锺书还敏锐地指出李贺诗作"蹊径之偏者必狭"的宿命:

长吉铺陈追琢,景象虽幽,怀抱不深;纷华散藻,易供掊擭。若陶、杜、韩、苏大家,化腐为奇,尽俗能雅,奚奴古锦囊中,固无此等语。蹊径之偏者必狭,斯所以为奇才,亦所以非大才欤。④

他认为李贺诗歌中的"奇诡"底色是惨淡经营、铺陈追琢、刻意营造出来的,因缺乏整体观念而有"不睹舆薪"之短,从而限制了他,不能"化腐为奇,尽俗为雅"。正是在这个意义上钱锺书论定李贺只能算"奇才",而不能成就"大才"。

---

① 钱锺书:《谈艺录(补订本)》,第45页。
② 周振甫:《鉴赏的典范——〈谈艺录〉论李贺诗》,陆文虎编:《钱钟书研究采辑(1)》,北京:生活·读书·新知三联书店,1992年,第77—92页。
③ 钱锺书:《谈艺录(补订本)》,第50页。
④ 同上书,第57—58页。

钱锺书十分推崇李贺"笔补造化天无功"一说：

> 此不特长吉精神心眼之所在，而于道术之大原、艺事之极本，亦一言道着矣。夫天理流行，天工造化，无所谓道术学艺也。学与术者，人事之法天，人定之胜天，人心之通天者也。①

李贺言"笔补造化天无功"不无自负的成分，他相信不全凭天赐自然之功，生花妙笔即能描摹出造化自然之精微。钱锺书在李贺此语的基础上引申发挥，不仅将其应用范围扩大至包含道术、艺事的广阔领域，而且以学与术取法天道自然（人事法天）为出发点，相信人的创造性不拘执于对天道自然的简单临摹或刻板复制（人定胜天），其背后的理论依据是人善于从天道自然中学习探究，并将其总结提升为规律（人心通天）。

二、反弹琵琶扬新声

《〈宋诗选注〉序》中说："前代诗歌的造诣不但是传给后人的产业，而在某种意义上也可以说向后人挑衅，挑他们来比赛，试试他们能不能后来居上、打破纪录，或者异曲同工、别开生面。"②钱锺书在诗作、小说、散文中都曾多方化用中外文学中的典故，一方面表达向经典致敬之意，另一方面也不乏同古人竞赛的用心。如《己卯除夕》（1940）首联作："别岁依依似别人，脱然临去忽情亲。"③"别岁"句袭苏轼《别岁》"故人适千里，临别尚迟迟。人行犹可复，岁行那可追"句意；"脱然"句含"脱然有怀"（陶潜《归去来辞》）之境，又有"近乡情怯"（宋之问《渡汉江》）的真实感，因为新年临近，忆旧岁多有不舍意。短短一联诗化用三位诗人名篇的诗境、诗意，颇收别开生面之效。

唐弢指出："钟书的长处，也是钟书的短处，除了生活面比较狭窄外，过多的引用来自书本的典故，正是造成小说和一般读者隔阂的原因。"④又说他"无意之中反而将感情的成分削弱了"⑤。我们对这一观点持谨慎的保留态度。钱锺书虽然常在诗文创作中化用前人经典名句，但很少径直袭用，而多通过努力改造使之翻新出奇，他有时也做出"翻案"性质的重新论定，颇能新人耳目。或许他的论述未必全部恰切允当，但其中表现出敏于思考、勇于质疑的精神，这些"反弹琵琶"的尝试尤其显示出宝贵的品格。

唐人诗作中常有"丝管""离声""别愁"连用的情况，宋代欧阳修《别滁》作

---

① 钱锺书：《谈艺录（补订本）》，第60页。
② 钱锺书：《〈宋诗选注〉序》，《宋诗选注》，第10页。
③ 钱锺书：《己卯除夕》，《槐聚诗存》，第47页。
④ 唐弢：《四十年代中期的上海文学》，第108页。
⑤ 同上。

"我亦且如常日醉,莫教弦管作离声",钱锺书谓之"翻案"①。钱锺书诗作中亦不乏类似的"翻案"。《戏燕谋》(1941)首联作:"樗园谁子言殊允,作诗作贼事相等。"并注云:"《乾嘉诗坛点将录》有樗园先生题词云:'我谓作诗如作贼,横绝始能跻险绝。'"该诗后半尚有一句"我欲诚斋戏南湖",注云:"张南湖《怀筠州杨秘监八绝句》自注曰:'诚斋戏谓君诗中老贼也。'"第五联作:"此中窃亦分钩国,狡狯偷天比狐白。"②窃钩窃国本自《庄子·胠箧》"彼窃钩者诛,窃国者为诸侯";"狡狯偷天比狐白"一句系合用中国古典文学中的多个用例而成。③ 作诗的借镜有大小、高下之别,高明的"偷取"主要体现为对书卷见闻翻新出奇的创新方面。

中外论者常将钱锺书与吴敬梓相比,将《围城》与《儒林外史》相较,有意思的是,钱锺书对吴敬梓的艺术特色与文学史价值有相当深入的论述,但他对吴敬梓的评价显然不如鲁迅和胡适高。

《小说识小续》以较长篇幅论述"吾国旧小说巨构中,《儒林外史》蹈袭依傍处最多"④,在具体分析多个事例并指出各自所本后,钱锺书论定近人论吴敬梓多过誉:

> 近世比较文学大盛,渊源学(chronology)更卓尔自成门类。虽每失之碎屑,而有裨于作者与评者皆不浅。作者玩古人之点铁成金,脱胎换骨,会心不远,往往悟入,未始非他山之助。评者观古人依傍沿袭之多少,可以论定其才力之大小,意匠之为因为创。近人论吴敬梓者,颇多过情之誉;余故发凡引绪,以资谈艺者之参考。⑤

该论断借助比较文学渊源学的方法追踪溯源,推重首创之功(为创),通过探究《儒林外史》部分情节的渊源所自,认为吴敬梓依傍沿袭(为因)的成分比较多,在创辟方面却嫌不足。

鲁迅对吴敬梓及其《儒林外史》评价甚高:"迨吴敬梓《儒林外史》出,乃秉持公心,指擿时弊,机锋所向,尤在士林;其文又感而能谐,婉而多讽:于是说

---

① 钱锺书:《宋诗选注》,第 45 页,注 1。
② 钱锺书:《戏燕谋》,《槐聚诗存》,第 63 页。
③ 如《史记·孟尝君传》:"此时孟尝君有一狐白裘,直千金,天下无双。"皎然《诗式》:"其次偷势,才巧意精,若无朕迹,盖诗人偷狐白裘于阃域中之手。"汤显祖《牡丹亭》第二出:"能凿壁,会悬梁,偷天妙手绣文章。"李宝嘉《官场现形记》第五十三回:"且说尹子崇自从做了这一番偷天换日的大事业,等到银子到手,便把原有的股东一齐写信去招呼。"
④ 钱锺书:《小说识小续》,原载《联合晚报》1946 年 4 月 17 日、5 月 2 日、5 月 9 日、5 月 23 日、6 月 7 日、6 月 21 日;《写在人生边上·人生边上的边上·石语》,第 148 页。
⑤ 同上书,第 151 页。

部中乃始有足称讽刺之书。"①又说:"其变化多而趣味浓,在中国历来作讽刺小说者,再没有比他更好的了。"②还说:"是后亦鲜有以公心讽世之书如《儒林外史》者。"③鲁迅主要针对此前的小说虽有讥讽但不得要领,或有逾锋刃之切者但大不近情、私怀怨毒者众,认定《儒林外史》的出现昭示着讽刺文学达到相当的高度;而且讽刺文学这一文体表现得后劲乏力,《儒林外史》之后尚无能出其右者。

胡适在《吴敬梓传》中称誉吴敬梓为"安徽的第一个大文豪",其"见识高超,技术高明"④;称道《儒林外史》体现了吴敬梓"绝妙的文学技术,绝高的道德见解",认为他"写时文大家的学问,真可令人绝倒""岂是姚鼐方苞一流人能梦见的吗"⑤。如此评价一方面在于胡适以吴敬梓与相近时代的其他皖籍学者相比较,另一方面突出强调《儒林外史》讽刺时人时弊能切中肯綮。胡适在别处也曾中肯地指出,《儒林外史》由于题材的限制,在"第一流小说之中""流行最不广",且"讽刺小说的短处在于太露,太浅薄;专采骂人材料,不加组织,使人看多了觉得可厌"。⑥

钱锺书认为近人论吴敬梓多过誉的论断有一定道理,他反弹琵琶的论断也不乏说服力,但整体而言他立论的格局有些小,论证亦失于琐屑。鲁迅与胡适的确都高度赞誉吴敬梓,推重《儒林外史》为讽刺文学高峰,但他们与钱锺书的出发点和立足点似乎不太一致。我们倾向于认为鲁迅、胡适的评价是恰切的,也都能站得住脚,而且吴敬梓与《儒林外史》无论在中国文学史还是世界文学史上也确实都当得起这些赞誉。

---

① 鲁迅:《中国小说史略》,《鲁迅全集 9》,第 228 页。
② 鲁迅:《中国小说的历史变迁》,《鲁迅全集 9》,第 345 页。
③ 鲁迅:《中国小说史略》,《鲁迅全集 9》,第 233 页。
④ 胡适:《吴敬梓传》,《胡适文集 2·胡适文存》,北京:北京大学出版社,2013 年,第 534 页。
⑤ 同上书,第 536 页。
⑥ 胡适:《五十年来中国之文学》,《胡适文集 3·胡适文存二集》,北京:北京大学出版社,2013 年,第 218、221 页。

翻 译 论

钱锺书梳理中国传统翻译理论中信、达、雅的翻译标准,第一次系统阐述了三者间的辩证关系。他倡导依义旨以传,如风格以出,追求信美兼具的翻译效果。他借助阐释学视角进入翻译的内部,聚焦误读和创造性叛逆。他批判地继承中国传统文论和译论,借鉴西方现代多个学科的优长,创造性地将自己的翻译思想凝练为"化境"说。

钱锺书突出强调译者的主体地位。他从文艺创作中言不尽意、心手相违的客观困境出发,提倡执心物两端而用厥中的翻译策略。他高度关注可译性限度,并在翻译实践中努力克服形式结构、惯用语、表达法和文化深层等障碍。他标举以诗译诗,并以典雅文言的翻译风格独步当代译坛。他在丰厚的翻译实践基础上,形成了从心所欲而不逾矩的翻译方法。

钱锺书留意分析翻译得以开展的外在条件与社会语境。他摒弃"体用"二元对立的思维模式,推重"不隔"的文化观念、"打通"的学术方法、"对话"的沟通方式,着意彰显异质文化间的共通性,深入思考跨文化交流的必要性、可能性及受限制性,为当今全球化语境下的中外文化交流、中国文学与文化"走出去"提供了颇具借鉴价值的思路。

第五章　信包达雅

翻译具有悠久的历史，几乎同语言本身一样古老。《周礼·秋官·序官》称"译即易，谓换易言语使相解也"，意即把难于理解的事物变换一种言说方式进行描述或加以说明，使之变得容易理解。"译"可以是跨越语言的语际翻译，也可以是同一种语言内部的诠释。语内翻译包含语言的古今变易，比如汉语从文言到白话的转换，以及跨越了一定空间维度的沟通，比如汉语不同方言间的交流。英文中的"paraphrase"[①]一语与语内翻译差堪比拟。罗曼·雅各布森（Roman Jakobson）更是将翻译分为语内翻译（intralingual translation）、语际翻译（interlingual translation）和符际翻译（intersemiotic translation）三种。[②]所谓符际翻译，指的是诸如交通信号灯与形诸文字的交通规则之间的对应，或电报传输中摩尔斯电码（Morse code）与文字、数字之间的对应等。一般意义上的翻译专指语际翻译。

在最基本的思想交流中，翻译是内隐的；在人类数千种不同语言的共存与接触中，翻译则是一种外显的活动。翻译以一种语言代替另一种语言，将一种文字转换成另一种文字，涉及跨越了时间、空间以及学科界限的整合，并由此进入文化深层领域，使不同语言所承载的文化信息得以沟通并实现交流。

钱锺书早在 1934 年就明确使用过"翻译学"和"艺术化的翻译"（translation as an art）两个术语[③]，这是他翻译论述的起点。他批判地继承中国传统文论和翻译理论，又从西方现代学术、思想和文化的发展中受到启迪，在丰富的翻译实践基础上，借助深刻的理论思考，整合创新并形成卓然自成一家的翻译思想。钱锺书的翻译观念比较全面地体现在《林纾的翻译》一文中，另有大量与翻译相关的片断思想散见于《管锥编》《谈艺录》等著述中。他对翻译问题的研究与论述虽然零散却十分认真严肃，而且是全方位的。他对

---

① 通用牛津词典将用作动词的 paraphrase 解释作：to express what sb. has said or written using different words, especially in order to make it easier to understand. 此外该词亦用作名词。

② 〔俄〕罗曼·雅各布森：《翻译的语言方面》，陈永国译，陈永国主编：《翻译与后现代性》，北京：中国人民大学出版社，2010 年，第 142 页。

③ 钱锺书：《论不隔》，《写在人生边上·人生边上的边上·石语》，第 111 页。

翻译中的常规问题和热门问题都有深入的探讨,并且广泛涉及翻译的基本原理、性质、方法以及翻译背后的文化问题、所发挥的社会功用等内容。

第一节 达以尽信,雅非饰达

严复《〈天演论〉译例言》开篇讲到:"译事三难:信、达、雅。求其信已大难矣,顾信矣不达,虽译犹不译也,则达尚焉。"①严复之论"译事三难",意在强调翻译过程中忠实于原作和翻译修辞的重要性。自此以后,"信、达、雅"成为中国近现代翻译理论的基石,无论对其信服遵从、引申发挥抑或另起炉灶,后来者在论及翻译时罕有能绕过严复此说的。

一、信达雅的辩证

钱锺书越过严复继续向前追溯,他梳理了中国传统译论中"信、达、雅"的翻译标准,并在继承前人的基础上,第一次系统论述了三者之间的辩证关系:

> 译事之信,当包达、雅;达正以尽信,而雅非为饰达。……雅之非润色加藻,识者犹多;信之必得意忘言,则解人难索。译文达而不信者有之矣,未有不达而能信者也。②

按照钱锺书的创造性分析,信、达、雅是一个有机联系、不可截然分割的系统整体,其中信是翻译的第一要务,处于统摄地位,内在蕴涵达与雅的基本要求。换言之,要做到翻译的信,必然要求译文既达且雅。达是充分实现信的必由之路,雅却并非仅限于在辞藻润饰方面服务于达,而是要以信为前提,原本雅驯的自然要译得雅驯,原本通俗的则理应译得通俗,甚至原本艰深晦涩的也应在译文中尽量保持其原有风格,将原文那种艰深晦涩表现出来,而不能改译作直白浅露的风格。

"达"因语言阻隔而起,其职志在于沟通与传达:

> 若曰:"正因人不通异域之言,当达之使晓会而已";"关"如"交关"之关,"通"也,"传"如"传命"之"传",达也。③

交关既有往来、交通之意,与"初开河西,列置四郡,通道玉门,隔绝羌胡,使南北不得交关"(《后汉书·西羌传·羌无弋爰剑》)、"敬儿又遣使与蛮中交

---

① 严复:《〈天演论〉译例言》,〔英〕赫胥黎:《天演论》,严复译,北京:商务印书馆,1981年,第 xi 页。
② 钱锺书:《管锥编(第三册)》,第 1101 页。
③ 钱锺书:《管锥编(第四册)》,第 1263 页。

关"(《南史·张敬儿传》)所言同义;又有相涉、关联之意,与"曾子说忠恕,如说小德川流、大德敦化一般,自有交关妙处"(《朱子全书》卷十二)用意相同。传命则要求如实传达原文义旨,不得肆行增添删减。

译文能达是达致信的必要条件,但非充分条件,只有达与雅合力方可造就翻译的信。或许会有译文"达而不信"的情况出现,但倘若做不到达,则根本谈不上信。要追求信的效果,不仅要如实传达原文的内容与形式,而且要传递原文所含的言外之意、文外之旨;进而还要求译文在形式、情感、文体与风格等方面也都应该尽力与原文保持一致,做到不增不减、恰如其分;就效果论,应当使译文读者与原文读者获得同等感受。

二、信与美的统一

钱锺书在论述支谦《句法经序》时提到翻译过程中"信"与"美"的关系:

> 维祇难曰:"佛言依其义不用饰,取其法不以严,以传经者,令易晓勿失厥义,是则为善。"座中咸曰:老氏称"美言不信,信言不美";……"今传梵义,实宜径达。"是以自偈受译人口,因顺本旨,不加文饰。①

该段论述围绕汉译佛经如何在贴近原文(径达)与易于信众接受(易晓)之间寻求平衡,提倡"因顺本旨,不加文饰"的翻译方式。

"易晓勿失厥义",一方面要求译文通俗易懂,既应符合译入语规范,又要充分考虑译文读者②的接受水平,此之谓"易晓";另一方面又要遵循信的要求,使译文在内容、形式和表达效果等方面都与原文保持高度一致,是谓"勿失厥义"。

"美言不信,信言不美"并不是刻意将美与信对立起来,而是强调不要过度讲求形式,以求雅的名义着意粉饰、雕琢译文,加以不必要的文饰,从而造成失真,致使译文不可信。如同信、达、雅三者的辩证关系一样,美与信二者之中,信的要求仍是第一位的,而且美的要求已然内含于信之中。要有效地避免美言不信或信言不美的状况出现,需要做到因顺本旨,即遵从原文内容与原作者意图,天然去雕饰,不做额外的润饰美化,此之谓"径达",如此形成的译文方称得上信与美兼具而不相抵牾。

当然,在处理译文信与美的关系时,过度讲求信以至走向其反面的做法也同样不足取,即不能仅在内容方面求信,而连译文最基本的文从字顺都做

---

① 钱锺书:《管锥编(第三册)》,第 1101 页。
② 就最初的汉译佛经而言,译者需要面对或加意考虑的,除读者外还有范围更广泛的听众,在此为论述方便计,不加区分,一律以译文读者涵括。

不到。钱锺书援引鸠摩罗什《为僧叡论西方辞体》中的说法:"改梵为秦,失其藻蔚,虽得大意,殊隔文体,有似嚼饭与人,非徒失味,乃令呕秽也。"①翻译面临时代差异、古俗适应今时等困难,不同的语言在文体、用语、措词、行文、语言结构与形式等方面亦有各自约定俗成的习惯。不能为迁就或迎合译文读者的阅读习惯而完全抛弃原文的语言习惯,否则容易造成译文过度变形。比如倘若原文中有繁复的"藻蔚",也需要不厌其烦地逐一译出。否则仅单纯追求达意,而忽视甚至有意对原文加以删削、变形或改造,导致译文在形式结构、行文习惯与语言风格等方面与原文存在较大出入,译文的可信度当然会大打折扣,从而最终影响译文的"信"。

第二节　言不尽意,心手相违

在人类社会发展的初始阶段,人们通过手势或面部表情等非语言手段就可以实现简单的交流。在大多数情形下,借助语言可以更加清楚地明确交流的具体内容以及交流双方的准确意图;通过翻译,则能进一步拓宽相互理解的范围,提高理解的精准度。但翻译无疑也受到主客观方面多种因素的影响与制约:源语和译入语两种语言间结构和用语习惯的差异,语言的历时性变迁和共时性差别,作者、译者和读者之间错综复杂、纠葛缠绕的关系,不同文化与习俗在理解与表达方面可能存在的障碍,以及其他学科的渗透和侵入等等。

钱锺书在《林纾的翻译》一文中深有体会地说:

> 一国文字和另一国文字之间必然有距离,译者的理解和文风跟原作品的内容和形式之间也不会没有距离,而且译者的体会和自己的表达能力之间还时常有距离。②

这段话涉及翻译过程中无法避免的困难和矛盾,包括源语与译入语的差异,译者的理解与表达不可避免地会与原作有所出入,尤其强调文学创作和艺术表达中具有普遍共性的"言不尽意"和"心手相违"问题。

一、"言"常受限制

言意理论常见于中国传统文论,源自古代哲学中的"言意之辩"。老子认为"文不逮意",《易·系辞上》载"子曰:书不尽言,言不尽意",《庄子·天道》

---

① 钱锺书:《管锥编(第四册)》,第1263页。
② 钱锺书:《林纾的翻译》,《七缀集》,第78页。

谓"语之所贵者意也,意有所随。意之所随者,不可以言传也",《庄子·外物》言"筌者所以在鱼,得鱼而忘筌;蹄者所以在兔,得兔而忘蹄;言者所以在意,得意而忘言",都强调语言文字表情达意功能的受限制性,揭示思想意识一旦形诸文字即有走失的成分。《墨子·经上》称"执所言而意得见,心之辩也",指出欲得言中之意,需要"心"(实为脑)的机能参与。

"意授于思,言授于意。"(《文心雕龙·神思》)人在外物刺激下经思考而产生思想观念,思想观念又需要借助语言这一物质外壳表达出来;语言是思维的外在物化表现,可以借以展示思维的过程,当然也可以表达思维的成果。人在开展思维活动时,头脑中产生的是意象,借助意象人们的思维可以得到较为充分的展现;一旦开始说话、写作,意象变成语言、文字,就开始有一定程度的走失,无法得到彻底的呈现;而当人们把所说的话、所写的文字翻译成另一种语言时,译文所表达的与原作者最初思维中的意象相比已经发生了两度变形,走失的意思自然会更多,甚至可能产生某种程度的变异。

言与意的矛盾早已成为中国古代文论家关注的对象。刘勰《文心雕龙·隐秀》中说"隐也者,文外之重旨也;秀也者,篇中之独拔者也";陆机《文赋》强调"恒患意不称物,文不逮意,盖非知之难,能之难也";陶渊明诗中写道"此中有真意,欲辨已忘言"(《饮酒》其五)。各家所言基本上都突出意的传达是文学创作的根本性目的,而言是达意的手段;也强调言之表意功能的有限性,即在传达意的过程中,常有无法言说、无以言表或书之不尽的无奈与窘迫;此外还侧重表达"意在言外",欲寻求"文外之重旨",需做到"得意忘言",对意的理解不应拘执于言而参死句。

钱锺书指出:"一切学问都需要语言文字传达,而语言文字往往不能传达得适如其量。"①结构语言学(Linguistique structurale)理论强调,一种语言是一个社会用以描述世界的约定俗成的符号系统。语言在世间万物与人们的思维之间架设起联系的桥梁,它使人们能够理解世界、理解自身以及相互理解,却也因语言的有限性而在一定意义上限制人们的理解所能达到的深广度与有效性。翻译需要跨越语言与文化的重重阻隔与障碍才能实现,无疑它受语言表意有限性的影响更深、更重。正是在这个意义上说,翻译虽然是有助于人类沟通与交流的一项必要的任务,但该任务却又无法真正彻底达成。

刘勰在论述创作中的构思时指出"意翻空而易奇,言征实而难巧"的道理:

夫神思方运,万涂竟萌,规矩虚位,刻镂无形。登山则情满于山,观

---

① 钱锺书:《论复古》,《写在人生边上·人生边上的边上·石语》,第331页。

海则意溢于海,我才之多少,将与风云而并驱矣。方其搦翰,气倍辞前,暨乎篇成,半折心始。何则？意翻空而易奇,言征实而难巧也。是以意授于思,言授于意;密则无际,疏则千里。(《文心雕龙·神思》)

想象活动甫一开始,千头万绪竞相涌上心头并无限延展;写作运思既要遵循一定的规范,又需展开合理的想象进行虚构,还应对不够具体的形象精雕细琢、着意刻画。动笔前的气势通常都很宏大,实际落笔时文辞往往大为减缩,待写成文章时则只能表达最初构思的一部分内容,而泰半都走失了。因为思想意识的表达需要依赖语言文字,文思可以借助丰富的联想与想象从而酣畅淋漓地"翻空",但"言"须落到实处,具体切实的语言文字往往不能将思想意识尽情表达出来。刘勰敏锐地指出,文章内容会受作者思想感情影响,言辞又需要根据文章内容取舍、确定,彼此间若结合得紧密,文章自然贴切,若有疏漏则会谬以千里。

钱锺书分析指出"言"与"物"不能截然割裂:"自文艺鉴赏之观点论之,言之与物,融合不分;言即是物,表即是里;舍言求物,物非故物。"①其本意并不是要否认"修辞立诚",只是他看待修辞立诚的标准是效果驱动的,修辞是第一位的,精于修辞方有可能达致立诚的目的,反方向却未必成立。他同时强调"言"与"物"互为表里,言用以表现物,物借言得以呈现,二者不可截然分割。

《谈艺录》中指出:"余尝谓渔洋诗病在误解沧浪,而所以误解沧浪,亦正为文饰才薄。将意在言外,认为言中不必有意;将弦外余音,认为弦上无音;将有话不说,认作无话可说。"②"文饰才薄"是一个很重的断语,结合下文所言王士禛不解严羽意在言外、弦外余音的引而不发与含蓄包孕,甚至因不解而产生严重误判,钱锺书对他如此评判不为过。

钱锺书在文学批评与学术研究中对包括文学在内的不同学科的用语特点有深刻的思考与独到的把握:

> 不同的学科对于语言文字定下不同的条件,作不同的要求,这许多条件都为学科本身着想,并没有顾到文学,应用它们的范围只能限于该学科本身,所以,"文以载道"之说,在道学家的坐标系(system of reference)内算不得文学批评。假使我们要把此说认为文学批评,我们须依照它在文学家的坐标系里的意义。③

---

① 钱锺书:《中国文学小史序论》,《写在人生边上·人生边上的边上·石语》,第105页。
② 钱锺书:《谈艺录(补订本)》,第97页。
③ 钱锺书:《论复古》,《写在人生边上·人生边上的边上·石语》,第331页。

该论述除强调语言文字表意的有限性(即"言不尽意")以外,还将注意力放在学科特点的约束与限制方面,以"文以载道"为例,指出应遵循文学家的而非道学家的体系进行评判才有意义,以此说明需要结合具体语境使用批评术语方可有效开展文学批评。

唐代张彦远论吴道子的画:"意在笔先,画尽意在,虽笔不周而意周也。"(《历代名画记》卷一)强调画贵含蓄,笔虽未到,却能在营造出的意境中将未直接画出的蕴涵之意尽行表露出来。中国文论中有"不著一字,尽得风流"的说法,犹如中国山水画的表现技法,以无笔墨处与点染处互相烘托辉映,反胜于巨细无遗全部落到实处的表达。

《中国诗与中国画》一文借休谟的理论进一步阐发"意周笔不周"的思想:

> 他(休谟)认为情感受"想像"的支配,"把对象的一部分隐藏不露,最能强烈地激发情感"(Nothing more powerfully excites any affection than to conceal some part of its object);对象蔽亏不明(by throwing it into a kind of shade),欠缺不全,就留下余地,"让想像有事可做"(leave some work for the imagination),而"想像为了完足那个观念所作的努力又能增添情感的强度"(the effort which the fancy makes to compleat the idea gives an additional force to the passion)。把休谟的大理论和我们的小题目拍合,对象"蔽亏"正是"笔不周",在想像里"完足"正是"意周","compleat"可算是"周"字的贴切英译。①

对象蔽亏不明或者笔有未到之处,却恰好给读者或译者的想象留下发挥的余地,而且想象在将"蔽亏""未到"处补充完整时,还为其注入了情感。在这个意义上,读者、译者成为原作者的合作者,其解读、迻译的过程亦可视作针对原作的再创作,此即钱锺书所谓"完足"。

中西方文学创作中亦不乏"意周笔不周"的用例。荷马史诗《伊利亚特》中通篇都没有对海伦美貌的正面描绘,而多从侧面进行烘托,给读者留下丰富的想象空间:

> 特洛亚的领袖们就是这样坐在望楼上。
> 他们望见海伦来到望楼上面,
> 便彼此轻声说出有翼飞翔的话语:
> "特洛亚人和胫甲精美的阿开奥斯人
> 为这样一个妇人长期遭受苦难,

---

① 钱锺书:《中国诗与中国画》,《七缀集》,第13页。

无可抱怨;看起来她像永生的女神……"①

正是这种侧面描写,尤其是借助特洛亚领袖们由衷的赞美与感慨,称交战双方为她争战十年却"无可抱怨",为这样一个"看起来像永生的女神"的妇人而"长期遭受苦难"是值得的,愈发彰显出海伦之美。如此处理比任何落到实处的外貌描写都更能打动人。

类似地,《陌上桑》侧面描写罗敷之美:"行者见罗敷,下担捋髭须。少年见罗敷,脱帽著帩头。耕者忘其犁,锄者忘其锄。来归相怨怒,但坐观罗敷。"《登徒子好色赋》则从反面说明东家之子美得恰如其分:"增之一分则太长,减之一分则太短;著粉则太白,施朱则太赤。"(《文选》卷十九)千百年来,每当读者读到这些语句时,自然会借助自己的想象,设想文中所描绘的人物之美,将"笔不周"之处尽行补充完备。类似用例的确比写实的手法更加栩栩如生,也更能动人心魄;同时也有效地避免出现这样一个弊端:因时势推移造成审美观念的变迁,在此影响下太过写实的外貌美描写或许难以获得所有时代的认同,有时甚至还会引发争议。

二、心手物多难协谐

"知易行难"是中国古代认识论的一个基本观点,从春秋时期起即多有论述,一直延至当下对其探讨仍长盛不衰。《尚书·说命中》谓:"说拜稽首曰:'非知之艰,行之惟艰。'"孔传谓:"言知之易,行之难。"钱锺书十分赞同知易行难一说,并从中西典籍中广泛征引,还将知和行的结合与心、手、物的协谐连类并比:

《左传》昭公十年子皮谓子羽语:"非知之难,将在行之。"得诸巧心而不克应以妍手,固作者所常自憾。……苏轼《答谢民师书》所谓:"求物之妙如系风捕影,能使是物了然于心者,盖千万人而不一遇也,而况能使了然于口与手乎?"又不独诗、文为然。《全唐文》卷四三二张怀瓘《书断序》:"心不能授之于手,手不能受之于心";正尔同慨。……法国一大画家(Delacroix)尝叹:"设想图画,意匠经营修改,心目中赫然已成杰构,及夫着手点染,则消失无可把捉,不能移着幅上。"②

苏轼以"系风捕影"言求物之妙,表达对事物全面、深入、透彻的理解与把握是可遇而不可求的事情。创作者在创作前按照心中设想,几乎可臻完美境

---

① 中文译文引自〔古希腊〕荷马:《伊利亚特》,罗念生、王焕生译,上海:上海人民出版社,2012年,第145页。
② 钱锺书:《管锥编(第三册)》,第1178页。

地;待到动手操作或写或画时,心中所想都如海市蜃楼一样虚无缥缈,被架空而无法落到实处,根本无法借助语言或画笔将心中所想具象化地完全呈现出来。

钱锺书在《管锥编》中又说:

> 既不解行,则未保知之果为真;苟不应手,亦未见心之信有得。徒逞口说而不能造作之徒,常以知行不齐、心手相乖,解嘲文过。①

知行不齐、心手相乖的情况虽然在现实生活中确实存在,也经常发生,但不能以此为遁词,为自己掩饰(文过),因为也可能存在知之不足、心无所得的情形。客观条件的限制与心、手、物不能协谐虽然切实存在,但不应该成为主观不努力导致知之不足、行之不切的借口。

钱锺书在翻译《弗·德·桑克梯斯文论三则》时所作的"译者案"指出:"贯串在德·桑克梯斯的文学史和批评论文里的基本概念之一,就是作家的意图跟作品的效果往往不相符合,以至彼此矛盾。"②桑克梯斯着意体现的这个概念后来发展成现代西方文评家所谓"意图的迷误"(intentional fallacy,又译作"意图谬误"),是美国新批评派极力反对的文学批评的一大弊病,指的是依照作者的主观意图评判作品有可能造成谬误。它强调即使作者本人对已完成的作品尚且有理解不准确、不全面的可能,强调作品一旦成型便体现出一定程度的自足性。

《谈艺录》中论述过心、手、物既相协作又有所乖违的关系:"自心言之,则生于心者应于手,出于手者形于物……自物言之,则以心就手,以手合物。"③钱锺书在解释陆机所言"恒患意不称物,文不逮意"时说:"'意'内而'物'外,'文'者、发乎内而著乎外,宣内以象外;能'逮意'即能'称物',内外通而意物合矣。"④两段论述都表达了以心(或意)作桥梁与纽带,联结物与手(或文)的思想。钱锺书亦援引西方文论,称艺术传达是心、手、物相协谐的结果:"英国一诗人咏造艺谓,缘物生意(the thing shall breed the thought),文则居间而通意物之邮(the mediate word)。"⑤"缘物生意"是心(中国古典文论中常用,实指脑)在发挥功能,将意(诗文作家所思所想)用语言文字表述出来,是手在发挥作用(由知转为行),其中语言文字起到将意与物联系起来的中介作用。

---

① 钱锺书:《管锥编(第三册)》,第1179页。
② 钱锺书:《〈弗·德·桑克梯斯文论三则〉译者案》,原载《文汇报》1962年8月15日;《写在人生边上·人生边上的边上·石语》,第377页。
③ 钱锺书:《谈艺录(补订本)》,第210页。
④ 钱锺书:《管锥编(第三册)》,第1177页。
⑤ 同上书,第1177—1178页。

钱锺书又结合中国传统画论,重拾心、手、物协谐的论题:"论画如宗炳、王微、张彦远辈所谓'神',乃对形言,所谓'心',乃对手言。皆指作画时之技巧,尚未知物之神必以我之神接之,未克如元僧觉隐妙语所云:'我以喜气写兰,怒气写竹。'"①觉隐所言意在强调对物的充分理解,即以"我之神"去接"物之神",是准确表达的前提。《谈艺录》中又说:"夫山似师尹,水比逝者,物与人之间,有待牵合,境界止于比拟。若乐山乐水,则物中见我,内既通连,无俟外人之捉置一处。"②倡导无需牵合、比拟的用心,达到"物中见我"的投入境地,理解与表达当无障碍。

《谈艺录》中又说:"但丁屡叹文不逮意、力不从心。"③但丁所叹的是想得到却写不出的情形,中国古人亦多有类似感触,"言者所以在意,得意而忘言"(《庄子·外物》);"忽有好诗生眼底,安排句法已难寻"(陈与义《春日》);"佳句忽堕前,追摹已难真"(陈与义《题酒务壁》);"梦中频得句,拈笔又忘筌"(唐庚《醉眠》),表达的都是眼前景物充满诗意或令人感怀,心有所动却追摹不出的情形。钱锺书1936年创作的《四言》组诗清楚地说明了语言文字在表达所思所想时的苍白无力,其四作:"茧中有蛹,化蛾能飞。心中有物,即之忽希。"④"心中有物,即之忽希"有"草色遥看近却无"(韩愈《早春呈水部张十八员外》其一)的意境,却更深刻地写出了"此中有真意,欲辨已忘言"(陶渊明《饮酒》其五)的无奈。

钱锺书还从普遍的文艺创作之途入手,强调协谐心、手、物的重要性:"凯勒小说所谓学画者当视大自然为画苑,睹风景时,不作物象看,而作具有布局笔法之绘事看。……艺匠经营,外物已成心画。"⑤将大自然、风景等作对象化处理,使"外物"成"心画",中国文评、画论中亦有类似表达。如唐代厉霆的"胸中元自有丘壑"(《大有诗堂》),宋代苏轼的"画竹,必先得成竹于胸中"(《文与可画筼筜谷偃竹记》)等。

《管锥编》中对此又有进一步论述:

> 一艺之成,内与心符,而复外与物契,匠心能运,而复因物得宜。心与手一气同根,犹或乖睽,况与外物乎?心物之每相失相左,无足怪也。⑥

---

① 钱锺书:《谈艺录(补订本)》,第55页。
② 同上书,第54页。
③ 同上书,第538页。
④ 钱锺书:《四言》其四,《槐聚诗存》,第12页。
⑤ 钱锺书:《谈艺录(补订本)》,第537页。
⑥ 钱锺书:《管锥编(第二册)》,第508页。

钱锺书在此指出心与手本于一人,二者仍有不协调、不一致的情况存在,心与外物相距更远、阻隔更多,出现相乖相违的情况也就不难理解了。艺术成就的取得,既要能够运用匠心,达到艺术创作的水准,又要确保匠心与所呈现的物相协调。艺术锻造的途径,无非是让内与心符和外与物契最大限度地匹配。

心手相违的情况不仅见于文艺创作中,也普遍存在于阅读、理解与翻译中。读者、批评者和翻译者面对具有"文外之重旨""文外曲致"的文本,总会在自己特定的知识背景、审美喜好的基础上阅读、理解和翻译,并对"文情难鉴"的文本发挥一定的创造性。从发挥主观能动性的角度看,读者与译者存在一个"前见"和"前理解";而以自己独特的方式进行有限的、暂时的理解与翻译转换,有时难免会取主观印象式的解读与表达路径。在翻译过程中,表达是理解的结果,但理解得正确并不意味着表达得完美,因为原作的呈现、译者的理解与译文的再现恰好构成物、心、手既相互协作又有所乖违的关系。

德里达在读本雅明《译者的任务》时,借分析《圣经·旧约》中通天塔的故事,指出翻译乃是一种必要的然而却又无法真正完成的任务。刘勰指出,理解过程中文本本身和读者固有的偏好不能恰相吻合,导致理解的分歧,并对之做出合理的解释:"形器易征,谬乃若是;文情难鉴,谁曰易分?夫篇章杂沓,质文交加;知多偏好,人莫圆该。"(《文心雕龙·知音》)有形的器物虽然容易验证考查,尚且可能出现认识上的谬误,抽象的文情难于鉴别,当更难区分清楚;人的爱好多有所偏,因而个人很少能够做到周全兼备地观察问题。一种视角与方法的选定意味着对更多种视角与方法的放弃,并且观察时产生洞见的同时也不可避免地会出现一定的视域盲点。若要在实际操作层面尽量减少负面影响,开展文艺创作、批评、阅读与翻译的过程中应尽量减少主观因素的影响,规避印象评点式的路径。

概括而言,在包括翻译在内的艺术创作中,要表达心中所想,需借助于手,以手创造出有形的物,来契合心中所想;同理,若想表现一事物的意态,需要通过心(思想)抓住该事物区别于其他事物的本质特征,再通过手(行动)将其呈现出来,而心中所想恰恰起到桥梁与纽带的作用,在被呈现之物与手所呈现出来的艺术创作之间建立起联系。

第三节　阐释之维,翻译同调

英国翻译理论家乔治·斯坦纳(George Steiner)在1975年出版的《通

天塔之后——语言与翻译面面观》(After Babel: Aspects of Language and Translation)①一书中,率先将此前用于理解意义、读者与文本关系的阐释学(Hermeneutics)理论引入翻译研究。阐释学是依据文本本身来解释与理解文本的哲学技术,最早指的是探索语句或文本的意义。阐释学用"文本"(text)概念代替原来的作品(works),文本是一个综合、连续不断的重写过程的必然结果,而重写则意味着在差异和变化中不断重构文本。

钱锺书在《管锥编》中广泛援引阐释学理论解读中国古典文学,其中亦有与翻译相结合的思想。他也从微观着眼,借助阐释学的视角进入翻译的内部,说明翻译的过程即是理解的过程,从而也是阐释的过程,相应地,"误读"与"创造性叛逆"成为翻译的题中应有之义。从阐释学的维度切入,可以更加深入地理解翻译的实施过程及其间存在的问题。

一、理解即翻译

斯坦纳在《通天塔之后》中明确提出"理解即翻译"的观点:"每当我们读或听一段过去的话时,无论是《圣经》里的'列维传',还是去年出版的畅销书,我们都是在进行翻译。读者、演员、编辑都是过去语言的翻译者。"②从某种意义上说,翻译的开展首先建立在阅读的基础上,阅读过程自然伴随着阅读者个人化的理解与阐释,这等于说"读者通过创作接受作品"③。当然这种创作方式并非等同于原作者的创作,而是侧重强调读者创造性地理解与带倾向性地接受原文本。

钱锺书在文本细读的基础上分析朱弁《春阴》中的"诗穷莫写愁如海,酒薄难将梦到家"一联:"这句分三层:要回故国除非在梦里;可是又睡不着,要做梦除非喝醉了酒;可是酒力又不够,一场春梦还没到家早已醉退人醒了。"④如此理解与阐释实则是用散文化的现代语言将古体诗翻译了过来,而且至少涉及文体与语言两个层面的转换。

以施莱尔马赫(Friedrich Schleiermacher)和狄尔泰(Wilhelm Dilthey)为代表的传统阐释学主张,阐释应努力帮助读者把握文本及其作者的原意,以防发生误解;以海德格尔(M. Heidegger)和伽达默尔(Hans-Geory

---

① George Steiner, After Babel: Aspects of Language and Translation, London, Oxford, New York: Oxford University Press, 1975.
② Ibid., p. 28.
③ Wolfgang Iser, "Interaction between Text and Reader", The Norton Anthology of Theory and Criticism, Vincent B. Leitch (Ed.), New York: W. W. Norton & Company, Inc., 2001, p. 1674.
④ 钱锺书:《宋诗选注》,第 227 页,注 2。

Gadamer)为代表的现代阐释学则强调理解的历史性,认为对象文本和阐释主体都具有各自在历史演变中形成的"视界"(horizon),读者或译者应努力让自己看待文本的视界接近作者的初始视界,以达到"视界融合"(Horizontverschmelzung)①,钱锺书称之为"读者与作者眼界溶化"②。视界融合不仅使读者对文本的理解更接近作者的本意,而且也使艺术接受中的再创作得以持续进行。

视界融合的观点也相当恰切地道出了翻译尤其是文学翻译的实质。对文本的分析和研究固然必不可少,但却不能涵盖复杂的翻译活动全过程。文本不再被看作读者能够准确解读、意义确定自足的文字结构,文本意义的实现与阐释活动的完成很大程度上依赖读者的参与。考虑到翻译所涉及的两种语言存在地域性差别,有时可能还包含语言的历史性差别,再加上迻译过程中无可规避的异质语言间的差异性问题,译文文本不再是对原文本字当句对的临摹,译者将不可避免地把自己所熟悉世界的知识带进原文这个相对陌生的世界,最直观的体现是译文文本再译回源语时必然与原文本有程度不等的差异。

不同的人对某一问题的理解、对某一文本的解读都基于个人观察、理解事物的眼界或水平,而这又与个人的人生阅历、生活环境、受教育程度等因素密切相关。倘若对类似因素善加利用,必将有助于译文更加接近原文,直至达到出神入化的"化境";然而若严重受制于这类因素,则易脱离原作,令翻译滑入荒腔走板的"乱译"泥淖。

二、有意误读

语言生成和发展的历史性和地域性差别决定它不可避免地具有多义性、片面性和变动性等特征。雷蒙·威廉斯(Raymond Williams)指出:"无论过去还是现在,意义的变异性其实就是语言的本质。"③确立意义的变异性意味着承认文本意义具有开放性,同时也允许多元阐释的存在,其中亦不乏"误读"的成分。误读中有因知识储备不足或望文生义而造成的曲解、误解,也有文本在传播和接受过程中因阅读者、阐释者未能有效地和原作者形成"视界融合",从而导致对文本理解有所缺失或妄加增添的情况。文学批评中的误读

---

① Mary Snell-Hornby, *Translation Studies: An Interdiscipline*, Philadephia: John Benjamins Publishing Company, 1994, p. 2.
② 钱锺书:《谈艺录(补订本)》,第 611 页。
③ Raymond Williams, "Introduction", *Keywords: A Vocabulary of Culture and Society*, New York: Oxford University Press, 1983, p.24.

多指后者。

误读与中国古典文论中津津乐道的"诗无达诂"异曲同工。董仲舒提出"诗无达诂"(《春秋繁露》),本意是反对就《诗经》作字面上的生硬解释,但无形中为解释的多种可能确立了合法性。"诗无达诂"并不是说诗(原指狭义的《诗经》,后泛指一切优秀的文学作品)不可解读,而是强调理解不能拘泥于字面,而应超越训诂文字、解释词语的层面,用心灵去捕捉诗的意象与境界,强调文学审美思维的空灵和解释者主体性的能动发挥。

有些情况下"误读"是语言自身的发展造成的,也有读者和译者的理解与原文有出入这一方面的原因。意义的无限可能只能被每一个读者以自己独特的方式进行有限的、暂时的解读。针对同一文本,不同的读者、译者阐释起来有"横看成岭侧成峰"之妙,一如《易·系辞上》所言"仁者见之谓之仁,智者见之谓之智",西方"一千个读者就有一千个哈姆雷特"的说法亦含此意。鲁迅说同一部《红楼梦》,"单是命意,就因读者的眼光而有种种:经学家看见《易》,道学家看见淫,才子看见缠绵,革命家看见排满,流言家看见宫闱秘事……"①,读者富有创造性,文本本身也为读者的创造性理解提供了施展空间与发挥余地。

作者创作时选择恰当的词句表情达意已有困难,读者或译者理解原作出现偏差同样在所难免。诚如刘勰所言,"或理在方寸,而求之域表,或义在咫尺,而思隔山河"(《文心雕龙·神思》)。想象化为意象,意象转作语言,有时熨帖,有时却难免疏漏;有时要表达的意思就在心头,却要搜肠刮肚去寻找确切的字句;有时要表达的意旨近在眼前,而思绪却可能神驰万里。钱锺书说:"立言之人句斟字酌、慎择精研,而受言之人往往不获尽解,且易曲解而滋误解。"②抛却错误理解姑置不议,因不获尽解而产生的曲解就是"误读"最常见的表现。

误读不仅有其必然性,有时甚至是蓄意而为;误读也并非总是负面的,有时也会产生一定的积极意义,至少能够激起人们探求真相的兴趣。哈罗德·布鲁姆(Harold Bloom)指出:"一部诗的历史就是诗人中的强者为了廓清自己的想象空间而相互'误读'对方的诗的历史。"③甚至作品的经典化过程也离不开误读。卡尔维诺(Italo Calvino)宣称一切阅读都是误读,称经典在人们

---

① 鲁迅:《〈绛洞花主〉小引》,《鲁迅全集8》,北京:人民文学出版社,2005年,第179页。
② 钱锺书:《管锥编(第二册)》,第406页。
③ 〔美〕哈罗德·布鲁姆:《影响的焦虑》,徐文博译,北京:生活·读书·新知三联书店,1989年,第3页。

"反复阅读和重新诠释的过程中不断获得新生命"①,经典的形成与经典地位的维持都离不开阐释,而阐释过程中也难免会产生一定程度的误读。质言之,阅读与翻译过程中误读的存在既有一定的必然性,也有某种程度的合理性,但应尽量避免曲解、误解,努力使创造性叛逆发挥积极作用。

三、创造性叛逆

传统翻译理论强调"忠实"而相对忽略译者主体的能动性发挥。著名的意大利谚语"翻译者即叛逆者"(Traduttore, traditore),以及称翻译为"优美的不忠"(Les belles infideles)的法国说法,其关注点都不在翻译者误读的创造性方面。20世纪60年代法国学者埃斯卡皮(Robert Escarpit)指出:"翻译总是一种创造性叛逆(creative treason)",并解释说:"说翻译是背叛,那是因为它把作品置于一个完全没有预料到的参照体系里(指语言);说翻译是创造性的,那是因为它赋予作品一个崭新的面貌,使之能与更广泛的读者进行一次崭新的文学交流;还因为它不仅延长了作品的生命,而且又赋予它第二次生命。"②原作得以再现的译入语是原作者在创作时完全没有预料到的场域,原作借助译作这一新形体,犹如在译入语中获得了新生。埃斯卡皮的"创造性叛逆"概念丰富了传统翻译理论,对译者主体的强调也引起更多翻译研究者的重视。

阐释学要求阐释不能仅仅满足于在微观层面如实地传达原作的意思,还应考虑文本整体、文本背后的文化蕴涵、作者的创作意图以及阅读原文本时会对读者产生怎样的移情悦性作用。钱锺书倡导在理解和翻译时借助"阐释的循环",以期达到"义解圆足"的目的:

> 积小以明大,而又举大以贯小;推末以至本,而又探本以穷末;交互往复,庶几乎义解圆足而免于偏枯,所谓"阐释之循环"(der hermeneutische Zirkel)者是矣。③

阐释不是一劳永逸的事情,其有效性是暂时的,也是有条件的,"最好的阐释不过是在阅读过程中对众多的因素作出了说明,对文本进行了最前后一致的解释和从整体上揭示了文本的意义而已"④。考虑到众多相关因素,兼顾好前后一致,从整体与全局的高度揭示文本意义,是阐释得以开展并取得

---

① Italo Calvino, The Uses of Literature, Patrick Creagh trans., New York: St. Martin's Press, 1986, p. 24.
② 〔法〕罗贝尔·埃斯卡皮:《文学社会学》,王美华、于沛译,合肥:安徽文艺出版社,1987年,第137—138页。
③ 钱锺书:《管锥编(第一册)》,第171页。
④ 张隆溪:《道与逻各斯》,冯川译,成都:四川人民出版社,1998年,第296页。

成效的必要条件。文本中总有读者不能轻松留意到的一些细节,也包含作者的某些言外之意、文外之旨,需要结合语境理解,在整体观照的基础上,从对上下文的细密解读中寻求突破。钱锺书以"阐释之循环"强调阐释过程中部分与整体的双向互动,二者交互往复、相互补足,理解、阐释与翻译方有可能达致义解圆足之境。

传统翻译理论对读者的创造性叛逆多持否定态度,主张译者应将其创造性限定在最低程度;当今译界则趋向于鼓励创造性叛逆在翻译中发挥积极作用。文学翻译史上众多成功的译例也从实践层面证明了译者创造性叛逆存在的必然性与合理性。翻译学界"操纵学派"的代表人物勒菲弗尔(Andre Lefevere)在《翻译、重写和文学名声的操纵》一书序言中写道:"翻译当然是对原文的重写。所有的重写,不论其动机如何,均反映出某种观念和诗学,并以此操纵文学在特定的社会里以特定的方式发挥作用。"①操纵学派强调翻译"归化"②的一面,看重译者的"重写",其要义在于从接受美学的角度重新审视译本、考量翻译效果,充分考虑译入语在语言与文化方面的规范要求,正确看待译本接受环境对译本的制约,发挥译者的主体性,力争在实现翻译转化的同时,亦产生良好的文化效应与社会效应。

第四节 翻译常规,一体两面

钱锺书在论述自己的翻译思想时,广泛涉及翻译的形式与内容、直译与意译、意译与音译、归化与异化等常规问题。他注重翻译呈现原作内容方面的信与美,也在一定程度上表现出偏好意译或适度向译入语归化的倾向,但他并没有将上述每组问题中的两个因素截然对立起来,而更希望将它们视作一体两面的存在,从而较为辩证地看待与处理它们之间的关系。

一、内容与形式

在《林纾的翻译》中,钱锺书对林纾用不同文体分别进行创作和翻译详加考论:

> 林纾译书所用文体是他心目中认为较通俗、较随便、富于弹性的文言。它虽然保留着若干"古文"成分,但比"古文"自由得多;在词汇和句法

---

① Andre Lefevere, Translation, Rewriting, and the Manipulation of Literary Fame, London: Routledge, 1992, p.vii.
② 所谓翻译中的异化是指以译入语与译文读者为归宿,将源语作本土化处理的方法。

上,规矩不严密,收容量很宽大。①

林纾虽然偶有混同翻译与创作的情况,但他清醒地认识到翻译小说和创作古文是大相径庭的两种创造性工作。加之古文在语言运用方面有太多的清规戒律,在译书时却常常需要突破语言表达方面的束缚,因而林纾没有也不可能用古文翻译西方小说。

钱锺书评蔡廷干英译《千家诗》时指出,英译者讲究格式,不能读中国诗的西方读者借助译本,凭借想象,可以对其形式特点形成大致准确的印象:

> 宁失之拘,毋失之放。虽执著附会,不免削足适履之讥,而其矜尚格律,雅可取法。向来译者每译歌行为无韵诗,衍绝句为长篇,头面改易,迥异原作。……至其遗神存貌,践迹失真,斯又译事之难,于诗为甚。②

在翻译过程中,倘若一种选择是固守原作的形式结构,另一种选择则是随心所欲地改变原作的形式,且二者必居其一,钱锺书倾向于"宁失之拘,毋失之放",即希望译文尽力保持并体现原文形式结构方面的特征。

向来译诗者多致力于传达诗作的内容,导致译文在诗体、结构、格律、形式等方面都程度不等地发生有异于原作的变形;少数译者则矫枉过正,过于追求形似,却导致译文在内容、实质与意旨等方面大为失真。实际上两种做法都不可取,正是在这个意义上,钱锺书由衷地慨叹:译事之难,于诗为甚。

钱锺书在翻译诗作的过程中着力兼顾形式与内容,使两方面都尽量贴近原作,奉献了许多既清新隽永又新人耳目的译例:

> One two three four,
> We don't want the war!
> Five six seven eight,
> We don't want the state!
> 一二三四,
> 战争停止!
> 五六七八,
> 政府倒塌!③

译文在形式结构上与原文毫无二致,在内容方面虽不是严格的逐字对

---

① 钱锺书:《林纾的翻译》,《七缀集》,第 94—95 页。
② 钱锺书:《英译千家诗》,原载《大公报·文学副刊》第二百五十四期,1932 年 11 月 14 日;《写在人生边上·人生边上的边上·石语》,第 264 页。
③ 钱锺书:《管锥编(第一册)》,第 64 页。

应,但能确保原文的意思基本没有走失,亦无额外的增添,将西方民众反对战争、抗议政府的口号准确传神地翻译了过来。英语中 nation 多与民族国家相关,而 state 更侧重国家的政权架构方面,故此处将 state 译作"政府"是恰切的。

《谈艺录》中曾引述《荷马史诗》描摹一只金盾上栩栩如生的雕镂人物,提到其中耕耘的场面:

  and the earth looked black behind them,
  as though turned up by plows.
  But it was gold,
  all gold—a wonder of the artist's craft.
  犁田发土,
  泥色俨如黑。
  然此盾固纯金铸也,
  盖艺妙入神矣。①

除了前两句按照中英文不同的表达习惯调整了顺序以外,译文基本上是遵照原文的内容与形式翻译的。翻译时既要考虑到荷马生活的时代距今久远,不宜使用过于浅近的白话,又要符合史诗适合上口吟唱的特点,也不宜过度书面化。足见翻译过程中选用恰当的语言进行表达是颇费心思的事情。

《管锥编》中有一句耐人寻味的翻译:

  He who can, does. He who cannot, teaches.
  己不能,方教人。②

若严格遵照原文的字面意思,用中文表达当是"能自己做到的人亲自去做;自己做不到的人,反倒教导别人如何去做"。钱锺书的译文看似只翻译了后一句,但因其中有一个"方"字,已然内在地包含了前一句的所有内容,故前一句虽省略不译,其中的蕴涵依然显豁,实为笔省意不省,较好地体现了钱锺书所称道的"意周笔不周"原则。

二、音译与意译

钱锺书在《林纾的翻译》中提出文学翻译的最高理想为"化境":

  把作品从一国文字转变成另一国文字,既能不因语文习惯的差异而

---

① 参见钱锺书:《谈艺录(补订本)》,第 318 页。
② 钱锺书:《管锥编(第三册)》,第 1119 页。

露出生硬牵强的痕迹,又能完全保存原作的风味,那就算得入于"化境"。①

语文习惯的差异是天然存在着的,但不宜因之而在译文中露出生硬牵强的痕迹,要求以译入语的语法规则与语用习惯为标准评判译文的优劣。完全保存原作的风味,是为了在"文"与"质"的层面上做到译文不"失本",即不能为迁就或迎合读者的阅读习惯而完全抛弃原作的语用习惯,避免对译文进行过度文饰或删削。

钱锺书对采用音译方式翻译持谨慎的保留态度。在小说《灵感》中,他以反讽的笔致写道:

> 每逢我译不出来的地方,我按照"幽默"、"罗曼谛克"、"奥伏赫变"等有名的例子,采取音译,让读者如读原文,原书人物的生命可以在译文里人寿保险了。②

其实不难看出,他非常不赞成这种音译的处理方式。因为如果不额外附加注解,初读者可能根本不理解音译对应词所言为何物。从翻译的效果看,如此音译是译犹未译、虽译实不译的偷懒做法。

《管锥编》开篇论"易之三名"时提及一个德语词 aufheben,最初将其引入中文语境的人按照读音将其译作"奥伏赫变",读者仅根据音译根本不知道它表达的是什么意思,那么这种音译与不翻译究竟有多大区别呢?钱锺书将之意译为"扬弃",不仅中文读者理解起来毫无障碍,而且将该词在德语中所包含的复杂蕴涵也都基本表达出来了:新旧更替中既克服、摒弃旧事物中的消极成分,又保留、继承对新事物有积极意义的传统元素,并把它们发展到新的阶段。

《中国诗与中国画》一文中将通常音译作"巴洛克"的 Barock 一词译作"奇崛派"③,不仅言简义丰,而且较好地涵括了该词在建筑、油画、音乐、文学、家具、服饰等领域体现出来的特色。因为在实际应用中,每一个领域针对该词都有繁复的解释、说明或限定,钱锺书的这一译语,可谓提取了上述各领域中"巴洛克"风格的最大公约数,显示出他惯于以文化多元的方式思考问题,并借助通观圆览的视角把握事物本质属性的高屋建瓴。只是语言应用本身十分复杂,且同时受到多重内在与外在因素的影响,有时候约定俗成具有强劲的惯性力量,因而该词的中文对应词以音译的"巴洛克"更为常见,"奇崛

---

① 钱锺书:《林纾的翻译》,《七缀集》,第 77 页。
② 钱锺书:《灵感》,《人·兽·鬼》,第 88 页。
③ 钱锺书:《中国诗与中国画》,《七缀集》,第 8 页。

三、意译与直译

笼统地说翻译中的直译与意译何者为优、何者为劣往往并不能令人信服，较妥当的处理方法是：可以直译的地方宜径直采用直译，而无法做到直译时只能酌情加以意译。

钱锺书多次以自己擅长的比喻来类比翻译，指出二者的共性在于"似取一端"，即部分相似。他也翻译了许多西方俗谚以佐证这一观点：

A pin has a head, but no hair;
A clock has a face, but no mouth there;
needles have eyes, but they cannot see.
针有头而无发，
钟有面而无口，
引线有眼而不能视。①

A hill has no leg, but has a foot.
山有足而无股。
A watch has hands, but no thumb or finger.
表有手而无指。
A saw has teeth, but it does not eat.
锯有齿不能嗜。②

钱锺书意欲借这些译例说明翻译过程中求"尽信"的困难和不足取。当然，翻译与比喻既有共性又有明显差异，二者的不同之处在于，遵循"似取一端"的要求，可以取本体与喻体的少许相似之处来构筑比喻，而翻译则对译文忠实于原文的程度要求更高。上述译例中原文都朴实无华，意在说理，所以钱锺书一律采用直译。

《管锥编》中曾翻译过英国一文人随笔中的部分内容：

A fair metaphorical title for at least some chapters in any rational being's autobiography. So tall! so polished! so finely knotted! so suggestive of a real oak-plant! and so certain to crack at the first serious strain!

---

① 钱锺书：《管锥编（第一册）》，第41页。
② 同上书，第155页。

不见黄芽菜干乎？高挺、润泽，又具节目，俨然橡木杖也，而稍一倚杖，登时摧折。人苟作自传追溯平生，则可以"菜干杖"寓意作标题者，必有数章焉。①

钱锺书译文的语序虽较之原文有所调整，但内容方面全采直译方式译出，译文亦能与原文一样生动传神。

他还凭借惊人的语言才华，将许多看似不太可能直译的地方以直译的方式翻译过来：

Tomorrow come never.
明日遥无日。②

Two distincts, division none.
可判可别，难解难分。③

The smyler with the knyf under the cloke.
面上笑，衣下刀。④

就翻译效果而言，这些译例都是非常成功的，因为即便单独将这些译文放在中文语境中审视，其遣词用语也堪称精当；而且译文在内容、寓意、形式结构、感情色彩等方面都与原文基本无出入。直译看似简单，却对译者在源语与译入语的掌握方面都有很高的要求，并且译文的遣词用语也颇需费一番斟酌、推敲与取舍的功夫。

钱锺书在短篇小说《灵感》中以充满戏谑的笔调，借小说中人物的口吻说："我只翻译，不再创作，这样总可减少杀生的机会。我直译原文，决不意译，免得失掉原书的生气，吃外国官司。"⑤诚然，直译可以更好地保留原作的生气，但仔细梳理钱锺书的翻译实践，每当需要在直译与意译二者之间权衡取舍时，他一般更倾向于采用意译的笔法。

钱锺书在批评与研究中提及一些西方名著而需要翻译书名时，较少用直译的方式，而多结合著作内容取意译。如他将海涅的《旅行记》(Reisebilder)译作《旅行心影录》⑥，中文读者即便不了解该书的具体内容，根据译名也会形成一个比较概观的认知。他将狄更斯的《匹克威克外传》(Pickwick Papers)

---

① 钱锺书：《管锥编（第三册）》，第 946 页。
② 同上书，第 901 页。
③ 钱锺书：《管锥编（第二册）》，第 444 页。
④ 同上书，第 700 页。
⑤ 钱锺书：《灵感》，《人·兽·鬼》，第 88 页。
⑥ 钱锺书：《小说识小》，《写在人生边上·人生边上的边上·石语》，第 136 页。

译作《旅行笑史》①，单纯根据意译的书名，读者已然可以大致了解书中所涉为何，而根据音译的书名却根本达不到类似的效果。他将一本谈吃的书 Almanach des Gourmands 译作《老饕年鉴》②，庄谐杂糅，令读者忍俊不禁。他将麦西乌斯的书 Pen and Ink 译作《笔墨集》倒也无奇，内有一篇"On the Antiquity of Jests"译作《诙谐谱牒》③，正如将弗洛伊德的 Wit and the Unconscious 译作《论俳谐》④一样，不仅准确贴合原文原意，而且一目了然，译笔生动传神，令人击节赞赏。

四、归化与异化

当代美籍意大利翻译理论家劳伦斯·韦努蒂（Lawrence Venuti）说："翻译是一个不可避免的归化过程，其间，异域文本被打上使本土特定群体易于理解的语言和文化价值的印记。"⑤虽然"归化"和"异化"这对翻译术语迟至1995年才由韦努蒂在《译者的隐身》（The Translator's Invisibility）⑥中正式提出，但这两个术语所关涉的事情却早已引起翻译工作者与研究者注意，并且不同译者在翻译实践中各有偏好。作为两种翻译策略，归化和异化是对立统一的，二者不可截然割裂，更不能将它们判然对立起来。

在翻译中借用译入语中的词头、套语、故典等对应源语中的同类表达，省却繁琐的论证功夫，避免了译文中不得不夹杂解释异文化的添加成分却仍欠准确传神的问题，往往事半功倍。钱锺书常化用现成的中文成语或熟语翻译西方语言中的熟语或惯用表达，诸如"唯唯诺诺汉"（yes-man）、"颔颐点头人"（nod-guy）⑦、"难得糊涂""无知即是福"（Ignorance is bliss.）⑧等，既准确贴切地表达了原文的意涵，在中文语境中也并不显得生硬突兀。就翻译效果而论，这种情况下使用归化方式进行翻译要优于异化处理。

钱锺书曾翻译过美国哲学家皮尔斯（C. S. Peirce）论述情爱运行的言论：

> The movement of love is circular, at one and the same impulse projecting creatures into independency and drawing them into harmony.

---

① 钱锺书：《小说识小》，《写在人生边上·人生边上的边上·石语》，第140页。
② 钱锺书：《吃饭》，《写在人生边上·人生边上的边上·石语》，第30页。
③ 钱锺书：《小说识小续》，《写在人生边上·人生边上的边上·石语》，第147页。
④ 钱锺书：《小说识小》，《写在人生边上·人生边上的边上·石语》，第138页。
⑤ Lawrence Venuti, "Translation and the Formation of Cultural Identities",转引自许宝强、袁伟选编：《语言与翻译的政治》，北京：中央编译出版社，2001年，第359页。
⑥ Lawrence Venuti, The Translator's Invisibility: A History of Translation, London: Routledge, 1995.
⑦ 钱锺书：《管锥编（第三册）》，第1082页。
⑧ 钱锺书：《管锥编（第二册）》，第498页。

> 情爱运行,作团圆相,此机一动,独立与偶合遂同时并作,相反相成。①

该论述既强调相爱的个体是独立的,又注重相爱双方的偶合;二者同时并存,构成情爱运动的整全性,分与合相反相成,最终达致和谐共存的境界。"团圆相""机"等用语,显然是钱锺书以"归化"方式进行翻译的明证。

在《林纾的翻译》中,针对林纾译文中的"欧化"成分,钱锺书正色指出:

> 意想不到的是,译文里有相当特出的"欧化"成分。好些字法、句法简直不像不懂外文的古文家的"笔达",倒像懂得外文而不甚通中文的人的狠翻蛮译。那种生硬的——毋宁说死硬的——翻译构成了双重"反逆",既损坏原作的表达效果,又违背了祖国的语文习惯。②

显然这种生硬甚至死硬的翻译方式不足取,因为如此"异化"的翻译既对原作的表达效果形成遮蔽、掩盖甚至篡改,也不符合译入语的表达习惯。

钱锺书也并非一概反对译文的异化,相反,他认定无论欧化还是汉化,只要有助于译文达致某种新奇的效果,都是可取的:

> "欧化"也好,"汉化"也好,翻译总是以原作的那一国语文为出发点而以译成的这一国语文为到达点。③

适度的"异化"并非不可为,有时反倒有利于增强译文的表现力。但钱锺书又明确指出,好的翻译应力避出现翻译腔:"译本对原作应该忠实得以至于读起来不像译本,因为作品在原文里决不会读起来像翻译出的东西。"④《谈艺录》和《管锥编》等学术著作中凡引述西方文学、历史、哲学著作的片段作为论据或例证时,一律提供典雅的文言译文,确保引文风格与上下文协调一致。这一点可以看作钱锺书在翻译实践中倾向于"归化"的有力证据。

《论交友》开篇讲到上帝造了世间第一个男人,钱锺书对他名字的翻译颇耐人寻味:

> 假使恋爱是人生的必需,那末,友谊只能算是一种奢侈;所以,上帝垂怜阿大(Adam)的孤寂,只为他造了夏娃,并未另造个阿二。⑤

---

① 钱锺书:《谈艺录(补订本)》,第615页。
② 钱锺书:《林纾的翻译》,《七缀集》,第95页。
③ 同上书,第78页。
④ 同上书,第77页。
⑤ 钱锺书:《谈交友》,《写在人生边上·人生边上的边上·石语》,第73页。

钱锺书没有采用通用程度更高的音译"亚当"来译 Adam，一方面，在中文语境中，作为上帝开天辟地后造出来的第一个男人，为他取名"阿大"符合中国人思维的惯例常规；另一方面是为了照应下文，使得按照排行接续而来的"阿二"的出现顺理成章。设若 Adam 按照音译译作"亚当"，下文断不会出现"阿二"之说，要表达同样的意思估计要多费不少笔墨，其效果也远不如现在这样出彩。需要指出的是，在《围城》中钱锺书却径直用了音译"亚当"，说"亚当和夏娃为好奇心失去了天堂"①。足见上述译例中的"阿大"这一译名是为此处专设的。至于"夏娃"一名，放在中文语境中亦不突兀，所以两处都没有别出心裁地另选他词来译。以"阿大"译 Adam 就是从翻译效果与译文读者接受角度综合考量后做出的成功"归化"译例，值得称许。

钱锺书提到《宗教和哲学中的冒险》（Adventures in Religion and Philosophy）一书给罗素取的诨名"Mr. Try-Everything-Once"，并将之译作"马浪荡"②。该诨名的英文原意是每件事情都想尝试一次的人。这类人往往没有长性，做事时每每试过一次后就放下，新鲜感一过就转而去尝试别的新东西。"马浪荡"亦作"马郎党"，为吴方言词汇，指游手好闲的人。有一个苏剧剧目名为《马浪荡》（又名《马浪荡十弃行》），最早以坐唱形式出现于清末，主人公马浪荡是一名流浪汉，无固定职业又不善做事，改换多种行业然终一事无成。20世纪30年代该戏在上海家喻户晓，人们常把无固定职业的男子径称为"马浪荡"。合观英文原意与苏剧剧情梗概，钱锺书以"马浪荡"对应"Mr. Try-Everything-Once"，这一翻译真乃神来之笔，其恰切与熨帖妙不可言。

第五节 一贯万殊，和而不同

中国文化始而与邻国交流，继而远播欧美，这种交流自古至今未曾中止，交流过程中逐渐形成并趋于坚守的态度是"和而不同"。"和而不同"是中国传统思想中影响深远、思辨性很强的一种观念，它内涵丰富，意蕴深广，"不同"强调世界的多样性和差异性，"和"指不同事物的相辅相成、共生共长。承认"不同"这一多样性基础上的"和"，才能使事物得到发展，如果一味求"同"，反而容易导致事物走向消亡。坚持异质文化和而不同、双向互动是包括翻译观念在内的钱锺书文化观念的特色，体现在内在理论品格和实践路径两个

---

① 钱锺书：《围城》，第153页。
② 钱锺书：《作者五人》，《写在人生边上·人生边上的边上·石语》，第288页。

层面。

一、和而不同

钱锺书在《管锥编》中从晏子区别"和"与"同"说起,引述《国语·郑语》"夫和实生物,同则不继。以他平他谓之和,故能丰长而物归之;若以同裨同,尽乃弃矣";并征引《论语·子路》《管子·宙合》《孔丛子·抗志》《淮南子·说山训》和《乐记》中的种种说法,申明"和而不同"的道理。

他还将古希腊哲人"音乐之和谐,乃五声七音之辅济,而非单调同声之专壹"的说法与"和而不同"等量齐观①;并进一步到西方旧说中寻求思想支持:

Unity in variety.
一贯寓于万殊。②

Truth is one; just as the Bacchantes tore asunder the limbs of Pentheus, so the sects both of barbarian and Hellenic philosophy have done with truth. The dogmas held by different sects coincide in one, either as a part, or a species, or a genus. For instance, though the highest note is different from the lowest note, yet both compose one harmony.

大道裂而学术分歧,然各派相争亦复相辅,如乐之和乃生于音之不同。③

单调同声构不成音乐的和谐,不同的音相和反倒可以造就和谐之境;学术有派别、有分歧,但各派相争的同时也相辅相成;事物的表现形式或发展进程千差万别,但繁多中见统一,变中见常,其间的统一与常就是寓于万殊中的"一贯"。这些论述都是和而不同的变通说法。

和而不同的实质不是一方消灭另一方,也不是一个"同化"另一个。在处理异文化沟通问题时,它强调既坚持各自的文化传统,又鼓励通过不断对话和彼此交往而深化互相认识,通过寻找交汇点而取得某种共识,并在此基础上互为补充,推动双方文化都有进一步的发展。这是一种互动关系中的动态并存与不断发展变化。

钱锺书在很多场合都倡导和而不同的理念。他在中美比较文学学者双边讨论会上发言指出:"在我们这种讨论里,全体同意不很要紧,而且似乎也不该那样要求。讨论者大可以和而不同,不必同声一致。'同声'很容易变为

---

① 钱锺书:《管锥编(第一册)》,第 237 页。
② 同上书,第 52 页。
③ 同上书,第 390—391 页。

'单调'的同义词和婉曲话的。"①在别处还说:"文学随国风民俗而殊,须各还其本来面目,削足适屦,以求统定于一尊,斯无谓矣""文各有体,不能相杂,分之双美,合之两伤;苟欲行兼并之实,则童牛角马,非此非彼,所兼并者之品类虽尊,亦终为伪体而已"②。承认不同国家、不同民族的文学有同有异,既致力于探寻东西方共同的"诗心"与"文心",又借助对照比较以达到深入了解对方、客观认识自身的目的。

和而不同的要义在于强调用一种陌生的"他者"眼光重新审视自己。在此过程中"对话"永远是一种动力,不可能也没有必要强求结论的一致,而应致力于求同存异、共同提高。和而不同的理念为全球化语境下多元文化共存与异质文化相互借鉴、取长补短、共同发展提供了极具可操作性的方法论依据。

二、双向互动

当今世界全球化有愈演愈烈之势,一个基本表征是经济在全球范围内的相互影响和信息技术的无孔不入。全球化正在使全球政治、经济、文化、教育发生前所未有的变化,异质文化的相互渗透与彼此融合成为趋势。塞缪尔·亨廷顿(Samuel P. Huntington)在《文明的冲突与世界秩序的重建》③中提出:在冷战之后的世界,民族间最重要的区别不在意识形态、政治或经济方面,而在于文化的区别。全球化如果不以尊重和包容文化多样性为前提,它将有可能成为文化冲突乃至战争的温床。我们未必尽然同意亨廷顿所言,但赞同他尊重和包容文化多样性的呼吁。

全球化在文化领域的主要表现是它打破了原来以民族国家为文化单位的固有观念,也突破了相对封闭、自成一统的狭隘界限,为各国、各民族文化提供了一个世界性交流的平台。欲在该过程中有所作为,既应认识到中外文化的异质性;又要承认不同文化相互借鉴、互为补充的可能性、必要性和迫切性;更要在中外文化交流中坚持开放性与主体性兼备的综合思维。合理的做法是在古今对话与中外交流中自如穿行,促进民族文化走向开放和世界文化保持多元,助力传统文化的现代化发展,推动外来文化中的有益因子实现民族化转化与创新性发展。

钱锺书在《林纾的翻译》一文中指出,翻译是个居间者或联络员,它"缔结

---

① 钱锺书:《在中美双边比较文学讨论会上的发言》,《写在人生边上·人生边上的边上·石语》,第199页。
② 钱锺书:《中国文学小史序论》,《写在人生边上·人生边上的边上·石语》,第95页。
③ 〔美〕塞缪尔·亨廷顿:《文明的冲突与世界秩序的重建》,周琪等译,北京:新华出版社,2002年。

了国与国之间惟一的较少反目、吵嘴、分手挥拳等危险的'因缘'"①。越来越多的学者倾向于以类似的开放胸怀、恢宏气度看待异己的文化与文明。傅雷认为:"惟有不同种族的艺术家,在不损害一种特殊艺术的完整性的条件之下,能灌输一部分新的血液进去,世界文化才能愈来愈丰富,愈来愈完满,愈来愈光辉灿烂。"②费孝通提倡:"各美其美,美人之美,美美与共,天下大同。"(《人的研究在中国——个人的经历》)韦努蒂在其译学著作中主张,文学翻译不应以消除异族特征为目标,而应在目标文本中设法把文化差异表现出来。跨文化理解与沟通离不开类似翻译这种"居间者"或"联络员"的客观立场,其居间调停、设法表现文化差异的努力必将有助于异质文化的双向互动和共同发展。

钱锺书深切关注民族文化与文明的传承和赓续,并以开放的胸襟和主体能动的姿态直面文化交流;他在艰苦的物质条件和严峻的政治环境下,坚持在思想层面关怀学术,在实践层面身体力行地投入到学术研究中,体现的是对学问的敬畏和对文化的坚守,以及恢宏的悲悯情怀。

钱锺书以对话为跨文化理解与沟通的有效手段,秉持"一贯万殊、和而不同"的理念开展对话与交流。他在翻译与学术研究的实践层面上,打通了英、法、德、意、西和拉丁语等语言界限,应用了西方系统学、阐释学、心理学、文化人类学和语义学等学科的方法,把古今中外许多重要的智慧因素并置并处,在辩证的思维中将历时的发展序列转变为共时性构成,他探究了作为中西文化共同内核的人类普遍审美心理与文化规律,客观上促进了中国比较文学学科的建制和发展进程。钱锺书的文化观念具有卓尔不群的理论品格和知行合一的实践意义。

---

① 钱锺书:《林纾的翻译》,《七缀集》,第 79 页。
② 傅雷:《傅雷家书(增订第五版)》,北京:生活·读书·新知三联书店,1998 年,第 146 页。

第六章　翻译化境

钱锺书批判地继承中国传统文论与译论，并借鉴现代西方哲学、翻译学、接受美学等多个学科的理论，在丰厚的翻译实践基础上，创造性地将自己的翻译思想凝练为"化境"说。钱锺书所标举的"化境"说在中国译学界引起广泛关注，一方面对它称引颇多，另一方面也有不少人认为它抽象、玄妙、可操作性不强。有必要详细分析"化境"说的形成过程、正反效用、核心理念与达致途径，以期对其形成全面、正确的认识。

第一节　依义旨传，如风格出

钱锺书认为翻译能够达致"信"的路径为："依义旨以传，而能如风格以出，斯之谓信。"①一方面要求译文能够传达原作的"义旨"，即忠实于原作的内容并体现作者的意图；另一方面要求它在"风格"方面也与原文保持一致，突出翻译修辞的重要性。

一、义旨能不隔

"依义旨以传"首先要求译文在内容方面准确贴合原文。翻译很难达到彻底的"忠实"，不可能百分之百地与原作对等，而只能是一种最大限度的接近。译者的水平、翻译策略的选择都会对译文的准确性产生影响；原作者与译者分处不同的历史背景与文化环境，也是导致译文与原文有差别的一个重要因素，这种差别的产生不仅有其必然性，有时甚至还显得十分必要。译者尽最大可能所传达的，只能是"义"与"旨"，即原文的主要内容与原作者的基本意图，而不可能要求译文与原文在所有领域与全部细节方面都一一对应。

钱锺书在《论不隔》中提出与"化境"说相互映发的"不隔"理论："在翻译学里，'不隔'的正面就是'达'，严复《天演论·绪例》所谓'信达雅'的'达'。"②继而解释说：

---

① 钱锺书：《管锥编（第三册）》，第 1101 页。
② 钱锺书：《论不隔》，《写在人生边上·人生边上的边上·石语》，第 111 页。

> 在艺术化的翻译里,当然指跟原文的风度不隔,……在翻译化的艺术里,"不隔"也得假设一个类似于翻译的原文的东西。这个东西便是作者所想传达给读者的情感、境界或事物。①

翻译在全面准确地传递原文内容的同时,也需要传达原文作者希望读者获致的"情感、境界或事物"。不隔是一种"透明洞澈的状态",它令"作者所写的事物和境界得以无遮隐地暴露在读者的眼前"②。翻译最终需要超越语言层面的字词转换,在紧密依托原文的基础上还会广泛涉及内容、形式、情感等诸多方面。遵照"依义旨以传"的要求,传原作之旨需要尽量忠实地再现原作者的本来意图,并恰当揭示文字背后的深层意蕴。

钱锺书曾援引西方文学中论医患关系的说法:

> 在病家心目中,医生有三变相:有病初见时为天使相,诊时为上帝相,病愈开发时为魔鬼相。(Ein Arzt dreierlei Angesichter hat: das erste eines Engels, wann ihn der Kranke ansichtig wird, das ander eines Gottes, wann er hilft, das dritte eines Teufels, wannman gesund ist und ihn wieder abschafft.)③

> 病人欲吾侪诊视,则以吾侪为天使,及吾侪索费,则以吾侪为魔鬼。(We are angels when we come to cure—— devils when we ask payment.)④

上引两例中,前者系以病人视角观察所见,后者出自医生口吻,二者表达的意思大致相同。在诊疗时医生往往被患者当成救死扶伤、无所不能的上帝或天使,但当诊疗结束收费时,却变成病人眼中难以餍足的魔鬼。钱锺书还据此联想到自己在国内的见闻,他以旁观者的身份,发现中国医生早在为贫苦病人诊视时已现魔鬼相,对现实的观察与思考可谓体察入微。

风格方面"隐"和"显"的分别与不隔没有关系,因为"'不隔'并不是把深沉的事物写到浅显易解;原来浅显的写来依然浅显,原来深沉的写到让读者看出它的深沉,甚至于原来糊涂的也能写得让读者看清楚它的糊涂"⑤。当然这不是为译文不准确找遁词,真正的不隔要求译文尽量贴近原文,包括行文风格方面,不宜将晦涩深沉的原文翻译成清晰明快的风格,反之亦然。评判译文好坏的标准只能是与原文的贴合程度,而不是对原文进行了何种程度

---

① 钱锺书:《论不隔》,《写在人生边上·人生边上的边上·石语》,第112页。
② 同上书,第114页。
③ 钱锺书:《小说识小》,《写在人生边上·人生边上的边上·石语》,第141页。
④ 同上书,第141—142页。
⑤ 钱锺书:《论不隔》,《写在人生边上·人生边上的边上·石语》,第114页。

的改造。

严格遵循不隔的标准,"好的翻译,我们读了如读原文;好的文艺作品,按照'不隔'说,我们读着须像我们身经目击着一样"①。倘若文艺作品能给读者以身经目击、如临其境的感觉,则等于说它们把场景写活了,翻译也同理,好的译本犹如原作者换用一种语言将原作重新表达出来,译文读者可以获得与原文读者一致的阅读感受,如此则说明译文成功地做到了不隔。

按照不隔的标准,译文还要起到与原文相当的移情悦性作用。尽管在翻译过程中至少要经过一度语言变形,但原文的思想感情随同内容一道通过译文传达过来,是以好的译文读来会完全没有隔膜感。钱锺书所说的"艺术化的翻译"与"翻译化的艺术"是对翻译较高层次的要求。翻译一旦达到艺术化的水准,不仅译文读者与原文读者感受无差别,而且原文能够产生的移情悦性作用在译文中也不致有明显减损或大的改变。

二、风格不失本

一般翻译者都能普遍遵循"依义旨以传"的要求,"如风格以出"却尚未成为全体翻译工作者的自觉意识,而且在现实操作层面也很难驾驭。钱锺书援引马太·安诺德(Matthew Arnold)《迻译荷马论》(On Translating Homer)中的告诫:"译者自己的作风最容易造成烟雾,把原作笼罩住了,使读者看不见本来面目。"②译者在翻译过程中要确保译文的"信",既要得原文之意、传原作之旨,又要在风格上尽量忠实于原作。不是说译者不能有自己的风格,但不允许译者的风格替换、遮蔽或掩盖原作的风格,导致读者无法看到原作的本来面目。翻译毕竟不同于自主创作,好的译者应使译文风格尽量向原作靠拢,不能过度彰显译者的风格而置原作的风格于不顾。

要做到如风格以出,应避免文体方面的殊隔。译文文体应力求与原作保持一致,原本诗化的地方在译文中仍需作诗化处理,原本散文化的地方则仍作散文化处理。不能因为原文中的一句俚语与一句中国古诗表达的意思差不多,而径直将俚俗的外文语句硬译作雅致的中国古诗,反之亦然。应最大限度地遵照原作的文体风格,选择恰当的用语与表达方式如实译出。

要做到如风格以出,尚须考虑接受美学的因素。好的翻译应当以译文读者为中心,从便于读者理解与接受的角度考量,确保译文自然、顺畅、易懂。翻译的目标是生成一个用译文读者的语言写就的文本,确保它和源语产生最

---

① 钱锺书:《论不隔》,《写在人生边上·人生边上的边上·石语》,第113页。
② 同上书,第110页。

相似的表达效果。这样就赋予译者以新的自由,真正的译者必须是原作者的延伸。不能读了原文感动异常而读了译文却心中毫无波澜;也不能将原文平铺直叙之处随心所欲地翻译得波澜丛生。

要做到如风格以出,译文应符合译入语规范。《论语·雍也》将"文"与"质"作为对举的概念提出来:"子曰:'质胜文则野,文胜质则史。文质彬彬,然后君子。'"其实质是要求文质兼备。以言行文风格,"文"与"质"各有长处,也都有自身的不足,文质兼备的要求对译者而言,就是要尽量表达出原文的本色。若原文为"质",润色为"文",或原文为"文",损色为"质",都是不可取的"失本"做法,因为二者都没有充分遵从原文的固有特征。

要做到如风格以出,还需力避翻译腔。原文无疑是符合源语规范的,蹩脚的译者遵照字面意思硬译,导致源语中一些表达方式无法在译入语中以得体的方式被重新呈现出来,则无异于食洋不化,导致译文中充斥着洋腔怪调。充满翻译腔的译文显然与保持原作风格判若云泥。确保译文自然、流畅,避免生硬晦涩,符合译入语规范,方能满足翻译"如风格以出"的要求。

第二节　整体观念,以意逆志

钱锺书一向推重整体观念,并将其作为理解文本与开展学术研究的有效方法。整体观念要求部分与整体双向互动,看待问题、分析问题时应全面兼顾而不断章取义,处理问题、解决问题时宜思虑周全,确保观点辩证而不失之偏颇。

他也倡导阅读、理解与翻译过程中以意逆志,即要求读者、译者去揣度作者创作时的心思。整体观念和以意逆志相统一,以言翻译,要求译者以原作为中心,还原历史语境,宏观把握与微观分析相结合,努力追迎原作者的思想感情,俾使译本对原作的呈现恰如其分,无过亦无不及。

一、观物以全

阅读理解、批评鉴赏与翻译表达中的整体观念首先要求回归文本。回归文本是理解、批评与翻译乃至一切学术工作得以开展的根本前提:"尽舍诗中所言而别求诗外之物,不屑眉睫之间而上穷碧落、下及黄泉,以冀弋获,此可以考史,可以说教,然而非谈艺之当务也。"[1]文学研究与历史、哲学等其他学

---

[1]　钱锺书:《管锥编(第一册)》,第 110 页。

科的研究最大的区别在于它要求从文本本身出发,允许追求"文外之旨",但不能"尽舍诗中所言"而以诗外之物为资料来源与理解依据。若脱离了文本这个中心,过度依赖从周边或外围获取信息以理解文本,无异于舍本逐末,往往得不偿失。

钱锺书反对"铢称寸量而见小忘大"①,不满于"执分寸而忽亿度,处把握而却寥廓"②的做法;提倡"观'辞'(text)必究其'终始'(context)"③。回归文本、以文本为中心并不意味着只关注文本本身,还要秉持明确的语境意识。他还指出:"不读儒老名法之著,而徒据相斫之书,不能知七国;不究元祐庆元之学,而徒据系年之录,不能知两宋。"④要求从整体与全局的高度看待具体的研究对象,而且围绕关键问题需要理清其根脉源流,不能以偏概全、妄下断语,以免认识变形走样。

钱锺书十分强调"观物之全"以形成整全、恰切的认识和判断:

> 夫物之本质,当于此物发育具足,性德备完时求之。苟赋形未就,秉性不知,本质无由而见。此所以原始不如要终,穷物之几,不如观物之全。盖一须在未具性德之前,推其本质(behind its attributes),一只在已具性德之中,定其本质(defined by its attributes)。⑤

在确定事物的本质时需要强调观物之全,既要从事物发育具足、性德完备时着眼,避免片面;又要通过追索事物源头,结合时代背景,历史地看待研究对象,不作脱离语境的评判。

即便仅就某一首诗的解读而言,也不能将注意力完全局限于该诗本身而不及其余。因为诗作的意图、言外之意、文外之旨都需要结合诗作产生的历史、文化、社会等方面的语境才能理解得全面真切。以文本为中心的内部研究与兼顾文本的产生场域等文化语境的外部研究有机结合,才有助于辩证地认识,确保形成整体观念。

整体观念要求突破时间、地域、学科等界限,进行综合考量。钱锺书说:"学者每东面而望,不睹西墙,南向而视,不见北方,反三举一,执偏概全。"⑥这一说法形象地指出了因学科分科过细,加之部分学者惯于固守一隅,从而导致他们看待问题、分析问题时出现一叶障目不见泰山的情形。其实,每一

---

① 钱锺书:《管锥编(第三册)》,第903页。
② 钱锺书:《管锥编(第二册)》,第406页。
③ 钱锺书:《管锥编(第一册)》,第170页。
④ 钱锺书:《谈艺录(补订本)》,第266页。
⑤ 同上书,第37页。
⑥ 同上书,第304页。

个历史事件的出现,或每一个具体文本的产生,都不是天然地仅归属于某一学科范畴的问题,换言之,单纯依据某一学科的理论与方法未必能完全解释清楚,学科的分野很大程度上只是为了研究的便利而人为设定的。在研究过程中应尽力援用多个学科的理论与方法,才能确保研究准确、透彻。翻译者易犯一些误解作者、曲解原文的错误,究其根本,在于译者的知识结构与原作者不对等,因缺少知识储备而在解读原文本时捉襟见肘。

整体观念注重部分与整体的双向互动。钱锺书推举"积小以明大,而又举大以贯小;推末以至本,而又探本以穷末"的"阐释的循环"①,并将其与《华严经》中的"一切解即是一解,一解即是一切解"相映发。他指出对事物的整体理解应建立在系统把握细节的基础之上,反过来,整体理解也有助于对细部问题的方向性发展、本质属性的认知和掌握。欲对某一具体文本进行全面、准确的阐释,需要结合语境进行部分与整体双向互动的深入理解,以发展的眼光观照文本,并进行整体阐发。

钱锺书在引述《孟子·万章》中的"不以文害词,不以词害志"和《庄子·天道》中的"语之所贵者,意也,意有所随"后指出:

> 乾嘉"朴学"教人,必知字之诂,而后识句之意,识句之意,而后通全篇之义,进而窥全书之指。……复须解全篇之义乃至全书之指("志"),庶得以定某句之意("词"),解全句之意,庶得以定某字之诂("文");或并须晓会作者立言之宗尚、当时流行之文风、以及修辞异宜之著述体裁,方概知全篇或全书之指归。②

一方面,理解需要由字及句,由句及篇,按照由小到大、逐级递进的方式循序渐进地进行;另一方面,在整体理解全篇主旨的基础上,再回过头来审视、思考、确定较复杂的句段、字词之意,俾使理解达到细部的准确。同时也要兼顾文本的外部语境,知晓作者所推许与追求的立言之道、当时流行的文风、修辞手法与文体的匹配度等,才能真正获知具体文本的主旨和意向。

整体与部分双向互动的要义在于既认识到整体描述的合理性,又避免宏大叙事多所遮蔽的缺陷,充分认识事物的丰富性与复杂性,深入考察事实与过程;既要在宏观上综合考察,又要避免忽略个体之间的差异性。合理的思路应该是在整体把握的同时,区分不同地域与时段,针对研究对象的不同侧面进行定性评价与定量分析相结合的研究。钱锺书肯定林纾的翻译,就是从文学的整体观念出发的,因为以细节论,林译不乏失真之处,但通篇观之却大

---

① 钱锺书:《管锥编(第一册)》,第171页。
② 同上。

得原著精神。

二、以意逆志

"以意逆志"语出《孟子·万章上》："不以文害辞,不以辞害志。以意逆志,是为得之。"以意逆志要求既不能断章取义、以偏概全,也不能拘执于字面意思而生硬曲解,侧重强调从全篇着眼;它还要求读者不拘泥于文本本身,而着意揣测、琢磨、体会作者创作时的用意。以意逆志强调读者以自己的观点追迎作者的思想感情,并寻求二者的结合,实为现代西方接受美学之发凡立则处。

夏承焘曾非常公允地评判《宋诗选注》："无论在材料的资取上,甄选的标准上,作家的评骘上,都足以使读者认识到宋诗的面貌,它的时代反映和艺术表达,它所能为我们今天欣赏和接受的东西。而钱先生在这个选本里,也充分地表露了他的一般对于诗的和特别对于宋诗的见解。"①钱锺书立足于"以意逆志"的方式,在整体把握与严格甄选的基础上编选《宋诗选注》,其拣选取舍、臧否评骘的功力与见地值得赞赏。

以意逆志凸显研究主体与研究对象之间的双向互动。中国古代文评家对以读者之意去求诗人之志的做法多有诟病,钱锺书却对以意逆志有所发挥。他创造性地提出"自省"与"忖人"、"观人"与"自知"、"鉴古"与"察今"的相辅相成:"自省可以忖人,而观人亦资自知;鉴古足佐明今,而察今亦裨识古;鸟之两翼、剪之双刃,缺一孤行,未见其可。"②以意逆志用作文学鉴赏方法,最基本的出发点是同情的理解(共情),读者结合自己的知识背景、生活阅历等去揣测、领会诗人作家在诗文中所寄托的思想感情,从而深入领会诗文的内容、主旨与作者的意图。

以意逆志的双向互动做法与 20 世纪西方哲学中"主体间性"(intersubjectivity)③的本体论规定有异曲同工之妙。主体间性既注重对研究对象客体性的呈现,又突出研究者主体性的能动发挥,落实到主体间性的价值取向上,进而取得一种视界融合。以意逆志中的"意"未必都与研究对象的本意恰相吻合,其中也不可避免地会出现一些偏见或主观臆测的成分。是以"意"并不能直接等同于"志","逆"是一个过程,其中包含研究者的主体性与研究对象的客观性之间的接触、碰撞与调适,其最终指向"主体间性",亦即

---

① 夏承焘:《如何评价〈宋诗选注〉》,《光明日报》1959 年 8 月 2 日。
② 钱锺书:《管锥编(第一册)》,第 171 页。
③ 主体间性作为本体论的规定是对主客对立的现实之超越,主要用于研究或规范一个主体如何与另一个主体互相作用。

"意"与"志"最大限度地接近或达到平衡状态。

以意逆志崇尚不尽信书,提倡到岸舍筏。钱锺书发挥孟子"不尽信书"的思想,深刻指出:"尽信书,固不如无书,而不尽信书,则又如无书,各堕一边;不尽信书,斯为中道尔。"①"尽信书"指的是认死理、参死句,常表现为刻舟求剑式的穿凿附会;"尽不信书"则意味着脱离作品、郢书燕说,随心所欲的曲解、误解与之相伴而生,易导致游谈无根的弊病。合理的做法应该是取"不尽信书"的态度,不排除从文本中最大限度地获取信息,辩证地取舍书中所言,而又不拘执固守。不尽信书原系针对读者的理解而生发的,但对译者的翻译同样具有现实指导意义:翻译既要本于原作,但又不必时时处处拘泥于原作,亦应考虑译入语规范与译文读者的接受,充分发挥译者的主体性。

译者在翻译过程中深入钻研文本、认真分析原文用词的同时,又能时时跳脱出文本的局限,全面观照文本得以生成的历史背景、社会条件以及原文本的地位、价值、影响等单纯依据文本本身无法解答的问题,还要分析当时与后世的人们对文本的理解与接受情况。经过综合权衡后,尽最大努力接近原作者与原文本所表达的意旨,并寻求在译文中以恰当的方式将上述元素悉数表达出来。

翻译活动中译者对原作的理解既体现在译文中,也可以体现为译注、译序、译后记等形式,后者为译文提供必要的、有益的补充,亦有助于译文读者加深理解。尤其涉及一些文化障碍方面的东西,单纯依靠译文无法表达清楚时,译者的补充说明就显得尤为必要。

第三节　既济吾乏,何必土产

钱锺书十分强调文化的"普遍性"。他以宣扬文化间的共性为出发点,强调通过对话汲取异质文化的精义来补足自身,达致中外文化共同发展的愿景。跨文化对话倡导与广阔的外部世界融会贯通、共同发展,既不应失掉本民族的传统本色,又不固守所谓"民族的""国家的"等封闭自足的观念而自我设限。

一、体用二分不足恃

钱锺书辩证、开放的文化观是在反思种种偏颇、保守的文化观念的基础上形成的。张之洞所秉持的学术二元论观点影响深远:"新旧兼学:旧学为

---

① 钱锺书:《管锥编(第一册)》,第98页。

体,新学为用。"①郭嵩涛到英国不满一个月即下结论:"此间富强之基与其政教精实严密,斐然可观,而文章礼乐不逮中华远甚。"②针对抱持"师夷长技以制夷"与"中体西用"论者主张仅在"器物"层面引进西学的保守狭隘,钱锺书精辟地分析道:"许多老辈文人……不得不承认中国在科学上不如西洋,就把文学作为民族优越感的根据。在这一点上,林纾的识见超越了比他才高学博的同辈。"③钱锺书推重林纾的翻译,夸赞林纾挑选翻译对象时别具手眼,尤其称道他在"中体西用"思潮甚嚣尘上之际独具卓识,能够认识欧美文学的独特价值并予以积极译介。

钱锺书在《徐燕谋诗序》中又进一步批判了"体"与"用"两截划分的浅陋:

> 海通以还,天涯邻比,亦五十许年,而大邑上库,尚有鲰生曲儒,未老先朽,于外域之舟车器物,乐用而不厌,独至行文论学,则西来之要言妙道,绝之唯恐不甚,假信而好古之名,以抱守残阙,自安于井蛙裈虱,是何重货利而轻义理哉!④

海通以来的"鲰生曲儒"一方面乐于利用外域的舟车器物,另一方面在行文论学时却对外来的要言妙道绝之唯恐不甚,针对这种"两截式"的接受观,钱锺书借德国学者兰德曼(M. Landmann)的理论⑤进行解释,说明人们容易接受、吸收形而下的"文明事物"(所谓"用")中的外来因素,而很难抛弃形而上的"文化事物"(所谓"体")方面的固有传统,亦难进行深刻变革。

针对"浪漫主义者主张屏[摒]弃物质文明,亦误以为物质文明能使人性堕落"⑥的偏颇观念,钱锺书不遗余力地予以批驳,并深刻指出:"物质只是人性利用厚生之工具,病根在人性,不在物质文明。"⑦近代以来,道德沦丧、人性缺失成为具有世界普遍性的严峻社会问题,中外有识之士纷纷反思并质疑人类的现代化进程,但也有人错误地将问题归咎于物质文明本身。钱锺书明确指出病根在人性而不在物质文明,对知识界长期以来聚讼纷纭的论争起到了正本清源的作用。

---

① 张之洞《劝学篇》下《设学》第三;转引自钱锺书:《汉译第一首英语诗〈人生颂〉及有关二三事》,《七缀集》,第138页。有关"二元论"问题,钱锺书在同一篇文章中作注指出:"似乎明末已有二元论的萌芽。"(钱锺书:《汉译第一首英语诗〈人生颂〉及有关二三事》,《七缀集》,第158页,注21。)
② 转引自钱锺书:《汉译第一首英语诗〈人生颂〉及有关二三事》,《七缀集》,第162页,注71。
③ 钱锺书:《林纾的翻译》,《七缀集》,第113页,注60。
④ 钱锺书:《徐燕谋诗序》,《写在人生边上·人生边上的边上·石语》,第228页。
⑤ 钱锺书:《管锥编(第一册)》,第331页。
⑥ 钱锺书:《致储安平》,《钱锺书散文》,第411页。
⑦ 同上。

针对钱锺书在《〈谈艺录〉序》中提出的"东海西海,心理攸同;南学北学,道术未裂",大多数学者倾向于认为他不刻意立"异",而是着眼于探寻人类文明的共相,即旨在求"同"。但该论断同时也包含传统不应被割裂、差异不代表敌对的公允态度。钱锺书还指出:"海通以还,吾国学人涉猎西方论史传著作,有新相知之乐,固也,而复往往笑与抃会,如获故物、如遇故人焉。"①清楚地显示出他看待中西文化时重"普遍性"的立场,倡导异质文化之间的对话交流。他致力于探究中西文学的用心之途,打通中西共同的"诗心""文心",在相识、相知的基础上,推动中外文学与文化相互交流、取长补短、共同发展。

二、明体达用互参照

《灵感》中有一大段关于东西方差异的论说:

> 咱们的国家、人民、风俗、心理不是据说都和西洋相反么?咱们是东方民族,他们偏要算西方民族;咱们是中国人,他们老做外国人;咱们招手,手指向下,他们招手,硬把手指朝上;咱们敬礼时屈膝,他们行敬礼反而举手;他们男人在结婚前向女人下跪求爱,咱们男人在结婚后怕老婆罚跪;一切的一切,你瞧多别扭!以此类推,咱们爱面子,他们就不要脸;咱们死了人穿白,他们死了人带黑;他们的公正官吏头戴白假发,我们这里主持公道的人下巴该培养天然的黑胡子。这样我们才不破坏那些比较东西文明的学者们归纳出来的规律。②

其用意全在批驳那些所谓的"比较东西文明的学者",他们抱持"非我族类,其心必异"的偏见,生拉硬扯地堆砌出一些所谓东西方文化的差异。其实他们费尽心思"归纳出来的规律"大多只是放大了表面的差别,并无限地上纲上线,生造成一种东西方在方方面面都不同的刻板印象,其做法是非学理性的,得出的结论自然也不具备学术价值。

钱锺书在《〈谈艺录〉序》中明确宣示自己的文化理念:

> 盖取资异国,岂徒色乐器用;流布四方,可征气泽芳臭。故李斯上书,有逐客之谏;郑君序谱,曰"旁行以观"。③

着力标举对外来文化的吸收不应仅局限于"器物"层面。他又指出:"古人有言,'明体达用',用之学问(所谓 technology),日进千里;体之学问

---

① 钱锺书:《〈史传通说〉序》,汪荣祖:《史传通说》,台北:联经出版事业公司,1988 年,第 1 页;《写在人生边上·人生边上的边上·石语》,第 230 页。
② 钱锺书:《灵感》,《人·兽·鬼》,第 79 页。
③ 钱锺书:《〈谈艺录〉序》,《谈艺录(补订本)》,第 1 页。

(humanities)，仍守故步，例如亚里士多德之《物理学》，无人问津，而亚里士多德之《伦理学》，仍可开卷有益。此事极耐寻思。"①偏重技艺层面的"用之学问"有可能随着社会发展、生产进步而过时，而人文学领域的"体之学问"则并不必然随时势变迁而落伍，反而可能长期适用，甚至历久弥新。

钱锺书无意抹煞不同文化间的差异。他说"比较不仅在求其同，也在存其异，即所谓'对比文学'（contrastive literature）。正是在明辨异同的过程中，我们可以认识中西文学传统各自的特点"②。明辨异同是行之有效的手段，可以借以深化相互认识，尤其彰显对比双方各自独具的特征。他又说："各国文学在发展上、艺术上都有特色和共性，即异而求同，因同而见异，可以使文艺学具有科学的普遍性。"③通过比较发掘不同国家文学的特色和共性，能够使文艺学上升到具有科学普遍性的高度。基于这一辩证认识，他更明确提出"为了更好地了解中国文学，我们也许该研究一点外国文学；同样，为了更好地了解外国文学，我们该研究一点中国文学"④。中外文学互为参照，并与自己身处其中的文化适当拉开一些时空距离，可以有效避免井蛙裈虱之讥，防止见木不见林的片面与偏颇。就本质而言，钱锺书的上述论断与鲁迅所倡导的"欲扬宗邦之真大，首在审己，亦必知人，比较既周，爰生自觉"⑤有异曲同工之妙，都强调既全面认识对方，又客观审视自身，彼此互为参照，俾使对彼我双方的认识更加公允，并形成取长补短的自觉。

钱锺书既反对抱残守缺、固守一隅的文化自大与自闭心理，也反对全盘西化、弃传统文化如敝屣的自卑与虚无心态。他以敏锐的识见指出"中体西用"论不足取，而是倡扬取中西文化融会贯通的路径。他也反对侈谈本位文化，并响亮地提出"体用相待之谛，思辨所需；释典先拈，无庸讳说，既济吾乏，何必土产"⑥，一方面批判晚清以降保守的文化观，指出"体"与"用"不可作二元对立式的截然分割；另一方面，他又提倡以西方文化的精义来补足、改造中国文化的固有缺陷，因为"在我们这儿是零碎的、薄弱的，到你们那儿发展得明朗圆满。反过来也是一样"⑦。如此一来，中西文化相互借照对方的光亮，有助于实现双向互动的良性交流。

---

① 钱锺书：《致储安平》，《钱锺书散文》，第412页。
② 张隆溪：《钱锺书谈比较文学与"文学比较"》，《读书》1981年第10期，第137页。
③ 钱锺书：《美国学者对于中国文学的研究简况》，《写在人生边上·人生边上的边上·石语》，第185—186页。
④ 同上书，第186页。
⑤ 鲁迅：《摩罗诗力说》，《鲁迅全集1》，第67页。
⑥ 钱锺书：《管锥编（第一册）》，第8页。
⑦ 钱锺书：《谈中国诗》，《写在人生边上·人生边上的边上·石语》，第167页。

钱锺书称："读外国诗每有种他乡忽遇故知的喜悦，会领导你回到本国诗。"①但他同时也明确指出："若是不顾民族的保守性、历史的连续性，而把一个绝然新异的思想或作风介绍进来，这个革新定不会十分成功。"②陈寅恪对此也有精辟的学术见解："其真能于思想上自成系统，有所创获者，必须一方面吸收输入外来之学说，一方面不忘本来民族之地位。此二种相反而适相成之态度，乃道教之真精神，新儒家之旧途径，而二千年吾民族与他民族思想接触史之所昭示者也。"③无论中国魏晋时期以玄学解释佛教的"格义"④，还是后世以儒家思想比附佛法的"格义"，都是以本国义理拟配外来思想的实例。钱锺书所倡导的中外文学与文化互证、互释、互相参照的研究路径，与陈寅恪所推重的相反而适相成的文化观念和思想方法，都是健康、开放的文化心态的体现，也是推动学术创获的方法论保证。

第四节　东采西撷，竟成化境

钱锺书通过系统地梳理中国传统文论与翻译理论，分别拈出"化"与"境"两个概念，他广泛吸纳现代西方多个学科门类、若干领域的新锐创见，并结合自身丰富的翻译实践，借助深刻的理论思考，整合创新并提出卓然自成一家的翻译"化境"说。

一、"化"与"境"

"化境"之"境"是中国传统文论中一脉相承的"味""意象""意境""境界"等概念的赓续和发展。在西晋陆机《文赋》中出现的"味"，是与后世文论中影响深远的"意境"概念相近的较早提法；南朝梁代刘勰谓"繁采寡情，味之必厌"(《文心雕龙·情采》)，相反，"始正而末奇，内明而外润，使玩之者无穷，味之者不厌矣"(《文心雕龙·隐秀》)；唐代司空图提出著名的"韵味"说；南宋严羽又倡导"兴趣"说。《文心雕龙》中最早见到"意象"一语。唐代王昌龄首次使用"意境"，他在《诗格》中将诗分成三种境界，即物境、情境和意境，但他所说的意境侧重指"张之于意而思之于心"的艺术境界。有唐一代，白居易《文

---

① 钱锺书：《谈中国诗》，《写在人生边上·人生边上的边上·石语》，第167页。
② 钱锺书：《论复古》，《写在人生边上·人生边上的边上·石语》，第333页。
③ 陈寅恪：《冯友兰中国哲学史下册审查报告》，《金明馆丛稿二编》，北京：生活·读书·新知三联书店，2001年，第284—285页。
④ 关于"格义"的情况，参见汤用彤：《论"格义"》，《汤用彤全集(第五卷)》，石家庄：河北人民出版社，2000年，第231—242页；陈寅恪：《支愍度学说考》，《金明馆丛稿初编》，北京：生活·读书·新知三联书店，2001年，第159—187页。

苑诗格》等曾提到"意境",皎然《诗式》对意境说有重要发展,至司空图《诗品》及其论诗衡文的书信中,意境说趋于完善。① 明代朱承爵《存余堂诗话》中论及"意境";明末清初文学评论家金圣叹在评点《水浒》时把文学创作分为圣境、神境和化境三种境界;清末民初的王国维多用"境界"一词指称诗词意境,《人间词话》对"境界"说进行了明确的理论界定和系统的论述。

"化境"之"化"兼取"出神入化"之意,于科学含义之外又包含艺术上的升华。在《论不隔》一文中,钱锺书既提到"艺术化的翻译(translation as an art)",又言及"翻译化的艺术(art as a translation)"②。从性质上说,翻译既是科学又是艺术。语言中有些东西远非标准化可以涵括,因而允许有多种理解与不同译法;通过遴选并最终确定更恰当的译法,这个过程就是翻译艺术性的体现。同时,译入语文本也必须受到科学的检验,以避免错误,保证质量。翻译以价值建构和意义阐释为宗旨,与价值中立的纯粹科学研究活动有所区别,因而翻译在本质上是科学性与艺术性高度统一的一项学术活动。

其实不惟翻译有化境,修辞技巧运用得巧妙同样可臻化境。王安石《书湖阴先生壁》第三、四句云:"一水护田将绿绕,两山排闼送青来。"其中"护田"和"排闼"都来自《汉书》,评论者谓"史对史""汉人语对汉人语";且整个句法系自五代沈彬的诗脱胎而来。事实上即便"不知道这些字眼和句法的'来历',并不妨碍我们了解这两句的意义和欣赏描写的生动。"③钱锺书认为这一联诗符合中国古代修辞学对于"用事"的最高要求:"用事不使人觉,若胸臆语也。"(《颜氏家训·文章》)"不使人觉"因其有迹无痕,恰似浑然天成,无异于臻于修辞用事的"化境"。

钱锺书所倡导的翻译"化境"追求翻译过程中科学性与艺术性的完美结合。翻译需建立在译者同情地理解作者与原作的基础上,达到对作者与原作科学、准确地理解;再借助译入语恰当而又不乏艺术性的表述,将作者与作品的意旨完整、恰当地呈现出来。如此则达到了翻译的最高层次或最高境界——"化境",犹如原作者换用译入语把自己的思想观念重新表达出来。

二、中西兼融的化合

钱锺书从西方现代文学、语言学、精神分析学、哲学等学科的新发展、

---

① 参见郭绍虞:《中国文学批评史(上册)》,北京:商务印书馆,2010年。袁行霈《论意境》(《文学评论》1980年第4期)一文总结古代诗人创造意境的艺术经验,探索古典诗歌表现意境的艺术规律,亦可参看。
② 钱锺书:《论不隔》,《写在人生边上·人生边上的边上·石语》,第111页。
③ 钱锺书:《宋诗选注》,第76页,注2。

新理论中广泛撷取资源,以充实、补足并修正中国传统文论与译论中的"化"与"境"。他在论及西方"托寓"释诗时,将阐释学与接受美学(Rezeptionsasthetik)①、读者反应批评(Reader Response Criticism)②、解构主义(Deconstructivism,钱锺书称作"拆散结构主义")③捏置一处进行解析。④ 以其对意义和理解的各有侧重,阐释学的艺术概念与解构主义的文本和写作概念形成了有趣的对照,可视为一枚钱币的两面。接受美学的"期待视野"(Erwartungshorizont)⑤为理解与阐释提供了具体的理论依据。在阅读过程中,修正的期待和转化的记忆之间显然存在一种连续的相互作用。

任何读者在阅读文本时,都会从自己的知识结构与文化背景出发,历史地、具体地加以理解。译者在对异文化文本进行迻译时,这一点体现得尤为突出。在阅读之前以及阅读过程中,作为接受主体的读者基于个人理解与对社会语境的把握,尤其是从以往的鉴赏中获得并积淀下来一定的期待视野,心理上往往会有一些既定的思维导向与观念结构,多少会影响对作品艺术特色和审美价值的理解与判断。翻译是在透彻地理解原作的基础上用译入语重新表达原作的思想内容,在此过程中译者的文化观念与知识背景必将对翻译发挥不可替代的影响作用。

钱锺书在《宋诗选注》中指出:"按逻辑说来,'反'包含先有'正',否定命题总预先假设着肯定命题。"⑥这一颇富辩证意味的论断包含着相反复相成的意蕴。钱锺书还从拉丁文词源学中得到启发,他以比喻类比翻译:"在腊丁文里,比喻唤作 translatio,就是我们现在所谓翻译,更明白地流露出被比较的

---

① 1967年德国学者姚斯(Hans Robert Jauss)率先提出接受美学理论,反对孤立、片面、机械地研究文学艺术,而注重研究创作与接受和作者、作品、读者之间的动态交往过程,重视读者积极参与的接受姿态,强调文学作品的社会效果。但接受美学理论亦有回避美与艺术的本质等基本美学问题的局限。
② 读者反应批评是当代西方的一种文学批评模式,兴起于 20 世纪 60 年代,以精神分析学理论为工具,从不同角度研究"读者反应",从阅读接受和批评活动的主体性方面开拓文学批评的新领域。读者反应批评认为文本不存在某种唯一正确的含意,文本的含意其实是读者个人的"产品"或"创造"。
③ 1967年法国哲学家德里达(Jacque Derrida)基于对语言学中结构主义的批判,提出了"解构主义"理论,认为符号本身已经能够反映真实,对个体的研究比对整体结构的研究更重要。解构主义反对逻各斯中心主义(logocentrism)的思想传统,反对权威,反对理性的崇拜,也反对二元对立的狭隘思维,具有反观传统和审视人类文明的自省意识,但也存在解构有余而建构不足的弱点。
④ 钱锺书:《谈艺录(补订本)》,第 610—611 页。
⑤ 在接受美学中称读者根据已阅读文本的既定心理图式为阅读经验期待视野,简称期待视野。期待视野包括文体期待、意象期待、意蕴期待三个层次。
⑥ 钱锺书:《宋诗选注》,第 12 页,注 1。

两桩事物的对抗。超越对称的比喻以达到兼融的化合,当然是文艺创造最妙的境界,诗人心理方面天然的辩证法(dialectic)。"①翻译与比喻都体现相反相成的道理,喻体与本体的相反相成恰与译文和原文的关系相对应,即"以彼喻此,二者部'分'相似,非全体浑同"②;类似地,翻译过程中追求完全、彻底的"信"是不可能达到的。好的翻译应当克服与原文的"对抗",进而追求译者与原作者、译文与原文"兼融的化合"。

钱锺书将古拉丁文中的说法与中国传统文论置放到同一个平台,将二者的内涵与外延并置对照,既互为补充又相互修正,翻译"化境"说至此呼之欲出。可以说,钱锺书的翻译"化境"说本身就是通过中西兼融的化合而形成的一个学术观念。

第五节　讹难避免,诱有双效

钱锺书详细探讨了通往翻译化境之途中常会遇到的"讹"与"诱":

"译"、"诱"、"媒"、"讹"、"化"这些一脉通连、彼此呼应的意义,组成了研究诗歌语言的人所谓"虚涵数意"(polysemy, manifold meaning),把翻译能起的作用("诱")、难于避免的毛病("讹")、所向往的最高境界("化"),仿佛一一透示出来了。③

诱、媒、讹、化皆因翻译而起,且彼此呼应,正是在这个意义上,钱锺书称"译"一字而虚涵数意。钱锺书重点论述了翻译过程中"讹"的难以避免,以及"诱"所具有的正反两方面的效用。

一、"讹"难尽除

翻译不能尽"信"的特征常表现为"讹"不可避免地出现。"讹"指的是译文相对于原文在意义或口吻上的失真或走样。常见的"讹"有两种表现形式:"不能解决而回避,那就是任意删节的'讹',不敢或不肯躲闪而强作解人,那更是胡猜乱测的'讹'。"④讹有舛错、误译的情况,也有有意误读和着意改写的情况。

林纾翻译的哈葛德《三千年艳尸记》中有描写鳄鱼与狮子搏斗的场面:

---

① 钱锺书:《中国固有的文学批评的一个特点》,《写在人生边上·人生边上的边上·石语》,第125页。
② 钱锺书:《管锥编(第一册)》,第41页。
③ 钱锺书:《林纾的翻译》,《七缀集》,第77页。
④ 同上书,第89页。

>然狮之后爪已及鳄鱼之颈,如人之脱手套,力拔而出之。少顷,狮首俯鳄鱼之身作异声,而鳄鱼亦侧其齿,尚陷入狮股,狮腹为鳄所咬亦几裂。如是战斗,为余平生所未睹者。①

钱锺书自述,幼时读书至此曾产生一个无法排解的困惑,单纯依据译文无法理解狮爪之"如人之脱手套"与鳄鱼齿已然"陷入狮股"怎能再去"咬狮腹",因而他对这段译文所述情节久久不能忘怀。待到他终于能够直接读原文时才恍然发现:"狮爪把鳄鱼的喉咙撕开(rip),像撕裂手套一样;鳄鱼狠咬狮腰,几乎咬成两截;结果双双丧命(this duel to the death)。"②他进一步分析林纾的翻译有字句脱漏的错误:"根据原文推断,大约漏了一个'身'字:'鳄鱼亦侧其身,齿尚陷入狮股。'"③如此一来,长久的困惑终于得到解决。像钱锺书这样因读译文而被吸引,或者在阅读译文过程中产生难解的困惑,遂产生学外语、读原著的念头,体现的正是翻译所能起到的"诱"的作用。

钱锺书还深入细致地解读林纾翻译的《巴黎茶花女遗事》原书第二十六章中的一段,认为其译文同样值得推敲:

>… mais je pense que le bon Dieu reconnaîtra que mes larmes étaient vraies, ma prière fervente, mon aumône sincère, et qu'il aura pitié de celle qui, morte jeune et belle, n'a eu que moi pour lui fermer les yeux et l'ensevelir.
>
>我……思上帝之心,必知我此一副眼泪实由中出,诵经本诸实心,布施由于诚意。且此妇人之死,均余搓其目,着其衣冠,扶之入柩,均我一人之力也。④

他指出不仅"均我""均余"冗赘,"着其衣冠"的用语与意欲表达的意思也恰恰相反(当云"为着衣冠",且原文亦无此意)。他还分析指出,因固守原文顺序而未作必要的调整,导致译文在文言语法中"尾大不掉","欠缺一气贯注的劲头",而且各个分句"散漫不够团结"⑤。他最后给出了一个重新结构后的新译文:

>自思此一副眼泪实由中出,祈祷本诸实心,布施由于诚意,当皆蒙上帝鉴照,且伊人美貌短命,舍我无谁料理其丧葬者,当亦邀上帝悲悯。⑥

---

① 钱锺书:《林纾的翻译》,《七缀集》,第81页。
② 同上书,第107页,注16。
③ 同上书,第86页。
④ 同上书,第96页。
⑤ 同上书,第97页。
⑥ 同上。

修改后的译文最直观的变化是语序作了调整,最大的变化是将原文复杂的长句改用几个短句表达,不仅修正了林纾译文中的误译,避免了冗赘,而且整体上更符合中文的行文习惯。

钱锺书又举林纾误译"German-merchants"的例子:

  《滑稽外史》原书第三五章说赤利伯尔弟兄是"German-merchants",林译第三四章译为"德国巨商"。……那个平常的称谓在这里有一个现代不常用的意义:不指"德国巨商",而指和德国做进出口生意的英国商人。①

他还进一步作注解释,举出叶斯泼生(O. Jespersen)的《近代英语文法》(Modern English Grammar)中收录的德・昆西、迭更司(通译作狄更斯)等相似用例;并称在词典收录类似词语用例之前,"早有那种用法,如十七世纪奥伯莱的传记名著所谓'土耳其商人',就指在土耳其经商的英国人。"②译者由于缺乏相关的知识背景而对原文不获尽解或者望文生义,是造成这类翻译舛错的根本原因。

翻译中还有一种本该避免却有意为之的"讹",如:

  他(指林纾)在翻译时,碰到他认为是原作的弱笔或败笔,不免手痒难熬,抢过作者的笔代他去写。从翻译的角度判断,这当然也是"讹"。即使添改得很好,毕竟变换了本来面目,何况添改未必一一妥当。③

在林纾生活的时代,还未能很好地确立翻译与创作之间的严格界线,译者对翻译的本质也认识得不够客观清晰。所以林译中常包含有意添改的情况。这当然有时代局限的客观原因,但林纾本人的主观意愿不仅不容否定,而且还是造成这种"讹"的主要原因。

钱锺书又说:

  一个能写作或自信能写作的人从事文学翻译,难保不像林纾那样的手痒;他根据个人的写作标准和企图,要充当原作者的"诤友",自信有点铁成金、以石攻玉或移橘为枳的义务和权利,把翻译变成借体寄生的、东鳞西爪的写作。④

译者意欲充当原作者"诤友"的想法具有一定的普遍性,因而译者抢过原

---

① 钱锺书:《林纾的翻译》,《七缀集》,第89—90页。
② 同上书,第109页,注31。
③ 同上书,第84页。
④ 同上书,第85页。

作者的笔去代写的情况时有发生，以致出现将翻译变成"借体寄生"的写作这种极端现象。钱锺书进而指出："正确认识翻译的性质，认真执行翻译的任务，能写作的翻译者就会有克己工夫，抑止不适当的写作冲动。"①说到底，翻译要求如实地传达原作者的本意，译者要做原作者的合作者，而不是竞争者，当然更不能做裁判者。

"讹"虽然会导致译文失真，但也不得不承认，有时候却能在客观上起到一定程度的积极作用。钱锺书公允地指出："也恰恰是这部分的'讹'能起一些抗腐作用，林译因此而可以免于全被淘汰。"②这里所说的抗腐作用，主要指林纾所做的添改相对于原作被改换掉的"弱笔或败笔"而言，其文学性更加突出，至少可读性更强。但也必须承认，"讹"之能起作用的情况，显然已经溢出了翻译的范畴，而成为文学鉴赏方面的问题。随着翻译学科规范的确立，类似林译这种"讹"的情况是应该避免，而且也是能够避免的。

二、"诱"之效用

钱锺书用"媒"和"诱"二字较好地涵括了翻译在文化交流中所起的作用：

> "媒"和"诱"当然说明了翻译在文化交流里所起的作用。它是个居间者或联络员，介绍大家去认识外国作品，引诱大家去爱好外国作品，仿佛做媒似的，使国与国之间缔结了"文学因缘"，缔结了国与国之间惟一的较少反目、吵嘴、分手挥拳等危险的"因缘"。③

经由翻译，文本的"跨国旅行"得以实现。原本分属两个文化系统的原作者与译文读者通过译本这个中介得以联系起来。

翻译的出发点本来是为译文读者着想的，可以省却他们学外文、读原作的苦工，但翻译作品尤其好的译本无形中又挑动起部分读者的好奇心，引发他们对原作生出无限向往，觉得单纯读译作犹如隔雾赏花，比不上直接读原作那样情景真切，于是产生进一步了解原著或更多外国同类作品的热情。好的译本能产生诱导的作用，促使译文读者去学习外语，以期能够直接阅读原文，这是翻译在"诱"的方面最常见的功效。钱锺书在《林纾的翻译》一文中称自己正是通过阅读林译小说而产生进一步了解的兴趣，才引起学外语、读原著的渴望的。

钱锺书在《〈围城〉德译本前言》中说："庞德对中国语文的一知半解、无知

---

① 钱锺书：《林纾的翻译》，《七缀集》，第86页。
② 同上书，第87页。
③ 同上书，第79页。

妄解、煞费苦心的误解增强了莫妮克博士探讨中国文化的兴趣和决心。"①虽然庞德所论述的中国语言文学知识不够准确,但正是经由他的相关论述,使年少时的莫妮克与中国文化接触成为可能,莫妮克博士之所以能够成长为一位出色的汉学家,庞德对她无疑起到了"诱"的作用,至于庞德的论述中对中国语言文学有多少误解等"讹"的成分则另当别论。

根据翻译的好坏,"诱"有两个方向上的表现,相应地也具备正反两方面的作用:

> 好译本的作用是消灭自己;它把我们向原作过渡,而我们读到了原作,马上掷开了译本。自负好手的译者恰恰产生了失手自杀的译本,……倒是坏翻译会发生一种消灭原作的功效。拙劣晦涩的译文无形中替作者拒绝读者;他对译本看不下去,就连原作也不想看了。②

"诱"是判别译文价值与效用的一把双刃剑。好的译本将译文读者引向原作,而一旦他们开始阅读原作,译本虽好却遭永远抛弃,再无发挥效用的空间,所以钱锺书称这种情况为译者"失手自杀"的译本。倘若先于原作接触到的是拙劣晦涩的译本,译文读者往往会将译本不忍卒读的看法直接迁移到原作上,认为原作同样差,很少有人再去翻检原作,不好的译本将异国读者阅读原作的可能扼杀于未萌。

《汉译第一首英语诗〈人生颂〉及有关二三事》中提到,方濬师讲过翻译外国文学的"用心"是要"同文远被""引诱和鼓励外国人来学中国语文,接受中国文化"。③ 这与一般意义上理解的翻译外国文学的用意恰好相反。钱锺书指出:"翻译外国作品能使外国作家去暗投明,那把诗扇仿佛是钓饵,要引诱郎费罗向往中国。送的人把礼物当钓饵,收的人往往认为进贡。"④在国际交往与跨文化交流中,参与交往、交流的双方针对同一事物的理解可能并不完全一致,有时甚至大相径庭,但这并不妨碍翻译在另一个向度——所谓"同文远被"——发生"诱"的效用。

钱锺书分析指出,坏译本导致消灭原作的情形发生,这也是一个很严峻的现实问题。当前无论针对外国文学作品还是外国理论著作的翻译,都有一些充斥着低级知识错误的拙劣译本混杂其间,无形中影响了它们在中文语境中的传播与接受。但钱锺书对好译本"失手自杀"的担心显得有些过虑,这种

---

① 钱锺书:《〈围城〉德译本前言》,《写在人生边上·人生边上的边上·石语》,第209页。
② 钱锺书:《林纾的翻译》,《七缀集》,第79—80页。
③ 钱锺书:《汉译第一首英语诗〈人生颂〉及有关二三事》,《七缀集》,第137页。
④ 同上书,第138页。

情况有时确实会有，但没有像他想象的那么糟糕。知识的生产与更新日新月异，而且术业有专攻，加之受外语程度的限制，读者虽有想了解的需要，但读原本有困难甚至根本不能读的情况仍大量存在。因而在可预见的将来，翻译与译本在世界范围内仍有很大的需求空间和市场。

　　概括而言，按照钱锺书的"化境"说，理想的翻译应基于以下几个方面：第一，内容准确，尽量忠实于原文并符合原作者的意图；第二，易于理解，其实质是以读者为中心，注重译文读者的理解力与接受水平，确保译文自然、易懂；第三，形式恰当，既要紧密依托原文，又应充分考虑译入语规范，避免生搬硬套。简单地说，"化境"说要求翻译忠实地传达原作的内容，完整地再现原作的精神和风格，确保译文顺畅自然，并使译文读者获得与阅读原文同等的感受。

第七章　译者主体

钱锺书强调译者的主体地位,将翻译视为二度创作,肯定译者"稍通骑驿"的角色定位;他提倡"执心物两端而用厥中"的翻译策略,主张充分发挥译者主体的能动性;他赞同"作者未必然,读者未必不然"的观点,支持译文不妨超迈原文;他倡导"随心所欲,而不逾矩"的方法论,以"法天、胜天、通天"为标杆,用以评判包括翻译在内的文艺创作的价值。

第一节　邻壁之光,堪借照焉

钱锺书在《管锥编》中提出:"邻壁之光,堪借照焉。"[①]他借照邻壁之光"对我国固有的文学现象起比较和印证的作用",和"对某些中国传统的文学现象给予科学的分析和总结"[②]。通过比较可以见异同,借助印证的方式可以大大节省分析论证的烦琐工夫;引入"邻壁之光"以观照本国传统中习见的一些文学现象,可以克服因视角局限而导致的视域盲点,使研究方法更趋科学,认识更加全面客观,研究结果也因之更堪采信。

一、"打通"的方法

钱锺书在《〈谈艺录〉序》中将自己的治学方法归结为"颇采二西之书,以供三隅之反"。《中国比较文学年鉴(1986)》将他的学术研究誉为"一项气魄宏大的开创性工作",称道他"以宏观的角度打通了中国古代文化各个领域与文学的界限,将代表古代中国精神生产成果的经史子集各类学科全部上升到比较诗学的高度加以考察"[③]。《通感》《诗可以怨》《中国诗与中国画》等文章将东西方文化及学术知识会通得水乳交融,钱锺书称之为"打通"[④]。"打通"

---

① 钱锺书:《管锥编(第一册)》,第166页。
② 陆文虎:《论〈管锥编〉的比较艺术》,郑朝宗编:《〈管锥编〉研究论文集》,第288、290页。
③ 北京大学比较文学研究所、《中国比较文学年鉴》编委会编:《中国比较文学年鉴(1986)》,北京:北京大学出版社,1987年,第439页。
④ 钱锺书在致郑朝宗的信中说:"弟之方法并非'比较文学',in the usual sense of the term,而是求'打通',以中国文学与外国文学打通,以中国诗文词曲与小说打通。"参见郑朝宗:《〈管锥编〉作者的自白》,《人民日报》1987年3月16日。

广泛涉及地域层面的会通中西区隔、时间层面的打通古今之别、内容层面的跨越学科藩篱等不同方面。

钱锺书为说明文学史上的一个发现、规律或特征,常将古今中外相隔甚远的事例与理论捉置一处,做到"言必有征""证必多例",并予以条分缕析的分疏:

> 南、北"学问"的分歧,和宋、明儒家有关"博观"与"约取"、"多闻"与"一贯"、"道问学"与"尊德性"的争论,属于同一类型。巴斯楷尔区分两类有才智的人(deux sortes d'esprit):一类"坚强而狭隘",一类"广阔而软弱"(l'esprit pouvant être fort et étroit, et pouvant être ample et faible)。康德曾分析"理性"里有两种基本倾向:一种按照万殊的原则,喜欢繁多(das Interesse der Mannigfaltigkeit, nach dem Princip der Specification);另一种按照合并的原则,喜欢单一(das Interesse der Einheit, nach dem Princip der Aggregation)。禅宗判别南北,可以说是两类才智或两种理性倾向在佛教思想里的一个表现。①

钱锺书善于从日常见闻或大家用熟了的文献资料中拈出新意,借重的正是他几十年如一日所秉持的打通中西、古今与学科界限的治学路径,以及他着意探究人类心理和情感细微隐秘处共通的"诗心""文心"的学术抱负。

《台湾版〈钱著七种〉前言》中提到,钱锺书在和胡步曾的诗中有一联:"中州无外皆同壤,旧命维新岂陋邦",与"西洋诗歌理论和技巧可以贯通于中国旧诗的研究"②一说同调。《通感》中说:"近代'白话'往往是理解古代'文言'最好的帮助。"③两处论述正是打通古今、会通中西的绝妙表达。作为钱锺书学术方法中最具特色的"打通",体现的正是对中外会通与旧命维新的追求。

莱辛在《拉奥孔》中论诗与画的差别,将绘画与空间相结合,诗与时间相关联,意在强调绘画是一种表达共时性呈现的方式,展现不出历时性的发展情况。事实上时间与空间的分野也并非泾渭分明、井水不犯河水。钱锺书在《汉译第一首英语诗〈人生颂〉及有关二三事》一文中作注指出:

> 张德彝说名"传"空间里的"五洲"就等于名"传"时间里的"千古",暗合斯达尔夫人(Mme de Staël)的名言:"外国人就是当代的后世。"(Les étranger sont la postérité contemporaine)。④

---

① 钱锺书:《中国诗与中国画》,《七缀集》,第11—12页。
② 钱锺书:《台湾版〈钱著七种〉前言》,《钱锺书散文》,第466页。
③ 钱锺书:《通感》,《七缀集》,第64页。
④ 钱锺书:《汉译第一首英语诗〈人生颂〉及有关二三事》,《七缀集》,第161页,注60。

名扬四海与流芳千古都是声名远播的表现；斯达尔夫人的名言亦巧妙地打破了时间与空间维度的区隔。以创作的影响而论，作家作品在空间向度的传播与其在时间序列上的传承有异曲同工之妙。

　　《小说识小》中拈出《西游记》里"新开园的果子爱吃"中的"爱吃"一语①，又举韩愈《赠刘师服》一诗与广东鸭肫肝为反例，皆言食物被赋予灵性，表达"食物之爱人吃者，几不须齿决"之意。继而又举海涅（Heine）《旅行心影录》（Reisebilder）中的"熟鹅口衔蘸汁之碟，飞来飞去，以被吃为喜（fühlen sich geschmeichelt wenn man sich verzehrt）"②，称其与"爱吃"之意并无二致。

　　钱锺书在论述中国田园诗时自然联想到西方文学中的牧歌：

> 　　西洋文学里牧歌的传统老是形容草多么又绿又软，羊多么既肥且驯，天真快乐的牧童牧女怎样在尘世的干净土里谈情说爱；有人读得腻了，就说这种诗里漏掉了一件东西——狼。我们看中国传统的田园诗，也常常觉得遗漏了一件东西——狗，地保公差这一类统治阶级的走狗以及他们所代表的剥削与压迫农民的制度。③

　　结合上下文可以发现，该段论述的本意并非在西洋牧歌与中国田园诗之间架设比较的桥梁，也未就二者作高下判断，而是着重批评中国田园诗因脱离现实而缺乏泥土和血汗的气息。后文又提到这种情况因范成大而有所改观，"田园诗又获得了生命，扩大了境地"④，赞扬范成大在田园诗中提到官吏榨逼农民，在当时是一个大胆的创举。

　　一联佳诗往往上下句难以达到同等程度的"工"，钱锺书留意到中西诗评都曾论及这一点：

> 　　黄白山《载酒园诗话评》论"佳联而上下句工力不能均敌"云："必是先得一好句，徐琢一句对之。上句妙于下句者，必下句为韵所缚也；下句妙于上句者，下句先成，以上句凑之也。"瓦勒利（Paul Valéry）谓作诗得句，有"赠与句"（les vers donnés），若不假思功、天成偶得者也，有"经营句"（les vers calculés），力索冥搜，求其能与"赠与句"旗鼓当而铢两称者也。……"先得"之"赠与句"张本立标，"后得"之"经营句"成章济伟。⑤

　　天成偶得的诗句为"赠予句"，往往为思索寻觅对句而大费周章；克服为

---

① 钱锺书：《小说识小》，《写在人生边上·人生边上的边上·石语》，第136页。
② 同上。
③ 钱锺书：《宋诗选注》，第312页。
④ 同上。
⑤ 钱锺书：《谈艺录（补订本）》，第587页。

韵所限等障碍后勉强凑成的对句称"经营句",在艺术手法与表现力度方面往往劣于"赠予句"。由此足见作诗为文、遣词造句时灵感的重要性。

钱锺书也并非一味强调东西方文学、文化中的共通之处,他也通过对比的方式揭示中西文学与文论的差异之处。他曾论及中国旧诗中的鬼神描写与西方神秘主义的本质区别:

> 中国旧诗里面有神说鬼话(mythology),有装神捣鬼(mystification),没有神秘主义(mysticism)。……自我主义消灭宇宙以圆成自我,反客为主,而神秘主义消灭自我以圆成宇宙,反主为客。①

所谓"神说鬼话"即通常意义上的"神话","装神捣鬼"则指"神秘化",二者以"圆成自我""反客为主"为旨归;而神秘主义则通过消灭自我的方式达到圆成宇宙的目的。如此界说,要言不烦地抓住了二者各自的区别性特征,自然分疏得清清楚楚。

"打通"要求研究者既有丰富的知识储备,又有恢宏的视野,还需具备纯正的比较理念。以承认异质文化有同有异为前提,通过比较搭建跨文化理解与沟通的平台。钱锺书以他对中国古典文学和西方文学的丰富学养为根基,剖析文学现象的根脉源流,在社会思潮和文学思潮的激流波荡中为中西文学与文化的交流提供了博大的胸襟、多层面的思路和兼具出色感悟力的操作方法。

二、取精用弘的策略

钱锺书坐拥书城,博闻强识,他在文学批评与学术研究中孜孜以求的是"博览群书而匠心独运,融化百花以自成一味,皆有来历而别具面目"②,概括而言,即有效采用取精用弘的策略。他尤其注重将来源广泛的理论创见进行创新性应用与整合性提升:

> 譬若啖鱼肉,正当融为津液,使异物与我同体,生肌补气,殊功合效,岂可横梗胸中,哇而出之,药转而暴下焉,以夸示己之未尝蔬食乎哉?故必深造熟思,化书卷见闻作吾性灵,与古今中外为无町畦。③

钱锺书广泛借鉴古今中外的智慧因素,借助深造熟思,化书卷见闻作性灵;他注重消纳吸收,避免出现食古不化、食洋不化的状况,追求与古今中外

---

① 钱锺书:《落日颂》,《写在人生边上・人生边上的边上・石语》,第315页。
② 钱锺书:《管锥编(第四册)》,第1251页。
③ 钱锺书:《徐燕谋诗序》,《写在人生边上・人生边上的边上・石语》,第228—229页。

为无町畦;他也善于学以致用,能将书卷见闻与既有的知识、能力有机地融为一体,着意打通各种固有的或人为的壁垒,培育新的学术生长点。

《管锥编》中曾援引古希腊文献,表达博采众长、取精用弘的思想:

> 古希腊一文家云:"独不见蜜蜂乎,无花不采,吮英咀华,博雅之士亦然,滋味遍尝,取精而用弘。"(Just as we see the bee settling on all the flowers, and sipping the best from each, so also those who aspire to culture ought not to leave anything untasted, but should gather useful knowledge from every source.)①

取精用弘意指占有丰富的资料,进而从中提取精华。钱锺书善于博采众家之长,不拘执固守某一特定的理论系统,他常能借助深刻的思考,在不同领域形成自己独特的认识。《管锥编》《谈艺录》中反复提及遍采百花酿成蜜这一意象,喻指读书为学须转益多师。他也以蜜中花与水中盐作比,称道汲取精华过程中融合无间、有味无形的化境。

关于中外文化的会通,鲁迅曾作过经典表述:"洞达世界之大势,权衡较量,去其偏颇,得其神明,施之国中,翕合无间。外之既不后于世界之思潮,内之仍弗失固有之血脉,取今复古,别立新宗。"②鲁迅一贯强调对传统文化的创新性发展与对世界文化中的先进性因素积极吸收相结合,吸收时有分析有鉴别,当然也有扬弃,力避生吞活剥;而在将吸收进来的外来文化因素与自身文化固有传统相结合时,确保内外不相抵牾,追求圆融合一的境地。钱锺书对取精用弘的推重,虽与鲁迅在表达方式上有异,但在内在实质与基本立场方面却高度一致。

钱锺书通过与西洋诗相对照,着意彰显中国古体诗独具的特征,体现的正是对"打通"理念的践行:

> 和西洋诗相形之下,中国旧诗大体上显得情感不奔放,说话不唠叨,嗓门不提得那么高,力气不使得那么狠,颜色不着得那么浓。③

正是因为有与西洋诗的对照,或者借助西洋诗的背景映衬,中国古典诗的淡雅、悠远、闲适、内敛等区别性特征可以得到更加真切、清晰的凸显。

钱锺书明确提出,在进行中西会通比较时应避免拉郎配式的盲目比附:

> 苏辙之解《老子》,旁通竺乾,严复之评《老子》,远征欧罗;虽于二西

---

① 钱锺书:《管锥编(第四册)》,第1251页。
② 鲁迅:《文化偏至论》,《鲁迅全集1》,第57页。
③ 钱锺书:《中国诗与中国画》,《七缀集》,第16页。

之书；皆如卖花担头之看桃李，要欲登楼四望，出门一笑。后贤论释，经眼无多，似于二子，尚难为役。聊举契同，以明流别，匹似辨识草木鸟兽之群分而类聚尔。非为调停，亦异攀附。何则？玄虚、空无、神秘三者同出而异名，异植而同种；倾盖如故，天涯比邻，初勿须强为撮合。即撮合乎，亦如宋玉所谓"因媒而嫁，不因媒而亲"也。①

比较不是从事学术研究与进行跨文化沟通的终极目的，充其量只是一种为我所用的手段，故不能为比较而比较。钱锺书向往并积极进行中外文化之间的会通，其理想的途径是在综合与融会中外文化时既不失中国本色，又能与外部世界进行妙趣横生的相互映发。

第二节 非作调人，稍通骑驿

钱锺书出于高度的理论自觉，公允地指出翻译是一种"居间"的中介活动："'译'一名'通事'，尤以'通'为职志。"②该观念的萌芽可以远溯至刘勰《灭惑论》："解同由妙，故梵、汉语隔而化通"。钱锺书要求译者以"比较文学所谓'媒介者'（intermediary），在'发播者'（transmitter）和'收受者'（receptor）之间，大起搭桥牵线的作用"③。作者通过发挥创造性，将生活与创作联系起来，相应地，译者是居于原作与译作之间的中介，宜充分发挥创造性以使译作传神。译者的主体地位及其能动性的发挥正是翻译原则与技巧的核心所在。

一、频遭误解的译者

译者及其翻译活动在历史上一度受到很深的误解甚至丑诋，如"驴蒙狮皮"（asses in lions' skins）、"蜡制偶人"（the Madame Tussaud's of literature）、"点金成铁"（the baser alchemy）、"沸水煮过之杨梅"（a boiled strawberry）、"羽毛拔光之飞鸟"（der gerupfte Vogel）、"隔被嗅花香"（smelling violets through a blanket）。④ 这些说法一方面道出了翻译相对于原作存在程度不等的变形，在译作中原作固有的艺术魅力或许会有所减损；但另一方面却未给予译者的主体性以应有的承认与足够的重视。

《管锥编》中提及，"驴蒙狮皮"等以比喻论翻译的种种品目"金不如'嚼饭

---

① 钱锺书：《管锥编（第二册）》，第465页。
② 同上书，第540页。
③ 钱锺书：《汉译第一首英语诗〈人生颂〉及有关二三事》，《七缀集》，第148页。
④ 钱锺书：《管锥编（第四册）》，第1266页。

与人'之寻常而奇崛"①。"驴蒙狮皮"等比喻都是以异"类"相比,也找到了相同的"伦"(即可比性),传达出如下思想:随着从原本到译本的形变,也相应地会产生某种程度的神变。之所以称道"嚼饭与人"奇崛,是因为它除了具有其他比喻所表达的含义以外,尚能传达出其他比喻都不具备的"徒增呕秽"意味,因而更贴切传神。

自柏拉图以来,塞万提斯、雨果、叔本华等相继指出译作与译者相对于原作与原作者处于某种从属、模仿的地位:"误解作者,误告读者,是为译者"(commonly mistakes the one and misinforms the other);"译本无非劣者,只判劣与更劣者耳"(Es gibt nur schlechte Uebersetzungen/ und weniger schlechte)②;称译者如在庄园里劳作的"奴隶",他们"给葡萄追肥、整枝,然而酿出的酒却是主人的"③。一众论者都将译者置于从属地位,译者的创造性被全然无视甚至一概抹杀,翻译活动被视为被动的模仿,而且片面夸大了译本中可能存在的误解与误译情况。

许多西方论者强调翻译"变易"的一面:"翻译如翻转花毯,仅见其背"(el traducir de una lengua en otra ... es como quien mira los tapices flamencos por el revés);"翻译如以此种乐器演奏原为他种乐器所谱之曲调"(Sogar in blosser Prosa wird die allerbeste Uebersetzung sich zum Original höchstens so verhalten, wie zu einem gegebenen Musikstück dessen Transposition in eine andre Tonart);"倘欲从译本中识原作面目,犹欲从板刻复制中睹原画色彩"(Qu'on ne croie point encore connaître les poètes par les traductions; ce serait vouloir apercevoir le coloris d'un tableau dans une estampe)④。上述论者对好的翻译所能起到的沟通作者与译文读者的桥梁作用视而不见,且普遍持有一种刻板印象,认定译本必定劣于原作。

在西方传统翻译理论中,译者是原作者的奴仆,译作是派生、模拟的,是与原作有距离的复制品。在当代译论特别是多元系统论(Polysystem Theory)⑤中,译者又沦为政治或意识形态隐性操纵下的傀儡,成为被动的传译工具(passive reproducer)。持类似观点的论者多强调历史、文化对译者个体的规约与限制,却相对忽略翻译本身所具有的丰富性和差异性,亦对译者的

---

① 钱锺书:《管锥编(第四册)》,第 1266 页。
② 同上书,第 1264 页。
③ 谭载喜:《西方翻译简史》,北京:商务印书馆,1991 年,第 153 页。
④ 钱锺书:《管锥编(第四册)》,第 1264—1265 页。
⑤ 多元系统论是以色列学者埃文-佐哈尔(Itamar Even-Zohar)在 20 世纪 70 年代初提出的一种理论。该理论认为相互联系、相互依存的若干不同系统组成了文学、文化等社会符号现象。它试图使系统概念、异质性和时间的推移完全兼容。

主体性和创造性缺乏认可。

二、以"通"为职志

虽然自古至今译者频遭误解,但也不可否认,中外都有不少研究者留意关注译者的主体地位。他们将翻译视为一种二度创作,是"带着镣铐跳舞"(闻一多语),突出译者的创造性活动受多重因素限制,即除了一般文艺创作中不可避免的常规限制以外,翻译还必然受忠实于原作这一内在要求的严格约束。

在翻译领域颇有建树的茅盾说:

> 译者通过原作的语言外形,深切体会原作者的艺术创造的过程,在自己的思想、感情、生活体验中找到关于原作内容的最适合的印证。同时还必须运用适合于原作风格的文学语言,把原作的内容与形式正确无遗地再现出来。这样的翻译的过程,是把译者和原作者合而为一,好像原作者用另外一国文字写自己的作品。①

翻译过程可以划分为译者对原作能动地理解与用译入语能动地表达两个阶段。译者在理解原文时需要加入自己的思想、感情与生活体验,以求理解得准确和深入;在用译入语表达时应同时兼顾原作的内容和形式,并选择与原作风格一致的语言加以再现。翻译过程中译者既秉有一定的自主权,又葆有足够的自律意识,方可达致"译者和原作者合而为一"的理想境地。

译作扩展了原作传播与影响的时空维度,有如原作在新的历史时期或异域他国获得了新生命,译者在此过程中无疑发挥了不可替代的关键作用。有"当代翻译理论之父"之誉的美国翻译理论家尤金·奈达(Eugene A. Nida)认为,翻译是一项包括原文本与译者之间,以及译本与译入语读者之间动态作用的综合活动,它寻求与原语文本的对等。② 当代西方翻译理论普遍倾向于赋予译者以新的自由,认为真正的译者必须是原作者的延伸。翻译的目标是以动态对等的方式生成一个用译文读者熟知的语言写就的文本,并致力于产生和源语文本最相似的效果。

综合分析钱锺书和中外翻译理论家的相关论说,可以确定译者在翻译过

---

① 茅盾:《为发展文学翻译事业和提高翻译质量而奋斗》,《新华月报》1954年第9号,第224页。
② Eugene A. Nida, "Principles of Correspondence", The Translation Studies Reader, Lawrence Venuti ed., New York: Routledge, 2004, pp.153—167.

程中具有三位一体的作用：

首先是原文读者。译者在阅读过程中融入自己的理解，并尽量追求理解得客观公正、不偏不倚且保持价值中立。理解需要克服译入语与源语因在形式结构、惯用语、表达法、文化深层等方面存在差异而导致的多重障碍，既要理解原作内容方面的内涵与外延，又要把握其言外之旨，还要探究作者在文字背后意欲表达的思想感情。

其次是译文作者。译文作者在某种意义上也可谓原著的合作者，在翻译过程中以原作为准绳，寻求与原作者最大限度的"视界融合"。译者理解并表达植根于另一种语言、另一个文本和另一种文化体系的相关内容，是在内容的转换与译文的克制之间进行的。在此过程中，译者通过重新建构来再现原作，从外部阅读把自身写入文本中。

最后还是译文的评判者。译者需要以译文读者为中心，充分考虑他们的接受情况，对自己初步完成的译文进行必要的调适与修正。译文评判者这一角色强调译者的主体地位及其能动性的发挥。在能动地理解与能动地表达之外，还需要围绕译文读者的阅读期待、知识背景与接受水平，充分考虑接受美学方面的因素。

第三节　心物两端，执用厥中

译者在开展翻译之初，首先需要掌握原作所涉及的文化背景，然后经过一个认知与推理的过程，以期更加完整、准确地理解原作内容和作者意图，最终借助娴熟的母语表达使语言和文化从一地到另一地旅行，让原作在译入语中延续生命，甚至得以涅槃重生。在实施翻译的过程中，承认"诗无达诂"，即允许理解与阐释存在多种可能，但又要力避曲解误解，取"执心物两端而用厥中"的方略，力求理解得正确，进而表达得允当。

一、诗无达诂

《谈艺录》中论及"诗无达诂"与"诗无通故"：

《春秋繁露·精英》曰："诗无达诂"，《说苑·奉使》引《传》曰："诗无通故"；实兼涵两意，畅通一也，变通二也。诗之"义"不显露（inexplicit），故非到眼即晓、出指能拈；顾诗之义亦不游移（not indeterminate），故非随人异解、逐事更端。诗"故"非一见便能豁露畅"通"，必索乎隐；复非各说均可迁就变"通"，必主于一。既通（disclosure)正解,余解杜绝(closure)。①

　　文本的意义不显露,要从幽隐中探索方可得到;同时文本的意义也不游移,不能任意解说或随意发挥。"言"的无限分延性使有限的言辞可以表达多重、甚至无限的意义,为作者创作提供广泛的自由,并为读者、批评者和译者创造出无限的阐释空间。诗之诂"必主于一",要求解读过程中力避无谓的牵强附会、穿凿罗织。

　　钱锺书论文艺创作时谈到:"艺之极致,必归道原,上诉真宰,而与造物者游;声诗也而通于宗教矣。"②艺术取法自然,也遵循自然规律,创作者能够在自然界本有的事物与艺术表现之间成功地架设起联系的桥梁。"声诗也而通于宗教"强调作者作诗为文时内心的纯净与艺术追求的虔诚,并非强调宗教信仰。创作过程中已然有"文章本天成,妙手偶得之"的微妙,理解与翻译过程中更是难以尽行传达这种微妙。

　　钱锺书赞同并多次称引清代谭献《复堂词录序》中的"作者之用心未必然,而读者之用心未必不然",说明不同读者针对具体文本有可能产生个性化解读与多样化阐释。阐释也不是一劳永逸的,其有效性是暂时的,也是有条件的。阐释亦有"横看成岭侧成峰"之妙,一如《易传》所言:"仁者见之谓之仁,智者见之谓之智"。阐释学的根本目标在于消解逻各斯中心主义(logocentrism)③,并对现代精神中心性、整体性和客观确定性等已经被强调得过火的思想观念形成必要的反拨。

　　翻译过程中误读的存在有其必然性,也有一定的合理性,但要尽量避免有意为之的曲解、误解,确保译者的创造性叛逆在积极的方向上发挥效用。钱锺书指出,译者只是代笔,不应该"把翻译变成借体寄生的、东鳞西爪的写作"④。译者的创造性叛逆理应遵循一定的限度,既要最大程度地忠实于原文,又要充分考虑译入语规范与译作读者的文化背景,否则,盲目追求创造或刻意进行"叛逆"容易导致误译,乃至沦于篡改的泥淖,非但带不来良好的翻译效果,反而有可能减损原作形象。

---

① 钱锺书:《谈艺录(补订本)》,第 609 页。
② 同上书,第 269 页。
③ 逻各斯中心主义是西方形而上学的一个别称,指对于一种能够成为人们思想与经验基础的终极话语、真理或现实的信任。长期以来,人们习惯于给事物定性,总希望从一个固定点出发,寻找某个确定性的结果或答案。一旦失去这种固定性和稳定感就会感到茫然不安,并会努力营造一种新的固定性和稳定感来使自己觉得踏实。这种习惯性的定向思维方式就是哲学中逻各斯中心主义的体现。
④ 钱锺书:《林纾的翻译》,《七缀集》,第 85 页。

二、允执厥中

钱锺书从"万物各有二柄(Everything has two handles),人手当择所执"①的可操作性出发,提出以"执心物两端而用厥中"的方略,并广泛运用于思辨、文学批评与学术研究。他在不同场合解释过心物两端执用厥中的具体要求。如"观过知仁,未容因噎废食。执其两端,可得乎中,思辨之道,固所不废"②,反对在认识论方面走极端,避免因噎废食,强调以辩证、全面的眼光看待事物与处理问题。又如"《中庸》之'执其两端用其中',亦儒家于辩证之发凡立则也……正反相'对'者未必势力相等,分'主'与'辅'"③,既承认正反相对的存在,同时也强调需分清主次,而不取平均主义或折中调和的做法。

对执心物两端而用厥中的倡扬,古今中西都不乏其例。明代汤临初《书指》云:"大凡天地间至微至妙,莫如化工,故曰神,曰化,皆由合下自然,不烦凑泊,物物有之,书固宜然。"④又说:"真书点画,笔笔皆须著意,所贵修短合度,意态完足。"⑤亦曲尽允执厥中之意,"修短合度"强调恰如其分的允当,"至微至妙,莫如化工"重视在摹写自然的过程中既"合下自然"而又有所创化。

钱锺书曾援引克洛岱尔的创作论:

> 克洛岱尔(Paul Claudel)谓吾人性天中,有妙明之神(anima où l'âme),有智巧之心(animus où l'esprit);诗者、神之事,非心之事,故落笔神来之(inspriation),有我(moi)在而无我(je)执,皮毛落尽,洞见真实,与学道者寂而有感、感而遂通之境界无以异(un état mystique)。⑥

克洛岱尔突出强调艺术创作者敏锐的感受力,以及对灵感迅速、准确的捕捉才能。他将艺术创作与学道者"寂而有感,感而遂通"的境界等同视之,认为二者同样抛弃执念,将洞见与真心尽情展露即是艺术创作的正途。"有我而无我执"就是"执心物两端而用厥中"的同义表达。

英国学者乔治·斯坦纳关于翻译步骤的论述与钱锺书提倡的"执心物两端而用厥中"的方法有异曲同工之妙。按照斯坦纳的观点,翻译有四个步骤:

---

① 钱锺书:《管锥编(第一册)》,第37页。
② 同上书,第350页。
③ 同上书,第416页。
④ 〔明〕汤临初:《书指》卷上,转引自陶小军、王菡薇主编:《中国书画鉴藏文献辑录》,南京:南京师范大学出版社,2017年,第154页。
⑤ 同上书,第155页。
⑥ 钱锺书:《谈艺录(补订本)》,第269页。

信赖(trust)、侵入(aggression)、吸收(incorporation)和补偿(restitution)。① "信赖"即相信原文是有意义的,译者必须加以透彻地理解,有时这种信赖可能是不自觉的;"侵入"是译者直觉中源语与译入语两种语言、两种思维方式之间有冲突;"吸收"原作是一项思维活动,但它以语言的使用为标志,对于引入的异质文化成分会有多种变形和同化,也难免会有程度不等的走失;"补偿"即把翻译过程中原作中本来有而在译本中走失的成分以恰当的方式予以补足。

第四节 笔补造化,超迈无妨

钱锺书相信存在这样一种情况,即原作并不十分出彩而译作却能得到读者普遍赞誉,因为"译者驱使本国文字,其功夫或非作者驱使原文所能及,故译笔正无妨出原著头地"②。当然这种情况仅限于评判原作者与译者各自驾驭本国文字的功底高下,并不用以判定译作的优劣。

一、艺术再造

西方当代美术史家认为观画者在欣赏画作的过程中事实上参与了作画者的艺术创造,钱锺书在《中国诗与中国画》一文中曾论及:

> 当代卓著的美术史家论"印象派"(Impressionism)含蓄不露(suggestion)的手法,说:观画者不是无所用心,而是"更有事可做"(the artist gives the beholder increasingly "more to do"),参与了作画者的创造(making, creation),在心目中幻出("conjured up" in our minds)那些未落迹象的景色(the inarticulate and unexpressed)。③

说观画者参与了作画者的创造,并非是指落到画面上的实际创作,而是对画作的一种创造性解读,以及对作画者创作意图的揣想,将作画者未尽行展现在纸面上的景色、事物、情感、思绪等在自己心目中尽行拟想出来。其实不惟观画者如此,阅读、翻译开展过程中读者与译者莫不参与了对文本意义的重新建构。

《林纾的翻译》中用袁枚论诗的"老手颓唐"(《小仓山房诗集》卷二《续诗

---

① George Steiner, *After Bible: Aspects of Language and Translation*, London, Oxford, New York: Oxford University Press, 1975, pp. 312—316.
② 钱锺书:《谈艺录(补订本)》,第 373 页。
③ 钱锺书:《中国诗与中国画》,《七缀集》,第 12—13 页。

品·辨微》,又《随园诗话》卷一)评述林纾后期的翻译状态:"一个老手或能手不肯或不复能费心卖力,只依仗积累的一点儿熟练来搪塞敷衍。"① 诚然,后期的林纾全然没有初期的激情与认真,也不复努力使译作能出原作头地;他之所以仍笔译不辍,不过是以此作为生财之道,依仗前期翻译奠定的较好口碑以及已然培养出的成规模的读者群,大有躺在功劳簿上吃老本儿的心态。林纾平淡乃至平庸的后期译文清楚地显示出他彼时的敷衍塞责,钱锺书"老手颓唐"的断语可谓入木三分。

当代翻译理论鼻祖泰特勒(Alexander Fraser Tytler)称译者"必须既用原作者的灵魂,又以自己的发音器官来说话"。② 意大利美学家、文学评论家克罗齐(Benedetto Croce)在其名著《美学》(Estetica)中提出,翻译必须靠再创造才能实现。安德烈·勒弗维尔(André Lefevere)用米歇尔·福柯和皮埃尔·布尔迪厄(Pierre Bourdieu)的相关论说解释翻译者在做决定时所包含的思想因素。③ 按照勒弗维尔等人的翻译操纵观,在依托原文本生成译入语文本的过程中,除了语言差异等客观条件的限制之外,译者往往也会从自己的需要出发,对文本进行一定程度的改写。一众西方学者的论述都意在强调翻译是一个需要解决矛盾的过程,译作之美需要译者进行艺术创造方能体现出来。

《管锥编》中有一段引文,以极为简省的语言描绘一位盲人与一位腿脚不利落的躄(跛)者相互扶助、取长补短、彼此协作的情况:

> One man was maimed in his legs, while another has lost his eyesight. The blind man, taking the lame man on his shoulders, kept a straight course by listening to the other's orders. It was bitter, all-daring necessity which taught them how, by dividing their imperfections between them, to make a perfect whole.
>
> 一跛一盲,此负彼相,因难见巧,合缺成全。④

译文形式整齐、格律铿锵,读来琅琅上口,在意义传达方面与原文相比基本没有增减,读者阅读译文与阅读原文所获得的感受也没有实质性的差异,可谓翻译得非常巧妙。

钱锺书继之又提及躄、盲二人的两句经典对白,十分富有机趣:

---

① 钱锺书:《林纾的翻译》,《七缀集》,第 91 页。
② 谭载喜:《西方翻译简史》,第 166 页。
③ 〔美〕埃德温·根茨勒:《翻译、后结构主义与权利》,胡文征译,陈永国主编:《翻译与后现代性》,北京:中国人民大学出版社,2010 年,第 124 页。
④ 钱锺书:《管锥编(第二册)》,第 549 页。

盲问瘸:"您行吗?"

瘸答盲:"您瞧呢!"①

与一切身患残疾或失能者一样,故事中的瘸者与盲者两人都对自己的生理缺陷非常敏感,因而他们的对话暗藏机锋:盲人的问话"您行吗?"中,"行"为"行不行"的"行",欲问瘸者能否背负自己继续往前走。瘸者闻听"行",首先想到的是"行走"的"行",感觉盲者明知自己腿脚不好却还这样发问是对自己的冒犯,故针锋相对地问对方"您瞧呢!",因为"瞧"也恰巧戳到了盲者的痛处。当然,如果对话的双方谁都不去多想,"您行吗"就是"您还可以吗(能坚持吗)"的意思;而"您瞧呢"就是"您觉得呢"的意思,也未尝不可。但第二句句末的感叹号又分明透露出两人的对话真正触碰到了彼此最敏感的神经。

相信许多人读过后会发出会心一笑,称道盲、瘸二人的机敏,同时更折服于中国语言的博大精深。殊不知,这是钱锺书译自 18 世纪德国文家的谑语。该译例是钱锺书津津乐道并身体力行的翻译"化境"的一个具体体现。《管锥编》开头论"易之三名"时用中文词汇"扬弃"对应德语中包含抛弃、保留、发扬和提高等几重意思的 aufheben 一语,令相隔甚远的两种语言中的术语对应得恰如其分,翻译得可谓熨帖。上述针对盲、瘸二人对话的译文则更上层楼,当得起"笔补造化天无功"(李贺《高轩过》)的评价。

二、不妨超越

《汉译第一首英语诗〈人生颂〉及有关二三事》中批评威妥玛(Thomas Francis Wade)的《人生颂》译文为"美国话所谓学生应付外语考试的一匹'小马'(pony)——供夹带用的逐字逐句对译",称道董恂的译诗颇能暗合赫尔德(Johann Gottfried Herder)的主张:"译者根据、依仿原诗而作出自己的诗(nachdichten, umdichten)。"②威妥玛的直译太过直白,过分追求字面上的一致,无形中削减了原文的诗意诗蕴;董恂在充分理解原诗义旨的基础上,意译的文本犹如依仿原诗的再创作,可谓深得译诗之真谛。

钱锺书深刻指出:"文艺不可以迻译(paraphrase)者,非谓迻译之必逊于原作也,为迻译所生之印象,非复原来之印象耳。"③那种谓诗不可以译,甚至称诗就是在翻译中失去的东西等种种论断,并不是真正在说文艺作品拒绝翻译,而意在强调可译性存在一定的限度,并相信译本所营造的氛围、给读者带

---

① "您行吗?"原作"Wie gehts?","您瞧呢!"原作"Wie Sie sehen!"。参见钱锺书:《管锥编(第二册)》,第 550 页。

② 钱锺书:《汉译第一首英语诗〈人生颂〉及有关二三事》,《七缀集》,第 143 页。

③ 钱锺书:《中国文学小史序论》,《写在人生边上・人生边上的边上・石语》,第 105—106 页。

来的印象不能完全等同于阅读原作所带来的感受。当然也有在翻译过程中流失的成分:"翻译如以宽颈瓶中水灌注狭颈瓶中,旁倾而流失者必多(Traduire c'est transvaser une liqueur d'un vase à col large dans un vase à col étroit; il s'en perd beaucoup)。"①尽管翻译不可避免地会造成原文的内容与意涵在译文中有所流失,但好的翻译却完全能够借助另一种语言在异文化中艺术地再造一个胜境,所传达的义旨将不输原作,甚至有可能在意境方面超越原作。

在《林纾的翻译》中,钱锺书表示自己在能读原文小说之后,仍宁可读林纾的译文而不愿读原文,因为在熟悉了小说的内容之后,哈葛德(Henry Rider Haggard)滞重粗滥的文笔越发不忍卒读。他说:"林纾的文笔说不上工致,而大体上比哈葛德的明爽轻快。"②说明在表达同样的内容时,单就文笔而言,林纾的中文表达比哈葛德的英文表达耐读(re-readable)。

钱锺书赞同并引述康德评柏拉图倡理念(Idee)的话:

> dass es gar nichts ungewöhnliches sei, durch die Vergleichung der Gedanken, welche ein Verfasser über seinen Gegenstand äussert, ihn sogar besser zu verstehen, als er selbst verstand.

> 作者于己所言,每自知不透;他人参稽汇通,知之胜其自知。③

该论断表明读者的理解力亦有可能超出原作者的水平。《谈艺录》中引述过清代谭献"作者之用心未必然,而读者之用心未必不然"(《复堂词录序》),系同一思想的别样表达。《台湾版〈钱著七种〉前言》中又引作:"作者未必然,读者何必不然",并添加了英文释义"complete liberty of interpretation"④,表示读者享有解读所阅读文本的充分自由。中外论说都意在表明,作者对自己作品的理解也未必无懈可击,从反面说明读者、译者做出超越原作者的理解与表达是完全可能的。

译者在翻译过程中的主体性主要体现在翻译策略的选定、透彻地理解与能动地表达等方面,最终达到与原文同等或十分接近的表达效果。可以说,译者主体性的能动发挥贯穿翻译的全过程,其中决定翻译策略(直译、意译、音译、归化、异化等)与译者表达的能动性,都是以译文读者为中心进行抉择取舍的,带有一定的结果导向驱动;而能动地理解并达到与原文平衡的过程,是始终围绕原作内容与原作者的意图展开的。译者驾驭译入语的功底有可

---

① 钱锺书:《管锥编(第四册)》,第 1265 页。
② 钱锺书:《林纾的翻译》,《七缀集》,第 100—101 页。
③ 钱锺书:《谈艺录(补订本)》,第 325 页。
④ 钱锺书:《台湾版〈钱著七种〉前言》,《钱锺书散文》,第 466 页。

能超越作者掌握源语的水平,所以译者在能动地传达原作内容、风格与义旨时有机会超迈作者,造就译笔出原著头地的译作。

第五节　从心所欲,而不逾矩

钱锺书倡导"从心所欲,而不逾矩"的翻译方法论。"从心所欲"与"不逾矩"一体两面,不可截然分割。从心所欲不是为所欲为,而是以不逾矩为先决条件的。当译者的知识储备与文化修养达到一定境界后,翻译活动就基本可以做到"从心所欲",而译作无论就其贴合原文的程度而言,还是从译入语规范的角度审视,都能够保证"不逾矩"。

一、不背规矩

苏轼批评吴道子的画时曾言:"出新意于法度之中,寄妙理于豪放之外。"(《书吴道子画后》)若将这两句话所涵括的范围适当扩大,移用作文艺理论或翻译方法,似亦允当:出于"法度"之中,是为不逾矩;而于豪放之外"寄妙理",则是不折不扣的从心所欲。二者相反相成,不可偏废。

《谈艺录》中详细阐述了"出规矩外"与"不背规矩"的关系:

> 其(吕祖谦)释"活法"云:"规矩备具,而出于规矩之外;变化不测,而不背于规矩";乍视之若有语病,既"出规矩外",安能"不背规矩"。细按之则两语非互释重言,乃更端相符。前语谓越规矩而有冲天破壁之奇,后句谓守规矩而无束手缚脚之窘;要之非抹杀规矩而能神明乎规矩,能适合规矩而非拘挛乎规矩。①

从心所欲的自由指的是内心有规矩但没有束缚感。做一个不十分恰当的类比:公民模范地遵纪守法,法律的强制性于他而言不仅形同无物,反倒是一种潜在的保护;一旦做了违法乱纪之事,则必须接受法律的惩处,这时他会分明感受到法律强制性的存在。未触犯法律前因为自己的行为合乎法律要求(未逾矩),所以他大可以随心所欲;不管是否出于有意识,这种随心所欲中已然包含着对法律法规的敬畏与遵守。

钱锺书评钱仲联《韩昌黎诗系年集释》时指出,要准确、全面地解读某作品,需在仔细钻研作者原意的基础上,"还得一一对付那些笺注家、批点家、评论家、考订家……调停他们的争执,折中他们的分歧,综括他们的智慧,或者

---

① 钱锺书:《谈艺录(补订本)》,第 439 页。

驳斥他们的错误"。① 丰富的知识储备和调停折中的功夫在解读作品时必不可少,在从事翻译时也同样不可或缺,可与强调译者"一名之立,旬月踟蹰"的严谨等量齐观。翻译中的调停、折中就是最大限度地贴合原作的过程,具体而言,包括忠实表达原作内容方面的内涵与外延,忠实再现原作的体裁与形式,忠实传达原作者的风格与情感。

钱锺书认为,包括翻译在内的艺术创作应该遵循"人事之法天,人定之胜天,人心之通天"的原则。② 艺术创作以自然为范本,是为"法天"。法天不应满足于单纯模仿自然的依样画葫芦,而应当既师法自然又对其有所超越,是为"胜天"。胜天超越对自然的刻板模仿,突出创作者的主体性与创造性。无论摹写还是润饰,都不能违背自然法则,而需要与之相合,是为"通天"。通天既不是对自然的简单摹写,也不是背离自然的主观臆造,而是创造出一种人化自然的至高境界。以言翻译,要求译者首先紧密依托原作,做到不"失本",同时,译作又不能仅以原作进行逐字对译式的字面转换,而必须有所超越,不拘执于原作的表达,而且还能经得住译入语规范与译文读者接受两个层面的评判。

二、写实造境

钱锺书给出了艺术创造达致从心所欲而不逾矩境界的路径:"盖艺之至者,从心所欲,而不逾矩:师天写实,而犁然有当于心;师心造境,而秩然勿倍于理。"③文艺批评史上一向存在针锋相对、水火不容的两个派别:一派以摹写自然为主,主张"师天",如韩愈的"文章觑天巧";一派以润饰自然为主,主张"师心",如李贺的"笔补造化天无功"。钱锺书在仔细辨别双方观点后指出,两派思想"若反而实相成,貌异而心则同"④。因为摹写自然时有分析有鉴别,有选择也有取舍,自出心裁而能不背离自然、事理与规律,"师天"与"师心"表面看来大不同,其内在实质却并无二致。

钱锺书反复申说,师天写实与师心造境融合一体方能达到随心所欲而不逾矩的境地,并成就艺术佳观:

> 艺术中造境之美,非天然境界所及;至谓自然界无现成之美,只有资料,经艺术驱遣陶镕,方得佳观。⑤

---

① 钱锺书:《韩昌黎诗系年集释》,《写在人生边上·人生边上的边上·石语》,第 349 页。
② 钱锺书:《谈艺录(补订本)》,第 60 页。
③ 同上书,第 61 页。
④ 同上。
⑤ 同上。

艺术创造真正有超迈自然的功力，即从自然中汲取资料，经过特定的艺术加工，超越天然境界而成就艺术佳观。钱锺书称许陆游《游山西村》"山重水复疑无路，柳暗花明又一村"一联，称它将前人多所描摹的景象写得"题无剩义"①，虽未详细阐述但也清楚地揭示出前人因过于写实而嫌平淡，陆游精心造境更胜一筹。

师天写实与师心造境虽然强调的侧重点不同，但二者并非矛盾对立、不相兼容的。《谈艺录》中说："人出于天，故人之补天，即天之假手自补，天之自补，则必人巧能泯。造化之秘，与心匠之运，沆瀣融会，无分彼此。"②将造化与心匠合而为一，人之补天实际上是天借人之手进行自补，二者浑然一体，无法判然分明，也无必要区以别焉。

《谈艺录》中又称："即随园亦不得不言：'天籁须自人工求'也"③；还说："《晋书·陶侃传》记谢安每言：'陶公虽用法，而恒得法外意'；其语亦不啻为谈艺设也。"④以言翻译，译者理解并传达本自另一种语言和文化背景的文本，翻译实施过程中要求尽力减少译者的诠释与原作意图之间的差距。在文学理论与文化批评领域颇负盛名的学者斯皮瓦克（Gayatri C. Spivak）用"作为译者的读者"⑤来弥缝这一裂隙，认为一切阅读都是翻译，译者通过重新建构来再现原作，从外部阅读把自身写入译作这一新文本。译者针对原作进行适当变通的依据是：确保译作自然流畅，避免生硬晦涩，且符合译入语规范。

译者在翻译过程中发挥主体作用，需要以"信"的要求为统摄，严格从原作出发，不偏不倚、无过亦无不及地进行翻译；以"达"为旨归，传达原作及作者的内容、形式、风格与情感；以"雅"为保障，确保译文顺畅自然，既符合译入语规范，又易于被译文读者接受。让译文读者与原文读者读到基本相同的内容，产生十分类似的反应，从而达到"不隔"的美学效果。译者的主体性还内在地要求他适度隐身，不宜在译文中过于突出自己的个性风格，从而真正做到"从心所欲，而不逾矩"。

---

① 钱锺书：《宋诗选注》，第 277 页，注 1。
② 钱锺书：《谈艺录（补订本）》，第 61—62 页。
③ 同上书，第 206 页。
④ 同上书，第 440 页。
⑤ RAT，即 reader as a translator。

第八章 障碍逾越

钱锺书以典雅文言的翻译风格独步当代译坛;他旗帜鲜明地提出以诗译诗的主张,推重等类原则,亦追求信与美并重的翻译效果;他着意处理可译性限度的问题,为克服形式结构、惯用表达和文化深层等方面的障碍进行突破性尝试;他在文学批评与学术研究中片段翻译的莎士比亚戏剧台词堪称美文佳译的典范。

第一节 东海西海,心理攸同

文化是一个民族的知识、经验、信仰与价值、等级、宗教以及时空观念等的综合,具有一贯性和持久性,渗透于社会生活的各个层面。人们一般都会受到自己长期使用的语言——尤其是母语——所承载的文化影响,体现在生活习惯、思维模式、行为准则等方方面面。不同文化间的共性使翻译的开展成为可能;异质文化各具特色,使翻译活动的存在成为必要。

一、重视"普遍性"

钱锺书在《谈艺录》中要言不烦地指出:"人共此心,心均此理,用心之处万殊,而用心之途则一。"①这种重视普遍性的文化观不仅在观念史与认识论层面具有宝贵的思想价值,而且对于晚清以来中国知识阶层过度宣扬中外文化差异的做法形成有效反拨,进而从方法论层面为正确开展异质文学的比较与跨文化沟通做出了表率。

近代以来,面对西方列强坚船利炮的冲击,先进的中国人开始睁眼看世界。相对于以往长期的闭目塞听和天朝上国心态而言,认识到异民族、异国文化的存在无疑已经是一个巨大进步。但毋庸讳言,坚持"体"与"用"的分离明显是受二元对立的思维模式影响。这种非黑即白的固化思维并没有随着时势的改变而得到实质性改观,延至现代、当代仍有不少国人在有意无意间固守文化分割与对立的思维定式,在中外文化交流与沟通方面认识不足,更

---

① 钱锺书:《谈艺录(补订本)》,第286页。

缺乏积极吸纳、主动融合异质文化因素以发展并改进自身文化的端正态度。

传统的主流文化观念过分强调不同国家、不同民族文化的差异性,钱锺书却秉持文化的普遍性立场:

> 心同理同,正缘物同理同……思辨之当然(Laws of thought),出于事物之必然(Laws of things),物格知至,斯所以百虑一致、殊途同归耳。……心之同然,本乎理之当然,而理之当然,本乎物之必然,亦即合乎物之本然也。①

"天下同归而殊途,一致而百虑"(《易·系辞下》),寓意采用不同方法或手段最后都能得到相同结果。钱锺书用以强调人类的思维活动具有普遍性,在此基础上产生的思维成果则具有共通性。事物的本质属性,即钱锺书所谓"事物之必然",不分地域,无论古今,都是一律的。格物而致的"知",无论所指为知识、思辨还是事理,也都应该是一致的。尽管表现形式可能千差万别,但说到底却都基于人类共同的心理,以及事物生成与发展的内在必然性,此即"百虑一致,殊途同归"。

钱锺书在论中国诗时,对中心语"诗"的突出盖过了对修饰语"中国"的彰显:"中国诗只是诗,它该是诗,比它是'中国的'更重要。"②他表示相信,所谓"中国的""西洋的"品质或成分,在对方那里也不是断然不存在的;相反,一些零碎、薄弱的成分,还有可能在对方那里发展到"明朗圆满"。③ 他以宣扬异质文化的普遍共性为出发点,在跨文化对话中坚持既不失掉本民族的传统本色,又不固守一隅之见,认定某种特征为本国或本民族所固有或独具的,而主动寻求与广阔的外部世界融会贯通、共同发展。

《管锥编》中又说:

> 自其异者言之,岂但声音障碍,即文字亦障碍。自其同者言之,则殊方绝域,有不同之文字,而无不同之性情,亦无不同之义理,虽宛转重译,而义皆可明。④

异质的语言文字之间虽然相互理解起来存在一定的障碍,但它们表达的性情、义理却是相通的,因而翻译虽有语言文字层面的形变,但一种语言文字中所蕴含的"义"却可以不被遮蔽地传递到另一种语言文字中去,其中既包括字面意思与实质性的内容,又包含言外之旨。

---

① 钱锺书:《管锥编(第一册)》,第50页。
② 钱锺书:《谈中国诗》,《写在人生边上·人生边上的边上·石语》,第167页。
③ 同上。
④ 钱锺书:《管锥编(第四册)》,第1367页。

钱锺书深刻指出，系统掌握异质文化的精义有利于加深对本国文化样态的认识："假如一位只会欣赏本国诗的人要作概论，他至多就本国诗本身分成宗派或时期而说明彼此的特点。"①诚然，在文化相对封闭自足的时代，人们只能就本国文化样态做出概观性描述，或者分阶段梳理其演进变迁情况，或者分作几个流派比较其异同。但在信息全球化的今天，倘若论者具备一定的国际视野，除本国诗之外对外国诗也有必要的了解，就自然会以一种居高临远的视点重新审视本国诗，进而能够搭建起一个纵横对比的坐标系，寻求对本国诗更深入的认识。作为研究对象的本国诗得到客体化对待的程度越高，论者对它迥异于外国诗的区别性特征就认识得越深刻，从而越容易形成整全、恰切的判断与评价。

对诗的理解如此，从事翻译工作也同理。要做好翻译工作，应兼具国内、国际两个视野，要在充分理解原作的基础上有会心处，有识见判断，并在翻译实践中有所为有所不为。有所为要求译者通过创造性的翻译转化，在译文中尽可能忠实地传达作者与原作的本意；有所不为则需要译者克制创作冲动，确保翻译始终从原作出发，使译文最大限度地贴近原文。

当然，对普遍性的重视和强调并不必然意味着对差别的视而不见或有意消泯。传统中国文学与西方文学沿着各自的脉络分途演进，并分别发展出一套行之有效的术语与文评方式，用以分析、阐释各自的创作；后来中西文学虽然交流日增，但很多时候貌似相同的中西术语，其内涵与外延却未必一一对应：

> 西洋文评所谓 Spirit，非吾国谈艺所谓神。如《新约全书》名句"Not of the letter, but of the spirit; for the letter killeth, but the spirit giveth life."文家常征引之。Spirit 一字即"意在言外"、"得意忘言"、"不以词害意"之"意"字，故严几道译 Esprit des lois 为《法意》。②

西方文艺批评中的 spirit 指称的并非中国传统文论中的"神"，而是"意"之谓，即言、词虽有指涉，却未明白晓畅说出的言外之"意"（或"重旨"）。正是在这个意义上，文学术语的翻译、引进与借用需谨慎，宜仔细厘清特定术语在源语中的内涵和外延，进而在译入语中寻求尽可能准确的对应词，不可望文生义或敷衍塞责，随便套用一个字面意思相近的词，而导致偏离原意，或令指涉范围大幅扩大或缩小，甚至出现张冠李戴的情况。

钱锺书反对照搬西方文学术语的帽子套到中国文类的头上："传习继尔，

---

① 钱锺书:《谈中国诗》,《写在人生边上·人生边上的边上·石语》,第 162 页。
② 钱锺书:《谈艺录（补订本）》,第 43 页。

作史者断不可执西方文学之门类,卤莽灭裂,强为比附。西方所谓 Poetry,非即吾国之诗;所谓 drama,非即吾国之曲;所谓 prose,非即吾国之文;……文学随国风民俗而殊,须各还其本来面目,削足适屦,以求统定于一尊,斯无谓矣。"①诚然,国风民俗既是国别文学产生的土壤,又在一定意义上成为它反映的内容。正如一国法律不配裁判异国国民一样,不同国家的文类形式、文体标准必然各具特色,不能简单地强为比附。

可以将钱锺书"各还其本来面目"的要求与胡适的相关主张相合观。胡适在《〈国学季刊〉发刊宣言》中倡导:"各还他一个本来面目,然后评判各代各家各人的义理的是非。不还他们的本来面目,则多诬古人。不评判他们的是非,则多误今人。但不先弄明白了他们的本来面目,我们决不配评判他们的是非。"②胡适主要强调不同时代的历史语境不同,钱锺书则突出不同国风民俗在文学中的表现各异,其实质是一致的,即都注重在还原的语境中分析研究对象,差别在于钱锺书重在强调空间区隔造成的差异,而胡适则着意彰显时间序列导致的不同。

二、"不隔"的理念

备受钱锺书推崇的"不隔"理念,既是与其翻译"化境"说相互映发的美学评价标准,又体现为一种开放的文化观念。以言创作,"只要作者的描写能跟我们亲身的观察、经验、想像相吻合,相调和,有同样的清楚或生动(Hume 所谓 liveliness),像我们自己亲身经历过一般,这便是'不隔'。"③以言翻译,"'不隔'的正面就是'达',……翻译学里'达'的标准推广到一切艺术便变成了美学上所谓'传达'说(theory of communication)——作者把所感受的经验,所认识的价值,用语言文字,或其他的媒介物来传给读者。"④知识的传递、文化的传承与跨文化沟通端赖语言文字等媒介物"传达",传达的效果足够好方确保能够达到"不隔"的境地。

钱锺书强调"不隔"是一种状态:"'不隔'不是一桩事物,不是一个境界,是一种状态(state),一种透明洞澈的状态——'纯洁的空明',譬之于光天化日;在这种状态之中,作者所写的事物和境界得以无遮隐地暴露在读者的眼前。"⑤又说:"隐和显的分别跟'不隔'没有关系。比喻、暗示、象征,甚而至于

---

① 钱锺书:《中国文学小史序论》,《写在人生边上·人生边上的边上·石语》,第 95 页。
② 胡适:《〈国学季刊〉发刊宣言》,《胡适文集 3·胡适文存二集》,第 10 页。
③ 钱锺书:《论不隔》,《写在人生边上·人生边上的边上·石语》,第 113 页。
④ 同上书,第 111 页。
⑤ 同上书,第 114 页。

典故,都不妨用,只要有必须这种转弯方法来写到'不隔'的事物。"①"不隔"并不必然要求采用直白浅易的语言表达,若有必要完全可以运用各种修辞手法和技巧,只是需要在效果上营造出透明洞澈的状态,并使读者可以无遮拦地接获作者的义旨。

钱锺书探讨出世宗教之悟与顺世学问之悟相通之处的论述可以移来阐释"不隔":

> 名法道德,致知造艺,以至于天人感会,无不须施此心,即无不能同此理,无不得证此境。或乃曰:此东方人说也,此西方人说也,此阳儒阴释也,此援墨归儒也,是不解各宗各派同用此心,而反以此心为待某宗某派而后可用也,若而人者,亦苦不自知其有心矣。心之作用,或待某宗而明,必不待某宗而后起也。②

宗派多是出于研究的便利而对具有一定规模与相关度的人做出的划分或命名,但各宗各派用心处应无大的差别,若仅据宗派不同便推定其用心殊异,则已经从逻辑上倒因为果了。可以借助分析宗派以明了心之作用,但心之作用却并不是宗派产生之后才出现的,而且各宗各派之间尚存在彼此"不隔"的"心""理""境"等共性特征。

《墨子·经下》提出"异类不比",并举"木与夜孰长,智与粟孰多"为例,说明思考谬误导致错误类比,因为所比的事物不属于同一范畴,缺乏一个共同的度量标准,所以比较便无从说起。两桩事物需要有一个共同之处方可比较,有如数学上的公约数,此之谓可比性。确立可比性是搭建比较平台的基石。

按照"不隔"的理论,产生于一国、一民族的思想观念必然可以大致迻译到另一国、另一民族的语言中去。说大致而不是巨细无遗,是因为有些东西(比如诗)或多或少地存在不可译性,或者说会因翻译而不可避免地发生一定程度的形变、神变甚至走失。钱锺书赞同德国学者视翻译为"灵魂转生"③的观念。"灵魂转生"意味着经翻译改换的只是语言这一外形,原著的内在实质在译本中得以原封不动地留存。真正的翻译并不等同于换一种语言被动地转述原作的内容,而是要在另外一种文化氛围中克服"水土不服",移植来自异文化的思想、观念、判断与表达,并使它在新的文化语境中存活。

针对王国维援用叔本华哲学解读《红楼梦》的做法,钱锺书明确表达不赞同:不是否认"不隔",而是相信生硬牵强的捆绑不能形成兼容的化合。他在

---

① 钱锺书:《论不隔》,《写在人生边上·人生边上的边上·石语》,第114页。
② 钱锺书:《谈艺录(补订本)》,第286页。
③ 钱锺书:《〈围城〉日译本序》,《写在人生边上·人生边上的边上·石语》,第207页。

1935年8月发表于《天下月刊》(*T'ien Hsia Monthly*)上的英文文章《中国古代戏曲中的悲剧》("Tragedy in Old Chinese Drama")中明确说:"请允许我表达与已故的中国古代戏曲权威王国维确定无疑大相径庭的观点。"①在《谈艺录》中又说:"夫《红楼梦》、佳著也,叔本华哲学、玄谛也;利导则两美可以相得,强合则两贤必至相阨。"②认为二者并非不能结合以达到两美兼具、相得益彰之境,只是王国维借用叔本华哲学解读《红楼梦》有些生硬牵强,从而对佳著和玄谛二者都造成一定的负面影响。

《中国古代戏曲中的悲剧》一文主要从剧本角度详尽阐释中国古代文学中没有悲剧的原因。文章指出:"无论我们的古代戏曲作为舞台表演或者诗歌多么有价值,它们作为戏剧本身,其价值却比不上伟大的西方戏剧。"③强调的是中国古代戏曲在悲剧的创作与表达方面差强人意,无法与西方悲剧等量齐观。钱锺书认为中国的严肃戏曲应该称作浪漫剧(romantic drama),因为它们"基本没有迹象表现悲剧意识,因崇高激起的感伤意识,……片面之善导致普遍之恶"④。中国古代戏曲常寄希望于一个更美好的世界秩序,多用因果报应给读者带来"和解与所愿得偿的感受"(a sense of reconciliation and fruition);但真正的悲剧却带给读者"未获慰藉,亦无胁迫感,无待他求而能自足"(stands uncomforted, unintimidated, alone and self-reliant)⑤的感受,剧本读者或戏剧观众的心绪(钱锺书在《中国文学小史序论》中称"嗜欲情感")会在体会到永恒命运后复归于平静。基于这样的分析,钱锺书做出判断,相较于西方悲剧,中国古代戏曲在悲剧创作与表达方面有不小的欠缺。

第二节 因难见巧的障碍克服

语言差异并不是翻译过程中不可逾越的障碍,而应看作本质相同的不同

---

① 原文作:I beg to differ——with great diffidence, to be sure——from such an authority on old Chinese drama as the late Wang Kuo-wei.(Ch'ien Chung-shu, "Tragedy in Old Chinese Drama", T'ien Hsia Monthly,Vol. I, No. 1, August 1935; *A Collection of Qian Zhongshu's English Essays*, Beijing: Foreign Language Teaching and Research Press, 2005, p. 57.)
② 钱锺书:《谈艺录(补订本)》,第351页。
③ 原文作:whatever value our old dramas may have as stage performances or as poetry, they cannot as dramas hold their own with great Western dramas.(Ch'ien Chung-shu, "Tragedy in Old Chinese Drama", *A Collection of Qian Zhongshu's English Essays*, p.53.)
④ 原文作:Of the tragic sense, the sense of pathos touched by the sublime, …… the knowledge of universal evil as the result of partial good, there is very little trace.(Ch'ien Chung-shu, "Tragedy in Old Chinese Drama", *A Collection of Qian Zhongshu's English Essays*, p.54.)
⑤ Ibid.

现象的呈现,但翻译实施过程中译者将不可避免地遭遇形式结构障碍(formal-structural obstruction)、表达法障碍(presentation obstruction)和深层文化障碍(cultural obstruction)。开展翻译工作时绕不过去的各种障碍体现为可译性限度,但同时也因难见巧,给译者留出了更大的发挥空间与创造余地。

一、摆脱形式结构障碍

不同国家、不同民族的语言、文字之间存在差异,不仅表现在形式结构上,更体现在不尽相同的思维方式方面。从某种意义上讲,思维方式决定了语言的表达方式。傅雷认为:"我人重综合,重归纳,重暗示,重含蓄;西方人则重分析,细微曲折,挖掘唯恐不尽,描写唯恐不周。"[1]表现在语言的形式结构上,差异是巨大而明显的:西方语言有一套完备的语法体系和语言哲学理论,重视性、数、格、人称和时态的变化,是典型的形态化语言;汉语句法讲究以意为主,语法具有隐含性,且不注重形态和形式的接应,不具备屈折型形态的表现手段。

形式结构障碍是翻译首当其冲面临的问题。翻译理论家尤金·奈达和查尔斯·泰伯(Charles R. Taber)在他们合著的《翻译理论与实践》一书中说:"除非形式是信息不可或缺的一部分,否则,一种语言能表达的内容,另一种语言也能表达。"[2]该论断相对强调翻译过程中内容的传达,但也不可否认,任何翻译者都会不可避免地面临许多形式结构方面的困扰,有时会面临因语用习惯差异而导致难以翻译的情况。

比如在将欧洲语言中的主从结构译成中文时,如何处理由关系代词或关系副词引导的从属句是一个典型难题。钱锺书在处理这类句式时,多将它们转换成更符合中文表达习惯的两个分句,或并列、或因果、或条件,避免使用欧洲语言中那种复杂的长句或复合句,原文中的关系代词或关系副词在译文中往往没有形式上的体现,却丝毫不影响意思的表达。如:

  A friend in power is a friend lost.
  朋友得势位,则吾失朋友。[3]

该句主语"A friend in power"中的 in power 是修饰 friend 的后置定语,实为一个定语从句"who is in power"的简省,若严格照字面翻译,包含两重曲折

---

[1] 傅雷:《论翻译书》,《外国文学》1982年第11期,第66页。
[2] Eugene A. Nida, Charles R. Taber, *The Theory and Practice of Translation: With Special Reference to Bible Translating*, Leiden: Brill Academic Publishers, 1982, p. 4.
[3] 钱锺书:《管锥编(第三册)》,第995页。

结构的复杂句式不仅十分拗口,而且完全不符合中文的行文习惯。译文改用两个分句的形式,意思没有增减,甚至语序也没有大的调整,看似寻常,却需颇费一番细思量的功夫才能做到。

钱锺书将"lyrical emotion is nowhere expressed but only suggested"译作"(中国古诗)抒情,从不明说,全凭暗示"①。译文几乎是原文字当句对的直译,词序、句意都一仍其旧,且属对工整,"从不"与"全凭"、"明说"与"暗示"两组映衬表达的调用看似寻常,却颇见功力。

钱锺书在《管锥编》和《谈艺录》中征引西方文献之际所提供的中文译文大都能不着痕迹地克服中西语言间的形式结构障碍:

It's a wise child that knows its own father.
儿必奇慧,方知父谁。②

其中"that knows its own father"是一个定语从句,若依原样翻译成定语的形式会导致译文头重脚轻,且句式结构与中文表达常规不符,故分作两个分句,不仅很好地保持了句式平衡,内容亦得到清晰的传达。

《通感》中引述《荷马史诗》(Iliad, Vol. III, Ll. 151—152)中的一个句子,并称那是一句"使一切翻译者搔首搁笔"的诗:

Like unto cicalas that in a forest sit upon a tree and pour forth their lily-like voice.
像知了坐在森林中一棵树上,倾泻下百合花也似的声音。③

译文中"百合花也似的声音"直译自"lily-like voice",用通感手法,借助百合花的颜色、形状、香味等,多向度地描摹知了的叫声给听者带来全方位的美妙感受,增强了文字的表现张力。虽然这句诗不容易翻译,但钱锺书的译文在表情达意方面勉力达到了与原文几无差别的效果。

钱锺书在论及休谟哲学的中心原则"感象论"时,将"whatever appears is"一句译作"似的即是的"④。若不考虑语境因素,休谟该句的字面意思是"不论任何事物,它像什么就是什么",而钱锺书翻译时省略了前半,用"似的即是的"一语道尽,原文表达的意思却没有丝毫减损或走失。

在《休谟的哲学》一文中,钱锺书论及休谟关于"几何观念"的意见时有一个译例:

---

① 钱锺书:《中国诗与中国画》,《七缀集》,第 15 页。
② 钱锺书:《管锥编(第二册)》,第 551 页。
③ 钱锺书:《通感》,《七缀集》,第 71 页。
④ 钱锺书:《休谟的哲学》,《写在人生边上·人生边上的边上·石语》,第 255 页。

> They are made so at the expense of their usefulness and reality.
> 人工所致，其实，既不"实"，又无用。①

英语原句中"at the expense of"（意为"付出……的代价"）是处于核心地位的一个短语，译文却没有用专门的对应词翻译该短语，但通观全句，其含义在译文中却并无任何程度的遗漏或减弱。如果硬说译文与原文有所区别的话，译文表达得更加直白，实为中文行文习惯使然，倘若全然照搬原文句式进行翻译，则译文必有叠床架屋之感。

二、突破表达法障碍

当人们在探讨一些带有普遍性、深刻性并且兼具思辨色彩的问题时，关注的其实是这些问题的内核或者说是其内在意蕴，外在表达与言说方式的重要性退居第二义，如果要将这些问题与相关探讨翻译为另一种语言，重要性不那么强的表达法却成为一种障碍。正确的处理方式应该是借助意译或高度抽象概括，重在抽绎核心内容与义旨并展开研讨，而不把着力点放在外在表达层面字当句对的转换与呈现。

钱锺书曾举柯勒律治、华兹华斯与雪莱三位诗人每人一句诗进行类比：

> Coleridge: For ever shattered and the same for ever.
> （字面意思：永远的破碎与一成不变）
> Wordsworth: The stationary blasts of waterfalls.
> （字面意思：固定不变的瀑布声响）
> Shelley: Immovably unquiet.
> （字面意思：岿然不动的不平静）②

他还用古希腊哲人赫拉克利特（Heraclitus）的名言"唯变斯定（By changing it rests.)"③涵括上述三句诗的意蕴。形式各异的三个诗句所表达的意思虽有差别，但内在蕴涵的哲理却是基本相当的。钱锺书跨越久远的历史阻隔，到古希腊哲人那里去找到一句话予以统括，译文虽短却系精心作成，以意译的方式成功地跨越了表达法方面的障碍，以尺幅万里的浓缩，尽传三位诗人诗句之微妙。

钱锺书在复范景中的信中，结合英文释义回答来信中问及的"即""是""即是"的区别：

---

① 钱锺书：《休谟的哲学》，《写在人生边上·人生边上的边上·石语》，第256页。
② 钱锺书：《管锥编（第一册）》，第9页，注1。
③ 同上书，第7页。

"即"、"是"犹英文的"is",逻辑学家认为最含混的字。……"即是"可以作"等于"解,亦可作申说用 that is to say:"就是指……而言"。……前者是定义或界说,后者是补申或推演。①

因形近、义近而导致不同词汇在用法上纠葛缠绕的情况不仅出现在翻译中,使用母语时也常会遇到。钱锺书通过言简意赅而又不失严谨的解释,并辅以必要的翻译加以对照,将一般文字工作者常混用的"即""是""即是"分疏得十分清晰。

钱锺书为白克夫人(Jane Revere Burke)《让我们进来》(Let Us In)一书写了题为《鬼话连篇》的书评,其中有几处译例较好地克服了表达法障碍。他在分析"immortality"一词兼具"不朽"与"不灭"两个涵义时,称自己做不到"详细分疏它们的不同",同时夹注一个英文翻译"multiply distinctions"②,中文表达用的是一个动宾短语"分疏不同",而给出的英文对应词却是一个名词性短语,但二者表达的意蕴基本对等。若硬性依照中文样式译成动宾短语不是不可以,只是那样一来不符合英语的表达习惯,事实上以英语为母语的人基本不会那样用。

钱锺书曾分析威廉·詹美士(William James)所讲的形与神的关系,不一定是像范缜所说的"利寓于刃"的关系(instrumental),而也许是像桓谭所说的"薪尽火传"的关系(transmissive)。③ 尽管范缜、桓谭与詹美士相隔的时空距离十分遥远,但因他们探讨的问题都带有很强的哲学思辨色彩,这一共性无形中将他们拉近,因而钱锺书选用中文语境里两个现成的哲学术语与西方哲学术语相对应,而且三个术语所涵括的内容以及三人意欲表达的观点都比较接近,因而这种翻译方式是恰当的。

三、打通文化深层障碍

文化障碍指的是"在一种文化里头有一些不言而喻的东西,在另外一种文化里头却要花费很大力气加以解释"④。翻译外显的表现是需要成功地进行语言文字层面的转换,但在实质上不仅需要系统掌握源语与译入语两种语言,而且还要熟悉两种语言所承载的文化。因为翻译不单纯是语言文字层面

---

① 钱锺书:《致范景中》,《钱锺书散文》,第 437 页。
② 钱锺书:《鬼话连篇》,原载《清华周刊》第三十八卷第六期,1932 年 11 月 7 日;《写在人生边上·人生边上的边上·石语》,第 259 页。
③ 同上书,第 261 页。
④ 王佐良:《翻译与文化繁荣》,《翻译:思考与试笔》,北京:外语教学与研究出版社,1989 年,第 34 页。

的转换,同时还跨越了文化界限,在这一过程中发生形式变化的是语言,处于核心地位的却是文化因素。

不同语言的各个层次间并非处处都存在信息的通道,其中最大的障碍来自文化深层,这些障碍限制了翻译转换的彻底实现。文化差异涉及生活习俗、社会历史、思想意识、思维方式等诸多层面,体现在日常生活的方方面面,作为文化信息载体的语言自然会携带这些内容,需要译者特别留意方能翻译得准确,甚至可以说深层文化障碍影响可译性限度,造成翻译中最大的困难。

包括格言、谚语与成语在内的惯用语是语言历时惯用法的产物,经历了长期的约定俗成并见于典籍才得以流传、确定下来,大多诙谐形象、悦耳动听,富有很强的感染力和趣味性。惯用语多以简洁易记的形式揭示人们的人生观、价值观与世界观,反映出独特的品质;同时它们又言简意丰,是语言惯例规范体现得最为充分的例证。惯用语背后常有一个故事说明其来龙去脉,并与特定的社会语境紧密相联,往往在结构上具有稳定性,语义上体现出相对的独立性与完整性,并且暗含较强的情态表达力,最能代表一种语言的风格和意蕴。惯用语在另一种语言里要么缺乏对应的表达,要么涵盖的范围或传达的感情色彩有差异,翻译时如果过于拘泥于字面意思的"信",则难"达"深层意蕴,而恰恰后者才是惯用语鲜活的生命力所自,翻译的难度之大可想而知。

中国有句大家耳熟能详的谚语"三个臭皮匠,顶个诸葛亮"。在一般中国人的理解里,"臭皮匠"身份卑微,用以指称智力平平的普通人大概不致引起争议;而"诸葛亮"的形象通过话本小说、戏曲、影视等的塑造早已成为智慧的象征,几乎等同于多谋善断,并作为一个相当稳固的套话进入人们的日常生活,无论在口语还是书面语中都频繁出现。

至于臭皮匠与诸葛亮为什么会连用并合成一句谚语,常见两种解释:一说一次需要渡江作战,但江水湍急且有礁石阻碍,在诸葛亮一筹莫展之际,三个皮匠前来献策,通过制作牛皮筏子大军得以顺利渡江。另一说法认为"皮匠"本为"裨将"之讹,意指在战争一线领兵打仗的多个副将集思广益、同心协力,也能想到较为周全的计策,不输主帅的个人智慧。

在相对缺乏中国文化背景的外国读者看来,"臭皮匠"与"诸葛亮"都是相当陌生的意象,二者并置未必能表达出强烈的对比效果,而且脱离了中文语境,"臭皮匠"与"诸葛亮"连用的音韵美也丝毫感受不到。以英译为例,若严格依照字面意思将之译成"Even three common cobblers can surpass Zhuge Liang",尽管能传达出表层含义,但其深层意蕴却没有得到表现,相信英语国家的读者读到这样的译文后大都不明就里。若译作现成的英语谚语，诸如"Many heads are better than one."（人多智广）或"Collective wisdom is greater than a single wit."（多人智慧胜一人），尽管译出了深层意蕴，却又丢失了"臭皮匠"和"诸葛亮"这两个中文语境里特有的文化意象。两种处理方式都称不上尽善尽美。

钱锺书作为主要成员参与翻译的《毛泽东选集》英译本中将该谚语译作："Three cobblers with their wits combined equal Chukeh Liang, the master mind"，既保留了中文里的两个意象，又稍作补充说明，在"三个皮匠"后添加了"with their wits combined（将其智慧汇总融合）"，在"诸葛亮"后补充了"the master mind（极具才智的智者）"。补充的部分是中文谚语内含的，并非额外的增添。如此翻译称得上比较理想地解决了文化障碍造成的意义与意象在翻译过程中遗失的问题。

第三节 典雅文言的翻译风格

钱锺书的翻译实绩中最引人注目的当属典雅文言的译文风格。同一种语言有雅、俗之分，正、奇之判，骈、散之别，文、白之辨。刘勰指出："斟酌乎质文之间，而櫽括乎雅俗之际，可与言通变矣。"（《文心雕龙·通变》）主张用发展的眼光看待文学的文与质、雅与俗的问题。钱锺书在《与张君晓峰书》中对五四新文化运动以来的文言与白话之争提出自己的见解，认为二者各自具有不可否认的存在价值，而且可以彼此补充、互为促进。① 尝试用中国古代语言或文体进行创作或翻译不是没有先例，晚清和民国初期曾一度盛行用骚赋体写作来虚饰、模仿古典的高雅风格，却收效甚微，几乎没有产生大的影响。钱锺书借助典雅的文言翻译西方作品，并将二者完美地结合起来，成为当代译坛一道亮丽的风景。

一、文言以行文

早在 1935 年，钱锺书在为温源宁的一本英语传记文集作书评时，将书名 Imperfect Understanding 译作《不够知己》，深得两脚踏中西文化的林语堂赏识，誉之雅切。② 书评中将《中国评论周报》的一个栏目"Intimate Portraits"译作

---

① 钱锺书:《与张君晓峰书》，原载《国风》第五卷第一期，1934 年 7 月;《钱锺书散文》，第 410 页。
② 参见钱锺书:《〈吴宓日记〉序言》，《吴宓日记第一册：1910—1915》，北京：生活·读书·新知三联书店，1998 年，第 1 页;《写在人生边上·人生边上的边上·石语》，第 234 页。

"亲切写真",把温源宁描写吴宓的一句话"Like nothing on earth: once seen, never forgotten."译作"入得《无双谱》的;见过一次,永远忘不了"①,中英文对应得准确,表达得贴切,真乃神来之笔。

当提及林纾所译孟德斯鸠的《波斯人信札》(Lettres Persanes)时,钱锺书在引述中径直采用林纾的译名《鱼雁抉微》,但在注释中提及时却将其译作《波斯人书信》。② 这说明钱锺书在翻译过程中并非总以典雅的文言为首选,而是视原作内容、风格与译入语的上下文而定。事实上,以我们后设的眼光来看,用"鱼雁抉微"这样一个古色古香、中国味十足的词语指涉一本18世纪的法国名著,多少有些不甚协调的感觉,用白话照字面意思直译出来反倒更有利于读者理解与接受。

《谈艺录》中有一处译例:

> Be thou thine own home, and in thy selfe dwell;
> Inn any where, continuance maketh hell.
> And seeing the snaile, which every where doth rome,
> Carrying his owne house still, still is at home.
> 万物皆备于身,
> 方之蜗牛戴壳,
> 随遇自足,
> 着处为家。③

一方面,原文为诗体,且对仗工整、韵脚整齐,基于忠实于原作的考虑,钱锺书译文④也采用了诗体形式;另一方面,《谈艺录》为论诗衡艺之作,研讨对象主要是中国古典文学,整体行文采用典雅的文言,为了与上下文协调,译文虽无改原文的明白晓畅,但用语并不直白浅易,反倒颇有古意。

选用雅言还是俗语,文言抑或白话,除了学科、文体方面的客观要求以外,还取决于作者的偏好,然而"至精之艺,至高之美,不论文体之雅俗,非好学深思者,勿克心领神会"⑤。正是基于这一公允的认识,钱锺书在半个多世纪的文学创作与学术著述中,除了用外语写作过一些论文以外,既有用典雅

---

① 钱锺书:《不够知己》,《写在人生边上·人生边上的边上·石语》,第335页。
② 钱锺书:《小说识小》,《写在人生边上·人生边上的边上·石语》,第145页;《林纾的翻译》,《七缀集》,第109页,注36。
③ 钱锺书:《谈艺录(补订本)》,第232页。
④ 本章论及翻译实例时一律用"原文""译文",以示与前文整体论述中用以概括描述的"原作""译作"相区别。
⑤ 钱锺书:《中国文学小史序论》,《写在人生边上·人生边上的边上·石语》,第107页。

纯正的文言撰著的《谈艺录》和《管锥编》,也有用清晰明澈的白话写成的《七缀集》,语体的选择完全视研究对象与读者群体而确定。以典雅文言行文的《谈艺录》和《管锥编》等学术著作在征引西方文献时也相应地一律用文言译就,与所评述的中国古代典籍翕合无间,并不因源语、出处不同而生突兀感。

许多人对《谈艺录》和《管锥编》的写作以及其中引述西方典籍时的译文使用文言不明就里,甚至口出怨言。钱锺书早在 1934 年就明确指出:"一切学问都需要语言文字传达,……不同的学科对于语言文字定下不同的条件,作不同的要求。"①从撰著目的看,学术著述既不同于普及读物,与小说等文学创作也大相径庭,并不一定用白话以求写得浅易。从接受对象角度看,"作者选择了什么读者,什么层次的读者,他的语言便随之而变化"②,文言行文正是充分考虑到目标读者的理解与接受水平后才确定的。从内容方面看,《谈艺录》和《管锥编》都是围绕中国古代典籍、诗文名家名作展开论述的,用文言行文可以直接深入到古人的语言天地中,省却古语今译的诸多麻烦,况且许多篇章本身谈论的就是字的构造、语用特色等,繁体字写作简体、文言转换为白话后这种讨论将无法有效地开展。

一方面,以诗话方式衡文谈艺,探讨古代文化典籍,以典雅文言行文不仅可以接受,而且不失为一种明智的选择;另一方面,穿插于《谈艺录》和《管锥编》中的外语引文以古典来源为主,选用文言翻译,既与原作原貌相去不远,又与引述前后的中文上下文风格一致,如此处理无可厚非。需要指出的是,除《谈艺录》与《管锥编》中的外语引文采用典雅的文言翻译之外,1949 年后钱锺书成篇章的其他翻译作品一律采用白话文译就。

在钱锺书撰著《管锥编》的年代,政治高压与作者的高龄使他没有余裕像一般论文写作那样铺展详论,"《管锥编》……采用了典雅的文言,也正是迂回隐晦的'伊索式语言'(Aesopian language)"③。钱锺书在艰苦的物质条件和严峻的政治环境下坚持在思想层面关怀学术并推进研究,体现的正是对学问的敬畏和坚守,更展示出有良知的知识分子恢宏的悲悯情怀。其开创性贡献之一体现为《管锥编》出版后激起学界的浓厚兴趣,并在客观上有力地促进了中国比较文学的学科建制和发展进程。

---

① 钱锺书:《论复古》,《写在人生边上·人生边上的边上·石语》,第 331 页。
② 叶维廉:《中国诗学》,北京:生活·读书·新知三联书店,1992 年,第 239 页。
③ 钱锺书:《〈《管锥编》与杜甫新探〉序》,《写在人生边上·人生边上的边上·石语》,第 231 页。

二、译笔之典雅

《管锥编》中采用典雅文言翻译西语引文的译例触处可见,如:

> The man must be designing and cunning, wily and deceitful, a thief and a robber, overreaching the enemy at every point.
> 必多谋善诈,兼黠贼与剧盗之能。①

> Even as I bear sorrow in my heart, but my belly ever bids me eat and drink, and brings forgetfulness of all that I have suffered.
> 吾虽忧伤,然思晚食。吾心悲戚,而吾腹命吾饮食,亦可稍忘苦痛。②

> All women are the same when the lights are out.
> 灭烛无见,何别媸妍。③

上引第一句出自苏格拉底弟子所撰野史中的记载,系皇子问克敌之道时他的父亲教诲他的话,言者的慧黠跃然纸上。第二句是《荷马史诗》中奥德修斯的话,说自己虽心有悲伤但不废饮食,显示出说话人的明智洒脱。第三句是一句古希腊俗语,告诫男性选择爱人时不要只盯着外貌,语带狎亵但又无伤大雅。上述各例文言译文读来亲切不隔,译自古典文献者符合文献中人物的身份,译自俗语者一如古代俗谚的口吻。设若硬用白话迻译,强令古人操今语,则有不伦不类之憾。

《谈艺录》中曾翻译过西方中世纪论诗文赏析的比喻说法:

> One may remember the lion of medieval bestiaries who, at every step forward, wiped out his footprints with his tail, in order to elude his pursuers.
> 有如中世纪相传,狮子每行一步,辄掉尾扫去沙土中足印,俾追者无可踪迹。④

译文选择文言行文以贴合欧洲中世纪的表达方式,译笔简省而意蕴丰厚,其选词用语、叙述顺序与感情色彩都十分贴近原文。

钱锺书在翻译过程中也并非一味追求典雅,而是身体力行自己提出的"如风格以出"的原则。如他翻译耶稣会所标举的基督教教义:

---

① 钱锺书:《管锥编(第一册)》,第 188 页。
② 同上书,第 239 页。
③ 钱锺书:《管锥编(第二册)》,第 570 页。
④ 钱锺书:《谈艺录(补订本)》,第 466 页。

The end justifies the means.
目的正,则手段之邪者亦正。①

原文言简意丰,意思约略是说为达到目的可以不择手段,因为拥有最终评判权的是结果。但其寓意又明显不同于中文里的"成王败寇",与西方常见的"历史是胜利者书写的"一说也判然有别。其本意在于鼓励人们为达致正义目的不妨采取非常手段。钱锺书在翻译时将原文字面上中性的"end"和"means"分别加上"正"与"邪"两个带有明显倾向性和鲜明感情色彩的限定成分,恰好不折不扣地表达出了原文的内涵和意蕴。

钱锺书指出,《黑奴吁天录》原书第一章里有一节二百余字,林纾只用了十二个字来译:"女接所欢,嫣,而其母下之,遂病。"林纾没有用浅显的"有身"或"孕",却用了"嫣"这个斑驳陆离的古字;他也不肯明白说出她"饮药伤堕",却惜墨如金地只用了一个"下"字。② 如此翻译简则简矣,但他的刻意古雅与原作平实的详尽描述相去甚远,没有满足翻译求"信"的要求,也影响了读者的理解,翻译没有发挥出"达"的作用。

钱锺书在《汉译第一首英语诗〈人生颂〉及有关二三事》一文中作注指出:"《鸿池》正是《天鹅湖》的最早译名,借用了汉代御沼的现成名称(见《后汉书·安帝纪》,又《赵典传》,又《百官志》三)。也许因为译名太古雅了,现代学者没有对上号来。"③这是因译文太过古雅而不被现代读者理解的一个例证,和前述林纾的处理结果类似。

凭借典雅的文言,钱锺书将大批包含卓识创见的西学理论要义翻译到中文世界,并与中国传统文论互相阐发。他的做法不仅使中国古典文论可以直接与西方当下的学术进行对话,而且得以深入到现代西学的内核,证明西方学界津津乐道的所谓"新锐创见",用中国的文言也完全可以清楚地表达出来。最重要的是,钱锺书从实践层面对西方后现代学派解构一切的做法进行了反拨。他一方面吸收、借鉴解构主义的批判性,打破了原来中国古典文学研究的封闭和自足;另一方面又有效地避免了解构主义解构有余而建构性缺失的不足,借由中国传统文论的精义将解构或消解掉的部分予以补足,从而做到破中有立。

---

① 钱锺书:《管锥编(第四册)》,第 1541 页。
② 钱锺书:《林纾的翻译》,《七缀集》,第 98 页。
③ 钱锺书:《汉译第一首英语诗〈人生颂〉及有关二三事》,《七缀集》,第 162 页,注 65。

第四节　信美兼具的翻译效果

尽管此前中国翻译理论界不止一次地标举信、达、雅的翻译标准,但直到钱锺书才第一次辩证地阐明了三者之间的逻辑关联,将它们构筑成一个有机整体,并用以指导、规范自己的翻译实践。钱锺书提倡以诗译诗,以韵语译韵语,并且在实践层面追求信与美兼具的翻译效果。

一、信而能美

《中国文学小史序论》中有一段论述,言及不同学科针对同一研究对象选取的关注点往往不同:

> 文者非一整个事物(self-contained entity)也,乃事物之一方面(aspect)。同一书也,史家则考其述作之真赝,哲人则辨其议论之是非,谈艺者则定其文章之美恶;犹夫同一人也,社会科学取之为题材焉,自然科学亦取之为题材焉,由此观点(perspective)之不同,非关事物之多歧。①

事物普遍具有多面性,研究者多从自己的学科特点与实际需要出发,研讨时各取其中的一个方面,如历史研究者注重考述之"真",哲学研究者强调议论之"善",文学研究者讲求文章之"美",相应地各自形成的观点亦不相同。观点的差异皆因关注点不同而产生,并不意味着彼此冲突,因为各种观点并不具备排他性。

同篇又论及为文之信、美与真:

> 文艺取材有虚实之分,而无真妄之别,此一事也。……以言之美恶取决于所言之真妄,蹈循环论证之讥,此二事也。……美之与真,又判为二事矣。数语之内,自相矛盾,此三事也。②

文学创作在取材时有虚实之分,但并不能以此为据判别材料的真伪,因为虚实之分属于艺术手法方面的表现,而真妄之别则属于创作内容方面的问题。而且求"真"是历史学所追求的第一要务;而文学最看重的是求"美",并不以求真为终极目的。将言之美恶与所言之真妄等同起来,并认为前者取决于后者,则陷入了循环论证的窠臼。同样,言之美恶从属于文艺的形式方面,所言之真妄却与内容相关。事实上,美与真是评判事物的两个维度,甚至在

---

① 钱锺书:《中国文学小史序论》,《写在人生边上·人生边上的边上·石语》,第102页。
② 同上书,第104—105页。

文艺批评中互不相干,不可将二者贸然等同或截然对立起来。

以言翻译,好的译作不能仅满足于对原作进行逐字对应的字面转换,而必须有所超越。有些表达单纯依照其字面意思生硬翻译往往会引起歧义。针对这种情况,钱锺书遵循信与美兼顾的原则,照样处理得游刃有余:

> The King is dead! Long live the King!
> 先王千古,新王万寿。①

原文并没有区分两个 King,倘若照字面直译,前面刚说完国王死了,后面紧接着又高呼国王万寿无疆,实在令人费解。译文在准确理解原文的基础上,用"先王"与"新王"将两个 King 区别开来,前一句向刚逝去的先王致哀,后一句则向初登基的新王祝颂。如此处理使译文达到了真正意义上的"信"。

再如:

> Next dreadful thing to battle lost is battle won.
> 战败最惨,而战胜仅次之。②

该言论虽然言词简短,却表达出言者祈望和平、不愿轻启战端的宗旨。两方交战,不消说战败的一方自然是最惨的了,但战胜的一方往往也不过是杀敌一千自损八百,在这个意义上说,战胜比战败强不到哪里去,仅在战斗的惨烈程度与牺牲方面次于战败的一方而已。相对于原文而言,译文只是在形式结构与言说顺序上进行了微调,最大限度地保存了原文的义旨,较好地实现了信与美的统一。

钱锺书曾翻译过法国 19 世纪文艺批评家圣佩韦(Sainte-Beuve)的论述,言弟子取法其师往往"失中",容易在不期然间放大师法对象隐而未显的瑕疵:

> Le génie est un roi qui crée son peuple. Les disciples qui imitent le genre et le goût de leur modèle en écrivant sont très-curieux à suivre et des plus propres, à leur tour, à jeter sur lui de la lumière. Les disciples d'ordinaire chargent ou parodient le maître sans s'en douter. C'est un miroir grossier etc.
>
> 天才乃自造子民之君王。弟子辈奉为典型,力相仿效,于乃师所为,不啻烛幽破昏,殊堪寻味。盖弟子法师,往往失中过甚,因巧成拙,而初不自知。其摹拟犹显微镜然,师疵病之隐微不得见者,于弟子笔下遂

---

① 钱锺书:《管锥编(第二册)》,第 792 页。
② 钱锺书:《管锥编(第三册)》,第 897 页。

张大呈露矣。①

圣佩韦此说极言弟子辈盲目效仿天才的老师,却常出现画虎类犬的情况,而且容易将乃师原本隐微的瑕疵放大、凸显出来。钱锺书借助典雅的文言,将这段论述优雅的行文、深刻的见解与透辟的说理一并完美地传达了过来。

钱锺书在文学批评与学术研究中常引述及一些外文书刊,多借助"人化"的表达方式将书名、刊名翻译得活灵活现。如他将 The Meeting of Extremes in Contemporary Philosophy 译作《现代哲学中之冤家碰头记》②,将 Human Parrot 译作《鹦鹉能言》③,将白朗(Ivor Brown)的 Say The Word 译作《咬文嚼字》④,将绘画史家口中与中国画的情调相融和的两首诗——歌德的 Ueber allen Gipfeln ist Ruh 译作《峰巅群动息》,海涅的 Ein Fichtenbaum steht einsam 译作《孤杉孑然立》⑤,画意盎然出焉。每一个译名都很好地传达出原作的内容范畴、文体形式与风格特征,在中文语境中也毫不突兀,无违和感,想必每一个译例都颇费了一番心思加意经营而成。

二、等类原则

中国传统翻译理论善于从文艺美学的角度揭示翻译的本质特征。钱锺书在仔细梳理这一传统并吸纳其优长的基础上,提出了"等类(the principle of equivalent or approximate effect)"⑥的翻译原则,要求译文与原作对等,或产生近似的效果。翻译理论家尤金·奈达认为翻译是"从语义到文体,在译语中以最近似的自然对等再现原语信息"⑦,侧重强调语义对等、文体对等与自然再现三个方面。钱锺书倡扬的等类原则在译入语中缺乏源语对应词、对普通用语的创新性使用等方面体现得尤为明显。

等类原则常见于不同语言用五花八门的措辞表达一个相同或相近的意思。如英语格言"To bring coal to Newcastle"(向纽卡斯尔市供煤),法语用"Porter de l'eau au Moulin"(给别人的磨坊注水),德语用"Eulen nach Athen

---

① 钱锺书:《谈艺录(补订本)》,第 516 页。
② 钱锺书:《大卫休谟》,《写在人生边上·人生边上的边上·石语》,第 244 页。
③ 同上书,第 285 页。
④ 钱锺书:《白朗:咬文嚼字》,原载《大公报·文艺副刊》第九十五期,1947 年 11 月 22 日;《写在人生边上·人生边上的边上·石语》,第 297 页。
⑤ 钱锺书:《中国诗与中国画》,《七缀集》第 15 页。
⑥ 钱锺书:《管锥编(第四册)》,第 1263 页。
⑦ Edgene A. Nida, Charles R. Taber, The Theory and Practice of Translation, Leiden: E. J. Brill, 1969, p.12.

bringen"(给阿西娜枭),阿拉伯语则用"Vendre des dattes à Hajar"(卖给阿亚蜜枣),分别表达差不多的含义。① 以英语格言为例,纽卡斯尔是英格兰东北地区的煤炭生产基地,向那里供煤显然是多此一举、吃力不讨好的举动。翻译时在明确格言背后的深层意蕴后,用与其意义基本对等的译入语格言进行意译,强于严格依照字面意思进行直译。因为直译时非辅以解释不足以令读者明白格言背后的意蕴;而在直译之外再添加详细的解释说明,则无以体现格言言简义丰、富于包蕴的品格。

一种语言中的某些词汇有时在另一种语言中缺乏对应词,应对这种情况时等类原则最有效。钱锺书常将西方语言中的一些特定术语译成耳熟能详的中国说法,效果不言而喻:

> He [Zeus] is humbling the proud and exalting the humble.
> 神功天运乃抑高明使之卑,举卑下使之高。②

译文将西方神话传说中的万神之王宙斯译成"神功天运",省却了烦琐的注解;若遵从字面意思进行直译,尚需大费周折地介绍其背后涉及的复杂宗教背景,而且读者接受的效果还不见得好。此处用中国人熟知的"神功天运",同样表达了非人力所能及且令人心生敬畏的"天"或"神"的力量。借助等类原则翻译,既清楚地传达了原文的字面意思,也保证了其言外之意没有走失或减损。

钱锺书还根据等类原则修正了几部西方名著的通用中文译名:

> 弥尔顿的诗题,恰像亚理奥士多和塔索的名著的题目,都采用了拉丁语法;译为《乐园的丧失》(不是《丧失的乐园》)、《奥兰都的疯狂》(不是《疯狂的奥兰都》)、《耶路撒冷的解放》(不是《获得解放的耶路撒冷》,才切合意义而不误解语法。③

之所以说这几部名著的中文译名不准确,是因为通用译名确立者未考虑它们都采用了拉丁语法。但因通用译名业已被读者广泛接受,且约定俗成的语用惯性力量太强大了,所以这些误解了拉丁语法的通用译名至今没有得到改正。

其实不仅在跨越了语言与文化界限的翻译中存在不经意间造成的语用错误,同一种语言的古今变迁过程中也会产生类似问题。如"肉夹馍"本应是

---

① 转引自〔法〕勒代雷:《释意学派口笔译理论》,刘和平译,北京:中国对外翻译出版公司,2001年,第44页。
② 钱锺书:《管锥编(第一册)》,第53页。
③ 钱锺书:《读〈拉奥孔〉》,《七缀集》,第59页,注22。

古汉语"肉夹于馍"的略语,或用"馍夹肉"更符合现代汉语规范,但因千百年来的流传与约定俗成的语用习惯,虽然这一命名不准确但也只能一仍其旧。

在《美的生理学》中,钱锺书谈及高级神经活动生理学的奠基人、条件反射理论的建构者巴甫洛夫用狗做条件反射实验的情况:

> 据 Pavlov 对于狗的试验,定性反应成立之后,也可以消灭。消灭的方法是只给与定性刺激而不给与 reinforcement——"口惠而实不至"。①

钱锺书将"口惠而实不至"这个成语用在狗身上,表达只给与定性刺激而不予以补偿的含义,这样一来,条件反射不但得不到强化与巩固,时间久了还会被消灭掉。他通过巧妙使用拟人化成语的方式,省却了烦琐的解释,读者也可以毫不费力地领会他意欲表达的意思。

钱锺书的创造性才能更多地体现在他对普通用语的创新性使用方面,有时甚至可以化腐朽为神奇。他恰切地指出:"词头、套语或故典,无论它们本身是如何陈腐丑恶,在原则上是无可非议的;因为它们的性质跟一切譬喻和象征相同,都是根据着类比推理(analogy)来的,尤其是故典,所谓'古事比'。"②如他将西方谚语"Get a livelihood, and then practise virtue."译作"先谋生而后修身。"③译文恰似中国贤哲对后学的耳提面命,语重心长且包含朴素的哲理,全然感觉不出该说法系由西方谚语翻译过来的。译文紧密依托原文,因与源语表达翕合无间从而做到了"不失本";翻译而能达到"等类"境界,恍如不隔,实属难能可贵。

三、以诗译诗

译诗历来被看作是困难的,"但丁从声调音韵(cosa per legame musaico armonizzata)着眼,最早就提出诗歌翻译(della sua loquela in altra trasmutata)的不可能"④"弗罗斯脱(Robert Frost)给诗下了定义:诗就是'在翻译中丧失掉的东西'(What gets lost in translation)。摩尔根斯特恩(Christian Morgenstern)认为诗歌翻译'只分坏和次坏的两种'(Es gibt nur schlechte Uebersetzungen und weniger schlechte)……一个译本以诗而论,也许不失为好'诗',但作为原诗的复制,它终不免是坏'译'"⑤。因为诗有韵节、格律、对仗等方面的要求,且不同语言中的诗必然各具特色,所以译诗向来被视作困难重重的畏途;而要做

---

① 钱锺书:《美的生理学》,《写在人生边上·人生边上的边上·石语》,第 269 页。
② 钱锺书:《论不隔》,《写在人生边上·人生边上的边上·石语》,第 112—113 页。
③ 钱锺书:《管锥编(第三册)》,第 899 页。
④ 钱锺书:《汉译第一首英语诗〈人生颂〉及有关二三事》,《七缀集》,第 159 页,注 41。
⑤ 同上书,第 143—144 页。

到以诗译诗且能无损于原作的形式与内容,则更是难上加难。

钱锺书在《谈艺录》中指出:

> 诗者,艺之取资于文字者也。文字有声,诗得之为调为律;文字有义,诗得之以侔色揣称者,为象为藻,以写心宣志者,为意为情。及夫调有弦外之遗音,语有言表之余味,则神韵盎然出焉。①

因为诗作是一个兼具音韵、形式、内容、意境与情感的综合体,若在翻译时过度关注意义的传递而相对忽略形式,译作则仅仅变成或优美或晦涩的散文,不复成其为诗;若过分瞩意于形式,或许会导致译文不能完全达意,而且严格遵照原文转换过来的形式,也未必符合译入语中诗的形制要求。

钱锺书赞同席勒论艺术高妙的"内容尽化为形式"②"艺之高者能全销材质于形式之中"③,认为内容与形式不仅不可截然分割,而且只有将二者高度统一,方能造就高超的艺术境界。

钱锺书高举"以诗译诗""以韵语译韵语"的大旗,并在翻译实践中身体力行:

> Men are good in one way,
> but bad in many.
> 人之善者同出一辙,
> 人之恶者殊途多方。④

> Heard melodies are sweet, but those unheard
> Are sweeter.
> 可闻曲自佳,
> 无闻曲逾妙。⑤

上述译文既注重诗体形式,属对工整,也将原文诗句的音声、意义与其中蕴含的哲理都悉数传达了过来。尤其第二句刻画出这样一种情形:暂未得到或求而不得的事物更能勾起人们的渴求心,且易被理想化。译文句式整齐,且与原文语无二致,堪称高妙。

在《谈交友》中,钱锺书翻译过穆尔(Thomas Moore)的两句诗:

---

① 钱锺书:《谈艺录(补订本)》,第 42 页。
② 同上书,第 334 页。
③ 钱锺书:《管锥编(第四册)》,1312 页。
④ 钱锺书:《管锥编(第五册)》,第 54—55 页。
⑤ 钱锺书:《管锥编(第二册)》,第 450 页。

> When I remember all the friends so link'd together,
> I've seen around me fall like leaves in wintry weather.
> 故友如冬叶，
> 潇潇四落稀。①

译文以冬叶飘零喻指故友四落星散，寂寥之情尽行显现。以"故友"译 friends so link'd together，一个"故"字将经时光变迁与岁月淘漉后朋友零落四散的变化情况一语道尽。译文营造出的意境一如中国古诗，就效果而论，既紧密贴合原文，又传神地表达出深冬的萧瑟与怀念故友的孤寂。如果说原文与译文系穆尔与钱锺书围绕同一个场面与意境，分别用英文与中文写出的两句诗，也毫不为过。

《读〈拉奥孔〉》中有一句译诗：

> One white-empurpled shower of mingled blossoms
> 紫雨缤纷落白花②

钱锺书的译文在内容方面与原文高度契合，且格律谐协，音韵起伏错落，所描摹出的景致令人神往，营造出的意境优美灵动，所渲染的氛围充满诗情画意。即便将译诗放到中国古典诗句中也得列上乘。

《管锥编》中曾以出色的译笔翻译过一联诗：

> Then peep for babies, a new Puppet-play,
> And riddle what their prattling Eyes would say.
> 诸女郎美目呢喃，
> 作谜语待人猜度。③

钱锺书称许这两句工于刻画、生动传神的英文诗堪与洪亮吉"与我周旋，莫斗眉梢眼角禅"相媲美。相对于原诗，译文在诗节划分与形式结构方面做了一些调整，是按中文诗的结构方式重新组织而成的，但它将原诗的内容与意境都巨细无遗地移植了过来，一个眉目顾盼、脉脉含春的多情女郎形象跃然纸上。

需要特别指出的是，因为上述诸译例都是仅截取了原诗中的一句或一联进行翻译的，所以并没有特别突出韵脚，对这一点应予以同情的理解，倘若只译一联诗仍要强调呈现原诗尾韵的话，不无吹毛求疵之嫌。

---

① 钱锺书：《谈交友》，《写在人生边上·人生边土的边上·石语》，第 81 页。
② 钱锺书：《读〈拉奥孔〉》，《七缀集》，第 42 页。
③ 钱锺书：《管锥编（第四册）》，第 1222 页。

第五节　典范的莎剧台词译例

在西方，莎士比亚的戏剧独树一帜，而戏剧的灵魂在于台词，钱锺书在《管锥编》中多次征引莎士比亚戏剧台词，虽系碎片化的片段翻译，但其译文堪称名句佳译的典范。莎士比亚台词在推动戏剧情节发展、制造矛盾冲突、展现人物性格、深化戏剧主题等方面的作用无以替代，钱锺书在引述与翻译过程中对莎剧台词的拿捏与呈现颇见功力。

一、写景状物言事

莎士比亚剧中幽默、辛辣、睿智、慧黠的台词俯拾皆是，且大多简明紧凑、入耳动心，即便脱离了戏剧场景将它们单独挑出来，读来也会觉齿颊留香。如：

> Like far-off mountains turned into clouds.
> 山远尽成云。①

钱锺书的译文几乎是对原文字当句对的直译，并没有因为追求准确达意而在形式、结构方面对原文有所背离。

在另一处，钱锺书翻译莎士比亚剧中人物论婚姻的话：

> Marriage or wiving comes or goes by destiny.
> 婚姻有命。②

译文将原文中的"marriage"和"wiving"两个词合译作"婚姻"，内容上不增亦不减，可谓贴切；英语中相应地用"come"和"go"区别嫁与娶，倘若照字面直译而不作变通，不仅失于琐屑，而且与中文的表达习惯相去甚远，既不"达"也不"雅"，当然也就谈不上"信"了，钱锺书的处理可谓恰切允当。

莎士比亚剧中丈夫远行，女主角依依惜别的场景真切感人：

> I would have broke mine eyestrings, cracke'd them but
> To look upon him, till the diminution
> Of space had pointed him sharp as my needles;
> Nay, followed him till had melted from
> The smallness of gnat to air, and then

---

① 钱锺书：《管锥编（第四册）》，第 1387 页。
② 钱锺书：《管锥编（第一册）》，第 296 页。

> Have turn'd my eyes and wept.
> 极目送之,
> 注视不忍释,
> 虽眼中筋络迸裂无所惜;
> 行人渐远浸小,纤若针矣,
> 微弱蠛蠓矣,消失于空濛矣,
> 已矣! 回眸而啜其泣矣!①

有道是"多情自古伤离别",我们感喟莎士比亚对生活观察得细致入微,对挥泪惜别的场景描摹得真实可感,对人物生离死别之际的心理拿捏得恰如其分。亦深深地为钱锺书译笔的鬼斧神工所折服,译文所营造的氛围令人十分不忍,读来感伤的情绪渐渐袭上心头,久久笼罩不肯散去。

写景、状物、言事的戏剧台词,有时也能起到深化戏剧主题的作用。莎士比亚剧中表现英王有感而发,感喟身为君王却普遍难得善终的遭遇:

> For God's sake let us sit upon the ground
> And tell sad stories of the death of kings.
> 坐地上而叹古来君主鲜善终。②

尽管此处译文没有严格按照字面意思直译,而是采用了释意(paraphrase)的方式,却同样将统治者自叹难得善终的失意、无助又无奈的复杂心绪展现得淋漓尽致,在内容与感情色彩的表达方面,译文与原文如出一辙。

二、反映矛盾冲突

钱锺书以极为俭省的笔墨翻译莎士比亚戏剧《暴风雨》(Tempest, I. ii. 147—149)中的一句台词:

> A rotten carcass of a butt, not rigged,
> Nor tackle, sail, nor mast; the very rats
> Instinctively have quit it.
> 船已漏,
> 鼠不留。③

译文简短明快,且音韵谐协,抑扬顿挫,适于舞台演出时演员或唱或念地

---

① 钱锺书:《管锥编(第一册)》,第 79 页。
② 同上书,第 393 页。
③ 钱锺书:《管锥编(第二册)》,第 816 页。

表演。但必须指出,与原文以繁复的文辞修饰破敝的船只相比,译文虽做到了准确达意,却在展示戏剧矛盾冲突与人物心理感受的力度方面多少有所减损。

后来钱锺书在对《管锥编》中同一则札记进行补订时,将与上述台词非常接近的一句英语谚语"Rats leave a sinking ship"译作"鼠不恋破舟"。① 则是完全按照汉语熟语的格式译出,既言简意赅而又极其贴切,无论在内容与形式方面都与原文翕合无间。

又如:

I am never merry when I hear sweet music.
闻佳乐辄心伤。
Music to hear, why hear'st thou music sadly?
何故闻乐而忧?②
To be frighted out of fear.
恐极则反无恐。
The dove will peck the estridge.
驯鸽穷则啄怒鹰。③

上述两组译文给读者一种奇妙的感觉,恍如莎士比亚在用中文进行写作。可以说,类似译文即便放到中国古典诗词文章中,也决不会令读者产生突兀感或生涩感。

哈姆雷特针对未婚妻的化妆打扮有所感喟,钱锺书的翻译韵味悠长:

God has given thou one face,
but you make yourself another.
女子化妆打扮,
也是爱面子而不要脸。④

译文中避免提及 God,但于整句内容的表达却没有丝毫影响;而且借助译文中补充的前半句,读者对上下文自然也有了一定程度的了解。哈姆雷特对自己的父亲甫蒙冤死去母亲即行改嫁的事耿耿于怀,由此对信誓旦旦的爱情极度怀疑,对人们在人前与人后表现出两张面孔的做法深感厌恶,故对正

---

① 钱锺书:《管锥编(第五册)》,第 198 页。
② 钱锺书:《管锥编(第三册)》,第 948 页。
③ 钱锺书:《管锥编(第一册)》,第 204 页。
④ 钱锺书:《谈教训》,《写在人生边上・人生边上的边上・石语》,第 41 页。

在化妆打扮的未婚妻发出如此感慨。哈姆雷特的这种情感通过钱锺书的译文也一并呈现在读者面前,阅读译文足以产生与阅读原文同样的功效。

三、状写外貌性格

状写人物的美貌历来被看作难事,加之东西方关于貌美的标准也判然有别,若将夸赞貌美的诗句迻译而仍能令人心旌摇曳,可谓因难见巧。

钱锺书翻译莎士比亚剧中赞王后之美的片段,不仅传神地摹写出人物的外貌,而且巧妙地展现了人物的部分性格特征:

> Fiewrangling Queen—
> Whom every thing becomes, to chide, to laugh,
> To weep; whose every passion fully strives
> To make itself, in thee, fair and admired!
> 嗔骂、嬉笑、
> 涕泣,各态咸宜,
> 七情能生百媚。①

译文酌情添加了两个数字作定语,系因类似用法在中文里极为常见,不仅令"七情百媚"属对工整,因"七情"生出的"百媚"亦给读者留下足够的想象空间,出色地达到礼赞王后之美的目的。

又如:

> Fie, fie upon her!
> There's language in her eyes, her cheek, her lip;
> Nay her foot speaks.
> 咄咄!
> 若人眼中、颊上、唇边莫不有话言,
> 即其足亦解语。②

译文在原文的"眼""颊"与"唇"等词后面分别添加了表示处所方位的"中""上"和"边",使得所述之美更加亲切可感,且选用的衬字各不相同,在形式上也符合中文遣词造句力避重复的特征,并且收到了音、形、义皆美的表达效果,并写活了一个眼角眉梢都带俏的多情人物形象。

再如针对丧夫女性再嫁态度的论述:

---

① 钱锺书:《管锥编(第三册)》,第1039页。
② 钱锺书:《管锥编(第四册)》,第1222页。

So think thou wilt no second husband wed;
But die thy thoughts when thy first lord is dead.
不事二夫夸太早,
丈夫完了心变了。①

译笔完全符合原文意蕴,深刻揭示出"山盟海誓"经不住时间推排消蚀的规律,一旦发生大的变故(如丈夫死去),则难保信誓旦旦的坚贞。译文亦非常符合中国戏剧台词的样态,读者读书至此,甚至会为这两句台词揣想唱腔,拟构表演程式。

还有一处,某人遭到一顿暴打后,将自己的皮肤比作纸张,将别人拳头打在自己身上留下的伤痕视为墨迹,莎士比亚设喻之奇特发前人所未发:

If the skin were parchment, and the blows you gave were ink,
Your own handwriting would tell you what I think.
苟精皮肤为纸而老拳为墨迹,
汝自睹在吾身上之题字,便知吾心中作么想矣。②

透过钱锺书的生花译笔,读者可以更加真切地理解莎士比亚的黑色幽默,简简单单两句台词活画出这样一个人物形象:饱尝老拳尚咬文嚼字,把遭人暴打戏拟作别人在自己身上题字。活脱脱一个英语版的阿Q形象跃然纸上,呼之欲出。

---

① 钱锺书:《管锥编(第三册)》,第1033页。
② 钱锺书:《管锥编(第四册)》,第1500页。

结　语

从内部研究与外部研究相结合的角度着眼,充分结合历史语境与社会时势,以通观圆览的视角观照钱锺书的创作和翻译,有助于对其创作实绩与创作论述进行更为恰切的定位,抽绎其翻译理论、翻译实践与文化观念中蕴涵的学术价值与方法论意义,可以纾解当前译界病态与乱相丛生的困境,对丰富和发展中国文学与文化"走出去"的方式和内涵也会有一定的参考借鉴作用。

钱锺书的文学创作在 20 世纪三四十年代因受战争影响,传播与影响的范围受到限制。又因为他的创作与 50—70 年代的主流文坛及当代文学"正统"有着相当大的距离,加之他创作中辍,导致其作家身份与作品长期被遗忘。80 年代末以来,尤其是 90 年代中期以后,随着"文化热"与文学创作"向内转"流行,钱锺书的创作迎来一波"再发现"与"再接受"的热潮。90 年代以降,当代文学创作重拾关注知识分子内心、讽刺教育学术乱相等话题,涌现出一批以或隐或显的方式向钱锺书致敬的作品。

钱锺书的翻译实践有效地介入到文学创作中,并对他作品的经典化做出了有力助推。钱锺书的创作、翻译、文学批评与学术研究呈现出互为倚重、相辅相成的关系。审视并省思当前的翻译活动、翻译研究中涌现出的新问题,钱锺书的翻译立场与翻译方法论愈发彰显出耀眼的光芒,或许可以将其用作一剂良方,以疗治当前译界的种种弊病。

一、钱锺书创作与翻译的关联性

作为同时兼具作家、诗人、翻译家与学者身份的钱锺书,其诗文创作实绩、有关创作的论述和他自身的翻译实践、翻译理论思考之间必然存在内在关联性;当然也不宜过度夸大其创作与翻译的直接关系,至少不能在两者之间硬性架设诸如"影响—接受"或"冲击—回应"式的简单化模式。

(一) 自觉的双向互动

钱锺书在诗文创作尤其小说结尾善用分镜头式的叙事手法,使"同时异地事"得到并置,从而产生强烈的对比映衬效果;他在创作中多次尝试运用开放式的结尾,追求"篇终接混茫"的艺术境界。他从中国古诗名句中抽绎出将同时异地事捏置并处的写法,在文学批评与学术研究中也多次分析过中国章回小说、评书中话分两头、各表一枝的常规做法。结合钱锺书的若干诗文创作尤其是对小说结尾的处理,无疑可以更加明确地揭示他对《名利场》结尾的翻译与分析和他自身创作之间互为表里、相互映发的关联性。或者更准确地说,他从中西文学中发掘出带共性的叙事架构方面的优长,在中西文学与文化中探寻共同的"诗心""文心",并在自己的创作中苦心孤诣地经营,将其发扬光大。

钱锺书称引钱圆沙对作诗为文时"悟"的推重:"诗文之作,未有不以学始之,以悟终之者。"①又引陆世仪言:"悟亦必继之以躬行力学。"②并申说"妙悟":"夫'悟'而曰'妙',未必一蹴即至也;乃博采而有所通,力索而有所入也。学道学诗,非悟不进。"③按照钱锺书的理解,"悟"是学道学诗的重要进阶路径,但它不是凭空而来的,而是需要博采力索,继之以躬行力学才有可能。他对此有深刻的体认,并在自己的创作实践中博采而有所通,力索而有所入,终令其诗文创作达致众妙皆备的境地。钱锺书《伤张荫麟》(1942)一诗中有句:"子学综以博,出入玄与史。生前言考证,斤斤务求是。"④"综以博"移来概括钱锺书自身治学的转益多师也是准确的;"务求是"的考证追求用以写照钱锺书本色当行的研究也是恰切的。

当然也没有必要把钱锺书的创作和翻译硬性捆绑,事实上他对西方文学的广泛阅读和系统研究都为他自如地出入西方文学经典、自觉地架起中西文学比较的桥梁打下了坚固的基础,而且他始终秉持开放的文化观念,不满足于单纯从西方文学中汲取营养即告停止,而是坚持中西文学与文化双向互动,欣赏借鉴与甄别批判同步进行。

钱锺书在牛津大学以英文写就的学位论文《17、18 世纪英国文献中的中国》(China in the English Literature of the Seventeenth and Eighteenth Centuries)细致梳理了 17 至 18 世纪英国的各式文献(不仅仅限于文学)中对中国的认识、解读与想像性重塑,清晰地盘点、检视了其间中国形象的存在与表现、发展与变迁,也深刻揭示了这一时段英国的"中国热"背后颇为浓重的意识形态意涵。作为一个留学海外的中国青年,关注对象国文献中对中国的记录和表达有其合理性和一定的必然性,法国学者皮埃尔·马蒂诺(Peirre Martino)《17、18 世纪法国文学中的东方》(L'Orientdans la Littérature Française au XVIIe et au

---

① 钱锺书:《谈艺录(补订本)》,第 101 页。
② 同上书,第 99 页。
③ 同上书,第 98 页。
④ 钱锺书:《伤张荫麟》,《槐聚诗存》,第 82 页。

XVIIIe Siècle, 1906)和玛莎·科南特（Martha P. Conant）《18 世纪英国的东方故事》（The Oriental Tale in England in the Eighteenth Century, 1908）等著作无疑在选题与研究路径方面给钱锺书以有益启迪。钱锺书客观冷静地看待那些或批判或欣赏中国的英国文献，考证与分析丝丝入扣，且洞见迭出。

钱锺书还以英文发表过二十余篇书评、短评①，广泛论及英国诗学、文学、文化，其中对英国人误读中国文化的现象批判得十分尖锐、犀利。这类文章虽然数量不多且影响也远不如其中文著作，但至少在一定意义上可以体现钱锺书的文化立场，即并未因追求中西共同的"诗心""文心"而让渡甄别、批判的权利，考察这些英文文章有助于全面准确地理解他的诗学观念。

钱锺书《中国固有的文学批评的一个特点》②等研究论著自觉运用比较文学的视野与方法，论证深入，说服力强。事实上要正确理解一种文化有别于另一种文化的区别性特征，舍比较之外别无他法。正确的比较必然需要舍弃"影响—接受""冲击—反应"的单向维度，也应有效避免"有睫不自见"的不足，其正面则是"兼听则明"，即要求自觉秉持中外文学与文化双向互动的立场和方法。

（二）明确的文体意识

建基于广泛阅读与深入思考，钱锺书葆有明确的文体意识，他信奉"体制定得失，品类辨尊卑"，认同"史必征实，诗可凿空"的观念。在文学创作方面，钱锺书堪称众体兼备的通才：长篇小说《围城》写抗战初期的知识分子群相，被誉为新《儒林外史》；短篇小说集《人·兽·鬼》上天入地，写梦写实，写人写鬼，异彩纷呈；散文集《写在人生边上》《人生边上的边上》或品藻诗文，或月旦人物，或直抒胸臆，深刻的洞见与朴素的哲理触处可见；诗集《槐聚诗存》收录 1934 年至 1991 年间的诗作二百七十余首，闲适、随性中不失通达和幽默。他在文学批评与学术研究中也始终保持对文体的敏感和重视，可以说葆有明确的文体意识是钱锺书文学创作取得一系列辉煌成就的一大关键因素。

相对而言，钱锺书的古体诗创作较少受到西方文学的影响。他 1934 年即自行刊印过诗集《中书君诗》，1940 年又新刊一集《中书君近诗》，一直持续至 90 年代仍坚持诗歌创作不辍。钱锺书在古体诗创作中亦着意发掘文艺规律，探索智慧因素，发挥片段思想，并有意识地对中国传统因素进行一些创造性转化。但其诗作很少或没有刻意学习西方现代主义的朦胧与含蓄，也没有

---

① 钱锺书：《钱锺书英文文集》（北京：外语教学与研究出版社，2005 年）皆有收录。
② 钱锺书：《中国固有的文学批评的一个特点》，《写在人生边上·人生边上的边上·石语》，第 116—134 页。

沾染象征派晦涩难懂的习气,而是清晰地显示出对中国因素与传统风格的坚守。

《中国文学小史序论》中指出:"抑吾国文学,横则严分体制,纵则细别品类。体制定其得失,品类辨其尊卑,二事各不相蒙""体制既分,品类复别,诗文词曲,壁垒森然,不相呼应。"①强调文类、文体有等级高下之别。他也关注文体的嬗变:"夫文体递变,非必如物体之有新陈代谢,后继则须前仆。"②相信一种文体的出现并不必然意味着另一种文体的消亡,文体递变不以一个取代另一个的方式发生,而是不同文体在不同时代分别发展到高峰,并且各自在一段时期内独领风骚,其他文体的表现相对不那么显豁,但依然存在并持续发展。

钱锺书强调:"文各有体,不能相杂,分之双美,合之两伤;苟欲行兼并之实,则童牛角马,非此非彼,所兼并者之品类虽尊,亦终为伪体而已。"③坚持不同文体各司其职,不能强行混杂兼并,以防产生"伪体"。文体各有擅场,故有所分工;创作不同的文体亦需要不同的才力,一个人往往很难兼具,创作时为避免"互掩所长"④,宜各尽其性,既尊重不同文艺形式的独特性,又考虑创作者的个人才性。

文体的分野使得诗与文之间存在天然的界限,并循着各自特定的路径分途发展,亦有逐渐拉大距离的可能,打破诗与文之间的固有界限需要大手笔。钱锺书虽然强调"文各有体,不能相杂",但他同时也乐见不同文体的渗透与融合:"文章之革故鼎新,道无它,曰以不文为文,以文为诗而已。向所谓不入文之事物,今则取为文料;向所谓不雅之字句,今则组织而斐然成章。谓为诗文境域之扩充,可也;谓为不入诗文名物之侵入,亦可也。"⑤他从文体演变尤其"以文为诗"的变迁历程中得到启迪,以不文为文、以文为诗,扩大了文学的表现范围,也扩充了诗文的表现境域。

钱锺书葆有明确的文体意识,体现在他的创作与批评中,不同文体既因出于同一作者而显出共性特征,又因文体有别而呈现出各自鲜明的个性。

内容层面,《围城》与《人·兽·鬼》中的多个短篇都以抗日战争为背景,钱锺书在抗战正酣之际创作的一批古体诗则直接以抗战为主题,他的部分散文中也有只言片语提到抗战与战况,但三者不可等量齐观。就散文意欲表达

---

① 钱锺书:《中国文学小史序论》,《写在人生边上·人生边上的边上·石语》,第95,96页。
② 钱锺书:《谈艺录(补订本)》,第28页。
③ 钱锺书:《中国文学小史序论》,《写在人生边上·人生边上的边上·石语》,第95页。
④ 钱锺书:《谈艺录(补订本)》,第27页。
⑤ 同上书,第29—30页。

的主题而言,战争以及对战争的思考绝非关键性内容,充其量算作插话或余兴;其小说以抗日战争为故事铺展的背景,但绝非可以忽略的背景,这些关涉战事的笔触是他心系国家民族命运忧思的直观展露;创作于该时期的诗作则更直接、更深切地表达了反对战争、祈盼和平的心愿,可谓字字血泪。整体而言,"战争"是钱锺书诗文创作中一个无所不在的巨大隐喻,承载着他对现实的观察和思考,对未来的忧虑和憧憬,以及无处安放却不掩其热切深厚的家国情怀。

修辞层面,钱锺书无论在小说创作、散文创作还是文学批评中,对比喻和讽刺的运用都非常多,而且惯于以汪洋恣肆的文风表现"言必有征""证必多例",必达酣畅淋漓的表达境地方告停歇。但也毋庸讳言,钱锺书年轻时创作的一些作品多少有一些"逞才""炫技"的成分。但有一个明显的例外体现在他的古体诗创作中,虽然时有比喻、讽刺手法的调用,但都一律严格遵从中国古典诗歌"含蓄""内敛""言不尽意"的特点。其诗作与散文、小说中的比喻、讽刺用例取径也完全不同,究其原因,诗作中没有放任修辞而选择了克制与内敛,非不能也,实不为也。修辞手法的运用与表现就其重要性而言降至第二位,天然地服从于文体方面的要求。

文化观念层面,钱锺书关于悲剧及悲剧意识在中西方文学中有所不同的论述可作代表。他在 1935 年发表的英文文章《中国古代戏曲中的悲剧》("Tragedy in Old Chinese Drama")中指出,单就文学文本而言,同西方悲剧相比,中国古代戏曲在悲剧的创设与表达方面差强人意。[①] 中国戏曲惯用因果报应和大团圆结局,且结局的实现常需借助外力,这一点与严格按照文学和戏剧理论定义的西方悲剧判若云泥。西方悲剧往往能令剧本读者或戏剧观众"未获慰藉,亦无胁迫感,无待他求而能自足"[②],受众的心绪(或"嗜欲情感")通过阅读或观剧而被悲剧冲突(多由人物身处逆境或不幸造成)感染,激发起怜悯、同情或愤慨、恐惧等情感,最终这些情感无需外求,仍通过阅读或观剧,在体会到永恒命运后复归于平静。该论述的用意并不在价值判断,对中国古典戏曲与西方悲剧的文体分疏有理有据,令人信服。

(三)载道言志两相宜

钱锺书一方面肯定文学表达有抒情言志的功用,另一方面也反对将载道与言志截然对立,两相切割。他在为周作人《中国新文学的源流》[③]一书所作

[①] Ch'ien Chung-shu, "Tragedy in Old Chinese Drama", A Collection of Qian Zhongshu's English Essays, p.53.

[②] Ibid., p.54.

[③] 周作人讲校、邓恭三记录:《中国新文学的源流》,北平:人文书店,1932 年。

的同题书评中说:"周先生把文学分为'载道'和'言志'。这个分法本来不错,相当于德昆西所谓 literature of knowledge 和 literature of power。至于周先生之主'言志'而绌'载道',那是周先生'文学自主论'的结果。"①所谓文学"自主论"(autonomy),指"纯粹的'为文学而文学'的见解"②,事实上钱锺书很不赞同"为文学而文学"的提法和做法。"言志"与"载道"虽然判然有别,但二者并不是非此即彼、相互排斥的关系。

钱锺书反对文学批评囿于题材(内容)与体裁(形式)的粗疏划分:

> 吾国评者,夙囿于题材或内容之说——古人之重载道,今人之言"有物",古人之重言志,今人之言抒情,皆鲁卫之政也。究其所失,均由于谈艺之时,以题材与体裁或形式分为二元,不相照顾。而不知题材、体裁之分,乃文艺最粗浅之迹,聊以辨别门类(classificatory concepts),初无与于鉴赏评骘之事。③

文学批评不应囿于题材与体裁二分的窠臼因循沿袭,事实上仅作出如此划分尚未进入文学鉴赏的层面。若非从对文本的细致解读出发,以批评者自己的阅读体验与感悟为批评的立足点,片面地囿于内容与形式的二元对立界划,必然会限制鉴赏评骘所能达到的高度与深度。

"六经皆史"之说历来论者颇众,钱锺书称引王阳明所言:"以事言曰史,以道言曰经。事即道,道即事。……史以明善恶,示训戒,存其迹以示法。"他标举该说"最为明切"④,并进一步解释:"道乃百世常新之经,事为一时已陈之迹。"⑤"事"是具有一定时效性的历史陈迹,"道"则长期有效,且历久弥新。由是观之,经与史不仅不能简单地等同视之,而且其价值高下亦判然有别。

为说清楚"道"与"事",钱锺书又分别找到几组相关联的概念连类并比:

> 《淮南子·氾论训》:"圣人所由曰道,所为曰事。道犹金石,一调不变;事犹琴瑟,每弦更调。"其言道与事,犹宋明儒者言经与史。张子韶《横浦心传录》卷中:"经是法,史是断,我是守法断事者。"……载道

---

① 钱锺书:《中国新文学的源流》,原载《新月月刊》第四卷第四期,1932年11月1日;《写在人生边上·人生边上的边上·石语》,第248—249页。
② 同上书,第247页。
③ 钱锺书:《中国文学小史序论》,《写在人生边上·人生边上的边上·石语》,第103—104页。
④ 钱锺书:《谈艺录(补订本)》,第264页。
⑤ 同上书,第265页。

之经乃"法律",记事之史乃"断例",犹曩日西人常言:"历史乃哲学用以教人之实例"(History is philosophy teaching by or learned from examples)耳。①

"道"的普遍化、恒定性与"事"的具体化、暂时性适成对照。经与史、法律与断例、哲学与历史等的关系跟"道"与"事"相类似,都是前者抽象、概括,后者具象、定指,而且后者都是对前者的具体应用或呈现。

钱锺书认为以"文以载道""诗以言志"作为诗与文之分野的依据多有不妥:"'文以载道'的'文'字,通常只是指'古文'或散文而言,并不是用来涵盖一切近世所谓'文学'。"②而且如同词为"诗余",曲为"词余"一般,"诗本来是'古文'之余事,品类(genre)较低,目的仅在乎发表主观的感情——'言志'"③。"载道"和"言志"在传统的文学批评中并非格格不相容,而是并行不悖的,同一个人既可以为文载道,也可以作诗言志。他又说:"小品文也有载道说理之作"④,并提出"文宜以载道为尚"⑤的论断,表明文可以载道,也提倡文以载道,但也允许文并不载道,事实上也并非所有的文都是载道的。

《中国诗与中国画》一文指出:"在中国旧传统里,'文以载道'和'诗以言志'主要是规定各别文体的职能,并非概括'文学'的界说。"但是在"西方文艺理论常识输入以后,我们很容易把'文'一律理解为广义的'文学',把'诗'认为文学创作精华的同义词。"⑥究其根本,当代批评者袭用"文以载道"和"诗以言志"两个命题时,径直采用了西方文艺大举影响中国后使用的"文"与"诗"两个概念术语,去解释中国古代的文学现象,忽略了特定术语的产生场域与适用范围,大大偏离了它们在中国传统文评中的本意,势必导致削足适履情况的发生。

钱锺书在评述《中国新文学的源流》一书时还指出,周作人"引鲁迅'从革命文学到遵命文学'一句话,而谓一切'载道'的文学都是遵命的,此说大可斟酌"⑦,并进一步将初起革命、继而反动的规律从文学推演至社会上、政治上的革命,慨叹世间有多少始于"革"而不终于"因"的事情。这一总结

---

① 钱锺书:《谈艺录(补订本)》,第 586 页。
② 钱锺书:《中国新文学的源流》,《写在人生边上·人生边上的边上·石语》,第 249 页。
③ 同上。
④ 钱锺书:《近代散文钞》,《写在人生边上·人生边上的边上·石语》,第 319 页。
⑤ 钱锺书:《中国文学小史序论》,《写在人生边上·人生边上的边上·石语》,第 97 页。
⑥ 钱锺书:《中国诗与中国画》,《七缀集》,第 4—5 页。
⑦ 钱锺书:《中国新文学的源流》,《写在人生边上·人生边上的边上·石语》,第 252 页。

带有普遍的哲学意义。简单回顾一下中国历史,历朝历代末世或因"土崩"或因"瓦解"①而起事反抗腐败吏治且能推翻前朝的,无不经历这样一个循环:起初,起事者无论出身农民还是隶属于统治阶级,都走在民众与时代的前列,堪称领路人;而一旦起事成功(如刘邦、朱元璋),甚至仅仅取得阶段性胜利(如李自成、洪秀全),便变身为居于民众之上的新统治者;随着掌权日久,在社会稳固、生产发展的同时,阶层日趋固化,他们及其后继者转而骑在民众头上作威作福;情势进一步恶化,他们最终走向民众的对立面,预示着新一轮起事反抗与王朝更迭。钱锺书始于"革"而不终于"因"的凝练概括堪称经典。

(四) 开放的文化心态

不同文化之间的共性是相对的、广泛的,差异是本质的、深刻的。钱锺书在《〈谈艺录〉序》中明确标举:"东海西海,心理攸同;南学北学,道术未裂。"思维活动具有全人类性,而且不会因民族、国家、种族不同而显示出根本性的差异,通常能够超越这些因素而显示出共通性。心同理同正是分属不同文化范畴的文艺作品可以迻译的基础。

钱锺书的治学理念与学术实践中秉持"不隔"的开放文化观念②,这是一种辩证的开放,强调双向交流与同步互动。中华文化绵延不绝、长盛不衰,不仅以独具的风姿播扬海外,更以恢宏的气度接纳外来文化的精华。从某种意义上说,整个中华民族思维方式的形成,中文的演变,乃至中国文化的丰富、发展,都与外来文化攸切相关。比如因汉译佛经的出现,中外文学和文化得以大规模交流,佛教因素随之参与到中国文学创作与批评之中。

钱锺书在《管锥编》开篇便从哲学高度分析《周易正义》中的"易之三名"问题,并与德语中的"aufheben"(意近"扬弃")一词相对举,用以指称分裂者归于合、抵牾者归于和,或矛盾之超越、融贯。③ 建立在丰富的知识储

---

① "土崩瓦解"一语本自汉·徐乐《言世务书》:"天下之患,在于土崩,不在于瓦解,古今一也。"(《汉书》卷六十四《严朱吾丘主父徐严终王贾传》之"徐乐传"有载。)司马迁《史记·秦始皇本纪》亦谓:"秦之积衰,天下土崩瓦解。"徐乐所言意为若民困、下怨、俗乱,统治者却无所作为,则土崩之势成,将会危及统治;若国君能泽被百姓,使其安土乐俗,就算外有强国劲兵之患,也不足以危害国家;统治者需预知危机,防患于未然,才能使百姓安定、天下太平。"土崩瓦解"一说显示出徐乐洞察历史、善观时势的忧患意识,是一个振聋发聩的大判断,可惜未能引起后世统治者的足够重视。
② 关于钱锺书文化观念的更多详细论述参见聂友军:《钱锺书的文化观》,《天府新论》2009 年第 1 期。
③ 钱锺书:《管锥编(第一册)》,第 1—3 页。

备、恢宏的文化视野与纯正的比较理念基础上的"打通"是钱锺书文化观念的一个缩影,提示了一个不囿于中西町畦、超越了体用之辩的文化会通路径,具体表现为他一以贯之的打通中西的文化立场、打通古今的历史观念与打通学科界限的学术方法论。

作为一个传统文化根基深厚、思想独立的学者,钱锺书拒绝一切文化神话,其辩证、开放的文化观是在反思种种偏颇、保守的文化观念基础上形成的。他批判"体""用"两截划分的浅陋,以宣扬不同文化间的共性为出发点,致力于探究中西文学共同的用心之途,倡导通过对话深化对研究对象的认识,汲取异质文化的精义来补足自身,推动中外文学与文化在相互交流中取长补短,在互动中共同发展。

钱锺书摆脱了中国传统文人固有的自我中心,大胆吸取西方现代文化中的有益成分,但他同时也拒绝赋予西方文化以至高、至上性,反对带有绝对普适性的"西方中心主义"。他对中国与西方种种保守文化观所做的反思为其中西会通的文学研究提供了必要的思想依据。他在治学实践中尝试超越中西町畦的努力则是其开放文化观的具体体现。他向往并积极进行中外文化会通的尝试,坚持在综合与融会中外文化时既不失中国本色,又能与现代世界进行妙趣横生的相互映发。

20世纪以来中国文化的发展与西方思想在中国的流布关系尤为紧密:五四新文化运动的产生,西方文化起到触媒作用;中国文学与艺术中层出不穷的现代主义和后现代主义表达也离不开20世纪西方各色哲学理论的滋养;中国特色社会主义包含着对经典马克思主义的理解、适用和中国化发展。要真正理解中国文化传统和中国文化精义,必须同时对西方文化传统和现代世界有深入的体认才能做到。

钱锺书的创作、翻译、文学批评和学术研究互为表里、相辅相成,共同为中外多种学术话题的互动交流搭建了平台。20世纪40年代出版的《谈艺录》中就大量涉及西方神秘主义;《现代资产阶级文论选》开现代西方文论在当代中国译介之先河;20世纪70年代末出版的《管锥编》更是从英、法、德、意、西和拉丁文著作中大量原文引用,亦运用了西方系统论、阐释学、心理学、文化人类学和语义学等学科的方法,其中许多内容及相关领域的新成果在新时期纷纷涌入国门,并逐渐得到学界认可和接受。钱锺书的做法无形中成为一种潜在的文化引入,事实上成为20世纪70年代中西文化交流中来自中国方面的强劲声音。钱锺书的文化观念与跨文化对话的实践为当下的人文学研究提供了一种既可资借鉴又具备可操作性的有效范式。

二、钱锺书创作的接受与再发现

要明了钱锺书的文学创作在20世纪三四十年代的接受与90年代的"再接受"情况,需要深入挖掘隐匿在文本背后的意义,既要探究它们得以生成的社会语境,又要考察它们在中国现代文学史上的价值,还需要梳理它们与中国传统文学、欧美文学之间的关联,最重要的是以"文学"的方式进行批评、研究与文学史梳理,摒弃知识化、技术化的处理模式或理论先行的弊病。

(一)时势驱动记忆与遗忘

20世纪三四十年代以来中国社会先后发生战乱与一系列大变革、大动荡,不仅对钱锺书文学创作的传播造成影响和制约,无形中也加速了批评家和读者对他的遗忘。《写在人生边上》印行时正值抗日战争后期,上海"孤岛"的处境限制了它的流布范围。《人·兽·鬼》与《围城》面世时正当解放战争风起云涌之际,当时读者反响热烈,对其评论却毁誉不一,虽然两部书在两三年内都曾三次重印,但随后都进入长期销声匿迹的尘封状态。在夏志清《中国现代小说史》传入中国大陆之前,1949年后出版的文学史著作大多未对钱锺书的文学创作给予应有的重视。

20世纪30年代以来,特别是延安文艺座谈会以后,左派批评家普遍用阶级议题消泯文学中对阶层、个人、性别等问题的关注和呈现,很大程度上遮蔽了对知识分子多样性和差异性的探讨。50—70年代的文学主要塑造素朴的工农兵形象,强调民众的社会权利,对知识分子群体的关注度较低,而且很少有作品行使知识分子自我表达的权利。若放在50—70年代的文学主潮下审视,钱锺书的创作相对另类,这也从另一维度显示出其独特性。

1980年10月经钱锺书修订的《围城》由人民文学出版社重印发行,事实上不仅对普通读者而言,甚至对当时的批评界和研究界而言,很多人直到此时才第一次读到这部1947年在上海初版、曾创下三年内三版之辉煌的小说。

80年代以后,随着尊重知识、尊重人才逐渐成为一种新的社会共识,作家也有意识地改变过往那种仅限于书写底层、表现民众、关注社会的状况,转而强调自我表达。但其缺陷也是明显的,即容易将自身的观感与体验放大为全社会、所有人的问题。重读、重评钱锺书三四十年代的文学创作,成为作家、批评家在创作转向之际反拨这种偏颇的有效手段。

钱锺书的文学创作尤其是小说创作虽然以现代中国知识分子群体为刻画对象,但其关注的症候与揭示的主旨却具有超越特定时空的普遍意义。在"革命"的话语与言说方式充斥了文坛几十年后,读者与作家都发现,在书写革命、书写民众（尤其是工农兵）、表现社会广角之外，尚有类似于钱锺书创作这种关注知识分子、注重内省、善用讽刺的文学样式存在。犹如重新发现了文坛的一股清新之风，批评者、研究者与普通读者很快对其掀起新一轮阅读与讨论的热潮，一切都显得水到渠成；创作界也出现一些仿作，当代作家向其致敬的意图也不加遮掩地表露出来。

正是因为过往历史大环境对钱锺书的创作造成了某种程度的遗忘，到八九十年代的时候，发展了的社会大势与文学界、文化界的新变形成合力，遂引发了一波对钱锺书的创作"报复性反弹"式的"再发现"与"再接受"。几乎与国内的"再接受"同步，国外对钱锺书创作的译介也在加速推进。以《围城》为例，1988年日译本出版，1989年俄译本出版，钱锺书的创作在国内外相继掀起一波阅读与研究的热潮。海外的钱锺书研究成果也被及时译介到中国，努力与海外学界对话的热望对国内阅读、阐释和研究钱锺书无疑起到不小的刺激和促进作用。

一个久被冷落的20世纪三四十年代成名的作家及其作品在沉寂了三十余年后，到八九十年代又重新焕发出生机和活力，40年代末到80年代初中国当代文学的发展状况为钱锺书旧作的再度横空出世与再接受预埋了伏笔，期间海外研究尤其是美国的相关研究是非常重要的推动和促进因素。在内因与外因综合作用下，钱锺书的文学创作在20世纪90年代的中国掀起一股阅读、讨论与影视改编的热潮，成为"现象级"的文化热点，且收获普遍赞誉和如潮好评。

（二）个人化书写与向内转

作家创作文学作品是一个借助语言表达自己的虚构与想象的过程，读者阅读文学作品则是在语言世界里重新建构一个完整的世界想象的过程。文学创作不是以纯粹客观与完全理性的方式进行的，因为它不仅包含一个整体性的关于世界的想象，而且还直接作用于创作者个人的感性方面，也与价值观直接相关。钱锺书用文学创作的方式，兼具现实主义面向现实的准确与现代主义隔岸观火的超脱，表达出现代中国的一些社会现实、部分知识分子的心路历程以及二者间的复杂关系，并试图解读背后实质性的历史内涵。

短篇小说《猫》对爱默和建侯夫妇的描写可视为对易卜生（Henrik Ibsen）《玩偶之家》[①]中娜拉与海尔默的戏仿；钱锺书也试图回答鲁迅《娜拉走后怎

[①] 挪威戏剧家易卜生的《玩偶之家》1879年出版，旋即在世界各地上演，1918年《新青年》出版"易卜生专号"，在中国引起广泛讨论，并产生持续深远的影响。

样》(1923)①的问题,他也深入思考并试图解答与《伤逝》(1925)②同质的深层社会问题,但总体上未能超越鲁迅的深刻。有研究者推重钱锺书的现代忧患意识,将他与鲁迅并称,"鲁迅究心于它(人性弱点)的阶级性、族类性,而钱锺书究心于它的人类性",誉其创作"取得哲学品格与艺术品位双峰并峙的成就",但仍承认钱锺书创作中体现出的"情理相厄"比不上鲁迅的"情理合一"③。本质而言,造成二者差异的关键原因在于:鲁迅着眼于反思和批判社会,而钱锺书的着力点在于发掘并洞察人性。

爱默希望颐谷明白无误地说出爱她,这种心理可以与凌叔华《酒后》④中采苕的心理相对读,采苕看到因醉酒而鼾睡的子仪,遂产生吻一吻他的冲动。采苕的心思是弗洛伊德意义上的"本我"的自然流露,她经过内心的挣扎、压抑、自我规训与退缩,最终适可而止地放弃了自己的冲动念头。爱默听闻建侯出轨的消息后,一直以来在外人面前努力维持的骄傲形象瞬间崩塌,她逼迫颐谷当面说爱自己,这一做法形同困兽犹斗,虽大失常度但决不肯轻易认输,因为此时她尚来不及反思自己过往的生活方式。

一个有趣的现象是,80年代的文学创作者眼睛多向外看,从形式到内容都倾向于向西方学习;而90年代以后则又有了一定的回归民族传统的自觉。有研究者干脆称80年代文学"从属于解放的叙事",90年代之后的文学"从属于现代性叙事"⑤。无需详细考察八九十年代的作家受钱锺书影响的方式和程度,钱锺书在三四十年代的创作中已然做出了将学习西方与传承中国传统冶为一体的有效尝试,这一点事实上也在"钱锺书热"中被创作界、批评界揭示出来且甚受推重。

80年代末以后,在国际国内环境影响与主、客观因素的共同作用下,中国知识分子近一个世纪以来对思想立场的坚守悄然出现了某种程度的让渡的松动。在文学领域最直观的体现是创作和批评都经历了一个"向内转"的变化,宏大叙事趋于式微,对个人、心理的关注日渐加强。伴随这一过程产生了一个副产品,一贯与社会现实保持着疏远距离的部分作家、学者被推到了

---

① 鲁迅在《娜拉走后怎样》中强调女性经济独立的必要性,反对女性将婚姻作为唯一的职业,鼓励她们积极参与社会生活。
② 《伤逝》循着《娜拉走后怎样》思路的延长线,凸显社会经济因素对个人自由与爱情自由的支配性影响。不同于"鸳鸯蝴蝶派"作家一味鼓噪自由恋爱,鲁迅关注"自由"与"恋爱"的冲突。结合鲁迅"人必须活着,爱才有所附丽"的论断,不难理解他所认定的社会解放是个人解放的基础。《伤逝》亦可看作对整个新文化运动的历史命运和困境的隐喻。
③ 舒建华:《论钱锺书的文学创作》,《文学评论》1997年第6期,第35,39,41—42页。
④ 凌叔华:《酒后》,《现代评论》第一卷第五期,1925年1月。
⑤ 南帆:《八十年代:话语场域与叙事的转换》,《文学评论》2011年第2期,第75页。

读书界、批评界乃至学术界关注重心的位置。钱锺书、张爱玲这些长期游离于主流文坛之外的作家再次进入读者视野；钱锺书、吴宓、陈寅恪、顾准、王了一等学者型文人亦成为学界与公众热议的焦点。

（三）讽刺笔致的当下余韵

钱锺书既从中国古典文学中汲取营养，又批判地借鉴西方虚构性叙事的优长，在文学创作中着意塑造非英雄化的主人公（de-heronized hero/heroine），如方鸿渐、曼倩、爱默、夜访的魔鬼、跌落阴间的作家等。同时，他对宏大叙事、体系建构与乌托邦式的理想一律持敬而远之的态度，却天然地接近查尔斯·泰勒（Charles Taylor）意义上的"对日常生活的肯定"①。中国现、当代不少作家都富有雄心和抱负，纷纷试图以恢弘的视野再现近百年中国的苦难史、抗争史、探索史与发展史，钱锺书在《〈围城〉序》中却坦言自己只"想写现代中国某一部分社会、某一类人物"②。他就部分中国人，尤其是知识分子群体的工笔刻画，模范地做到了"选材要严，开掘要深"③，为中国现代文学图谱增添了一抹亮丽的色彩，并在中国当代文学中留下了优长的余韵，许多当代作品以或隐或显的方式向钱锺书的讽刺笔致致敬。仅举数例便可窥一斑而见全豹。

20世纪90年代初王小波的系列作品④与钱锺书的创作在关注点方面有接近之处。钱锺书不遗余力地揭露、批判有留学经历的现代知识分子；王小波以"革命加恋爱"的模式，借助荒诞的艺术手法，以外在"观察家"的视角，对当代知识分子的形象化写照和理性批判都达到相当的高度，他尤其批判了中国文化观念和社会现实中根深蒂固的"反智"倾向。

1993年贾平凹的《废都》⑤横空出世，在某种意义上也可视作钱锺书批判知识分子主题的赓续与发展。贾平凹笔下的文化人（不再强调是知识分子）多向度地展示自己的精神生活、文化生活以及边缘性的立场姿态，他们在现实生活与自我精神追求方面都承受了不小的压力，尤其是寻求突围而不得的境况，自然令人联想到《围城》《纪念》《猫》的笔法和意蕴。

---

① Charles Taylor, Sources of the Self: The Making of the Modern Identity, Cambridge: Harvard University Press, 1989, p.70.
② 钱锺书:《〈围城〉序》,《围城》,第1页。
③ 鲁迅:《关于小说题材的通信》,《鲁迅全集4》,北京:人民文学出版社,2005年,第368页。
④ 以1991年在中国台湾《联合报》副刊连载并在台湾出版发行的《黄金时代》为成名作,包括《白银时代》《青铜时代》《革命时期的爱情》《我的阴阳两界》《红拂夜奔》《黑铁公寓》等小说,《我是一只特立独行的猪》等杂文,《沉默的大多数》等随笔。
⑤ 贾平凹:《废都》,原载《十月》1993年第4期;单行本,北京:北京出版社,1993年。

阎真2014年出版的长篇小说《活着之上》①以当下普通高校教师的日常工作和生活为经纬,以犀利的笔触、纪实的手法揭批当代高校内的腐败,讽刺不学无术的知识分子追名逐利、投机钻营。他在揭批讽刺的同时也有自我省视和对比映衬,分析知识分子两难的生存处境,并设想知识分子理想的生存模式。阎真的抱负一定程度上也可以视作钱锺书反思教育怪相的新声。

毋庸置疑,上述作品各自有其独特的文学价值与艺术魅力,以不同方式学习钱锺书讽刺笔法的当代作品还可以举出一长串,但坦率而言,类似作品的格局似乎都不如《围城》开阔,讽刺不如《猫》锐利,其背后亦缺乏钱锺书所推重的悲剧力量,即借助作品自身的蕴蓄,通过单纯阅读作品本身便能将阅读过程中激起的情绪再度平复下去。在讽刺手法的调用这个意义上说,当代文学中尚未产生一部能够在综合艺术成就方面全面超越《围城》的同类作品。

探究钱锺书文学创作的接受与再接受,及其在现、当代文学史上的价值和意义,将有助于进一步厘清当代文学对现代文学的接续、承传、新变、回归等一系列复杂问题,并使"断裂"的历史重新接续起来成为可能。今日的读者已经无法回到钱锺书创作时的历史现场,只能以当下的视点进行阅读和思考,这既需要在当前的社会背景与文学批评的限定内开展研究,又需要穿透时空距离造成的隔膜。一方面不能简单地宣扬回到历史现场,另一方面也不能完全以当下的标准径直作为评判依据。理应将作者创作作品的历史、社会和文化方面的背景与当下解读置放到同一平台上,使二者形成对话关系,借助纵深的视野与开放的姿态加以观照。对文学创作中反映历史现实的事物,宜结合历史语境重新予以有效的解读,并着力择取那些超越了时空、最有价值与意义的成分加以阐释。

三、钱锺书翻译价值的当下省思

钱锺书的论著中尚有不少观点、方法、理论(不限于翻译方面)至今未得到学界的足够重视和透彻研究。对传统文化的时代转化和对外来文化的民族化适应成为现实课题,钱锺书打通古今隔绝、中西界限与学科壁垒的有益探索无疑提供了值得珍视的方法论参考。在文化交流与碰撞日益频密的今天,钱锺书的翻译理论、翻译实践与开放的文化观念对进一步传承文明,促进不同国家与民族间的理解与沟通,推动民族文化走向开放和世界文化的多元共生都有借鉴意义。

---

① 阎真:《活着之上》,长沙:湖南文艺出版社,2014年。

(一)钱锺书视野下的严复翻译路径与鲁迅"硬译"

近代以来,凡言及翻译理念,基本都无法绕过严复提出的"信达雅",而鲁迅作为中国现代文学的旗手,在外国文学翻译方面也厥功至伟,学界在他生前身后关于"硬译"的论说不一而足,考察钱锺书视野下的严复翻译路径与所谓鲁迅"硬译",相信对于进一步理解钱锺书的翻译理念大有裨益。

钱锺书的翻译化境说一方面从辩证论述严复倡导的"信达雅"切入,另一方面对严复的翻译实践又批评甚苛。严复提出"译事三难:信、达、雅"(《〈天演论〉译例言》)并亲力亲为,在翻译实践中追求译文信达雅兼备。他尤其注重对"雅"的强调,认为"雅"既是对译文语言的要求,也涵盖遴选原著的标准,是价值判断与审美判断的有机统一。

钱锺书明确标举"译事之信,当包达雅",强调"信"处于统摄地位,且内在地涵盖达与雅的基本要求,因而"信"是翻译的第一要务,也是评判译本优劣的关键标准。他将"达"视作"不隔"的正面,严格遵循"达"或"不隔"的译文,当令译文读者产生如读原文或者对所叙情境产生身经目击般的感受。"雅"并非一味地求雅驯,而是注重"如风格以出",所以钱锺书反对任何形式的润色或增饰,为做到不"失本",甚至要求原本艰深晦涩之处也需在译文中将那种艰深晦涩表现出来。

正是在如何看待翻译之"雅"这一点上,钱锺书与严复分道扬镳。钱锺书反对译者"充当原作者的诤友",追求"点铁成金、以石攻玉或移橘为枳",从而"把翻译变成借体寄生的、东鳞西爪的写作"①。这一批判无论对于林纾还是严复的翻译而言,都有很强的现实针对性②,因而也都是有效的。

至于钱锺书批评严复"本乏深湛之思,治西学亦求卑之无甚高论者""所译之书,理不胜词,斯乃识趣所囿也"③,系纯粹从文学翻译的标准出发做出的评判,认为他翻译斯宾塞、穆勒、赫胥黎等人,取法的对象不是第一流的。钱锺书的这一判断多少有些脱离社会文化语境且有苛责之嫌。严复借助翻译《天演论》等书,意在警醒国人与天争胜、图强保种,其翻译震动了当时中国的思想界,而且后续影响了几代人,单纯以文学标准评价难免失之偏颇。

包括鲁迅在内的许多中国现代作家都兼擅翻译和创作。鲁迅、瞿秋白曾与梁实秋、陈源等围绕翻译外国文学问题展开过辩论。1935年鲁迅在《"题未

---

① 钱锺书:《林纾的翻译》,《七缀集》,第85页。
② 钱锺书指出:"严复的划时代译本《天演论》就把'元书所称西方'古书、古事'改为中国人语'。"(钱锺书:《林纾的翻译》,《七缀集》,第85—86页。)
③ 钱锺书:《林纾的翻译》,《七缀集》,第24页。

定"草》中指出:"凡是翻译,必须兼顾着两面,一当然力求易解,二则保存着原作的丰姿,但这保存,却又常常和易懂相矛盾:看不惯了。"①足见鲁迅对"达"(或谓"顺")和"信"的要求都是明确而具体的。只是因为双方在辩论,有必要确立一个争论点,于是就成了"宁顺不信"和"宁信不顺"之争。争论的过程中双方都试图将对方置于彻底的对立面,因而不惜以自己不甚准确的理解(有时甚至是有意曲解)将对方的只言片语树立为攻击的靶子,所谓鲁迅的"硬译"就是梁实秋强行安到鲁迅身上的标签,事实上鲁迅着意强调的是"直译"。后来者以讹传讹,遂造成一个鲁迅主张硬译的印象,其实是极不准确的。

鲁迅毕竟是翻译东欧弱小民族文学的先行者,没有现成的经验可资参考借鉴,加之语言差异短时间内确实也难以处理得尽善尽美,因而在他的早期译文中不可避免地存在一些诘屈聱牙之处。钱锺书仍从文学翻译的效果角度评论:"那种生硬的——毋宁说死硬的——翻译构成了双重'反叛',既损坏原作的表达效果,又违背了祖国的语文习惯。"②虽未明言,但将其理解为对鲁迅早期译文有一定的指向性应当不算过度解读,而且单就翻译效果而论,钱锺书该评判不失准确。但若不考虑当时的历史背景,以及鲁迅为思想启蒙和反抗斗争而开展翻译的初衷,则无形中低估了鲁迅翻译的社会功用和历史价值。

我们能够而且也应该正视鲁迅早期译文中存在的问题,但有必要结合鲁迅开展外国文学翻译的意图进行研讨,俾使立论公允持平。鲁迅曾自陈当时的心迹:"注重的倒是在绍介,在翻译,而尤其注重于短篇,特别是被压迫的民族中的作者的作品""因为所求的作品是叫喊和反抗,势必至于倾向了东欧。"③外国文学在中国得以译介和评价,部分地改变了中国知识人对文学的认知,一定程度上发挥了开风气之先的作用;推动了白话文的传播和中国新文学"取材益弘,格式益精"(郑振铎语)的全方位发展;围绕外国文学翻译的争论,促进了翻译理论与翻译实践的结合,推动了"信""顺""异化""归化"等翻译理论与方法的总结和提升。

(二) 钱锺书翻译的方法论价值

钱锺书对翻译问题的研究虽然零散却十分严肃,而且是全方位的。他对翻译研究的常规问题和热点问题都有广泛而深入的论述。他的博学为译文的翔实、准确提供了保障,也为各种学术话题的互动搭建了平台。

---

① 鲁迅:《"题未定"草》,《鲁迅全集 6》,北京:人民文学出版社,2005 年,第 364—365 页。
② 钱锺书:《林纾的翻译》,《七缀集》,第 95 页。
③ 鲁迅:《我怎么做起小说来》,《鲁迅全集 4》,第 525 页。

钱锺书的"化境"说既是对中国古典文论、译论之精义的发掘和弘扬,又包含对西方译论的吸纳和整合。他还深具卓识地将中国传统训诂学与西方阐释学理论相融合,突出具有中国特征的文艺美学标准,打破了中国传统翻译理论在结构上的封闭和自足,推动翻译理论在更高层面、更宽领域和更深程度上的发展。他用典雅的汉语文言表达西方后现代理论家所极力标举的"新锐创见",瓦解了西方中心主义的话语权,并通过自己的阐述跻身中西对话的前沿并深入其内核。

钱锺书清醒地认识到中西文化的异质性,不同文化间相互借鉴、互为补充的可能性,以及跨文化沟通的必要性和迫切性。他坚持有批判、有鉴别地吸收现代西学的成果。他突破了西方译学研究中语言学派有关论断的桎梏,也没有拘泥于西方阐释学理论关于语言即存在、语言即本体之类的玄言思辨;他从实践层面对后现代学派解构一切的做法进行了有效反拨,既吸收、借鉴解构主义的批判性,同时也有意识地避免其解构有余而建构性缺失的不足,勉力做到有破有立。他谋求中西文化的交汇并取得了一种视界融合,最终形成了打通古今、会通中西与突破学科界限且融广博与精深于一炉的治学路径。

钱锺书的翻译理论思考与翻译实践的开展交互为用、互相促进。他一方面选取恰当的理论用以指导、规范自己的翻译实践,另一方面又紧密依托翻译实践,不断修正、发展与提升自己的翻译理论,从而使翻译理论与翻译实践得以相辅相成、共生共长。钱锺书翻译理论的建构、翻译实践的开展及其开放的文化观念有机融合,为全球化语境下的传统传承、文化转型、跨文化传通以及对外来文明成果的借鉴均提供了极具价值的参考。

(三)翻译、创作与学术的融通

钱锺书在开始发表文学作品之前就已经非常积极地介入中国古代文艺批评,创作中辍后更集中精力进行古典文学研究。其知识结构与学术兴趣使他天然地与中国传统文学和文化结缘。他大学修读英语专业,加之赴英国、法国留学的经历,又使他拥有西方文学和文化的丰厚学养,作为研究中国文学、中国文化的绝佳参照,他亦有融汇异域他者与中国传统的自觉用心,通过二者的互释、互证,追求通观圆览、兼见则明的效果。

钱锺书在文学创作中有意识地融入翻译过来的术语词汇,以增强描写的张力;他也在创作中借助翻译有机融入西方文学中的部分经典情节、场景,达到新奇创辟的表达效果。以"打通"为方法,勉力臻于"化境"成为贯穿钱锺书创作、翻译与学术研究的共性品格。

有研究者指出,20世纪40年代的中国文学已经全面走向成熟:

成熟的标志是:五四以来激烈对立冲突的那些文化因子,外来的与民族的,现代的与传统的,社会的与个人的,似乎都正找到了走向"化"或"通"的途径。①

论者虽未言明,但这里的"化"与"通"两个术语无疑都与钱锺书的"化境"说及若干论断息息相关,而且作为方法也尤以钱锺书运用得最为娴熟。钱锺书不仅在翻译方面努力追求"化境",在研究方面着意"打通"区隔和壁垒,在创作中追求"化"与"通"也是他一以贯之的理论自觉。

《围城》由一个法国谚语的中国表现引申开来,从恋爱、婚姻、家庭、工作乃至世间万象中抽绎出当境厌境、离境羡境的"围城情结"。小说围绕一批经受过欧美文化洗礼的留学归国人员群体铺展情节,彰显他们身上现代与传统的矛盾统一。纷繁复杂的社会环境与个人的左冲右突相互缠绕,推动情节发展;相反相成的多重因素交织成一种"兼融的化合",有效地营造出全书纵横交错的架构;并成功地塑造出性格多样的各色人物。确乎达致因"打通"而冶为一体并臻于"化境"的成就。

钱锺书对晚清以降的现代西学有真切的体认与较深入的研讨,且在论述时每每与中国古典进行对照比较,即异求同,因同见异。即便将钱锺书作为非典型个案予以探讨,也应当明确这样一个认识:不应当将"五四运动"天然地视作一切"现代"事物的源头,它们往往有更早的渊源,只是长期以来未能得到有效爬梳②。"五四运动"前后先进的中国人引入现代西学并以之为触媒,激活了传统文化中久已沉睡的种子,使之在若干层面上重新焕发出生机与活力。

(四)对国内翻译界现状的省思

当前国内学界对国外学术论著的翻译整体而言蓬勃发展,译介能够做到与世界学术前沿基本同步,精品译作也不断涌现,但不容否认,其间仍存在不少问题,在译著、译作数量众多甚至庞杂的背后,部分翻译的质量堪忧。不必举"门修斯"这类早已沦为笑柄的误译,单说学界对译者、译作普遍表现出不信任感,就是一个十分严重的问题。但凡能够读懂原著的学者基本不看译本,至少在研究过程中不予采信,而在引述时自己另行翻译。一方面翻译成果汗牛充栋,另一方面研究者对译作、译著径直无视或者普遍跳过不用,无形

---

① 黄子平:《汪曾祺的意义》,《幸存者的文学》,台北:远流出版有限公司,1991年,第98页。
② 汪晖《现代中国思想的兴起》(北京:生活·读书·新知三联书店,2004年)在世界历史大背景下重新思考中国的现代性问题,以知识与制度之间的互动关系重构宋明以降的中国观念史。汪著以其厚重与深刻对该问题进行了有效反拨。

中对译者与研究者在时间、精力与学术资源方面都造成巨大的浪费。

译作质量堪忧的状况在多重因素合力影响下积弊渐深：

首先，原著的选择需别具手眼，但在市场驱动的大环境下，甚至会出现对销售码洋的考虑先于学术成就评判的极端情况。一本书未动笔翻译之前，首先关心的不是它的学术价值，而是译本的畅销程度、市场规模与盈利空间，这多少有些令人沮丧。不是说市场与盈利的因素不该考虑，但学术译介理应优先考虑学术诉求，而不应本末倒置。

其次，按照目前教育行政部门与各级各类高等院校成文或不成文的规定，学术翻译一般不计入科研成果，致使学术论著的译者水准持续走低。一流的外语人才多不肯从事翻译工作，为别人做嫁衣已然感到委屈，辛苦翻译出来的译文、译著尚且不能计入科研工作量，在量化评价依然充当学术评价风向标与指挥棒的当下，自然会大大扼杀学者投入翻译的积极性。理应与世界学术前沿或尖端对接的学术翻译，却先在地遭受国内一流学者——也是最恰当的译者的抵触，勉为其难负起翻译重任者却往往难以胜任，质量大打折扣的译本势必影响国内学界与世界学术前沿的关联与互动，影响既体现在时效性方面，也体现在受众的广泛度方面。

最后，在消费主义浪潮席卷全球的背景下，我们整个社会匠人情怀的氛围不够浓厚，这种状况也不可避免地影响到学术界和翻译界。翻译越来越像一种急功近利的商业行为，类似于钱锺书评价林纾后期译书的"老手颓唐"，冲着稿费去的状况即便不说于今为烈，却也未见明显改观。有资格或占据了资源从而居于层层分包金字塔尖的人，往往无暇也无意做一些哪怕最基本的统稿与审校工作，而像钱锺书嘲讽过的"拼盘姘伴"一样，径直将参差不齐、风格各异的译文拉杂拼凑到一起匆匆出版了事。从事翻译而追求"一名之立，旬月踟蹰"的认真执着是不可想象也不必期望的。面对当前国内译界的诸种乱相，对翻译方法的思考和追索反倒在紧迫性上落入第二义，当务之急首在端正态度。

钱锺书以扎实的翻译实践践行自己提出的翻译理论，这不仅是一种值得称道的理论自觉，也是一种行之有效的治学路径，更是一种人人都应坚守的学术立场。钱锺书在"颇采二西之书，以供三隅之反"①的目的驱动下，立意"'打通'而拈出新意"②，并以"博览群书而匠心独运，融化百花以自成一味，皆有来历而别具面目"③的标准严格自律。三隅之反单纯依靠资料的累积与

---

① 钱锺书：《〈谈艺录〉序》，《谈艺录（补订本）》，第1页。
② 郑朝宗：《〈管锥编〉作者的自白》，《人民日报》1987年3月16日。
③ 钱锺书：《管锥编（第四册）》，第1251页。

堆垛无法达致,比"打通"更重要的是拈出新意,"匠心独运""自成一味""别具面目"体现的正是追求创新而不肯因袭的用心。这种学术立场堪作一剂解药,可以纾解当前译界弊病丛生的困境。从个体的译者到整个翻译界、学术界,都不妨参考、取法钱锺书在治学、创作与翻译中坚持的这种立场与方法,少一些急功近利的浮躁,多一点专注坚守的匠人精神,或许最终可以少制造一些敷衍塞责、滥竽充数的译作,多创造一点"笔补造化天无功"乃至臻于"化境"的上乘译作。

参考文献

一、钱锺书论著

钱锺书:《管锥编》(全五册),北京:中华书局,1986年。
钱锺书:《槐聚诗存》,北京:生活·读书·新知三联书店,2002年。
钱锺书:《七缀集》,北京:生活·读书·新知三联书店,2002年。
钱锺书:《钱锺书散文》,杭州:浙江文艺出版社,1997年。
钱锺书:《人·兽·鬼》,北京:生活·读书·新知三联书店,2002年。
钱锺书:《宋诗选注》,北京:生活·读书·新知三联书店,2002年。
钱锺书:《谈艺录(补订本)》,北京:中华书局,1984年。
钱锺书:《围城》,北京:人民文学出版社,1991年。
钱锺书:《文学翻译的最高标准》,《翻译理论与翻译技巧论文集》,北京:中国对外翻译出版公司,1983年。
钱锺书:《写在人生边上·人生边上的边上·石语》,北京:生活·读书·新知三联书店,2002年。

Qian Zhongshu, A Collection of Qian Zhongshu's English Essays, Beijing: Foreign Language Teaching and Research Press, 2005.

二、钱锺书研究

(一)论文

毕小红:《论〈围城〉中由超常搭配体现出的语言陌生化现象》,《现代语文(语言研究版)》2009年第6期。
陈平原:《东西文化夹缝中的中国现代知识分子——兼论四十年代讽刺文学》,《在东西方文化碰撞中》,杭州:浙江文艺出版社,1987年。
陈寅恪:《论韩愈》,《历史研究》1954年第2期;《金明馆丛稿初编》,北京:生活·读书·新知三联书店,2001年。
党圣元:《钱钟书的文化通变观与学术方法论》,《中国社会科学》1999年第4期。
胡晓明:《陈寅恪与钱钟书:一个隐含的诗学范式之争》,《华东师范大学学报(哲学社会科学版)》1998年第1期。
孔令环:《钱钟书的杜甫研究及杜诗对其诗歌创作的影响》,《中州学刊》2008年第3期。
刘梦溪:《钱锺书与陈寅恪的异同》,《北京观察》2015年第7期。
罗新璋:《钱锺书的译艺谈》,《中国翻译》1990年第6期。

毛德富:《〈围城〉比喻浅说》,《郑州大学学报(哲学社会科学版)》1983 年第 4 期。
聂友军:《钱钟书的文化观》,《天府新论》2009 年第 1 期。
聂友军:《钱钟书翻译实践论》,《中国比较文学》2008 年第 3 期。
容新芳:《I. A. 理查兹在清华大学及其对钱钟书的影响——从 I. A. 理查兹的第二次中国之行谈起》,《清华大学学报(哲学社会科学版)》2007 年第 2 期。
舒建华:《论钱钟书的文学创作》,《文学评论》1997 年第 6 期。
温儒敏:《〈围城〉的三层意蕴》,《中国现代文学研究丛刊》1989 年第 1 期。
夏承焘:《如何评价〈宋诗选注〉》,《光明日报》1959 年 8 月 2 日。
夏志清:《重会钱钟书纪实》,罗思编:《写在钱钟书边上》,上海:文汇出版社,1996 年。
解志熙:《"默存"仍自有风骨:钱钟书在上海沦陷时期的旧体诗考释》,《文学评论》2014 年第 4 期。
解志熙:《人生的困境与存在的勇气——论〈围城〉的现代性》,《文学评论》1989 年第 5 期。
杨成虎:《钱锺书的诗译论》,《天津工业大学学报》2001 年第 2 期。
翟学伟:《〈围城〉中的知识分子与知识分子的"围城"》,《南京大学学报(哲学社会科学版)》1996 年第 2 期。
张清华:《启蒙神话的坍塌和殖民文化的反讽——〈围城〉主题与文化策略新论》,《中国现代文学研究丛刊》1995 年第 4 期。
张泉:《跨文化交流中的钱锺书现象》,《钱锺书研究(第三辑)》,北京:文化艺术出版社,1992 年。
张雁:《〈围城〉语言陌生化的实现途径》,《齐鲁学刊》2007 年第 3 期。
赵勤辉:《〈围城〉的比喻艺术》,《广西大学学报(哲学社会科学版)》2001 年第 4 期。
赵一凡:《〈围城〉的隐喻及主题》,《读书》1991 年第 5 期。
郑朝宗:《研究古代文艺批评方法论上的一种范例——读〈管锥编〉与〈旧文四篇〉》,《文学评论》1980 年第 6 期。
郑朝宗:《再论文艺批评的一种方法——读〈谈艺录〉(补订本)》,《文学评论》1986 年第 3 期。
郑延国:《下笔妍雅,片语生辉——〈管锥编〉译句赏析》,《中国翻译》1990 第 2 期。
周振甫:《〈谈艺录〉补订本的文艺论》,《文学遗产》1986 年第 2 期。
〔加拿大〕雷勤风:《钱锺书的早期创作》,《文艺争鸣》2010 年第 21 期。
〔美〕张隆溪:《论钱钟书语言艺术的特点》,陆文虎编:《钱钟书研究采辑(2)》,北京:生活·读书·新知三联书店,1996 年。

(二) 专著

陈子谦:《钱学论(修订版)》,北京:教育科学出版社,1994 年。
高万云:《钱钟书修辞学思想演绎》,济南:山东文艺出版社,2006 年。
龚刚:《钱锺书与文艺的西潮》,天津:南开大学出版社,2014 年。
胡范铸:《钱钟书学术思想研究》,上海:华东师范大学出版社,1993 年。
胡河清:《真精神与旧途径——钱钟书的人文思想》,石家庄:河北教育出版社,1995 年。
季进:《钱锺书与现代西学(增订本)》,上海:复旦大学出版社,2011 年。

陆文虎:《"围城"内外——钱钟书的文学世界》,北京:解放军文艺出版社,1992年。
钱定平:《破围——破解钱锺书小说的古今中外》,天津:百花文艺出版社,2002年。
田建民:《诗兴智慧——钱钟书作品风格论》,石家庄:河北教育出版社,1997年。
汪荣祖:《槐聚心史——钱钟书的自我及其微世界》,台北:台湾大学出版中心,2014年。
杨绛:《记钱钟书与〈围城〉》,长沙:湖南人民出版社,1986年。
张明亮:《槐阴下的幻境——论〈围城〉的叙事与虚构》,石家庄:河北教育出版社,1997年。
周锦:《〈围城〉面面观》,石家庄:河北教育出版社,2002年。
〔德〕莫芝宜佳:《〈管锥编〉与杜甫新解》,马树德译,石家庄:河北教育出版社,1998年。

(三) 集与刊

范旭仑、李洪岩编:《钱锺书评论(卷一)》,北京:社会科学文献出版社,1996年。
冯芝祥编:《钱锺书研究集刊(第一辑)》,上海:上海三联书店,1999年。
冯芝祥编:《钱锺书研究集刊(第二辑)》,上海:上海三联书店,2000年。
冯芝祥编:《钱锺书研究集刊(第三辑)》,上海:上海三联书店,2002年。
李明生等编:《文化昆仑——钱钟书其人其文》,北京:人民文学出版社,1999年。
陆文虎编:《钱钟书研究采辑(1)》,北京:生活·读书·新知三联书店,1992年。
陆文虎编:《钱钟书研究采辑(2)》,北京:生活·读书·新知三联书店,1996年。
《钱锺书研究》编委会编:《钱锺书研究(第一辑)》,北京:文化艺术出版社,1989年。
《钱锺书研究》编委会编:《钱锺书研究(第二辑)》,北京:文化艺术出版社,1990年。
《钱锺书研究》编委会编:《钱锺书研究(第三辑)》,北京:文化艺术出版社,1992年。
田蕙兰、马光裕、陈珂玉选编:《钱钟书杨绛研究资料集》,武汉:华中师范大学出版社,1990年。
辛广伟、李洪岩编:《撩动缪斯之魂——钱锺书的文学世界》,石家庄:河北教育出版社,1995年。
郑朝宗编:《〈管锥编〉研究论文集》,福州:福建人民出版社,1984年。

三、其他参考文献

(一) 中文文献

陈寅恪:《金明馆丛稿初编》,北京:生活·读书·新知三联书店,2001年。
陈寅恪:《金明馆丛稿二编》,北京:生活·读书·新知三联书店,2001年。
陈永国主编:《翻译与后现代性》,北京:中国人民大学出版社,2010年。
〔唐〕韩愈:《韩昌黎诗系年集释》,钱仲联集释,上海:上海古籍出版社,1984年。
罗新璋编:《翻译论集》,北京:商务印书馆,1984年。
钱穆:《现代中国学术论衡》,北京:生活·读书·新知三联书店,2005年。
申丹:《叙述学与小说文体学研究》,北京:北京大学出版社,1998年。
汤用彤:《魏晋玄学论稿(增订版)》,北京:生活·读书·新知三联书店,2009年。
汪晖:《现代中国思想的兴起》,北京:生活·读书·新知三联书店,2008年。
伍蠡甫:《现代西方文论选》,上海:上海译文出版社,1983年。

解志熙：《生的执着——存在主义与中国现代文学》，北京：人民文学出版社，1999年。
严绍璗：《比较文学与文化"变异体"研究》，上海：复旦大学出版社，2011年。
叶维廉：《中国诗学》，北京：生活·读书·新知三联书店，1992年。
余英时：《现代危机与思想人物》，北京：生活·读书·新知三联书店，2005年。
张京媛主编：《新历史主义与文学批评》，北京：北京大学出版社，1993年。
张隆溪：《道与逻各斯》，冯川译，成都：四川人民出版社，1998年。
赵毅衡：《新批评——一种独特的形式主义文论》，北京：中国社会科学出版社，1986年。
〔联邦德国〕H·R·姚斯、〔美〕R·C·霍拉勃：《接受美学与接受理论》，周宁、金元浦译，沈阳：辽宁人民出版社，1987年。
〔美〕哈罗德·布鲁姆：《影响的焦虑》，徐文博译，北京：生活·读书·新知三联书店，1989年。
〔美〕海登·怀特：《后现代历史叙事学》，陈永国、张万娟译，北京：中国社会科学出版社，2003年。
〔美〕海登·怀特：《元史学：19世纪欧洲的历史想像》，陈新译，南京：译林出版社，2004年。
〔德〕莱辛：《拉奥孔》，朱光潜译，北京：人民文学出版社，1979年。
〔美〕雷·韦勒克、奥·沃伦：《文学理论》，刘象愚等译，北京：生活·读书·新知三联书店，1984年。
〔法〕米歇尔·福柯：《知识考古学》，谢强、马月译，北京：生活·读书·新知三联书店，2003年。
〔美〕乔治·莱考夫、马克·约翰逊：《我们赖以生存的隐喻》，何文忠译，浙江大学出版社，2015年。
〔美〕斯坦利·费什：《读者反应批评：理论与实践》，文楚安译，北京：中国社会科学出版社，1998年。
〔英〕特里·伊格尔顿：《当代西方文学理论》，王逢振译，北京：中国社会科学出版社，1988年。
〔法〕托多罗夫：《巴赫金、对话理论及其他》，蒋子华、张萍译，天津：百花文艺出版社，2001年。
〔意〕维柯：《新科学》，朱光潜译，北京：人民文学出版社，1986年。
〔俄〕维克托·什克洛夫斯基等：《俄国形式主义文论选》，方珊等译，北京：生活·读书·新知三联书店，1989年。
〔美〕约翰·克罗·兰色姆：《新批评》，王腊宝、张哲译，南京：江苏教育出版社，2006年。

(二) 英文文献

Bassnett, S., *Translation Studies* (4th Edition), London, New York: Routledge, 2013.

Delisle, J., & Woodsworth J., *Translators through History*. Amsterdam & Philadelphia: John Benjamins Publishing Company, 1995.

Hirsch, E. D. Jr., *The Aims of Interpretation*, Chicago and London: the University of Chicago Press, 1976.

Hsia, C. T., *A History of Modern Chinese Fiction*, New Haven: Yale University Press, 1961.

Iser, W.,*The Norton Anthology of Theory and Criticism*, Vincent B. Leitch (Ed.), New York: W. W. Norton & Company, Inc., 2001.

Lefevere, A., *Translation, Rewriting, and the Manipulation of Literary Fame*, London: Routledge, 1992.

Lefevere, A. ed.,*Translation / History / Culture: A Sourcebook*, London: Routledge, 1992.

Wellek, R. & Warren, A.,*Theory of Literature*, Boston: Houghton Mifflin Harcourt, 1977.

Snell-Hornby, M., *Translation Studies: An Interdiscipline*, Philadelphia: John Benjamins Publishing Company, 1994.

Steiner, G.,*After Babel: Aspects of Language and Translation*, London, Oxford, New York: Oxford University Press, 1975.

后　记

　　2007年4月我在苏州大学文学院以《钱锺书翻译理论与实践研究》一文通过硕士学位论文答辩，随即北上追随严绍璗先生攻读博士学位，延续了近三年的钱锺书研究暂时搁置下来。没成想这一放竟经年没再捡起，一直没能抽出连续的时段延续并深化钱锺书研究，直到2016年12月博士论文出版后才萌生修改、补充硕士论文的想法。

　　因近十年来基本没有追踪国内外的翻译理论发展与研究进展，担心在论文既有框架内修改难有大的突破与质的提升；同时也日渐清晰地意识到，欲研讨钱锺书的翻译而不涉及其创作，势必存在难以弥缝的断裂；而要梳理钱锺书的创作和翻译却与他的学术研究硬性切割，同样会产生不必要的人为断裂。遂决定将钱锺书的创作与翻译合观，而将他的文学批评与学术研究作为潜在的背景和底色加以观照，循此路径撰著本书。

　　蒙《中国比较文学》《天府新论》《粤海风》等学术刊物雅爱，曾分别刊载过笔者硕士论文的部分章节，于是便省力地按照那几篇期刊论文的形制修改了硕士论文全篇，作为本书"翻译论"部分。

　　近几年在为本科生开设的"中国文学名著导读"通识课上，每年都会用一次课专题讲授钱锺书的创作，也曾带领几届研究生选读过《七缀集》和《管锥编》，每次也都尝试从不同角度和层面切入，四五年间锱铢积累地写下一点粗疏的东西，勉为其难作为本书"创作论"部分。

　　钱锺书曾在《围城》中讽刺过"讲义当著作"和"著作当讲义"的偷懒做法，好在我得学位与教书时并没有"把论文哄过自己的先生"或"把讲义哄过自己的学生"，故此聊以自慰。

　　钱锺书的中外文手稿集皆已出版，其中关于创作与翻译的论述及翻译实例堪称富矿，但我自觉尚无精力和信心开掘好它，便宁肯不做"抢滩"式发掘或破坏式利用。但如此一来在原典方面无法做到"竭泽而渔"，无论怎么说都难掩遗憾。惟希望日后修订本书或专题研讨钱锺书的学术时，能有机会弥补这一缺憾。

　　书稿即将付梓之际，最想表达的是诚挚的谢意。

　　感谢苏州大学季进教授，他是我攻读硕士学位时的导师，也是我的学术领路人，他的勤勉、睿智和学术活力值得我终生学习。感谢恩师严绍璗先生，虽不能常常见面请教，但每隔一段时期一次的长时间通话给我以持续前行的动力。

感谢国家社科基金后期资助项目的出版资助，令我潜心阅读与写作时多了一分从容。感谢基金项目评选中不具名的五位评审专家，每一位都给出了既切中肯綮又具可操作性的修改意见和建议，向他们致敬。

感谢北京大学出版社外语编辑部张冰编审，一直以来承蒙她不遗余力的提携和关照，她奖掖后进的风尚令我动容。感谢责任编辑兰婷老师，感佩于她的温婉谦和、认真负责和细心周到，与她合作如坐春风。

感谢我的家人。年近九十岁的老母亲宠溺的眼神总能让我忘倦。哥哥嫂子代我悉心照料老人，方使我每天都能读书写作。我的爱人桂荣红袖添香伴读书，每每在繁忙的授课之余帮我查找文献、核对引文。我的儿子明月勤勉、上进，令我心生欣慰的同时也不好意思懈怠。

最后，书中倘有任何事实方面或阐释角度的舛误，悉由本人负责，并真诚期待读者批评。

聂友军

2020 年 8 月 8 日